Schick

Stephan Lake wurde 1964 im Südwesten Deutschlands geboren. Seine bereits in der Kindheit vorhandene maßlose Sehnsucht nach der weiten Welt führte ihn bislang ungezählte Male auf den nordamerikanischen Kontinent, nach Australien und in ein Dutzend Länder Asiens. Während seines langjährigen Aufenthaltes in Shanghai begann der gelernte Journalist mit dem Schreiben von Thrillern und Kriminalromanen.

Schick ist sein bislang sechster Roman und sein erster um den trinkfesten LKA-Ermittler Charly Schick.

Mehr über Stephan Lake und seine Thriller und Kriminalromane unter www.stephanlake.com

Stephan Lake

Schick

Bibliografische Information der Deutschen Nationalbibliothek:
Die Deutsche Nationalbibliothek verzeichnet diese Publikation in der Deutschen Nationalbibliografie; detaillierte bibliografische Daten sind im Internet über http://dnb.dnb.de abrufbar.

Lektorat: Mary Ling-Schuster, Shanghai
Korrektorat: Mary Ling-Schuster, Shanghai
Covergestaltung: ©VercoDesign, Unna

Herstellung und Verlag: BoD – Books on Demand, Norderstedt

ISBN: 9-783-7519-5814-1

Be a simple kind of man, oh,
be something you love and understand.

Lynyrd Skynyrd, 1973

Ich wurde verhaftet ...

... am Tag meiner Entlassung. Entlassung aus dem Krankenhaus, versteht sich, nicht dem Gefängnis. Von meinen eigenen Leuten. Drei an der Zahl. Angeführt von meinem Chef. Heidmann. Oder, wie ich ihn nannte, Bosse.

„Sie sind vorläufig festgenommen, Schick. Wegen Mordes."

Ein ernster Vorwurf.

Besonders, da die Beweislage gut schien. Also, gut für Bosse. Schlecht für mich.

„Wir haben Ihre Fingerabdrücke in dem Fahrzeug, mit dem Sie zum Tatort gefahren sind. Wir haben DNA-Spuren von Ihnen am Opfer." Und als ob das noch nicht reichte, „Wir haben Fotos, die Sie bei der Tat zeigen. Fotos."

Anstatt zur Reha, fuhr ich also ins Polizeipräsidium.

Dass Bosse nicht darauf verzichtete, mir vor Evas Augen Handfesseln anzulegen, würde er noch bereuen. Er wusste es nur noch nicht. Auch ein Kriminaldirektor ist manchmal nichts weiter als ein Tor.

Aber von vorne.

Elf Tage zuvor saß ich mal wieder bei Pit vor einem Whisky butterig und holzig und, mal wieder, grübelte und grübelte ich über den Sinn meines Lebens und über diese verdammten zwei Minuten ...

1

Zwei Minuten.

Kaum zu glauben.

Zwei kleine, beschissene, endlose Minuten.

In den vergangenen fünf Monaten habe ich an fast jedem Tag über diese zwei Minuten nachgedacht. Meist mehrfach. Morgens, mittags, abends und zwischendurch auch. Abgesehen von meinen vier Tagen im Koma also eigentlich immer. Auch heute, jetzt, hier bei Pit, der hinter seiner braunen Holztheke stand und Gläser wischte und ab und zu ein Auge auf mich und den Drink in meiner Hand warf.

Whisky. Doppelt. Ohne Eis und ohne Wasser.

Ich bin kein Whisky-Trinker, gar nicht. Auch nicht Wodka oder Dry Martini, auf die ich manchmal ausweiche aus Gründen der Abwechslung. Aber Wein oder Bier, das dauert einfach zu lange, mir die Erinnerung zu vernebeln. Und wer hat schon Zeit zu verschenken. Ich ganz sicher nicht.

Aber nur nachgedacht habe ich über erwähnte zwei Minuten, nicht darüber gesprochen. Ich bin nicht der gesprächige Typ.

Zwei Minuten. Gerade mal so lange, wie ich jeden Morgen zum Rasieren brauche. Nass, nicht trocken.

Das Sprechen haben dann andere übernommen. Meine Frau, zum Beispiel. Eine verletzte Seele, so hörte sich das dann an, eine verletzte Seele kann nur heilen, wenn sie zur Ruhe kommt. Und zur Ruhe kommen kann die Seele nur, wenn der Körper an den Ort seiner Jugend zurückkehrt.

Ziemlich abgefahren, oder?

Ich kann mit so einem spirituell angehauchten Gedöns ja rein gar nichts anfangen. Wenn ich zum Beispiel den Ort meiner Jugend, also Trier – das ist eine Stadt irgendwo im Südwesten, kein Problem, kennt sonst auch kaum jemand – wenn ich also Trier beschreiben sollte, dann würde sich das so anhören: Wäre das Leben eine Zugfahrt, Trier wäre die Endstation. Oder: Wäre die Welt ein Arsch, Trier wäre das Loch. Oder: Wenn Glück die Summe der zufriedenen Momente ist, dann ist Unglück die Zeit, die du in Trier verbringst.

Ich denke, der Unterschied zwischen meiner Frau und mir wird klar.

Aber als liebenswürdiger und toleranter Kerl, der ich einmal war, ließ ich meiner Frau ihren Glauben und hielt, wann immer sie das sagte, meine Klappe. Was mir allerdings letzten Endes nichts nutzte, denn mit diesem Spruch meinte sie nicht nur die verletzten Seelen im Allgemeinen, sondern ganz konkret die Seele ihres Gatten, also meine, und *an den Ort der Jugend zurückkehren* meinte sie nicht im übertragenen Sinne, sondern ganz wörtlich.

Mit anderen Worten, sie meinte: Ich kann dich nicht mehr ertragen, pack deine Sachen und verschwinde.

Da ich diskutieren in dem Fall für aussichtslos hielt und ohnehin dazu keine Lust mehr hatte und obendrein das Haus, in dem wir wohnten, meiner Frau alleine gehörte, was sie mir bei jeder Gelegenheit unter die Nase rieb, tat ich genau das: Ich packte meine Sachen und verschwand.

Der Kummer hielt sich auf beiden Seiten in Grenzen.

Dass ich aber tatsächlich an den Ort meiner Jugend zurückgekehrt bin – auch bekannt als Endstation, auch bekannt als Loch, auch bekannt als Unglück, auch bekannt als Trier – wo ich jetzt in einem der schlechteren Stadtteile an Pits Theke saß und meinen dritten Whisky des Abends schwenkte, war allerdings nicht das Verdienst meiner zukünftigen Exfrau und ihres spirituell angehauchten Gedöns', sondern hatte ganz und gar weltliche Gründe.

Ich wurde hierher versetzt. Gegen meinen Willen, möchte ich hinzufügen. Als direkte Folge eingangs erwähnten zweibeschissenminütigen Ereignisses.

Ich muss das erklären.

Vor rund fünf Monaten, als ich noch voller Elan für das rheinland-pfälzische Landeskriminalamt in meinem – ja, ich scheue mich nicht, es so zu formulieren – in meinem Traumjob tätig war, wurde ich in einer Tiefgarage von zwei Kerlen überfallen und niedergestochen. Sollte einem wie mir mit fast dreißig Jahren Erfahrung bei der Kripo nicht passieren, ich weiß, aber zu meiner Rechtfertigung füge ich an, es war zum einen stockfinster und der Angriff kam feige von hinten, und zum anderen war ich zwar ein guter Polizist, aber nicht der Terminator. Also, keine blöden Kommentare, bitte.

Wie auch immer, der Überfall schien nicht mir persönlich gegolten zu haben, denn keiner der beiden hat etwas gerufen wie Das ist die Rache dafür, dass wir deinetwegen im Knast gesessen haben oder Das kommt davon, wenn du dich mit uns anlegst oder auch nur Scheiß Bulle. Nichts dergleichen. Ich war wohl nur zur falschen Zeit an diesem Ort.

Seither meide ich im Übrigen Tiefgaragen. Sollte jeder tun.

Der Überfall auf mich, der mir unter anderem drei Stichverletzungen in den Rücken inklusive Nahtoderfahrung sowie eine, wie gerade erwähnt, angeblich verletzte Seele bescherte, veränderte mich, ich räume es ein. Bereits während meines vierwöchigen Krankenhausaufenthalts entwickelte ich eine angepisste Grundhaltung und in der Folge zunehmend schwerer zu kontrollierende Gefühlsausbrüche der negativen Art, die mir erstmals während der dem Krankenhaus folgenden Reha zu schaffen machten. Also, nicht eigentlich mir zu schaffen machten, sondern einem meiner Leidensgenossen – wir sollten uns tatsächlich gegenseitig so nennen, Leidensgenossen, da wir alle auf vergleichbare Weise körperlichen und seelischen Schaden genommen hatten und es angeblich gut tat, ein Leiden auch als solches zu benennen. Ich war anderer Ansicht, aber mich fragte niemand.

Jedenfalls, der Leidensgenosse war ein Gerichtsvollzieher mit blonden Haaren und fettig glänzendem Kinnbart, an dem er dauernd herummachte, der trotz seiner

Körpergröße von nahe zwei Metern und seines noch relativ jungen Alters von sechsunddreißig Lenzen von einem Rentner verprügelt worden war, der die Raten für die Beerdigung seiner Frau nicht bezahlen konnte. Der Gerichtsvollzieher erzählte während einer Stuhlkreissitzung mit einem orangefarbenen Schaumstoffball in der Hand, wie der Rentner ihm erst mehrere Faustschläge versetzt und ihn dann die Treppe hinuntergestoßen hatte, nur weil er seine Pfandsiegel auf den alten Fernseher und die Schallplattensammlung seiner Frau mit Titeln von Elvis und Freddy Quinn kleben wollte, die einzigen Habseligkeiten von Wert in der vermieften Bude. So hat er gesagt: Habseligkeiten und vermiefte Bude. Und dass er seitdem nicht mehr arbeiten konnte.

Dann warf er den Ball mir zu.

Ich weiß, als Polizist darf ich so etwas nicht einmal denken, aber ich habe es dennoch getan und sogar ausgesprochen, dass meiner Meinung nach jeder Rentner jeden Gerichtsvollzieher jede Treppe hinunterstoßen darf, der bei ihm pfänden will, nur weil er die Beerdigung seiner Frau nicht bezahlen kann. Und dass ohnehin kein Gerichtsvollzieher das Recht hätte, einen Fernseher zu pfänden, erst recht nicht schnodderige Gerichtsvollzieher wie er, die so selbstgefällig sind, den Besitz verarmter, älterer Menschen als Habseligkeiten und ihre Wohnungen als vermiefte Bude zu bezeichnen. Und sich dabei Essensreste aus ihrem blöden Kinnbart zupften.

Dann warf ich ihm den Ball zurück. Fest und ins Gesicht, ich hatte immer schon einen guten Wurfarm. Aber wie gesagt, Schaumstoff, hat also keinen weiteren Schaden angerichtet.

Aus meiner Antwort inklusive Schaumstoffballwurf entspann sich ein kurzes Wortgefecht, das ich, nachdem er sowohl den Rentner als auch mich einen alten Penner nannte, mit einer Ohrfeige beendete.

Fand ich ganz normal.

Alle anderen fanden das nicht normal, aber auch das fand ich normal.

Dies nur als kurzes Beispiel für meine damalige Gefühlslage. Heute ist es nicht mehr ganz so.

Es ist schlimmer.

Nach der Reha zurück im Job gings also in dieser Richtung weiter, und zwei Abmahnungen später kam dann der Apparat in die Gänge.

Sie haben den Angriff auf Ihr Leben noch nicht verkraftet, Herr Schick, Sie müssen es ruhig angehen lassen, hat erst der Polizeipsychologe zu mir gesagt, dann meine Chefin, dann der Chef meiner Chefin, dann der Innenminister, der mir ein paar Monate zuvor noch irgendeine Plakette wegen besonderer Verdienste an die Brust getackert hatte mit den Worten, Das Land Rheinland-Pfalz ist stolz, einen Topermittler wie Sie in den Reihen des LKA zu haben. Foto und Zitat sind in der örtlichen Tageszeitung erschienen, Seite fünf Landespolitik, ich kann es also beweisen. Dass es intern ein Running Gag wurde, bei schwierigen Fragen erst mal nach dem *Topermittler* zu rufen, hat in dieser Veröffentlichung seinen Ursprung. Kollegen wissen es eben zu schätzen, wenn der Innenminister einen aus dem Team über alle anderen stellt. Ganz besonders, wenn das öffentlich geschieht. Dies nur am Rande, falls ein Innenminister gerade mitliest. Gilt natürlich auch für alle anderen Minister.

Dann war wieder meine Chefin dran, Frau Kleines Würstchen, die im Übrigen bei dieser *Topermittler*-Sache ebenfalls mitmachte und mir in einem vertraulichen Gespräch – Tür zu, Jalousien runter, meine Personalakte auf dem Tisch und Kaffee bot sie mir auch nicht mehr an – die beiden Möglichkeiten für mein zukünftiges Leben erörterte: Frühpensionierung oder Versetzung, Schick, eine dritte Möglichkeit gibt es nicht, gucken Sie also nicht so, ich rate Ihnen dringend, das jetzt ruhig und friedlich zu akzeptieren, denn sonst könnte es noch ganz anders für Sie kommen, haben wir uns da verstanden?

Ob sie sich mit meiner Frau abgesprochen hat, kann ich bis heute nicht beweisen, jedenfalls behauptete sie dann, die einzige freie Stelle für einen Topermittler wie mich gäbe es derzeit in Trier, und zugleich wäre die putzige Stadt aufgrund der verschwindend kleinen Zahl an Kapitalverbrechen und der total idyllischen Lage an der Mosel zwischen dem superromantischen Hunsrück und der überwältigend malerischen Eifel ohnehin für mich der wirklich alleroptimalste Ort, zur Ruhe zu kommen und jenen bereits mehrfach erwähnten Angriff auf mich zu verarbeiten und vielleicht irgendwann wieder ein brauchbarer Mensch und Polizist zu werden.

Muss ich erwähnen, dass ich einen Eimer hätte vollkotzen können?

Dann hatte sie sich in ihren nagelneuen Zweitausend-Euro-Bürostuhl zurückgelehnt und mich noch wissen lassen: Sie schaffen das, Schick, ich glaube da fest an Sie, sehen Sie, Sie waren ja jetzt schon ganz ruhig, kein Wutausbruch, Sie haben nur ein bisschen geschluckt, ich bin wirklich optimistisch, geben Sie mir bis morgen früh Bescheid, schönen Feierabend noch.

Und bis dahin habe ich immer gedacht, meine Chefin würde nicht nur Loyalität und vollen Einsatz von ihren Mitarbeitern einfordern, sondern im Gegenzug dieselben Mitarbeiter mit aller Kraft schützen und unterstützen. Aber auf der anderen Seite war ich auch lange so naiv gewesen zu glauben, dieses In guten wie in schlechten Zeiten hätte tatsächlich eine Bedeutung. Mein Fehler also.

Das mit den Zweitausend Euro für ihren Stuhl weiß ich übrigens genau. Jemand aus der Beschaffung hatte, ganz aus Versehen, eine entsprechende Rundmail an alle Mitarbeiter verschickt. Ich will hier keine Namen nennen, aber Hans, genannt Hansi, war seitdem mein Lieblingskollege.

Den folgenden Feierabend verbrachte ich tatsächlich mit Nachdenken, wozu ich meine damalige Stammkneipe aufsuchte, die ganz anders als die von Pit aussah, nämlich gepflegt und sauber, und außerdem den Vorteil hatte, dass nicht Pit hinter der Theke stand sondern Jenny, die mir gelegentlich einen Whisky spendierte und nichts dagegen hatte, dass ich, ebenso gelegentlich, in ihren stets tiefen Ausschnitt guckte. Aber das ist Vergangenheit, lassen wir das also.

Frühpensionierung mit Anfang fünfzig hatte für mich durchaus seinen Reiz – Couch, Pizza vom Lieferservice, nicht mehr rasieren (zwei beschissene Minuten gespart) und gleich nach dem Aufstehen am Nachmittag den ersten Schluck Single Malt zusammen mit einer der Kochshows oder Krankenhausserien oder was sonst heute angeboten wurde zur zügigen Verblödung der Menschheit – aber dann fiel mir ein, dass ich seit meinem Auszug keinen Fernseher mehr besaß, nicht einmal einen alten, wie der verarmte, wackere Rentner, also kam das nicht in Frage.

Blieb daher nur die Endstation, die ich in einem anderen Leben am Tag nach meinem Schulabschluss verlassen hatte in der festen Absicht, ein aufregendes Dasein als Sheriff in Arizona zu führen und niemals zurückzukehren. Sheriff hat zwar nicht geklappt, aber immerhin bin ich doch Polizist geworden, und zwischendurch war ich zwar auch immer mal wieder in Trier, aber nur wegen familiärer Termine auf dem Hauptfriedhof. Ansonsten habe ich der Stadt die kalte Schulter gezeigt. So wie sie mir mein ganzes Leben lang, bin ich versucht hinzuzufügen, aber das wäre vielleicht zu spirituell.

Da alle meine Gegenvorschläge bezüglich meiner beruflichen Zukunft – Beförderung zum BKA, Ausleihe an ein anderes LKA, Abordnung zu Europol, Sheriff in Arizona oder jedem anderen US-Bundesstaat außer Alaska – abgelehnt wurden, blieb mir also nichts anderes, als mich zu fügen. Vor sechs Wochen dann drückte mir Frau Kleines Würstchen meinen Marschbefehl in die Hände. Als sie aber dazu noch die Unverfrorenheit besaß, mir alles Gute für meine Zukunft zu wünschen und diesen Wunsch verband mit der angeblich ehrlich gemeinten Hoffnung, alsbald den Angriff auf mein Leben zu verarbeiten und schnellstens meine Gefühlsausbrüche unter Kontrolle zu bekommen, habe ich meine Dienstwaffe gezogen und ihr in den Kopf geschossen.

Bamm.

Selbst schuld. Meine Loyalität kennt eben auch ihre Grenzen.

Okay, meine Chefin hieß nicht Kleines Würstchen, aber ich hielt sie nun mal dafür, mangelnde Unterstützung und so. Und geschossen habe ich auch nicht, weder in ihren Kopf noch sonst wohin, aber, verdammt, ich wollte es. Ehrlich.

Tja, das ist die Geschichte, weshalb ich in diese Stadt versetzt wurde, die jeder richtige Polizist tatsächlich als eine Art Endstation ansehen würde.

Ich schob das Glas über die Theke.

„Pit, hey, mach nochmal voll."

Achtzehn Jahre alter Glendronach, hatte Pit beim ersten Glas gesäuselt, ein klassischer Single Malt, einer der besseren Whiskys. Beim zweiten Glas hatte er etwas von butterig mit einem Hauch von Kaffee erzählt und beim dritten auf den leicht holzigen und zugleich würzigen Abgang hingewiesen.

Butterig, holzig, würzig, ich sags gleich, alles Blödsinn. Oder, wie man in Pits Stadt sagen würde, Kappes. Nach jedem Schluck hab ich geschmatzt, dass der fette Kerl am anderen Ende des Tresens schon zweimal seinen Glatzkopf zu mir drehte und es mich bereits beim ersten Mal juckte, ihn von seinem blöden Hocker zu treten. Aber etwas Fruchtiges habe ich bislang nicht geschmeckt. Auch nichts Holziges, Würziges und schon gar nicht Kaffee. Nichts. Nada. Oder, wie man hier sagen würde, neischt.

„Pit, hast du was auf den Ohren? Mach nochmal voll. Und, sag mal, wie viel Uhr ist es?"

Jetzt hörte Pit hinter seiner Theke zu wischen auf und sah mich stumm an. Jemand, der ihn nicht kannte, würde vielleicht eine Portion Gereiztheit in Pits vernarbtem Gesicht erkennen, aber damit läge er falsch. Mund auf und geistlos gucken, das war einfach die Art, wie Pit direkt an ihn gerichtete Fragen beantwortete. Wie er es damit schaffte, seinen Lebensunterhalt zu verdienen in einem Gewerbe, das ein umgängliches Wesen und kommunikative Fähigkeiten erforderte wie kein anderes, war

15

mir ein Rätsel. Auf der anderen Seite, die für seinen Job entscheidende Frage kannte er auswendig. Vielleicht brauchte es nicht mehr.

„Pit, guck nicht so stumpf, sondern lass mich den Stand deiner Zwiebel wissen, und dann schütt mir noch einen aus. Ich warte."

„Ich bin nicht deine Sekretärin. Warum kaufste dir nicht endlich selbst ne beschissene Uhr?"

Das war natürlich nicht die entscheidende Frage, von der ich gerade sprach, und er meinte das auch nicht so, denn wie gesagt, Pit war nicht gereizt und schon gar nicht angriffslustig. Obwohl, wenn ich darüber nachdachte, es könnte doch sein, dass er in diesem Augenblick gereizt war, ein ganz klein wenig, was dann möglicherweise mit einem Gast zu tun haben könnte und seiner zu Bruch gegangenen Nase, die gegen meinen Ellbogen gestoßen war. Irgendwann vergangene Woche. Ich wills nicht ausschließen, aber ich war mir auch alles andere als sicher.

„Damit ich dich mit meiner Frage nach der Uhrzeit nerven kann, natürlich. Außerdem stört mich so ein Ding am Handgelenk, wenn ich jemandem auf die Glocke hauen muss. Und einen Whisky habe ich beantragt, kommt der noch oder wie?"

„Du bisn Bulle, du darfst niemandem auf die Glocke hauen. Nicht hier. Nicht nirgendwo. Außerdem haste schon drei. Und alle drei waren doppelte, also eigentlich sechs. Willste noch fahren?"

Ich trank mein Glas leer und schmatzte wieder, aber keine Reaktion von Glatze. Was ich bedauerte. „Ich darf also niemandem auf die Glocke hauen. Und wo genau steht das geschrieben, huh?"

Ich sah Pit an, dass ich ihn damit hatte. Was mich nicht wirklich überraschte, denn Pit war zwar irgendwie begabt, wenns ums Geldverdienen ging, aber ansonsten war er nicht sonderlich helle. Zum Beispiel letzte Woche, unmittelbar vor der Sache mit der Nase. Ich habe ihm von einer bundesweiten Razzia im Salafistenmilieu erzählt, also nicht hier, niemand, der in der Endstation für

Recht und Ordnung zuständig war, hatte damit zu tun; ich hab nur das erzählt, was in den Zeitungen stand und ein langer Bericht im Spiegel. Als Pit nicht geantwortet hat, hab ich ihn gefragt, wann er denn zuletzt in den Spiegel geguckt hat. Die Zeitschrift hab ich natürlich gemeint, aber er hat sich umgedreht zu seinen Flaschen und dem Spiegel dahinter und gefragt, ob er was im Gesicht hätte. Also, nur so als Beispiel, von wegen helle und so.

Der eben erwähnte Gast mit Nase, nur um die Geschichte zu Ende zu bringen, der Gast mit Nase hat mich dann angeraunzt, warum ich Pit verarschen würde, ich sollte damit aufhören. Dann hat er sich vor mir aufgebaut und wollte mir erklären, was passieren würde, wenn ich nicht damit aufhörte, aber dazu kam es nicht mehr, weil er in diesem Augenblick seine Nase mit voller Wucht gegen meinen Ellbogen stieß. Keine Ahnung, warum er das gemacht hat, er hätte doch wissen müssen, dass bei einem solchen Zusammentreffen stets die Nase zu Bruch ging, nicht der Ellbogen.

„Was weiß ich denn, wo das geschrieben steht, musst du besser wissen als ich, du kennst dich doch mit Gesetzen aus."

„Steht nirgendwo, Pit."

„Kappes."

„Warum lässt du dir das von dem Blödmann da gefallen, Pit?"

Die Frage von Glatze löste bei mir freudige Erinnerungen an Täglich grüßt das Murmeltier aus, den alten Schinken, in dem der Hauptdarsteller, ich komme gerade nicht auf seinen Namen, einen ganz bestimmten Tag wieder und wieder erlebte. Bei mir war es wohl der Nasentag. Pit schienen dieselben Erinnerungen heimzusuchen, denn er rief Glatze ein „Schon gut, Franz, kein Problem" zu, was Glatze zu beruhigen schien, denn er hielt den Mund. Was eine verdammt schlaue Entscheidung war, wenn sie ihn auch nicht vollständig retten würde.

Aber für den Moment ignorierte ich Glatze und sagte, „Steht nirgendwo, ehrlich", was mir leicht viel, ich hatte mich mittlerweile an die Lügerei gewöhnt. „Also, Pit, wie viel Uhr?"

„Irgendwas nach acht", sagte Pit, „ne viertel Stunde haste noch", und deutete auf mein Glas. „Noch einen also?"

Wie gesagt, Pit kannte die für seinen Job entscheidende Frage, wenn er auch zusätzlich zu seinem bescheidenen Geist ein schlechtes Gedächtnis zu haben schien. War mir bislang nicht aufgefallen.

„Habe ich das nicht bereits zweimal gesagt?"

„Haste?" Er grinste. „Also, noch einen? Sicher?"

Im Gedanken an Wilke, diesen alten Schwätzer, überraschte ich mich selbst und schüttelte plötzlich den Kopf. Wilke mochte es nicht, wenn ich trank, bevor ich zu ihm kam. Damit meine ich, Wilke mochte es generell nicht, wenn ich trank. Nicht, dass es ihn etwas anginge, aber Wilke hatte sich trotzdem eine Meinung gebildet und wies mich bei jedem unserer Gespräche darauf hin, die Trinkerei würde jemandem wie mir nicht bekommen. Genau wie Pit war ich da anderer Meinung, aber Pit war, genau wie ich, in dieser Angelegenheit befangen. Und Pit, das nur nebenbei, hatte natürlich auch keine Ahnung, zu wem ich da ging zwei Mal die Woche um stets dieselbe Uhrzeit als Teil des von meinem Dienstherrn verordneten Gesamtpakets Endstation. Und Pits jetzt breites Grinsen zeigte mir nicht nur, dass ihm oben rechts der Zweier fehlte, womit ich nichts zu tun hatte, isch schwörs, sondern dass er diesbezüglich auch auf der völlig falschen Fährte war. Was vermutlich aus dem Standort seiner Kneipe resultierte, in fußläufiger Entfernung zu einem polizeibekannten Bordell.

Ich steckte zwanzig Euro unter mein Glas und sagte irgendwas von morgen. Pit sagte was von nachher.

Im Vorbeigehen schlug ich Glatze freundschaftlich die Hand auf die Schulter, direkt auf die drei Sterne an seinem Lederblouson und sagte, „Bis morgen, Glatze." Weil Glatze ausgerechnet dann sein Glas anhob, verschüttete er sein Bier, aber dafür konnte ich nichts. Trotzdem verlangte er von mir lautstark Ersatz und dazu eine Entschuldigung, was ich beides mit einem freundlichen Lächeln ablehnte.

„Du bisn Arschloch, Schick, weißt du das? Du bis kaum sechs Wochen bei uns, und wir alle wissen das. Und eines Tages, nicht mehr allzu lange weg, tus du auf die Fresse kriegen. Is so sicher wie meine Pension."

Ich bot Glatze an, das Problem, das er mit mir zu haben schien, gleich jetzt aus der Welt zu schaffen, hinten im Hof. Wie er von Pit wusste, hatte ich ja noch eine viertel Stunde Zeit, und der Hof war dunkel, so dass uns niemand sehen würde, und auf dem Asphalt im Hof lag eine dicke Schneeschicht, so dass er weich fiele. Ich hatte schon meine nagelneue und ziemlich teure Daunenjacke ausgezogen, aber Pit zwängte sich dazwischen mit einem frischen Pils für Glatze „Geht aufs Haus" und einem „Rausjetz" für mich und, ganz entgegen meiner neuen Natur, akzeptierte ich.

Was gut für Glatze war. Und für mich, denn Wilke hätte es herausgefunden und mir dann womöglich, wie bereits mehrfach angedroht, auch ein *Rausjetz* zugeworfen. Und das wollte ich nicht riskieren. Denn Wilke war mein, aber das ist natürlich längst kein Geheimnis mehr, Wilke war mein Irrenarzt, und tatsächlich brauchte ich ihn mehr denn je.

Hier, ich habs gesagt: Ich brauchte Wilke.

Tja, und dann machte ich mich mit röchelndem Atem durch Dunkelheit und Schneegestöber auf zu Wilke, und was muss ich von ihm hören?

2

„Es tut mir leid, Herr Schick."

„Ah, kommen Sie, Wilke. Das können Sie nicht machen. Das ist Scheiße."

Konrad Wilke, wie ich es seit sechs Wochen von ihm kannte, senkte den Kopf und sah mich wieder über den Rand seiner randlosen Brille hinweg an. Wie ein verdammter Lehrer. Oder, schlimmer, ein Pastor.

„Habe ich Sie nicht gebeten, hier bei mir keine solchen Ausdrücke zu verwenden, Herr Schick?"

„Haben Sie mir nicht gesagt, dass ich bei meinem Irrenarzt alles sagen darf?"

„Und mich nicht Irrenarzt zu nennen? Und nicht zu trinken, bevor Sie herkommen? Am besten *gar nicht* zu trinken?" Wilke machte dabei eine Trinkbewegung mit der ein imaginäres Glas haltenden Hand in Richtung seines Mundes und schüttelte dann den Kopf, als wäre mein Deutsch so schlecht, dass die Kommunikation mit mir der visuellen Unterstützung bedurfte. „Sie sind also wirklich der Meinung, ich kann mit meinen zweiundsiebzig Jahren immer noch nicht in Rente gehen?"

„Zweiundsiebzig? Sie sehen viel jünger aus, Wilke. Höchstens wie sechzig. Und niemand geht heutzutage mit sechzig in Rente. Feuerwehrleute vielleicht, aber sonst niemand. Piloten der Lufthansa gehen mit dreißig oder so. Aber sonst wirklich niemand."

Wilke wischte sich mit beiden Händen durchs Gesicht, und mir brach der Schweiß aus bei dem Gedanken, den einzigen Halt in meinem derzeitigen Leben zu verlieren. Was sollte aus mir werden ohne ihn?

„Warum jetzt, Wilke? Wir machen doch gerade so gute Fortschritte. Zum ersten Mal in meinem Leben habe ich wirklich das Gefühl, dass mich jemand versteht. Und jetzt verduften Sie."

Wilke zog die Brille ab und warf sie auf den schweren Holzschreibtisch zwischen ihm und mir. „Sie narren mich doch wieder."

„Ist das eine Frage oder eine Feststellung?"

„Sagen Sie's mir, Herr Schick."

„Ich denke, Sie sollten Ihre Brille nicht werfen, bei randlosen Modellen splittern gerne mal die Gläser, und das wird teuer. Sehen Sie, wie besorgt ich um Sie bin? Ich bin wieder fähig, mich um andere zu kümmern, und das verdanke ich Ihnen. Ist das nicht ein Fortschritt? Ein großer Fortschritt? Also, ich würde das sogar einen riesengroßen Fortschritt nennen, Wilke."

Wilkes Zeigefinger zuckte auf die Akte, neben der seine Brille gelandet war, und mir war klar, was jetzt kam. „Fortschritt, Herr Schick? Zwölf Mal haben Sie bislang hier in diesem Stuhl gesessen. Die ersten acht Male haben wir über das Wetter und unseren unterschiedlichen Musikgeschmack und meine Ausbildung gesprochen, die mich Ihrer Ansicht nach nicht einmal dazu qualifizierte, Sie nach der Uhrzeit zu fragen. Vor-"

„Das habe ich so nicht gemeint, ich hab das nur gesagt, weil ich ja gar keine Uhr trage und immer Pit fragen-"

„*Vor* zwei Wochen haben Sie mir verraten, dass Sie Anna vermissen. Wer das ist und warum Sie Anna vermissen, haben Sie allerdings für sich behalten. Wie haben Sie gesagt? Geht Sie nichts an, Wilke. Und vergangene Woche endlich waren Sie so freundlich mir zu verraten, was Sie beruflich machen. Was kam heraus? Sie arbeiten bei der Kriminalpolizei. Der *Kriminalpolizei*. Bis dahin habe ich geglaubt, Sie wären Angestellter bei der Stadtverwaltung. Und-"

„Stadtverwaltung?"

„Bauamt. Und in der vergangenen Sitzung, bei einem Gespräch spät am Abend natürlich, genau wie jetzt, genau wie immer, Sie kommen schließlich nur in der Dunkelheit her, weil Sie nicht gesehen werden wollen, stimmts? Denn genauso wenig, wie Sie sich Ihrem eigentlichen Problem stellen, stellen Sie sich der Tatsache, dass

Sie Hilfe benötigen. In der vergangenen Sitzung also haben Sie mir dann Ihr großes Geheimnis anvertraut: dass Sie zu mir kommen, weil es in Ihrem Leben ein Ereignis gegeben hat. Ein *Ereignis.*" Wilke sagte, „Das nennen Sie Fortschritt?"

„Na ja, Sie sind der erste, dem ich von dem Ereignis in meinem Leben erzählt habe, Wilke. Ich-"

„Sie haben mir nicht *von* dem Ereignis erzählt, Herr Schick, Sie haben nur gesagt, *dass* es ein Ereignis in Ihrem Leben gegeben habe. Ich weiß nichts über dieses Ereignis. Nichts. Wie soll ich Ihnen denn helfen, wenn Sie mir nichts erzählen? Wenn Sie nicht einmal bereit sind, sich dort drüben auf die Couch zu legen, so dass Sie ein wenig entspannen und ich auch und wir endlich, endlich ein richtiges Gespräch führen können?"

„Ihre Couch ist zu weich, das ist nichts für meinen Rücken."

„Und dann zwingen Sie mich auch noch, Ihnen Einblick in meine" – jetzt schlug Wilke mit seiner kleinen Faust auf die Akte – „Notizen zu geben. Das geht nicht. Das sind meine Notizen!"

„Nur weil Sie gerade sagten, Sie haben die Praxis verkauft und Ihr Nachfolger würde sich zukünftig um mich kümmern. Da wollte ich wissen, was Sie über mich aufgeschrieben haben und ihm weitergeben. Verständlich, oder? Wieso eigentlich Bauamt?"

„Was ich *ihr* weitergegeben habe", sagte Wilke. „Ich habe eine Nachfolge*rin*, wie ich vorhin bereits erwähnte, Frau Doktor Fritz-Sonnemacher. Und welche-"

„Wie heißt die? Fritz ohne Macker? Wollen Sie mich verkackeiern, Wilke?"

„Fritz Sonnemacher, Herr Schick. Doppelname. Und ich will Sie keineswegs ... narren. Welche tieferen Erkenntnisse also-"

„Aber Fritz ist doch ein Jungenname, Wilke. So rufen die Mamas immer quer übern Hof, Fritz, Fritzchen, komm rein essen, es gibt Kartoffelpuffer, die aus der grünen Packung, die magst du doch am liebsten, Fritzchen."

„Herr Schick ..." Wilke schüttelte den Kopf und guckte jetzt traurig wie ein alter Hund im Tierheim, den niemand mehr haben will. „Doppelnachname. Fritz ist ein Nachname und Sonnemacher ist ein Nachname. Sie hat geheiratet, seitdem heißt sie Fritz-Sonnemacher."

„Wie hieß sie denn vorher? Fritz oder Sonnemacher?"

„Das ... uhm, weiß ich nicht. Herr Schick, was ich sagen wollte, welche Erkenntnisse über Sie soll ich ihr denn schon weitergeben? Dass Sie die Dunkelheit mögen und Johnny Cash hören und ... Wie heißt diese Gruppe? Pink ...? Dass Sie ständig trinken und irgendeine Anna vermissen und eine Abneigung haben gegen den Winter im Allgemeinen und Winter an der Mosel im Besonderen?"

„Eine Abneigung, die wir teilen, Wilke, deshalb passen wir beide-"

„Genau, die wir teilen, und deswegen steige ich auch übermorgen in einen Flieger, knabbere französischen Käse in der Businessklasse und lege mich auf einer thailändischen Insel in die Sonne. Und dort werde ich bleiben und meinem Bauch beim Braunwerden zugucken und erst dann zurückkommen, wenn ich mich nach dem deutschen Winter sehne. Also nie."

„Ich gebe Ihnen eine Woche, dann fangen Sie an sich zu langweilen. Nach einem Monat denken Sie an Selbstmord."

„Haben Sie schon einmal an Selbstmord gedacht, Herr Schick?"

Uh, Wilke, du kleiner Schelm. Willst mich überrumpeln. Aber ich ließ mich nicht überrumpeln und sagte nur, „Ach, Wilke, ich bin doch Polizist, ich darf niemanden ermorden."

„Ich nehme mein kleines Notebook hier mit", sagte Wilke mit einem Kopfnicken, „und schreibe meine kuriosesten Fälle auf aus fast fünfzig Jahren psychotherapeutischer Praxis in einer kleinen Großstadt zwischen Eifel und Hunsrück. Wollte ich die ganze Zeit schon machen. Danach-"

„Kleine Großstadt zwischen Eifel und Hunsrück, hey, Wilke, kennen Sie den schon? Wäre die Welt ein Arsch, Trier wäre das Loch." Ich grinste ihn an.

„Sehr schön, Herr Schick. Also, danach werde ich mit dem Buch durch Talkshows tingeln und es wird ein Nummer Eins Bestseller."

„So, Nummer eins Bestseller. Gibt es denn auch Nummer Zwei Bestseller?"

„Vermutlich."

„Werde ich darin vorkommen?"

„Kuriose Fälle, habe ich gesagt. Wenn ich Sie mit ins Buch nähme, würden die Seiten leer bleiben. Das ist für den Leser langweilig. Also nein."

„Warum Bauamt, Wilke?"

„Weil da bekanntermaßen am meisten getrunken wird, natürlich. Und da Sie jeden Abend mit einer beträchtlichen Fahne ... Wie sollte ich da nicht auf Bauamt kommen?" Wilkes Schultern zuckten.

„Ich wurde überfallen und niedergestochen."

Warum ich das sagte, ich wusste es nicht. Ein bisschen vielleicht in der Hoffnung, Wilke doch noch zum Hierbleiben zu überreden. Vielleicht hatte ich aber auch nur das Gefühl, ihm das zu schulden.

Er sagte, „Überfallen?"

Ich nickte.

„Und ... niedergestochen?"

Ich nickte noch einmal.

„Sie wurden also ... verletzt? Schwer?"

Ich schloss für einen kurzen Moment die Augen. Ich war mir immer noch nicht sicher, ob ich nicht doch das Ereignis hätte kommen sehen müssen, ich meine wirklich *müssen*, schließlich war ich Polizist und grundsätzlich aufmerksamer gegenüber meiner Umgebung als andere.

„Herr Schick?"

Aber an dem Abend, das ist meine Entschuldigung, war ich nicht so ganz bei der Sache. Ich brauchte eine Pause. Von meinen Kollegen, von meinen Kumpels, vor allen aber von meiner Frau. Daher war ich ins Kino gegangen. Allein. Retroabend im Cineplex. Vom Winde verweht, die Langfassung von 1939, vier Stunden mit Vivien Leigh und Popcorn, aber den gesalzenen, die anderen esse ich nicht. Gut, um über das Leben nachzudenken.

Und was kommt dabei heraus?

„Zehn Tage Intensiv", sagte ich zu Wilke. „Vier Tage im Koma. Ein Stich landete in der Leber, einer im rechten Lungenflügel, einer im linken."

„Oh."

„Deswegen kann ich mich auch nicht auf Ihre Couch legen, Wilke. Ich hab da nicht gelogen. Mein Rücken."

„Oh ... ja."

„Also, Wilke, bleiben Sie?" Ich guckte ihn an, so freundlich ich konnte.

Er sagte, „Nein."

Und wieder einmal war Schick innerhalb eines Augenblicks von scherzend zu todernst gewechselt, und Wilke sah erneut den harten Blick seines Patienten auf sich.

Ich wurde überfallen und niedergestochen.

Eine entscheidende Information. Schick hatte also ein Trauma erlebt, und ganz offensichtlich hatte er mit der Bewältigung dieses Traumas keinen Erfolg gehabt. Jetzt haben sie sechs Wochen vergeudet. Mist. Traumatherapie war eines seiner Spezialgebiete.

Schick war eine der verschlossensten Personen, mit der er es je zu tun hatte, privat oder beruflich. Und er, Wilke, hatte bei ihm total versagt. Sicher, er hatte nur sechs Wochen mit ihm gehabt, wenig Zeit, sehr wenig und doch ... Er gestand sich ein, dass der Polizist der letzte der drei Gründe war, weshalb er schließlich so schnell seine Praxis aufgab. Dass er zweiundsiebzig Jahre alt war und vor einem Jahr die Liebe seines Lebens verloren hatte, waren die beiden anderen.

„Es tut mir leid, Herr Schick. Mein Entschluss steht fest."

Er sah Schick nicken, ein Mal, zwei Mal, und sich dann entspannen. Als würde er es jetzt akzeptieren.

Winzige Zeichen nur, ein schnelles Zucken um die Augen, das seinen Blick weicher werden ließ, das Strecken und Knacken des kleinen Fingers der linken Hand, mehr gab er nicht preis. Schick hatte seine Gefühle im Griff. Und dazu war Schick unvergleichlich darin, sein Gegenüber am Reden zu halten, selbst wenn der es nicht wollte. Wilke hatte es bei den Sitzungen oft genug am eigenen Leib erlebt. Für jeden, der etwas zu verbergen hatte, war Schick ein gefährlicher Gesprächspartner.

Das war etwas, was nicht in der Akte stand.

Er würde seine Nachfolgerin mündlich informieren. Auch über den Überfall. Und hoffen, dass Schick ihm das nicht übel nahm und eines Tages an seinem Strand auftauchte.

„Wenn Sie mit meiner Nachfolgerin nicht arbeiten wollen, Herr Schick ... Das ist natürlich Ihre Entscheidung. Aber Frau Doktor Fritz-Sonnemacher-"

„Hat einen Doppelnamen, Wilke, was bedeutet, sie hasst mich alleine deswegen, weil ich im Stehen pinkeln kann."

„Sie hat eine hervorragende Ausbildung und viel Erfahrung, Herr Schick, und ohne Zweifel keinerlei Vorbehalte gegenüber Männern. Also, geben Sie ihr eine Chance. Geben Sie sich eine Chance."

Und dann bekam Wilke eine Antwort, die er nie und nimmer erwartet hätte.

„Eine Frau", sagte Schick.

Wilke ließ sich seine Überraschung nicht anmerken.

Eine Frau.

Die zweite wirkliche Information über den Patienten, dessen Vornamen er auch nach sechs Wochen nicht kannte.

Waren das spontane Antworten? *Ich wurde überfallen und niedergestochen* und *Eine Frau?* Zeichen, dass Schick jetzt bereit wäre, zu reden und die Therapie endlich, endlich wirklich zu beginnen?

Wilke überlegte und unterdrückte dann ein Kopfschütteln. Nein, keine spontanen Antworten. Keine Zeichen. Es war vielmehr der gerissene Versuch Schicks, ihn zu ködern. Ihn, den Therapeuten, für sich einzunehmen.

Und verflixt, es funktionierte.

Er nahm seinen Notizblock. „Erzählen Sie mir von dem Überfall auf Sie."

Aber Schick schwieg.

„Ich habe Zeit, wir können noch die ganze Nacht reden. Wenn Sie mir von dem Überfall erzählen, einfach erzählen, was passiert ist und wir danach genau an diese Emotionen rangehen, die Sie ja haben, von diesem Ereignis haben, gemeinsam, Sie sind hier nicht alleine, wir machen das gemeinsam und Sie dann auch Widerstandsfähigkeit entwickeln und nicht mehr, zum Beispiel, den Alkohol zur Hilfe brauchen. Was meinen Sie?" Wilke wartete. „Der Überfall?"

Aber Schick schwieg weiter.

„Herr Schick, vielleicht dann, würden Sie denn von sich sagen, dass Sie Probleme mit Frauen haben? Nicht mit Frauen, die sich für einen Doppelnamen entschieden haben natürlich, das war ja ein Witz ... also, das hoffe ich zumindest." Er sagte, „Das war doch ein Witz, oder?"

Jetzt stand Schick auf.

„Herr Schick, aber mit Frauen. Würden Sie von sich sagen, Sie haben mit Frauen ein Problem?"

„Wir werden sehen. Das heißt, ich werde es sehen. Sie werden dann ja bereits in Thailand am Strand liegen, den jungen Dingern auf den Hintern starren und darüber nachdenken, ob Sie kopfüber von einer dreißig Meter hohen Palme springen oder doch lieber nachts ins Meer steigen." Schick öffnete die Tür. „Aber Sie müssen da nicht alleine durch, Wilke, auch für jemanden wie Sie gibt es Hilfe."

„Hilfe ... Wieso ...?"

„Machen Sie es gut, Wilke."

„Aber, Herr Schick, warten Sie, warten Sie doch, was soll ich denn meiner Nachfolgerin sagen?"

Konrad Wilke löschte das Licht und drehte den Stuhl, zog die Schuhe aus und legte die Füße auf den heißen

Heizkörper unter dem Fenster. Es war nach Mitternacht, und seit Stunden trieb der Wind die Schneeflocken vor sich her, er sah es deutlich im Licht der beiden Straßenlaternen.

Die letzte Kiste war gepackt. Zeit, zu gehen. Der ewige Sommer wartete. Sie hatten sich das vor vielen Jahren zum ersten Mal überlegt, Martha und er, Thailand oder Vietnam, nicht Singapur, das war zu teuer, oder vielleicht die Philippinen, Malaysia. Nach einigen Reisen in der Region war es dann Thailand geworden. Aber sie hatten zu lange gewartet. Die Krankheit kam, dann das Sterben, dann der Tod.

Er hatte seitdem auch immer wieder an seinen eigenen Tod gedacht, nicht nur den natürlichen, der unweigerlich irgendwann kommen würde, sondern auch an einen früheren freiwilligen Tod. Wie konnte Schick das erkannt haben? Als Therapeut hatte er wie bei allen seinen Patienten auch Schick gegenüber die eiserne Regel beachtet, nichts über sich zu erzählen. Schick wusste von ihm also noch weniger als er von Schick, und doch hatte Schick nicht nur die Selbstmordgefährdung seines Therapeuten erkannt, sondern ihm auch den einzigen Ratschlag gegeben, den man einem Therapeuten geben kann: Sie müssen da nicht alleine durch, auch für Sie gibt es Hilfe.

Oder hatte Schick wieder nur einen seiner sarkastischen Witze gemacht?

Er hatte sich bei Schick bedankt. Für den Ratschlag. Und weil Schick ihm doch noch etwas über sich erzählt hatte und ihm damit zu verstehen gab, dass die vergangenen sechs Wochen nicht völlig für den Mülleimer waren.

Er, der Therapeut, bedankte sich bei seinem Patienten. Sollte es nicht andersherum sein?

Als sie sich vor seiner Tür die Hand schüttelten hatte er die Angst in Schicks Augen gesehen, Angst und pure Verzweiflung.

Ich ignorierte Pits triumphierenden Blick, stellte mit großem Bedauern fest, dass Glatzes Platz abgeräumt war und verlangte daraufhin einen Wodka. So ein Tänzchen mit Glatze draußen im Schnee, das hätte mir jetzt gut getan. Nur wegen der Bewegung an der frischen Luft, selbstverständlich, ich möchte da nicht falsch verstanden werden. Ich bin kein Schläger. Wäre ich ein Schläger, würde ich mir einen Boxsack kaufen und mich damit selbst therapieren.

Wie gesagt, was ich wirklich bedauerte, war, nur noch selten Anna zu sehen. Anna ist übrigens meine Tochter, wobei sie eigentlich nicht Anna heißt sondern Penelope. Aber so habe ich sie nie genannt, ich brachte diesen Namen einfach nicht über meine Lippen. Wie das passieren konnte mit dem unaussprechlichen Namen? Ganz einfach. Unmittelbar nach der Geburt wurde meine Frau von der Hebamme gefragt, wie der kleine Wonneproppen denn heißen sollte, und da sie zuvor fast zwölf Stunden lang geschrien und gepresst und geflucht und geschwitzt hatte – also, meine Frau, nicht die Hebamme – habe ich damals ihrem eigenartigen Vorschlag nicht widersprochen. Ein Fehler, ich weiß, wird aber nicht mehr vorkommen, das ist sicher. Und da ich damals beim Anblick meiner kleinen Tochter selbst von Glückshormonen überschwemmt wurde und nicht mehr klar denken konnte, habe ich mir den Fehler mittlerweile auch verziehen.

Was nicht bedeutete, dass Anna sich Penelope nennen ließ, denn dieser Name, so hat sie uns eines Tages verkündet, gefiel ihr ebenfalls ganz und gar nicht. Ich habe dazu die Beckerfaust gemacht, was ihre Mutter mit einem Kopfschütteln und meine Tochter mit einem Was soll das denn wieder, Paps? quittierte und gesagt, Anna wäre als Name immer noch mein absoluter Favorit, woraufhin unsere Tochter sagte, Anna würde ihr zwar gefallen, aber so hieße sie nun mal nicht, also hätte sie sich selbst etwas überlegt und wollte von nun an Penny genannt werden.

Ihre Mutter und ich hatten einen der seltenen Momente der Einigkeit und lehnten ab. Unsere Tochter wie wahlweise die kleinste Einheit der britischen Währung oder eine deutsche Discounterkette zu rufen, kam schlicht nicht in Frage. Aus Mangel an kompromissfähigen Alternativen blieben wir bei unseren Namen. Meine Frau bei Penelope, ich bei Anna. Von allen anderen wurde sie jedoch ab da nur noch Penny genannt, bis, ja bis ich vor einigen Wochen einen Anruf von ihr bekam, in dem sie mir von ihrem neuen Freund erzählte und dass er sie – Ist das nicht supersüß, Paps? – *Rose* nannte.

„Pit, du musst dir wirklich mal die Ohren sauber machen. Einen Wodka. Pur. Jetzt. Und mach das Glas voll."

Was hab ich bloß falsch gemacht, Anna?

Wäre die Welt ein Arsch, Trier wäre das Loch.

Je länger ich darüber nachdenke, desto besser gefällt mir dieses Bild.

Ja, Arschloch und Trier, das ist einfach ein gutes Paar. Noch treffender als Zugfahrt und Endstation.

Um Klarheit zu schaffen möchte ich noch einmal betonen, dass es sich bei meinen Aussagen über Trier um rein persönliche Feststellungen handelt, so leidenschaftslos wie unerschütterlich, resultierend nicht nur aus den vergangenen sechs Wochen meines Aufenthalts hier, sondern aus langjähriger Erfahrung in meiner Jugend.

Mit mir darüber zu diskutieren, ist an dieser Stelle also weder erwünscht noch sinnvoll. Wir werden sehen, wie es sich entwickelt.

Da wir aber gerade von Arschlöchern sprechen, mein Boss wartete auf mich. Keine Ahnung, was der Heidmann um diese Uhrzeit schon wollte, es war gerade mal elf, der Tag hatte also noch gar nicht wirklich begonnen. Aber es war mir auch egal. Schließlich hatte ich Wichtigeres zu tun. Ich saß auf dem alten Holzstuhl in meinem Büro im dritten Stock, Füße auf dem Tisch und Blick aus dem Fenster und beobachtete mit zunehmender Empörung, wie der dunkelgraue Himmel nicht aufhörte, dicke, weiße Flocken auf das Loch der Welt zu spucken. Nachdem in den vergangenen Tagen der Boden noch zu warm war und die verdammten Flocken verschluckte und ich Hoffnung hatte, blieb das weiße Zeugs seit gestern liegen. Auf den Hausdächern, auf dem dünnen Grünstreifen vor dem Präsidium, auf dem Bürgersteig, auf der Straße, im Hof hinter Pits Kneipe. Überall. Seit der Nacht waren die Räumfahrzeuge unterwegs, ohne Unterbrechung und ohne Erfolg. Es war einfach zu viel.

Ich hasse Schnee. Und Kälte. Und Winter. Und, aber ich denke, das wurde bereits deutlich, trotzdem möchte ich die Gelegenheit nutzen und es noch einmal erwähnen, Trier ist auch nicht meine große Liebe. Und jetzt war auch noch Wilke aus meinem Leben verschwunden. Thailand. Vielleicht hätte ich doch die Frühpensionierung wählen sollen.

Dazu hatte ich an diesem Morgen einen Schädel. Nicht von den paar Whisky, sondern vom Wodka, so meine Vermutung. Die Schuld an dem dumpfen Druck in meinem Kopf lag also ganz alleine bei Glatze, der die Flatter gemacht hatte aus Angst vor einem Tänzchen mit mir im Schnee. Feigling.

„Herr Schick! In mein Büro! Sofort!"

Bosse. Mit Fistelstimme jetzt. Zwei Zimmer nebenan. Ich musste mir angewöhnen, die Tür zu schließen.

Da ich davon ausgehen konnte, dass sich auch in den nächsten Minuten die Wetterlage nicht wesentlich ändern, sich in meinem Inneren jedoch die Empörung weiter ausbreiten würde, was nicht ganz ungefährlich für meine Umgebung wäre, stand ich schon mal auf, ging aber noch nicht los. Mir gegenüber saß Glatze an seinem Schreibtisch und räumte Sachen aus seinen Schubladen in einen Karton, was ich nicht ganz verstand. Da ich aber immer alles verstehen möchte, besonders, wenn es sich in meinem Büro abspielte, sagte ich, „Hey, Glatze, was machst du da eigentlich?"

„Hab ich dir nicht gesagt, du sollst mich nicht so nennen?"

„Ja, hast du, ich tus aber trotzdem. Also, was machst du da?"

Weil er mich nur dumm angriente in seinem lila Polyesterhemd mit getrockneten Schweißrändern, erinnerte ich ihn an Pits Hinterhof und dass mein Angebot für ein Tänzchen noch stand – „Rock'n'Roll versteht sich, Glatze, nicht Walzer" – woraufhin er meinte, „Du wirst das wohl bald erfahren."

Hm.

„Sag mal, Glatze, wie kommt es eigentlich, dass so viele Glatzköpfe zugleich auch einen Wanst haben. Ich meine, so wie du. Gibt es da einen kausalen Zusammenhang

zwischen so einer Glatze und dem Bauchumfang, hormo-
nell oder so, oder denkt ihr euch nur, Jetzt hab ich keine
Haare mehr und seh ohnehin scheiße aus, da kommt es
auf fünfzig Kilos mehr auch nicht an?"

Da ich daraufhin keine Antwort bekam, nicht einmal
ein Grienen, schlenderte ich hinaus und den Gang hinunter zu Bosses Büro und durch die offene Tür hinein und,
sobald er auf mich guckte, atmete schwer. Was mir aufgrund meiner punktierten Lungenflügel leicht fiel.

„Bin schon da." Atmen, atmen. „Was gibts, Bosse?"

Heidmann guckte über die Akte in seinen Händen zu
mir hoch. „Hören Sie mit dem Quatsch auf, Schick. Ich
weiß, dass Sie es sich in Ihrem Büro gemütlich gemacht
haben. Und nennen Sie mich verdammt nochmal nicht
Bosse."

Ich murmelte etwas von Schneeschippen auf dem
Bürgersteig, aber sein von Natur aus schon nichtssagen-
des Gesicht zeigte keine Regung.

Um die Persönlichkeit des Herrn Heidmann zu erfas-
sen, muss man nur zwei Dinge über ihn wissen. Na ja,
drei. Zum einen, dass er sich seit seiner Ausbildung zum
Kommissar in diesem Laden herumtrieb, also nie etwas
anderes gesehen hatte, sich sein Erfahrungsschatz mithin auf das Leben in einem Loch beschränkte. Nicht gerade viel. Zum zweiten, dass er trotz seines nicht der Rede werten Erfahrungsschatzes gerne den Boss heraus-
hängen ließ. Weshalb ich ihn auch so nannte, war ja
zwangsläufig. Dass ich ihm nicht sonderlich zugetan war,
war da ebenso zwangsläufig.

Und, ja, drittens. Drittens, dass er braune V-
Ausschnitt Pullover mit Rautenmuster trug. Und wer
jetzt denkt, braune V-Ausschnitt Pullover mit Rautenmuster hätten genauso wenig mit der Persönlichkeit des
Trägers zu tun wie lila Polyesterhemden, der, ganz klar,
irrt.

Ich setzte mich auf einen der beiden Stühle vor seinem
Schreibtisch und sah ihn und den Aktendeckel an. Auf
dem Deckel stand mein Name, und das gefiel mir gar
nicht.

„Sie können mir noch so giftige Blicke zuwerfen, Schick, was jetzt kommt, werden Sie schlucken. Aber vorher noch etwas anderes", sagte er, lehnte sich zurück und schob dabei seinen Bauch vor, als wäre er stolz drauf.

Heidmann hatte übrigens, wenn auch ganz oben an einer Stelle die Kopfhaut hervorbrach, volles Haar, was mir Beweis genug dafür war, dass der Umkehrschluss meiner an Glatze gestellten Frage nicht galt: Nicht jeder Kerl mit Bauch dachte sich, Jetzt hab ich einen dicken Bauch und seh ohnehin scheiße aus, da kommt es auf meine Haare auch nicht mehr an, und ließ sich dann eine Glatze wachsen. Vielleicht gab es also tatsächlich einen kausalen hormonellen Zusammenhang zwischen dem Ausfallen des Haupthaares und dem Anschwellen der Region im Dreieck zwischen Solar Plexus und rechtem und linken Hüftknochen, was von jedem Glatzenträger vermutlich gerne bejaht würde und der Pharmaindustrie Anlass sein könnte, in dieser Richtung nach einer Lösung des Glatzen-Wanst-Problems zu suchen und mit der Entwicklung einer entsprechenden Pille Milliarden zu verdienen. Und vielleicht könnte ich, als wissenschaftlicher Vordenker sozusagen, an den Milliarden partizipieren. Dazu musste ich nur in einer empirischen Studie mit meinen beiden Teilnehmern Glatze und Bosse auf die mögliche Relevanz besagten hormonellen Zusammenhangs hinweisen und meine Studie in einer angesehen Fachzeitschrift publizieren. Sollte kein Problem sein, wenn man bedenkt, wie viele unsinnige Studien mit einstelliger Probandenzahl tagtäglich veröffentlicht werden. Zum Beispiel über die Ernährung. Da gibt es Studien, die behaupten, Kohlenhydrate-

„Verdammt, Schick, hören Sie mir zu oder was?"

„Wie?" Stimmt, der Heidmann saß ja immer noch da.

„Ja, selbstverständlich, Bosse, ich habe nur gerade versucht zu verstehen, was Sie mir vorhin zu verstehen gegeben versucht haben."

„Was? Was reden Sie da?"

„Nun ja, Ihre Unterstellung, ich würde Ihnen giftige Blicke zuwerfen. Was wollen Sie mir damit sagen? Dass Sie nicht mehr mein Freund sind und nicht mehr mit mir spielen wollen?" Da ich keine Antwort bekam, sagte ich, „Auf der anderen Seite müssen wir das jetzt so kurz vor der Mittagspause auch nicht vertiefen, ich weiß ja, wie wichtig Ihnen Ihre Mahlzeiten sind. Also, bitte, fahren Sie doch fort."

Heidmann guckte einen langen Augenblick relativ, wie ich fand, bedeppert in der Gegend umher und räusperte sich den Ärger von den Stimmbändern und sagte, „Also ... Der Kollege Solberg hat gesagt, Sie wollten ihn verprügeln. Stimmt das?"

„Wer ist der Kollege Solberg?"

„Mann, Schick, treiben Sie es nicht zu weit."

„Ach, Sie meinen Glatze."

„Ihren Kollegen Franz Solberg meine ich. Der Kollege, der mit Ihnen ein Büro teilt. Und im Übrigen lange vor Ihnen hier im Präsidium war, also zeigen Sie verdammt nochmal ein bisschen Respekt!"

Als er *Respekt* sagte, flog ein Spucketropfen von seiner Lippe. Er landete auf meiner Akte. Direkt neben meinem Namen.

Ich lehnte mich zurück.

„Jeder war lange vor mir in diesem Präsidium."

„Das ist wohl wahr. Also?"

„Also was?"

„Haben Sie gedroht, ihn zu verprügeln, Schick?"

„Glatze kam zu Ihnen gedackelt und hat das behauptet?"

Keine Antwort.

„Warum suspendieren Sie mich dann nicht? Er braucht nur Beweise für seine Aussage, und schon kanns losgehen mit meiner Suspendierung. Hat er Beweise?"

„Er hat einen Zeugen", sagte Bosse und ließ das dann in der Luft hängen als wollte er mir noch eine letzte Chance geben, doch den Mund aufzumachen und alles, alles zu gestehen. Da ich aber selbst einer der weltbesten Bluffer bin und Bosse kapierte, dass es mir überhaupt

35

nichts ausmachte, jemanden minutenlang stumm anzustarren, fügte er schließlich hinzu, „Der Zeuge ist ein Gaststättenbetreiber", und ließ auch das wieder in der Luft hängen.

Ich dachte an Pit, grinste weiter und hielt weiter den Mund.

„Der Gaststättenbetreiber, ein Herr Peter Lamberts, behauptete mir gegenüber vorhin am Telefon allerdings, er könne sich an kein Gespräch zwischen Ihnen und dem Kollegen Solberg erinnern. Deshalb frage ich nochmal Sie: Haben Sie gedroht, den Kollegen Solberg zu verprügeln?"

Uh, sieh an, Pit, der Gaststättenbetreiber, war ein Schweigsamer. Gut zu wissen.

Ich sagte, „Glatze und ich hatten ein kurzes, vor allem aber ein privates und vertrauliches Gespräch, über das ich mit niemandem sprechen darf. Sie wissen, genau wie es auf meiner Post steht, Privat/Vertraulich? Auch nicht mit Ihnen, Heidmann. Sie haben übrigens vorhin auf meine Akte gespuckt. Tun Sie das bitte nicht wieder."

Heidmann sah mir einen langen Moment in die Augen, ich sah ebenso lange zurück, aber viel härter als er, und Heidmann blinzelte zuerst.

In Gedanken schlug ich mir auf die Schulter. Sieger, Sieger.

Aber der Verlierer wollte nicht mitfeiern sondern sagte, „Was haben Sie eigentlich gegen den Kollegen Solberg, Herr Schick?"

„Nichts", sagte ich.

„Das kann ich nicht glauben."

„Tja."

„Erklären Sie mir das doch, bitte."

„Danke, nein."

„Warum nicht?"

„Zum Sprechen braucht man Sauerstoff, und meine Lungen produzieren davon gerade nicht so viel. Ich muss haushalten."

Klar hatte Heidmann Recht, ich hegte eine ganz erhebliche Abneigung gegen Glatze, eine Abneigung, die nicht nur persönliche – wäre ja unreif – sondern ganz handfeste professionelle Gründe hatte. Denn dass *ich* eine, sagen wir, latente Haltung der Arbeitsverweigerung angenommen hatte, war vor dem Hintergrund meines Ereignisses und der resultierenden Zwangsversetzung und der Tatsache, dass man mir hier nur blöden Papierkram gab und keinen richtigen Fall, vielleicht noch verständlich. Glatze jedoch legte die gleiche Haltung an den Tag ohne annähernd gleichwertige Gründe anführen zu können. Er kam spät und ging früh, machte dazu ausführlich Frühstückspause (am Schreibtisch, Brötchen, Croissants, Butter, Marmelade), Spätvormittagspause (am Schreibtisch, bis zu einem halben Ring Fleischwurst), Mittagspause (irgendwo draußen, keine Ahnung wo, dem mitgebrachten Geruch nach jedoch nicht selten in einer Frittenbude) und, eine Stunde vor seinem selbstgewählten Dienstschluss, Frühnachmittagspause (wieder am Schreibtisch, Teilchen, Teilchen, Teilchen). Mit den zusätzlichen Schwatzpausen in den Büros seiner Brüder im Geiste, unter anderem bei Bosse höchstpersönlich, reduzierte sich seine Nettoarbeitszeit auf zwei Stunden, in denen er allerdings auch nichts gebacken bekam, denn er offenbarte selbst bei den einfachsten Vorgängen polizeilicher Arbeit eine Unkenntnis, die ... die ... Mir fehlen die Worte. Abends dann ein paar gepflegte Bierchen bei Pit und dazu, wenn er glaubte, ich wäre nicht mehr aufnahmefähig, ließ er gegenüber jüngeren Polizisten den Tiger raus. Kostprobe? *Von wegen wir sitzen den ganzen Tag im Büro, nein, wir sind draußen, da, wo es weh tut, wir klären Morde auf, okay? Morde.*

Typen wie Glatze sollten, das war schon immer meine feste Überzeugung, irgendwo eingesetzt werden, wo sie keinen Schaden anrichten konnten. Bei der Straßenreinigung, zum Beispiel. Im Winter beim Schneeschippen.

Da ich aber all das für mich behielt und Heidmann wieder nur stumm anguckte, kratzte der sich schließlich niedergeschlagen am Ohr und drückte eine Taste am Telefon, ohne den Hörer abzuheben. Nach einmaligem

Tuten hörten wir eine Frauenstimme „Herr Heidmann, ja?" sagen.

„Frau Melchisedech, wenn Sie dann bitte rüberkommen würden?"

„Natürlich. Komme. Check."

Heidmann hob den Hörer an und ließ ihn fallen und, als wäre ich im Kopf etwas langsam, sagte, „Das war die Frau Melchisedech."

Ich nickte und überlegte, ob ich A eine Frau Melchisedech kannte, und zu B kam ich bereits nicht mehr, denn eine junge Frau trat herein, die mir völlig unbekannt war.

„Machen Sie bitte die Tür zu und setzen Sie sich."

Die Frau zog die Tür hinter sich zu und setzte sich auf den Stuhl neben mich. Da sie mir dabei freundlich zunickte, ließ ich sie gewähren, obwohl sie über ihrer weißen Bluse einen billigen dunklen Anzug trug, wie es Anwälte und Bankangestellte taten. Und beide Berufsgruppen waren mir nicht sonderlich sympathisch.

„Frau Melchisedech, das ist der Herr Schick. Schick, Kollegin Melchisedech."

„Schick?" Frau Melchisedech guckte immer noch freundlich, jetzt zugleich aber auch erstaunt. „Der vom LKA?" Und zu mir, „Sie sind der vom LKA in Mainz, der die Morde in diesem Pflegeheim aufgeklärt hat. Die verrückte Heimleiterin, die alleinstehende alte Menschen tötete und dann deren Rente kassierte. Sie wurden dafür von unserem Innenminister ausgezeichnet."

„Nein, dafür nicht, Frau Melchisedech", sagte Heidmann.

„Und danach wurden Sie überfallen und lagen im Koma."

„Und Sie sind die Frau Melchisedech?", sagte ich, etwas weniger freundlich als sie, aber ebenfalls mit einem Ton in der Stimme, als wäre ich platt vor Erstaunen. „*Die* Frau Melchisedech? Echt jetzt?"

Ich sah ihr an, dass sie nicht wusste, wovon ich sprach. Was mich nicht wunderte, denn manchmal spreche ich mit nur dem einen Zweck, alle anderen zu verwirren. So wie jetzt.

„Was soll das heißen, Schick?"

Ich sagte, „Warum bin ich hier, Heidmann?"

Heidmann hob die Akte mit meinem Namen und dem immer noch dunklen Spuckefleck hoch. „Deswegen."

„Aha. Und warum ist sie dann hier?" Mein Daumen deutete dabei auf die junge Frau neun Uhr neben mir.

Heidmann hielt die Akte weiter hoch. „Auch deswegen."

„Das ist meine Personalakte. Die geht nur mich etwas an."

„Und mich", sagte Heidmann. Er hielt die Akte immer noch in die Höhe und ich fragte mich, ob seine Hand langsam taub wurde. „Ich werde die Akte auch niemandem zeigen, keine Sorge. Was ich meinte ... Der Anfang und der Mittelteil Ihrer Akte liest sich wirklich gut. Sehr spannend. Unglaublich in manchen Teilen, und die geschwärzten Abschnitte darin kenne ich noch nicht einmal. Ihre ist übrigens die erste Akte mit geschwärzten Inhalten, die ich in der Hand halte."

„Warum wundert mich das nicht."

„Wieso?"

„Egal, Heidmann."

„So. Ja. Also, spannend. Bis zur Auszeichnung durch unseren Innenminister. Der zweiten Auszeichnung, meine ich, die vor ein paar Monaten. Vor sechs, sieben Jahren oder so wurden Sie ja schon mal ministerienmäßig ausgezeichnet, einer wie Sie gibt sich ja wohl nicht mit nur einer Auszeichnung ab, da müssens schon zwei sein, nicht?"

„Ist das ein Wort, ministerienmäßig?"

„Was ich sagen wollte ... Also nach Ihrer zweiten Auszeichnung fällt Ihre Beurteilung etwas ab. Nein, nicht etwas. Steil ab, sehr steil sogar. Und in den sechs Wochen Ihres Hierseins haben Sie es geschafft, die Beurteilungskurve noch weiter nach unten zu drücken. Daher habe ich beschlossen", er warf die Akte zurück auf den Tisch, „ich gebe Ihnen ab sofort einen neuen Partner."

„Neuen was?"

„Ich gebe Ihnen ab sofort-"

„Heidmann, Ihnen fehlt da offensichtlich eine wichtige Information. Ich habe bereits einen Partner."

„Sie haben gestern dem Kollegen Solberg mit Prügel gedroht. Dem seit letztem Sommer pensionierten und von mir und allen anderen hier im Präsidium immer noch hochgeschätzten Kollegen Kaspar haben Sie vergangene Woche sogar die Nase gebrochen. Mit einem Ellbogenschlag, wie man sich erzählt. G*ebrochen*."

„Hat er das gesagt?"

„Wer? Kaspar? Nein, hat er nicht, denn sonst wären Sie bereits suspendiert und auf dem Weg zurück nach Mainz und von dort direkt in den Frühzeitigen, oder meinen Sie etwa ... Meinen Sie wirklich etwa, pensioniert oder nicht, ich würde so etwas durchgehen lassen?"

„Warum sind Sie so rot im Gesicht, Heidmann?"

„Man erzählt sich das auf dem Flur", sagte die Frau neben mir.

„Und was man sich auf dem Flur erzählt", sagte Heidmann, „mündet zwar genauso selten in eine offizielle Untersuchung, wie die Aussage eines Kollegen ohne Zeugen, weshalb Sie, zumindest im Moment, bedauerlicherweise nichts zu befürchten haben. Aber in aller Regel erzählen die Kollegen die Wahrheit, auch auf dem Flur. Daher kann ich Sie zwar nicht suspendieren, aber ich kann Ihnen einen neuen Partner geben. Und das tue ich hiermit." Er holte tief Luft. „Mit Frauen scheinen Sie ja keine Probleme zu haben, zumindest habe ich nichts darüber in Ihrer Akte finden können. Daher ist meine Wahl auf die Kollegin Melchisedech gefallen. Der Kollege Solberg räumt bereits seine Sachen. Er kann es nicht erwarten, soll ich Ihnen ausrichten."

„Meinen Sie das im Ernst? Sie" – mein Daumen wieder auf neun Uhr – „soll meine Partnerin werden?"

„Ich soll wirklich die Partnerin von Herrn Schick sein?" Ihr Daumen auf drei Uhr. „Das ist ja eine Überraschung. Danke, Herr Heidmann, dass Sie an mich gedacht haben. Ich hab gehört, Herr Schick war ein Ass beim LKA. Ich kann bestimmt noch ganz viel von ihm lernen."

Ich schielte zu ihr hinüber. Meinte die das im Ernst? Ihr Gesichtsausdruck war harmlos genug.

„Bislang haben Sie ja noch keinen Fall bearbeitet, Schick, nicht zuletzt, weil keiner der Kollegen mit Ihnen zusammenarbeiten will. Aber jetzt", sagte Heidmann und zog eine weitere Akte aus dem Schrank hinter sich, an den Seiten ausgefranst und zusammengehalten von einem Spanngurt, „jetzt haben Sie einen Fall. Und eine Kollegin. Partnerin."

Er warf auch diese Akte auf den Tisch.

„Und den Fall kann ich nicht mit Glatze, also dem Kollegen ... Dingsda bearbeiten?"

Ich hatte nicht vor, mit Glatze irgendetwas gemeinsam zu bearbeiten, aber da Glatze ohnehin nichts bearbeiten wollte, war er der ideale Partner für mich.

„Der Kollege *Solberg* ist draußen, Schick. Er kümmert sich jetzt um die alten Fälle."

„Die Altfälle? Cold Cases? Glatze macht Cold-Case-Ermittlungen? Das ist ein Witz, Heidmann. Der ist doch zu blöde, seinen Namen in den Schnee zu pinkeln, wie soll denn der-"

„Kollege Solberg kümmert sich um die alten Fälle, die wir ... Die alten Fälle. Die wir nur auf Papier haben. Er überträgt sie ins System." Sein Blick sprang von mir hinter mich auf die Wand, wo es irgendetwas Interessantes geben musste.

Ich grinste. „Verstehe ... Glatze sitzt im Keller, um die verstaubten Bestände einzuscannen." Ich grinste noch mehr, denn ich war wirklich erleichtert, weil, „Da unten wird er keinen Schaden anrichten, haben Sie sich gedacht, Heidmann, richtig? Ja, ich stimme zu. Gut gemacht."

„Ich brauche Ihre Zustimmung nicht, danke. Sie, Schick, haben jetzt tatsächlich-"

„Bill Murray."

„-einen ungelösten ... Was?"

41

„Bill Murray. Der Typ in Täglich grüßt das Murmeltier. Wacht immer wieder am selben Tag auf und lernt Klavier spielen und so. Als wir gerade über Glatze sprachen, ist es mir wieder eingefallen."

„Toller Film", sagte die Frau neben mir. „Echt alt, aber kann ich immer wieder gucken. Phil, Phil Connors, bist du das? Und dazu die Andie als Rita, Andie MacDowell, die ist eine meiner-"

„Gehts noch bei Ihnen oder was? Jetzt reißen Sie sich mal zusammen. Beide."

„Natürlich, Entschuldigung, Herr Heidmann", sagte die Frau. „Wir reißen uns zusammen. Schon erledigt. Check."

„Sie sind ja wieder so rot", sagte ich.

„Sie haben jetzt tatsächlich einen ungelösten alten Fall, Schick. Es wird Zeit, dass Sie mit der Arbeit anfangen und uns allen mal zeigen, was ein Spitzenmann vom LKA so drauf hat. Ich wette, wir werden beeindruckt sein."

„Alter Fall?" Ich schielte auf die Akte.

„Ganz recht. Solange wir keinen aktuellen Fall haben, bei dem Ihre Mitarbeit erwünscht ist, habe ich mir gedacht ..." Er gab der Akte einen Stoß, vermutlich sollte sie über den Tisch zu mir rutschen. Der Spanngurt verhinderte das aber, und die Akte blieb liegen, wo sie war. Heidmann tat, als wäre nichts. „Zum Aufwärmen, sozusagen. Alles, was wir darüber wissen, steht da drin. Sie leiten die Ermittlung."

Das war das Beste, was seit Wochen jemand zu mir gesagt hatte. Ich überlegte schon, Heidmann das Du anzubieten, aber da machte er es bereits wieder zunichte.

„Zusammen mit der Kollegin Melchisedech, versteht sich. Und ich erwarte von Ihnen, Schick, dass Sie alles tun, damit diese Partnerschaft funktioniert."

5

Ich nahm die Akte und stand auf und ging hinaus. Im Gehen drehte ich den Kopf zu ihr, die sich in meinem Windschatten hielt.

„Wo wollen Sie denn hin?", fragte ich.

„In mein neues Büro."

„Das ist in die andere Richtung."

„Nein."

„Auf einer anderen Etage dann."

„Nein."

„In einem anderen Gebäude?"

„Auch nicht. Wir sind schon da."

„*Ich* bin schon da. Das ist mein Büro."

„Und jetzt auch meins." Sie setzte sich auf den Stuhl von Glatze und streckte mir die Hand entgegen. „Nachher gehe ich meine Sachen holen und räume ein."

„Haben Sie Probleme mit dem Arm oder was soll das?"

„Geben Sie mir mal."

„Das ist meine. Wenn Sie eine Akte haben wollen, gehen Sie zu Heidmann, der gibt Ihnen eine. Oder zu Glatze in den Keller. Der hat ganz viele."

„Ich will sie kopieren. Damit jeder von uns sein Exemplar hat. Check."

„Check?"

„Ja, so, wie, wie erledigt halt. Check." Zugleich machte sie mit ihrer Hand eine Bewegung, als würde sie mitten in meinem Gesicht einen Haken setzen.

Ich musste meinen Blutdruck regulieren und atmete daher tief ein, was ich jedoch umgehend bereute, als meine Lunge mir mit erbostem Stechen zu verstehen gab, dass ich sie weit über ihre derzeitige Leistungsfähigkeit hinaus beanspruchte. Das war nicht neu, warum mein Herz aber zweimal hintereinander stolperte, war mir ein Rätsel. Langsam und kontrolliert atmete ich wieder aus.

„Was war das jetzt?"

„Was?"

„Das Zittern, als Sie eingeatmet haben. Ihr ganzer Körper."

„Nichts. Freudige Erregung, weil Sie hier sind."

„Und der Schweiß in Ihrem Gesicht?"

„Wechseljahre. Moment."

Ich wischte mit dem Ärmel meines Hemdes durchs Gesicht und setzte mich. Dann wischte ich noch einmal und schlug die Akte auf.

Ich hatte deutlich umfangreichere Verfahrensakten gesehen und deutlich weniger umfangreiche, aber auf den ersten Blick schien alles vorhanden zu sein. Hauptakte mit Vernehmungen, Berichten und Gutachten, Nebenakte mit Lichtbildern und-

„Ich warte."

„Ich sehs."

„Männer kommen nicht in die Wechseljahre."

„Doch. Moment."

-Fahndungsmaßnahmen sowie die Spurenakte. Der erste Eintrag war acht Jahre alt, der letzte Eintrag fünf Jahre mit dem Inhalt, dass die Ermittlungen ruhten. Wie es aussah hatten sich, nachdem die ursprüngliche Untersuchung ohne Ergebnis vorläufig abgeschlossen war, drei weitere Ermittler an dem Fall die Zähne ausgebissen.

Eine Frau war getötet worden.

Manuela Maria Kaplan. Automechanikerin. Dreiundzwanzig Jahre alt.

Sie starb an einem Waldstück nahe dem Ort, in dem sie lebte und arbeitete. Pech.

Nein, das war jetzt nicht zynisch. So hieß der Ort. Pech. Pech, Eifel. Kaum dreißig Kilometer von hier.

Eine Spaziergängerin hatte am frühen Abend die Leiche gefunden. Ihre Hündin hatte angeschlagen.

Ich legte alles zusammen und surrte behutsam den Gurt fest und drückte der Frau gegenüber die Akte in die noch immer ausgestreckte Hand.

„Verlieren Sie nichts. Und beeilen Sie sich, ich möchte anfangen."

Als sie draußen war, stand ich ebenfalls auf und machte mich auf die Suche nach dem Kaffeeautomaten. In jeder Dienststelle gibt es einen Kaffeeautomaten, das war so etwas wie ein Gesetz, es musste also auch hier einen geben. Da ich aber bislang von der Hauptpforte nur zu meinem Büro und zu Heidmann und auf die Toilette gegangen war, hatte ich ihn noch nicht gefunden.

Mein Weg führte mich durch etliche mit grau-braun-gepunktetem Linoleum ausgelegte Gänge in etliche mit grau-braun-gepunktetem Linoleum ausgelegte Zimmer, die ich für Aufenthaltsräume hielt, sich aber allesamt als Büros entpuppten, in denen irgendwelche Leute irgendetwas taten. Da ich mich in einem Polizeipräsidium befand, kam mir in den Sinn, dass es sich bei den Männern und Frauen vielleicht um Polizisten handeln könnte, die Polizeiarbeit erledigten, aber irgendwie sahen sie eher aus wie Sachbearbeiter, die sich nichts sehnlicher wünschten als die Uhr vordrehen zu können auf Feierabend mit Kegeln, Nordic Walken oder einem Makramee-Kurs in der Volkshochschule. Die meisten starrten mich stumm an, eine Mittdreißigerin rieb sich dabei mit der Hand zwischen den Beinen, kein Witz, und ich verschwand, bevor sie den Mund aufmachen und mir von ihrem brennenden Schmerz beim Wasserlassen erzählen konnte. Wo war ich hier bloß gelandet?

Nach zwei Etagen bat mich meine Lunge intensiv auf weiteres Treppensteigen zu verzichten, wogegen ich nichts einzuwenden hatte. Zurück in meinem Büro war ich allerdings etwas ratlos, denn, wenn ich auch kein ausgesprochener Koffeinjunkie war, bei der Arbeit mochte ich ganz gerne mal einen Schluck.

Und jetzt war ich wieder bei der Arbeit.

Nach einer Weile kam Melchisedech mit zwei Akten auf dem Arm zurück, von denen sie eine vor mich auf den Tisch legte. Sie setzte sich und begann sofort zu lesen.

Zufrieden stellte ich fest, dass sie mir die Originalakte zurückgegeben hatte, und überlegte dann, ob ich sie nach dem Kaffeeautomaten fragen sollte. Ich wog kurz den Vorteil gegen den Nachteil der Frage ab – Vorteil: Ich bekam einen Kaffee. Nachteil: Ich würde mit einer solchen Frage quasi den Grundstein zu der von Heidmann geforderten partnerschaftlichen Beziehung legen. Der Nachteil wiederum hatte selbst zwei weitere Nachteile. Erstens würde ich Heidmanns Wunsch erfüllen, was ich ganz und gar nicht wollte, Fuck you, Heidmann. Und zweitens hatte ich grundsätzlich kein, aber auch überhaupt gar kein Bedürfnis nach einem Partner. Auch nicht nach einer Partnerin. Schon gar nicht nach einer Partnerin in einem billigen dunkelblauen Anzug mit, wie ich jetzt deutlich sah, abgewetzten, glänzenden Ärmeln.

Problem war, der Wunsch nach einem Kaffee war immer noch da.

Ich versuchte einen Umweg.

„Frau Melchisedech, ich kann nichts dagegen tun, dass Sie sich hier in meinem Büro breitmachen, aber eines sage ich Ihnen gleich, ich bin Kaffeetrinker. Sollten Sie sich also an dem Geruch von Kaffee stören, dann müssen Sie sich ein anderes Büro suchen."

„Kein Problem, ich trinke auch Kaffee. Gern und viel."

Sie guckte dabei nicht einmal hoch.

„Und warum", sagte ich, „trinken Sie dann jetzt keinen?"

„Na, weil sie den Automaten weggeräumt haben, natürlich. Wo soll ich denn einen Kaffee herbekommen?"

„Wo Sie ihn sonst auch herbekommen, ich meine, seit sie den Automaten weggeräumt haben. Wohin haben sie den eigentlich geräumt, wissen Sie das? Ich hab hier jeden gefragt, aber keiner weiß was."

„Keine Ahnung. Ganz raus, glaube ich, der Raum wird ja jetzt als Büro genutzt." Sie guckte immer noch nicht hoch. „Haben Sie das hier schon gelesen? Das ist wirklich spannend."

„Und wenn Sie einen Kaffee wollen, wohin gehen Sie dann?"

„Was?"

„Einen Kaffee, Frau Melchisedech."

„Bitte, nennen Sie mich Tamara."

„Das werde ich ganz bestimmt nicht tun."

„Und ich nenne Sie ...“ Jetzt guckte sie doch hoch.
„Wie heißen Sie mit Vornamen?“

„Ich habe keinen Vornamen.“

„Dann kann ich Ihnen auch keinen Kaffee holen. Denn das ist es doch, was Sie wollen, oder?“

„Dass Sie mir keinen Kaffee holen?“

Aber sie lächelte nur.

Ein nettes Lächeln, musste ich feststellen, aber nett, damit jetzt niemand auf den falschen Gedanken kommt, nett im Sinne wie bei meiner Tochter nett. Melchisedech war auch nur wenige Jahre älter, Ende zwanzig, vielleicht Anfang dreißig, aber nicht älter, was sie für mich als Mann zu einer quasi-geschlechtslosen Person machte. Was Frauen als potentielle Freundinnen anging, war vierzig meine Grenze. Also meine untere Grenze. Jünger als vierzig, und die Frauen und ich, so meine Erfahrung, hatten, außer dem Interesse an Sex, keine Gemeinsamkeiten. Nach zwei Monaten, manchmal auch erst nach dreien, wenn sie so aussahen wie Melchisedech, ohne Anzug natürlich, war alles erkundet, was es zu erkunden gab, und man stellte einander vor und hörte so entsetzliche Dinge wie *Ich heiße Tamara*.

„Ihnen ist klar, dass Heidmann Sie hiermit vorführen will?“, sagte sie, auf die Akte nickend.

Nicht nur ein Lächeln wie meine Tochter, sondern auch noch helle im Kopf. Ganz anders als Pit. Das konnte spannend werden.

„Wie kommen Sie darauf?“

„Der Fall hat bereits drei Kollegen verschlissen“, sagte sie. „Den einen kenne ich nicht, die beiden anderen aber schon. Beide rangierten auf der Beliebtheitsskala unseres Herrn Heidmann bereits ziemlich weit unten, als sie den Fall bekamen. Habe ich gehört.“

„Lassen Sie mich raten, auf dem Flur?“

„Wo sonst? Den Fall haben sie nicht gelöst, wie ja auch hier steht, woraufhin sie eine schlechte Beurteilung bekamen und seitdem bei keiner Beförderung mehr berücksichtigt wurden. Sie haben dann die Versetzung beantragt. Wurde auch genehmigt, in Ruckzuck Rekordzeit.

Habe ich auch auf dem Flur gehört. Der eine sitzt jetzt in der Eifel, Prüm oder so, der andere im Hunsrück mitten im Wald. Jwd halt."

„Jwd?"

„Janz weit draußen."

„Interessant. Und warum", sagte ich, „sitzen Sie dann wohl jetzt hier?"

„Ganz einfach. Ich soll dafür sorgen, dass Sie tatsächlich vorgeführt werden." Sie legte die Hand auf ihren Bauch. „Ich habe Hunger. Was halten Sie davon, wenn wir etwas essen gehen? Manchmal hole ich mir was aus der Bäckerei um die Ecke, aber das machen alle anderen auch, und ich vermute, Sie sind lieber für sich. Ich kenne ein Bistro, in dem wir garantiert keine Kollegen treffen werden. Was meinen Sie, wir nehmen die Akte mit und machen ein Arbeitsessen draus. Sandwiches. Die haben auch guten Kaffee."

„Wir dürfen keine Akten mit nach draußen nehmen."

„Die Akte ist ja nur kurz draußen. Dann ist sie wieder drinnen, im Bistro."

Ich musste lächeln. „Ich sehe, Sie haben alles im Griff."

„Also?"

„Also gehen wir."

„Nicht schlecht", sagte ich und meinte es.

Wir saßen im Bistro des städtischen Hallenbades. Die Luft war sehr warm und sehr schwül, und mit ein bisschen Phantasie konnte ich mir vorstellen, an einem thailändischen Strand zu sitzen. Mein Blick streifte durch die Halle, aber keiner der Herren sah aus wie Wilke. Wie Wilke auch immer aussah in Badehose.

Wilke, verdammt, warum Thailand, das Stadtbad hätte es doch auch getan. Ich hätte Ihnen von meinen Stunden mit der wunderbaren Vivien erzählt und vielleicht auch von der kuriosen Unterhaltung zwischen meiner Frau und mir, die dem Kinobesuch vorangegangen war, und dann irgendwann vielleicht auch von dem Ereignis. Aber nein, Sie wollten ja unbedingt an den Strand.

Ich hatte meine Jacke ausgezogen und zog jetzt auch noch mein Hemd aus und trank dann von meinem Kaffee. Melchisedech hatte nicht übertrieben, der Kaffee war gut. Nicht überragend, aber gut. Machte mich wach und vertrieb zugleich mein Wodka-Kopfweh. Mehr verlangte ich nicht von einem Kaffee.

„Möchten Sie nicht doch etwas essen?" Die Betreiberin des Bistros.

Melchisedech hatte sie mir als eine Freundin vorgestellt, aber ich hatte das Gefühl, die beiden waren mehr als nur Freundinnen. Sie war so alt wie die Melchisedech, aber attraktiver und nicht zu schüchtern, es zu zeigen in ihren knappen Shorts und dem anliegenden Shirt, unter dem sie eindeutig keinen BH trug. Aber warum sollte sie auch, bei der Hitze.

Ich schüttelte den Kopf. „Danke. Aber noch so einen würde ich trinken." Ich hielt die Tasse hoch. „Das Wasser dafür nehmen Sie aber nicht hinten aus dem Becken, oder?"

„Ab und zu aus dem Kinderbecken, da ist das Wasser ganz besonders. Aber nur, wenn ich nicht beobachtet werde. Bei dir mit deinen scharfen Augen traue ich mich nicht." Sie lächelte, wobei sie ihren Blick über mein T-Shirt gleiten ließ, das ähnlich eng anlag wie ihres. Sie nahm meine Tasse. „Kommt sofort."

Was ich vorhin meinte, von wegen Frauen als potentielle Freundinnen und über vierzig und so, war mein Ernst, ehrlich. Aber was ich vergessen hatte zu erwähnen war, dass alte Männer wie ich sich immer gleich wie im siebten Himmel fühlten, wenn sie von einer jungen Frau angelächelt wurden. Ist einfach so. Wir können nichts dagegen tun.

„Nicht schlecht", sagte ich wieder.

„Was genau jetzt?", sagte Melchisedech. Sie saß mir gegenüber mit angespannten Halsmuskeln und riss ein weiteres großes Stück aus ihrem Bratensandwich, während sie, genau wie ich, ihrer Freundin hinterherschielte. Anders als ich aber versuchte sie es zu verheimlichen.

„Das Bistro. Hier im Bad. Es ist warm. Das ist schön, wenns draußen schneit." Ich lehnte mich zurück und tastete mit dem Rücken vorsichtig gegen den Stuhl, um eine Stelle zu finden, wo beide sich treffen konnten, ohne dass es mir Tränen in die Augen trieb. Da ich mittlerweile darin geübt war, gings so schnell, dass es nicht auffiel. „Erinnern Sie mich daran, Ihnen keinen Grund zu geben, verärgert mit mir zu sein."

„Hm?" Sie kaute. Die Muskeln im Kiefer sprangen hin und her.

„So, wie Sie Stücke aus Ihrem Brot reißen und jetzt darauf herumkauen, das sieht bedrohlich aus. Ohne Zweifel ist Ihr Mund eine gefährliche Waffe."

Sie sah mich an, während sie weiterkaute und dann herunterschluckte und schließlich mit Kaffee nachspülte. „Wie meinen Sie das jetzt?"

Sie war helle, keine Frage. Wusste genau, dass ein unerwünschter LKA-Ermittler sofort auf den Gedanken kommen würde, er sollte mit einem solchen Fall abserviert werden. Wusste ebenfalls, dass der Ermittler auch sofort auf den Gedanken kommen würde, die neue Partnerin hätte die Aufgabe, für Bosse zu spionieren, vielleicht sogar die Ermittlungen zu torpedieren und sicherzustellen, der Ermittler würde bald die Segel streichen. Deshalb war sie sofort in die Offensive gegangen und hatte gleich danach vorgeschlagen, die Akte mit nach draußen zu nehmen um dem Ermittler damit zu zeigen, dass sie ihren eigenen Kopf hatte und gegen die Regeln verstieß, wenn es notwendig war. Was dem als unkonventionell geltenden Ermittler, wie sie zu Recht dachte, gefallen würde.

Nur bei der Szene mit Heidmann hatte sie es übertrieben. Als sie sich so schnell auf meine Seite schlug und von Täglich grüßt das Murmeltier schwärmte und Heidmann ihr dann den Ball zuspielte, Gehts noch bei Ihnen beiden oder was? Als ob wir ein Team wären, Vertraute, bereits zusammengehörten. Und Melchisedech den Ball aufnahm, Natürlich, Herr Heidmann, wir reißen uns zusammen.

Wir, Melchisedech, gibt es nicht.

Ich war mir noch nicht sicher, wie ich mit ihr umgehen wollte. Sie ließ sich von ihrem unfähigen Boss für seine Zwecke einspannen, ohne sich dagegen zu wehren. Dabei wäre es einfach gewesen. Ein schlichtes Nein reichte in solchen Situationen aus. Ich habe es selbst oft genug gesagt. Nein. War einfach. Nein. Melchisedech hatte nicht Nein gesagt, sie war also in vollem Bewusstsein ihrem Boss in den Verlängerten gekrochen, ohne Zweifel, weil sie sich davon Vorteile versprach. Berücksichtigung bei der nächsten Beförderungswelle steht bei solchen Kriechaktionen immer an erster Stelle.

Andererseits, jemanden an der Seite zu haben brachte Vorteile. Ein Assi, der mir den Rücken freihielt mit all der zeitaufwendigen Schreibtischarbeit, die gemacht werden muss. Angefangen damit, die aktuellen Aufenthalte der Zeugen herauszufinden, die in der Akte aufgelistet waren. Und das waren eine Menge. Allein das konnte einen ganzen Tag kosten. Und ich war nicht gut darin, still am Computer zu sitzen und mir die Ärmel meines Hemdes abzuwetzen.

Assis übrigens, zur Erklärung, Assis nannte ich solche Kollegen, die aufgrund ihres mangelnden Geistes oder mangelnden Interesses oder meines mangelnden Vertrauens zu ihnen für reine Assistenzarbeiten gut waren und nur dafür. Die sprachliche Gleichheit mit der nicht sehr wohlwollenden Bezeichnung für Anhänger einer bestimmten Lebensweise und Lebenseinstellung ist absolut gewollt. Assis standen auf der untersten Stufe der dreistufigen Schick-Skala zur Bewertung von Kollegen. Auf der mittleren Stufe standen die Korres, denen man auch eine komplexere Aufgabe übertragen konnte und ein solides Ergebnis bekam, von denen man allerdings niemals Ehrgeiz zum Beispiel in Form eigener Ideen erwarten durfte. Korres sind die korrekten Kolleginnen und Kollegen, die ganz korrekt morgens um acht am Schreibtisch saßen, ihre Aufgaben abarbeiteten, und ebenso korrekt um fünf die Griffel fallen ließen. Bei meiner Suche nach dem Kaffeeautomaten hatte ich eine ganze Menge Korres gesehen.

Und dann waren da, nur um das zu Ende zu führen, die Spezis. Spezis bissen sich in jeden Fall hinein und ließen nicht mehr los und lernten alles, was es über das Opfer und die Tatumstände zu lernen gab und wurden zu absoluten Spezialisten für diesen Fall, und sie verlangten all das auch von dir und dann löst ihr den Fall auch. Na ja, meist. Spezis konnte man vertrauen. Blind. Immer. Spezi zu sein war eine Frage von Persönlichkeit und Charakter. Nicht mehr und nicht weniger.

Jemand wie Heidmann oder Glatze würde das nicht verstehen. Bei Melchisedech war ich mir noch nicht sicher.

Einen anderen Kollegen als die Melchisedech würde ich aber nicht bekommen, das hatte Heidmann klar gemacht. Kein Korres also, kein Spezi. Es war also entweder Assi Melchisedech oder ich allein. Ich musste darüber nachdenken.

„Sie haben mir noch nicht geantwortet, Herr Schick. Wie meinen Sie das mit meinem Mund, gefährliche Waffe?"

Ohne ein Wort schlug ich meine Akte auf und begann zu lesen.

6

Pit sah mich hereinkommen und hörte mit dem Wischen auf. Dann zog er eine Augenbraue hoch, was so viel bedeutete wie: Ich habe den Mund gehalten. Für dich.

Ich setzte mich auf meinen Stuhl und nickte ihm leise zu, was so viel bedeutete wie: Danke, ich weiß es zu schätzen.

Woraufhin er mir ebenfalls zunickte, was so viel bedeutete wie: Gut, dann ist das ja geklärt.

Mehr brauchte es nicht unter Männern in der Kneipe.

„Ein andrer oder der vom letzten Mal?", fragte er dann, die Flasche bereits in der Hand.

„Derselbe", sagte ich, „dreifach."

„Dreifach gibts nit, nur doppelt." Er schenkte aus.

Ich trank die Hälfte weg und, weil Pit mich anguckte, murmelte was von „Echt fruchtig und Kaffee" und trank dann noch die andere Hälfte.

Pit schien zufrieden mit mir, denn er schenkte nach und lächelte mich sogar an. Worauf ich hätte verzichten können, der Zweier wieder und so, aber er hatte mir den Arsch gerettet, also lächle nur, Pit, lächle.

Den Rest der Mittagspause im Schwimmbad und den gesamten Nachmittag hatte ich mit der Akte verbracht und die Melchisedech dabei weitgehend ignoriert. Was logisch war, denn solange ich ihr nicht vertrauen konnte, würde ich sie nicht an meinen Gedankengängen teilhaben lassen. Ihr gezischtes „Feierabend dann" hatte mir gezeigt, dass sie sich unsere Partnerschaft anders vorstellte. Aber das war ihr Problem.

Jedenfalls konnte sie Heidmann nichts berichten. Und das war für mich das Wichtigste.

Ich trank aus und bezahlte und verließ Pits warme Höhle und kämpfte mich durch mal wieder eisige Kälte zu Wilke. Als mir einfiel, dass Wilke in der Sonne lag, war es bereits zu spät. Ich stand in seinem Treppenhaus. Unten hustete und fluchte ich die kalte Luft aus meiner stechenden Lunge und schleppte mich dann die quietschende Treppe in den zweiten Stock. Oben stütze ich mich mit beiden Händen auf den Oberschenkeln ab und hustete wieder, fluchte dann erneut, jetzt leiser und nicht ganz so derb wie unten, richtete mich auf und klopfte.

Eine Frau öffnete. Um die vierzig mit dunkelblonden Haaren, halblang und offen, das Jeanshemd zwei Knöpfe auf und locker über der Hose ebenfalls aus Jeans, ein netter Teint in Gesicht und Dekolleté. Auf dem linken Arm balancierte sie eine Kiste.

Bevor ich auch nur den Mund aufmachen konnte, sagte sie, „Wer sind Sie denn?"

Ich nannte meinen Namen.

„Und?"

„Was und? Um diese Zeit habe ich bei Wilke immer mein Gespräch."

„Da habe ich Neuigkeiten für Sie. Kollege Wilke ist nicht mehr da. Sie müssen also Termine machen. Mit mir. *Bevor* Sie hierher kommen. Haben Sie getrunken?"

„Wie kommen Sie darauf?"

„Rufen Sie mich morgen an."

Sie wollte die Tür zudrücken, aber ich stellte meinen Fuß vor. „Sie wollen mich wegschicken? Wirklich?"

Sie sah an meinen Jeans hinunter auf meine Schuhe und dann mir in die Augen. Meine Augen schienen ihr zu gefallen, denn sie machte mir Platz. „Dann kommen Sie halt rein, aber kurz, na kommen Sie schon, wir müssen wieder zumachen, hier zieht es ja wie Specht."

„Hecht", sagte ich und blieb stehen.

Sie nahm den Karton in beide Hände und ging los. „Machen Sie hinter sich zu, und ziehen Sie Ihre Schuhe aus, die sind nass."

Ich schloss die Tür und ging ihr nach bis in Wilkes Büro. Fünf oder sechs Kartons wie der, den sie festhielt, standen auf dem Boden. Zwei standen auf dem Stuhl vor dem Schreibtisch, der überladen war mit Büchern und einem Bildschirm. Auf der Couch lagen weitere Bücher

und daneben Bilder oder Fotos, schwer zu sagen, jedenfalls irgendetwas mit Rahmen. Vor dem Fenster vier
Stapel Zeitschriften und eine Kiste Wasser, zwischen
Couch und Fenster drei Reihen Aktenordner und geschätzt zwei Dutzend CDs.

„Setzen Sie sich, Herr ...?"

Ich sagte, „Immer noch Schick."

„Oh ja. Schick."

„Wohin?"

„Was wohin?"

„Soll ich mich setzen?"

„Wohin Sie wollen. Nicht auf den Stuhl, da sind die
Kisten. Vielleicht auf die Couch ... Nein, die ist auch ...
Wenn Sie die Karten wegschieben, dann gehts vielleicht.
Oder Sie bleiben einfach stehen. Ich hab eh nicht so viel
Zeit."

„Sie haben keine Zeit? Wir haben jetzt einen Termin."

„Sie haben Ihre Schuhe angelassen. Sie machen den
Holzboden nass, sehen Sie das nicht? Und Termin, Sie
haben wohl was an den Ohren. Sie haben mit mir keinen
Termin ausgemacht, also haben wir jetzt auch keinen
Termin. Ich muss gleich weg."

„Sie haben auch Schuhe an."

„Ja, aber das sind Turnschuhe, und die sind trocken."

Ich sagte, „Um die Uhrzeit müssen Sie noch weg? Es
ist dunkel und spät."

„Es ist Winter, da ist es immer dunkel. Außerdem
muss ich die Termine nehmen, die man mir anbietet.
Genau wie Sie. Ich biete Ihnen morgen Mittag an, zwölf
Uhr."

„Ich bin aber jetzt hier."

„Stimmt. Aber die Wohnung, die ich mir anschauen
werde, ist wichtiger."

„Sie wollen noch eine Wohnung besichtigen? In der
Dunkelheit? Ich kann Ihnen nur raten, verschieben Sie
das auf morgen. Niemand guckt sich im Dunkeln eine
Wohnung an."

„Ich schon. Wissen Sie, wie schwierig es ist, in diesem Kaff eine einigermaßen anständige Wohnung zu bekommen, für die man nicht ein Vermögen ausgeben muss?"

„Nein, weiß ich nicht. Haben Sie gerade Trier als Kaff bezeichnet?"

„Warum wissen Sie das nicht? Haben Sie im Lotto gewonnen? Oder leben Sie in Ihrem Auto?"

„Ich bin pensioniert."

„Was? Dafür sind Sie zu jung. Außerdem dachte ich, Schick ... Ich hab doch vorhin in Ihre Akte geguckt, arbeiten Sie nicht bei der Kripo?"

„Ich meine, ich wohne in einer Pension. Pension, pensioniert. Verstehen Sie?" Sie guckte mich an, als hätte ich sie nicht mehr alle. Was schließlich sein konnte, denn warum sonst war ich hier. „Könnten Sie auch machen. In meiner Pension ist noch was frei, soweit ich weiß. Unter mir. Ich wohne im Dachgeschoss."

„Danke nein. Ich bin in einem Alter, da möchte ich meine eigene Wohnung haben. Jedenfalls ist es schwierig, eine günstige und schöne Wohnung zu finden in diesem ..." – sie sah sich um und drehte sich und sah sich wieder um und stellte den Karton auf die Wasserkiste – „... Kaff." Dann tippte sie mit dem Finger darauf. „Meine privaten Unterlagen. Wichtig. Ich hoffe, ich kann mir merken, dass in diesem Karton meine privaten Unterlagen sind."

„Sie könnten sich auf dem Karton eine Notiz machen", schlug ich vor. „Private Unterlagen. Wichtig."

Sie nickte. „Ja. Guter Gedanke."

Ich sah sie einen Stift nehmen und sich zu dem Karton beugen in ihrer engen Jeans. Zweimal setzte sie den Stift an, zweimal wischte sie ihre Haare hinter die Ohren, dann rollte sie mit einem Stöhnen ein Haargummi von ihrem Handgelenk und band die Haare zu einem Pferdeschwanz und bückte sich wieder und schrieb.

Sie hatte eine phantastische Rückseite.

„Sagen Sie, sind Sie wirklich die Nachfolgerin von Wilke?"

„Wieso?"

„Er hat gesagt, Sie hätten eine gute Ausbildung."

„Habe ich. Aber keine Wohnung. Deshalb bis morgen. Zwölf Uhr. Auf Wiedersehen."

„Warum wohnen Sie nicht hier?"

„Hier? Wo?"

„Wilke hat hier gewohnt. Das Zimmer war sein Büro, hinten ist sein Bad. Die zwei Räume auf der anderen Seite sind Küche und Schlafzimmer. Eine vollständige Wohnung also. Passend für Ihr Alter."

Sie war fertig mit dem Beschriften und richtete sich wieder auf. „Woher wissen Sie, dass da Küche und Schlafzimmer sind?"

„Ich habe reingeguckt."

„Sie haben in Wilkes Küche und Schlafzimmer geguckt? Ohne seine Erlaubnis?"

„Im Schlafzimmer stehen jede Menge Fotos von seiner Frau. In der Küche auch. Gefällts Ihnen hier nicht?"

„Sie haben Wilkes private Fotos angeschaut? Ich glaube, ich möchte Sie nicht als Patient. Bitte gehen Sie."

Sie schien es ernst zu meinen, denn sie streckte ihren Arm in Richtung Tür.

„Na gut", sagte ich. „Aber überlegen Sie sich das mit der Wohnung. Sie könnten jede Menge Geld sparen, vielleicht wird das noch wichtig für Sie."

Sie nahm den Arm wieder herunter. „Wichtig für mich, wieso?"

„Na, wenn Sie mich wegschicken, dann haben Sie bereits einen Patienten weniger. Und wenn Sie die anderen auch so behandeln wie mich, haben Sie bald gar keine Patienten mehr."

„Hey, dann könnte ich raus aus diesem Kaff und zurück in meine alte Stadt und meinen alten Job. Ganz ehrlich, da gibt es Schlimmeres." Sie lehnte sich gegen Wilkes Schreibtisch und verschränkte locker die Arme und sah mich an. „Wie ist das bei Ihnen, Herr Schick? Wollen Sie auch weg aus Trier und zurück in Ihren alten Job?"

Ich sagte, „Morgen um zwölf?"

Sie nickte.

7

Als ich am nächsten Morgen ins Büro kam, saß die Melchisedech bereits an ihrem Platz. Weiße Bluse, Anzug. Ein anderer Anzug als gestern, dieser schwarz, nicht dunkelblau. Aber genauso billig und mit genauso abgewetzten Ärmeln.

„Sie sind spät", sagte sie ohne hochzugucken.

Sie hatte sich eine Uhr neben ihren Bildschirm gestellt, einen alten Wecker, wie man sie von früher kannte, mit Klöppel zwischen zwei kleinen Deckeln und Höllenlärm. Vermutlich war der Wecker älter als sie. Vor ihr auf dem Tisch lag die aufgeschlagene Akte, daneben ihr Mobiltelefon und ein Notizblock, die obere Seite zur Hälfte mit blauem Kugelschreiber beschrieben. Einzelne Wörter waren mit gelbem Marker hervorgehoben.

„Sorgen Sie dafür, dass dieses Ding da nicht angeht."

„Der Wecker?"

„Sollte der klingeln, werfe ich ihn aus dem Fenster. Und wenn er laut tickt, werfe ich ihn auch aus dem Fenster."

„Der Wecker tickt nicht."

„Diese alten Dinger ticken immer, dafür sind sie da. Und sie ticken laut. Zeigen Sie mal." Ich streckte mich und nahm den Wecker in die Hand. „Wieso steht der auf halb drei? Es ist nicht halb drei."

„Nein, es ist fast zehn, und Sie sind verdammt spät. Geben Sie her."

Ich gab ihr den Wecker zurück. „Warum steht der auf halb drei?"

„Geht Sie nichts an. Warum kommen Sie so spät? Ich dachte, Sie wollten anfangen?"

„Woher wissen Sie, wie spät es ist, wenn das Ding da auf halb drei steht?"

Ohne ein Wort tippte sie auf ihrem Mobiltelefon und drehte es zu mir. Der Bildschirm zeigte 9:54. „Zauberei, gell? Fangen wir jetzt an, oder wollen Sie zuerst Käffchen?"

„Kaffee wäre nicht schlecht."

„Gut, bringen Sie mir einen mit. Ich gebe Ihnen das Geld nachher."

„Sie sind ja lustig heute." Ich sagte, „Ich höre nichts."

„Was?"

„Nichts ticken."

„Habe ich doch eben gesagt. Der Wecker tickt nicht."

„Warum nicht? Wecker ticken immer. Ihrer tickt nicht und dazu steht er auf halb drei, was definitiv die falsche Uhrzeit ist. Was soll das?"

„Wie gesagt, geht Sie nichts an. Kümmern Sie sich um Ihren eigenen Wecker."

Ich hob das Blatt hoch, das auf meinem Tisch lag.

„Und was ist das?"

„Eine Einladung. Ich habe auch eine bekommen."

„Eine Einladung, beim Polizeichor mitzumachen? Jeden ...", ich las vor, „Mittwoch um halb sechs. Unser Repertoire: Traditionelles Liedgut." Ich ließ das Blatt in den Papierkorb segeln. „Sagt mal, habt ihr hier in Trier nichts anderes zu tun?"

„Ich geh vielleicht mal hin. Die singen auch Gospels und internationale Sachen, steht da. Ich singe gerne." Sie schob die Akte vor. „Fangen wir jetzt endlich an? Ich denke, wir sollten zunächst die wichtigsten Ergebnisse auf einer oder zwei Seiten zusammenfassen. So bekommen wir einen guten Überblick über den Fall und formulieren unsere Ansatzpunkte. Ich meine, wo wir dann weitermachen. Was meinen Sie?"

„Gute Idee, aber zu spät. Hab ich bereits gemacht."

„Sie haben?"

„Heute Nacht. Während Sie so tief und fest schlummerten, dass Ihre Freundin Sie wecken musste. Denn Ihr Wecker hat ja nicht funktioniert."

„Meine ... Freundin? Welche Freundin?"

„Welche Freundin? Lange Beine, kurze Hose, Shirt. Schwimmbad? Ihre Freundin."

„*Eine* Freundin", sagte sie. „Babs gefallen übrigens Ihre Augen. Sie steht auf blaue Augen, besonders so stahlblaue wie Ihre. Hat sie gesagt. Stahlblau."

„Babs, aha. Na ja, wie Sie wollen. Ist mir, ehrlich, auch egal. Aber ich hab gemerkt, wie Sie sich ärgerten."

„Ärgerten?"

„Als Ihre Freundin mich duzte."

„*Eine* Freundin", sagte sie, aber sie hörte sich angespannt an.

„Und jetzt schon wieder. Meine stahlblauen Augen und so, das ärgert Sie auch."

„Nein", sagte sie und streckte ihren Arm über den Tisch, genau wie gestern.

„Was ist jetzt?"

„Ihre Zusammenfassung."

„Wozu?"

„Damit ich sie kopieren kann. Denn ich nehme an, dass Sie mir kein Exemplar ausgedruckt haben."

„Sie nehmen richtig an. Und nehmen Sie auch an, dass Sie jetzt andere Aufgaben haben, als meine langweilige Zusammenfassung zu lesen. Wir müssen die Zeugen kontaktieren. Alle. Dazu brauchen wir aktuelle Adressen und Telefonnummern, inklusive der Mobilnummern."

Sie zog den Arm zurück und starrte mich an, als hätte ich einen obszönen Witz erzählt.

„Sie wollen, dass ich das mache?"

„Einer muss es machen, und da ich es nicht bin, müssen Sie es sein. Logisch, oder? Das ist der Vorteil, wenn man der Dienstältere ist. Alle Zeugen, alle Adressen, alle Nummern."

„Normalerweise teilen sich Partner so etwas auf."

„Das stimmt grundsätzlich, Frau Melchisedech, aber nicht hier. Denn erstens sind wir keine Partner, und zweitens ist die Norm für mich kein Maßstab. Nie gewesen. Ich bin der Größte und mache alles auf meine Weise. Aber das werden Sie mittlerweile ja schon herausgefunden haben."

„Wenn wir keine Partner sind, was sind wir dann?"

„Ein Polizist und eine Frau, die sich ein Zimmer teilen. Der eine leitet eine Mordermittlung, die andere arbeitet ihm zu. Nach Aufforderung."

„Ich bin ebenfalls Polizistin, Herr Schick, und nicht nur das, ich bin auch Volljuristin. Ich habe-"

„Ich will aber hoffen, dass Sie im Dienst nicht voll sind, Frau Melchisedech. Ich dulde keinen Alkohol während der Dienstzeit. Und danach auch nicht." Ich sagte, „Schlagen Sie die Seite mit den Zeugenvernehmungen auf und fangen Sie bei F wie Fogel an. Und nein, ich habe keine Rechtschreibschwäche, *der* Fogel schreibt sich mit F, Paul Fogel, Schuhmacher, geboren zweiter Juli neununddreißig. Der Fogel Paul steht nicht im Telefonbuch, das können Sie sich also sparen."

Sie sagte, „Sie wissen das Geburtsdatum auswendig?"

„Wenn wir Glück haben, ist er nicht verstorben sondern lebt in einem Altenheim. Versuchen Sie das Bonifatius zuerst, das ist das nächste von der Adresse, wo Fogel zuletzt gemeldet war."

„Bonifatius?"

„Bonifatius Pflegeheim. Das wiederum finden Sie im Telefonbuch, gucken Sie in der VG Schweich. Ich hab gestern da angerufen, aber der Typ hat mir nichts gesagt."

„Welcher Typ?"

„Der am Telefon war."

„Warum hat er Ihnen nichts gesagt?"

„Es war nach Mitternacht, vielleicht hat er gedacht, ich wäre ein Geist. Vielleicht ist er aber auch nur ein Wichtigtuer. Von denen gibt es viele. Überall."

„Sie haben nach Mitternacht ...?"

„Warum haben Sie noch nicht angefangen, Frau Melchisedech?"

Sie guckte mich noch einen Moment an und schlug dann die Akte auf. „Warum mit Fogel, Herr Schick?"

Ich nahm meine Jacke. „Es gibt zwei Möglichkeiten für Sie, das herauszufinden. Entweder Sie kommen selbst dahinter. Oder nie."

„Dass Sie es mir sagen, ist also keine Möglichkeit?"

61

Da ich bereits alle Möglichkeiten aufgezählt hatte und es zu meinen Grundsätzen gehörte, Offensichtliches nicht auszusprechen, hielt ich den Mund.

„Wo gehen Sie hin?"

„Zu Babs, Kaffee trinken. Sie hat wirklich gesagt, sie mag meine stahlblauen Augen?"

„Ja."

Ich sagte, „Fangen Sie mit Fogel an."

Unten fragte ich nach einem Dienstwagen, bekam einen Schlüssel, begutachtete die Karre und ging zurück und fragte den Kerl im grauen Overall, ob er nicht etwas noch Älteres dahätte verdammt, und erfuhr, dass der zwanzig Jahre alte Golf das einzige freie Fahrzeug mit Allwetterreifen war, ich könnte aber ein neueres mit Sommerreifen bekommen. Da es heute Morgen wieder zu schneien begonnen hatte und jetzt immer noch schneite, lehnte ich ab. Den Gedanken, nach einem Auto mit Winterreifen zu fragen, verwarf ich sofort wieder.

Die Fahrt verlief trotzdem einigermaßen rutschfrei, was ich aber weniger dem unterirdischen Auto und seinen Reifen als vielmehr der vollständig flachen Strecke verdankte. Wenigstens funktionierte die Heizung. Für die nähere Zukunft brauchte ich allerdings ein anderes Gefährt, denn sie würde mich in die hochgelegene Wildnis führen. Also, die Eifel.

Mein Termin war in einem Stadtteil, der sich nach einem kleinen Bach Ruwer nannte, aber an der Mosel lag – die Trierer, huh? – und nach einer Weile fand ich auch die Adresse aus der Akte. Ein siebziger Jahre Bungalow, klein und unscheinbar und zutiefst spießig in einer Reihe mit anderen siebziger Jahre spießigen Bungalows. Passend für einen Kripobeamten.

Genau deshalb besaß ich kein solches Haus. Deshalb, und weil mir das Geld dazu fehlte, natürlich. Habe ich erwähnt, dass meiner In-guten-aber-nicht-in-schlechten-Zeiten-Noch-Gattin zwar das von ihren Eltern geschenkte Haus alleine gehörte, wir von meinem Gehalt aber die mitgeschenkten Grundschulden tilgten?

Ja, ich weiß. Selbst schuld.

Ich stieg aus und stellte fest, dass mein Rücken weniger schmerzte als er nach der Fahrt sollte und guckte mir daraufhin den Sitz genauer an. Eine Art Sportsitz mit harter Polsterung und vorgewölbten Lehnen an den Seiten von Sitzfläche und Rückenteil. Nicht schlecht. Ich sollte mir so etwas in mein Büro stellen.

Auf mein Klingeln öffnete mir eine Frau, Ende fünfzig, das farblose Gesicht mit Furchen durchzogen und die Haare kurz und grau, aber so ein Grau, wie es heute modern war. Hatte sie die Haare gefärbt? Aber warum? Um älter auszusehen? Das hatte sie definitiv nicht nötig. Und normalerweise tun Frauen das auch nicht. Zumindest meiner Erfahrung nach. Frauen wollen immer jünger aussehen. Warum das so ist, habe ich noch nicht herausgefunden.

„Wenn Sie fertig sind mit Ihrer Starrerei, sollten Sie mir sagen, was Sie hier wollen."

Ihre Stimme war so hart wie ihr Blick. Von der Zigarette in ihrer Hand zwirbelte Rauch nach oben.

Ich hustete. „Ich bin hier, weil ich Ihren Mann sprechen möchte. Mein Name ist Schick."

„Sind Sie sicher?"

„Äh, ja. Steht so in meinem Pass, ich habs mehrmals gelesen. Oder meinen Sie ... Meinen Sie etwa, die Verwaltung lügt mich an? Und ich heiße gar nicht Schick? Oh mein Gott, wer bin ich denn dann?"

„Was? Nein, Sie Scherzkeks, ich meine, dass Sie meinen Mann sprechen wollen." Sie zog tief an der Zigarette und stieß langsam den Rauch aus. Zum Glück für meine Lungen seitwärts an mir vorbei. In der kalten Luft formte sie damit eine Wolke von nicht unbeträchtlicher Größe. „Meinen Mann, sind Sie da sicher?"

„KHK Nebel."

„Nehbert."

„Genau."

„Sie hätten anrufen können."

„Ich habe angerufen."

„Sie haben aufs *Band* gesprochen." Sie sah mich einen Moment lang an. „Na, dann kommen Sie mal rein."

Sie führte mich durch den verqualmten Flur in das verqualmte Wohnzimmer, wo ich ihrer Handbewegung Folge leistete und mich auf die eine mit grünem Brokat bezogene Couch setzte. Mein recht, wenn ich das sagen darf, knackiger Hintern passte genau zwischen zwei Brandlöcher.

Sie setzte sich auf die andere mit grünem Brokat bezogene Couch gegenüber.

Zwischen uns stand ein schwerer Holztisch mit eingearbeiteter Steinplatte und einem Aschenbecher, der so voll war, dass von dem Hügel bereits mehrere Kippen hinunter auf die Platte gerutscht waren.

Ich hustete erneut, aber sie störte sich nicht daran und rauchte weiter. Meine Augen fixierten die Fenster. Sie waren geschlossen.

„Sie hätten vorher anrufen können", sagte sie noch einmal, bevor sie genau wie zuvor tief inhalierte und langsam ausatmete.

„Meine Güte, ich habe angerufen. Und meinen Besuch angekündigt. Ist Ihr Mann da oder nicht? Falls nicht, komme ich wieder. Oder er kommt ins Präsidium. Wäre ohnehin besser für unsere Gesundheit."

Darf man den qualmenden Gastgeber in seinem eigenen Haus eigentlich darauf hinweisen, dass der Gast verdammt nochmal zu ersticken drohte? Oder war das, was die Frau hier veranstaltete, nicht sogar ein Verbrechen, versuchter Totschlag mit einer toxischen Substanz fiel mir ein, und ich musste sie festnehmen, als Polizist war das schließlich meine Pflicht.

„Sind Sie Nichtraucher?"

„Was hat mich verraten?"

Jetzt lachte sie, kurz und tonlos, mehr ein Glucksen weit hinten im Hals. Ich sah an den Falten um ihre Augen, dass sie gerne lachte. Ich sah in ihrem Gesicht aber auch, dass das Lachen ihr körperliche Schmerzen verursachte.

Ähnlich wie bei mir, aber anders.

„Ich mache aus. Soll ich die Fenster öffnen?"

Ohne abzuwarten stand sie auf und öffnete beide Fenster. Auf Kippe nur, aber immerhin. Den Rest der Zigarette drückte sie in einen Blumentopf auf dem Fensterbrett. Was auch immer das grüne Zeugs in dem Topf einmal gewesen war, es hatte sein Leben bereits ausgehaucht. Zwei mehr braune als grüne Blätter hingen noch daran, die anderen lagen auf dem Fensterbrett. Rauchen tötet eben.

Sie setzte sich wieder und sagte, „Ich weiß, ist nicht so gesund die Qualmerei. Besonders nicht für jemanden wie mich. Aber, wie man mir sagte, es macht keinen Unterschied mehr."

„Jemanden wie Sie?"

Sie griff in ihre Haare und zog daran. Eine Perücke. Ihr Schädel war bis auf wenig Flaum kahl.

„Was ist Ihre Erklärung? Nur Nichtraucher?" Sie setzte die Perücke wieder auf und zog rechts und links und vorne und hinten, bekam es aber nicht richtig hin und ließ die Perücke wie sie war. Über dem einen Ohr konnte ich Kopfhaut sehen.

„Jemand hat mir meine Lunge durchlöchert. Mit einem Messer. Seitdem habe ich Probleme mit dem Luftholen."

„Was sagen die Ärzte, wachsen die Löcher wieder zu?"

„Langsam", sagte ich. „Sie sind KHK Nehbert, nicht?"

„Nebel, haben Sie eben gesagt."

„Ja, habe ich. Tut mir leid."

„Muss es nicht. Sie sind also wegen der Manu hier. Hat Heidmann den nächsten gefunden, den er abservieren will."

„Hat er Sie auch abserviert?"

Sie schüttelte den Kopf. „Uh-uh, das hätte der sich nie getraut, nicht bei mir. Ich hätte ihm nämlich den Kopf abgerissen, und das wusste er. Nein, Heidmann ist ein Feigling. Und ein Arschloch." Sie führte die Hand Richtung Mund, bemerkte auf halbem Weg, dass zwischen ihren Fingern keine Zigarette mehr glimmte und legte die Hände in den Schoß. „Ich habe einfach den Dreckskerl nicht gefunden, der die Manu so zugerichtet hat. Ich

65

habe ihn nicht gefunden." Sie sah mich an. „Aber so etwas passiert manchmal in unserem Geschäft. Nicht?"

Ich mochte es, wie sie *die Manu* sagte. Es zeigte eine Vertrautheit mit dem Opfer, die nur durch eine Weise zustande kam. Sie hatte sich in ihre Ermittlungen reingehängt. Immer und immer wieder, Stunden um Stunden um Stunden. KHK Nehbert war ein Spezi, ganz klar.

Ich stand auf und streckte vorsichtig die Hände zu ihr aus. „Darf ich?"

Sie zögerte. Und nickte.

Ich richtete ihre Perücke, bis keine Kopfhaut mehr zu sehen war und setzte mich.

„Können wir darüber reden? Über den Fall?"

„Sind wir nicht bereits dran?"

Ich sagte, „Sie waren ziemlich früh am Tatort. Sie konnten den ersten Angriff koordinieren. Vor allem kontrollieren."

„Als die Meldung beim KDD reinkam, hab ich gerade mit den Kollegen Kaffee getrunken. Ich bin mit ihnen rausgefahren. Zwanzig Minuten nach dem Anruf waren wir vor Ort, einundzwanzig, um genau zu sein." Sie sagte, „Ich war sehr zufrieden. Wie im Lehrbuch. Wir haben weiträumig gesichert, niemand hat gegessen, getrunken, geraucht, selbst ich nicht. Es hat nicht geregnet, es gab keinen Wind, alles, wirklich alles wurde markiert und dokumentiert. Sie haben die Berichte gelesen."

Ich nickte.

„Und trotzdem", sagte sie.

„Keine Fremdspuren."

„Keine Fremdspuren. Also, es gab natürlich die beiden Fremdspuren, aber ich meine, keine, die wir nicht zuordnen konnten."

„Die eine von Frau Jung, die beim Spazierengehen die Manuela gefunden hat. Die andere von einem Doktor Tveit, den die Frau Jung dann angerufen hat."

„Ja, Jung und der Tveit, aber ansonsten keine Fremdspuren. Nicht am Tatort, und nicht an der Manu. Wir haben nichts gefunden, was uns weitergebracht hätte.

Wir haben dann bei euch angefragt und ihr habt euren Spurenleser geschickt."

„Frankie."

„Frankie. Netter Kerl, war verzweifelt weil er nichts gefunden hat. Und dann eure Ob-Frau."

„Sie liebt ihren Job. Deshalb ist sie auch so gut."

„Ja. Ist nicht so mein Ding, tote Menschen aufschneiden, aber bei Obduktionen bin ich immer dabei. War bei Manu natürlich nicht anders. Zwei Stiche von vorne in die Brust, mit einem Schraubenzieher um alles in der Welt. Ein Stich hat eine Rippe gebrochen, der andere ist knapp neben dem Herzen gelandet. Der Schraubenzieher", sie schüttelte den Kopf, „ein Monstrum."

Ich nickte. Ich hatte das Foto gesehen. Schwarzweiß, der Kriminaltechniker hatte den Schraubenzieher auf ein Blatt Papier gelegt und, wie es üblich war, beschriftet.

Schraubenzieher, welcher in der rechten Brust der Geschädigten steckte. Wurde bei der Obduktion entfernt.

Unter den Schraubenzieher hatte er ein Lineal gelegt, um so die Größe anzugeben. Von der Spitze bis zum Ende des Griffs war das Werkzeug dreißig Zentimeter lang. Der Metallteil allein siebzehn Zentimeter und etwa zur Hälfte geriffelt und zur Hälfte glatt und an der Spitze geplättet. Der Griff war aus Holz und mit einem Markenzeichen bedruckt und wies deutliche Gebrauchsspuren auf. Ein handelsüblicher Schraubenzieher.

Natürlich wurde der Schraubenzieher auch auf DNA-Spuren untersucht. Der Kriminaltechniker träufelt dafür destilliertes Wasser auf Wattestäbchen und streicht damit über Griff und Metall, damit Hautpartikel und andere Spuren daran haften bleiben. Ich hatte Dutzende Male dabei zugeschaut, immer gab es ein positives Ergebnis.

Hier nicht. Keine DNA am Schraubenzieher. Null.

„Die Stiche waren aber nicht tödlich", sagte Nehbert.

„Die Strangulation war tödlich. Strangulation mit, wie eure Ob-Frau sagt, hoher Wahrscheinlichkeit mit einem Spiralkabel. Wendelkabel heißen die auch. Das hier hatte einen Querschnitt von einem knappen halben Millimeter. Mann, was haben wir gesucht. Zwei Tage lang mit einer

67

Hundertschaft, ist das zu glauben? Wir haben keinerlei Kabel im Umkreis von drei Kilometern gefunden, nirgends."

„Verstehe."

Sie sagte, „Diese Art Wendelkabel gibts an Telefonhörern und Tastaturen von Computern und sind in einer zylindrischen Helix gewunden. So hat sie gesagt, zylindrische Helix. Meinethalben. Ich benutze ja eine Funktastatur." Mit den Fingerkuppen überprüfte sie den Sitz der Perücke und schien zufrieden. „Gibt es zu Hunderttausenden, diese Kabel", sagte sie dann. „Kann man in jedem Baumarkt und Elektrogeschäft und in manchen Lebensmittelläden kaufen."

„Anonym im Internet, da gibt es Hunderte von Möglichkeiten", sagte ich. „Drogeriemärkte verkaufen manchmal Elektrokabel. Auf Tauschbörsen, auf dem Schrottplatz, bei der Arbeiterwohlfahrt gibt es die. Gebraucht in Computergeschäften. Oder man hat noch ein Dutzend alter Kabel im Keller. Oder, oder, oder."

„Ja, aussichtslos, die Suche. Ich sehe, Sie haben sich schon Gedanken gemacht."

Ich nickte. Sie musste nicht mehr wissen.

„Ja, dann zu der Strangulation noch der korrespondierende Bluterguss auf dem Rücken, wo der Täter auf ihr gekniet hat, während er das Kabel zuzog. Höhe des siebten und achten Brustwirbels. Aber ansonsten? Nichts. Keine Fremdspuren. Null. Auch nicht am Schraubenzieher."

„Der Täter hat den Schraubenzieher in Manuelas Körper steckenlassen."

„Ja."

„Manuela arbeitete in einer Autowerkstatt. Da gibt es viele Schraubenzieher."

„Wir haben uns die Werkstatt natürlich genau angesehen. Wie erwartet haben wir unzählige Schraubenzieher gefunden, auch solche wie in Manu ..." Sie zuckte mit der Schulter. „Aber auch an Manus Schraubenzieher gab es keine Fremdspuren. Überhaupt keine Spuren. Kein

Öl, keine Schmiere, nichts von dem, was man gewöhnlich in einer Werkstatt findet."

„Keine Fremdspuren", sagte ich. „Was halten Sie davon?"

„Das gleiche wie Sie, denke ich." Sie knetete ihre Hände und atmete tief ein und aus.

„Rauchen Sie ruhig", sagte ich, „ist Ihr Haus, ich werds überleben."

Ah, Schick, *Idiot.*

Sie guckte mich an. „Muss Ihnen nicht unangenehm sein, Schick. Es ist, wie es ist. Was ich ganz bestimmt nicht brauche ist Mitleid. Hat mein Mann einfach nicht kapiert. Rücksicht und auf Zehenspitzen herumtippeln in den letzten Monaten meines Lebens, was soll das?"

„Könnte sein, Ihr Mann meint es nur gut mit Ihnen."

„Ich will nicht, dass er es gut mit mir meint. Er oder sonst jemand. Ich hab keine Zeit mehr dafür. Ich möchte lachen. Leben. Noch ein bisschen wenigstens. Außerdem meint mein Mann es vor allem mit sich gut, er hat bereits eine Freundin. So ne blondierte Dürre aus dem Solarium mit Titten für dreitausend Euro das Paar. Mir hat er immer gesagt, er mag Frauen, die was im Kopf haben."

Sie wollte lachen, leben, also sagte ich, „Wieso war er dann mit Ihnen zusammen?"

Sie lachte tatsächlich, nicht leise wie vorhin sondern laut und heftig und ich lachte mit, dann ging ihr Lachen in Husten über und sie hielt die Hand vor den Mund und sprang auf und hinaus. Draußen hörte ich, wie sie sich übergab.

Nach einer Weile kam sie zurück, in der einen Hand ein Taschentuch, in der anderen eine brennende Zigarette.

„Der war gut, ehrlich, Schick, aber das nächste Mal warnen Sie mich vor. Jetzt weiß ich nicht, wie viele meiner Tabletten ich wieder ausgespuckt hab. Wo ...?" Sie setzte sich und lehnte sich nach hinten und wischte mit dem Tuch über ihren Mund und zog dann tief an der Zigarette. Ihre Hände zitterten. „Ach ja. Keine Fremdspuren. Ja, wir haben natürlich an einen Serientäter gedacht. Kein Anfänger mehr, sondern jemand mit Erfahrung. Ich hab beim BKA angerufen und den Fall geschildert, einem Elijah Leblanc. Gilt als echter Experte, der Leblanc. Eine Woche später kam der Rückruf. Nichts."

„Nichts?"

„Ganz und gar nichts. Junge Frau, von vorne niedergestochen mit einem großen Schraubenzieher, von hinten stranguliert von einem Kerl um die achtzig bis neunzig Kilo schwer, so hat eure Ob-Frau geschätzt, keine Vergewaltigung oder postmortale Penetration – er hätte nichts Vergleichbares, nicht annähernd. Er meinte aber, besonders der Schraubenzieher würde darauf hinweisen, dass hier eher nicht ein Serientäter am Werk war oder wenn, dann ein Serientäter am Anfang seiner Karriere. Wir sollten uns auf das private Umfeld konzentrieren."

„Wieso besonders der Schraubenzieher?"

„Zu unpraktisch, sagt er. Ein großer Schraubenzieher würde nicht gut in den Körper eindringen, stumpfe Spitze und fehlende Schneide und so. Kleine ja, die kleinen Dinger, die so fein sind, dass man damit die Schrauben an einer Brille drehen kann. Aber nicht die großen Schraubenzieher. Der Täter muss viel Kraft anwenden. Serientäter lernen aus ihren Taten, und wenn einer mal mit einem Schraubenzieher getötet hat, sagt Leblanc, beim nächsten Mal benutzt er dann etwas Schärferes, darauf sollte ich mich besser verlassen. Ein Messer. Oder er steigt auf ein anderes Werkzeug um, Beil oder Hammer." Sie sagte, „Das Thema Serienmörder war danach für uns erledigt."

„Das Kabel", sagte ich.

„Ja, Kabel und Schraubenzieher, seltsame Kombi. Wohnung, Haus, ja, der Täter kommt rein und sieht den Schraubenzieher, der vorher noch für irgendwas benutzt wurde, jeder benutzt ständig einen Schraubenzieher im Haushalt und lässt ihn dann liegen, nicht? Da hinten im Regal", sie nickte auf ein Wandregal mit Büchern und Fotos, „hab ich immer einen Schraubenzieher. Ständig ist eine Steckdose locker, in der Küche wackeln die Schranktüren, da muss ich regelmäßig die Schrauben nachzie-

70

hen. Irgendwann hab ich aufgehört, das Ding zurück in den Keller zu bringen. Ganz normal. Also, jemand kommt rein, sieht den Schraubenzieher, nimmt ihn, sticht auf sein Opfer ein. Mit viel Kraft, wie Leblanc sagt, und trotzdem bewegt sich das Opfer noch, weil der Schraubenzieher zu dick und zu stumpf ist. Er hört damit auf und guckt sich um und nimmt vom Computer ein in einer zylindrischen Helix gewundenes Kabel und beendet es."

„Nicht bei Ihnen. Sie benutzen eine Funktastatur."

„Nicht vor acht Jahren", sagte sie. „Und jetzt die andere Situation, wie bei Manu, draußen im Wald. Es gibt im Wald alles Mögliche, aber sicher keinen Computer mit Kabel und keinen Schraubenzieher."

„Er musste Schraubenzieher und Kabel also bei sich führen. Was auf Absicht schließen lässt, nicht auf eine spontane Tat."

„Richtig, aber ansonsten?"

„Warum nicht nur Kabel? Oder nur Schraubenzieher?"

„Ich weiß es nicht."

„Sagen wir, jemand ist neu in diesem ganzen Mordgeschäft. Er hat noch nie gemordet, will es aber. Unbedingt. Er will jemanden töten. Dann geht er raus und nimmt eine Waffe mit, mit der er sein Opfer töten will. Er wählt einen Schraubenzieher."

„Warum einen Schraubenzieher? Warum nicht etwas, was sich als Waffe besser eignet, zum Beispiel ein Messer? Oder einen Baseballschläger?"

„Vielleicht, weil ihm das Werkzeug vertraut ist. Frage ist, nimmt so jemand dann auch noch ein Kabel mit? Denkt sich so jemand, Hey, falls das mit dem Dreher nicht funktioniert, steckst du besser mal noch ein Kabel ein?"

Sie zuckte mit den Schultern. „Frage ist auch, geht er dann tatsächlich auf gut Glück in den Wald und wartet, dass rein zufällig jemand genau an dieser Stelle vorbeikommt? Denn die Stelle, wo Manu getötet wurde, lag Hundert Meter vom nächsten Weg entfernt. Jemand, der einen Menschen töten will und sich dafür diesen Wald aussucht, der hätte wenigstens an dem eigentlichen

Waldweg gewartet, der bei Joggern und Wanderern aus der Umgebung bekannt und beliebt war. Ist."

„Das passt alles nicht zu einem Serientäter, auch nicht zu einem am Anfang seiner Karriere. Leblanc hat wohl Recht. Woher der Schraubenzieher war, haben Sie nicht herausgefunden?"

„Haben wir nicht, nein. Ich kann Ihnen auswendig die Klassifikation nennen, ich kann Ihnen sagen, wo diese Dinger hergestellt und in welche Länder sie exportiert werden. Aber ähnlich wie beim Kabel."

„Zu viele Möglichkeiten."

„Milliunen, wie die Leute hier sagen."

„Warum heißt der Ort hier eigentlich Ruwer?"

„Weil er an der Ruwer liegt. Ein kleiner Bach, der hierdurch läuft. Fließt."

„Dahinten ist die Mosel", sagte ich, „groß und breit und in Sichtweite."

„Viele Orte liegen an der Mosel, aber nur wenige an der Ruwer."

„Aha." Ich sagte, „Nachdem Sie dann die Serientheorie verworfen haben, haben Sie genau im privaten Umfeld geguckt."

„Selbstverständlich, wie in jedem Fall. Und weil Leblanc das so gesagt hat, noch genauer. Wir haben alle Fragen gestellt und alle Fragen beantworten können. Wer war zur Tatzeit in Tatortnähe, wer hatte eine Beziehung zu Manu, wer hatte möglicherweise ein Motiv, und natürlich an erster Stelle wie sieht das familiäre Umfeld aus. Eine Beziehungstat, Eifersucht, Familienprobleme ... Wir konnten alles ausschließen. Sie hatte keinen Streit mit niemandem. Keine Probleme auf ihrer Arbeitsstelle, mit ihrem Chef, mit dem Kollegen, sie waren ja nur zu Dritt. Keinen heimlichen Verehrer, der sich zurückgestoßen fühlte. Oder achtzig Kilo schwere Verehre*rin*, sogar das haben wir überprüft. Und ausgeschlossen. Gelegentlich gabs Stress zwischen ihr und ihrem Freund, aber nichts Außergewöhnliches. Netter junger Mann, der Kevin. Der keine siebzig Kilo wog und zur Tatzeit das beste Alibi der Welt hatte."

„Kevin befand sich auf einem Ausbildungslehrgang."

„Als Kommissaranwärter, genau. In Bayern. Zum Tatzeitpunkt hat er mit zwanzig anderen zusammen unter Aufsicht von drei Polizeibeamten eine Klausur geschrieben."

„Hat er bestanden?"

„Mit Bestnote. Mittlerweile arbeitet er in Berlin. Bundestag. Beschützt dort die Damen und Herren, die unser Geld ausgeben." Sie zog noch zweimal an ihrer Zigarette und drückte sie dann aus. Neben ihrem Bein auf der Couch.

Sie bemerkte meinen Blick und sagte, „Wenn ich weg bin und mein Mann dann Blondie mitbringt und sie hier im Wohnzimmer auf der Couch kuscheln, sollen sie sehen, dass ich auch mal da war."

„Gute Idee. Hätte ich auch machen sollen, als ich bei meiner Frau auszog."

„Aber Sie rauchen ja nicht."

„Stimmt. Vielleicht sollte ichs mir angewöhnen."

„Rate ich von ab. Sie sehen ja, wohin es führt." Sie sagte, „Ich habe übrigens auch Sie direkt angefragt, Schick. Aber Sie hatten keine Zeit."

„Sie haben?" Ich dachte acht Jahre zurück. Ja, es stimmte, im Sommer vor acht Jahren hatte ich zwei Fälle parallel. Die dann schließlich, Monate später, zu einem großen Fall wurden.

„Sie waren da an einer Sache dran und konnten nicht weg, hat man mir gesagt. Was das war, hat man mir natürlich nicht gesagt. Später wurden Sie dafür ausgezeichnet, aber auch da hat niemand darüber gesprochen. Muss was Großes gewesen sein. Und jetzt wurden Sie ja wieder ausgezeichnet, vom Innenminister. Glückwunsch."

„Ich konnte ihn nicht davon abhalten."

Sie guckte mich prüfend an und nickte. „Ja, manche Typen sind so. Tun alles, um in die Zeitung zu kommen. Den Innenminister meine ich."

„Wäre ich damals also nicht anderweit beschäftigt gewesen ..."

„Hätten Sie und ich zusammen der Manu helfen können. Na ja, nicht mehr wirklich helfen. Aber Gerechtigkeit, verdammt. Sie wartet heute immer noch. Gerechtigkeit."

Sie war still.

„Wenn ich noch Fragen habe, kann ich dann zu Ihnen kommen? Oder anrufen?"

„Solange ich noch da bin, immer."

Ich stand auf, und wir gingen zur Tür.

„Wir haben alles getan, Schick. Mehrfach. Wissen Sie, dass nach mir noch drei Kollegen den Fall bekamen?"

„Ja."

„Keiner von denen hat mit mir gesprochen. Falscher Stolz, schätze ich. Jeder wollte es alleine schaffen."

„Und es Bosse zeigen."

„Bosse?"

„So nenne ich Heidmann."

Sie grinste. „Ich bin froh, dass Sie nicht so sind. Wenn Sie Ihre Probleme in den Griff bekommen, haben Sie vielleicht sogar eine ganz kleine Chance. Nicht den Fall zu lösen, daran glaube ich nicht mehr, nicht nach acht Jahren, nicht nach allem, was wir bereits gemacht haben. Aber etwas Neues herauszufinden. Ein kleines Detail. Jede Kleinigkeit zählt."

Ich sagte, „Welche Probleme?"

Sie zuckte mit den Schultern. „Irgendetwas müssen Sie angestellt haben, sonst hätte man Sie nicht nach Trier versetzt. Ist für jemanden wie Sie ja Höchststrafe. Egal, ich wünsche Ihnen viel Glück. Sie werdens brauchen."

„Ich weiß."

Sie reichte mir die Hand. Sie war kalt und schwach. „Dann alles Gute, Schick."

Danke, Ihnen auch ist, was traditionell hier geantwortet wird. Ich nickte nur.

„Gibt es etwas, von dem Sie sagen würden, das sollte man nochmal überprüfen? Auch wenn Sie alles getan haben, mehrfach. Von dem Sie sagen würden, wenn, dann würde ich hier noch einmal gucken?"

„Wenn ich Sie wäre", sagte sie, „ich würde mit dem Fogel anfangen. Paul Fogel."

Ich nickte.

„Ich habe lange nicht mit Fogel gesprochen", sagte sie, „ich weiß also nicht, ob er noch lebt. Und wenn, wo er ist. Aber Sie finden das heraus. Vielleicht erinnert er sich doch an was."

„Paul Fogel", sagte ich. „Danke für den Tipp."

Ich hielt am Straßenrand und rief die Melchisedech an und fragte nach Fogel.

„Sie haben Recht, er lebt tatsächlich im Bonifatius."

„Haben Sie mit ihm selbst gesprochen?"

„Nein."

Ich wartete, aber sie schien aufgrund meiner brillanten Vorhersage bezüglich des Aufenthaltsortes von Paul Fogel die Sprache verloren zu haben, denn ich hörte nichts.

Ich sagte, „Melchisedech? Hallo? Die Nummer?"

„Ja. Ich dachte, Sie wollten noch etwas ... Hier."

Ich notierte und wollte auflegen, als sie sagte, „Fahren Sie jetzt dahin? Ich sollte mitkommen."

„Nein."

„Was, nein? Sie fahren nicht dahin, oder ich darf nicht mitkommen?"

„Was denken Sie?"

„Ich ... Vielleicht könnten Sie mir aber irgendetwas geben, an dem ich arbeiten kann."

„Sie müssen noch die anderen Zeugen ausfindig machen. Wie weit sind Sie da?"

„Hälfte. Aber dann?"

Ich überlegte. Wollte ich irgendwann mit ihr arbeiten, musste ich ihr tatsächlich etwas geben. Und dann sehen, was daraus wurde.

Während ich noch überlegte, schaute ich in den Rückspiegel und entdeckte auf der Hutablage etwas, was mich trotz meiner Schmerzen zum Umdrehen veranlasste. Ein Hut mit einem silberfarbenem Band mit Schleife und daneben ein Wackeldackel in Polizeiuniform.

„Schick? Ich kann mehr als Adressen raussuchen."

Was war los in Trier?

„Schick, noch dran?"

„Was halten Sie von Wackeldackeln, Melchisedech?"

„Von was?"

„Wackeldackel. Auf der Hutablage, was halten Sie davon?"

„Ich ... weiß nicht. Find ich ganz süß, glaube ich."

„Aha. Dann machen Sie mit den Zeugen weiter. Wenn Sie danach noch Zeit haben, aber nur dann, lesen Sie sich die Berichte vom ersten Angriff durch."

„Hab ich. Sicherungsangriff, check. Auswertungsangriff, check."

„Hören Sie mit diesem blöden Check auf, das ist kindisch. Schauen Sie sich die Unterlagen noch einmal an."

Vermutlich überlegte sie jetzt, ob sie aufgrund meines Rüffels weinen sollte oder nicht, denn es war schon wieder still. Sie entschied sich für nicht weinen, was ich okay fand.

„Ich bin Juristin, Schick. Wenn wir Juristen etwas können, dann ist es Dokumente sichten. Ich kenne die Unterlagen fast auswendig. Ich weiß, was drinsteht. Alles. Warum also soll ich das noch einmal anschauen?"

„Das ist das Problem mit euch Juristen. Unterlagen fast auswendig kennen, reicht für die Verwaltung aus, nicht aber hier."

„Was meinen Sie damit?"

„Suchen Sie nicht nach dem, was drinsteht. Sondern nach dem, was fehlt. Dann sehen wir, ob Sie mehr können als nur Adressen raussuchen und Dokumente sichten und Wackeldackel süß finden."

Ich legte auf.

Dann rief ich den Schuhmacher Paul Fogel an, der mir für einen im Pflegeheim vor sich hin vegetierenden Menschen überraschend gut gelaunt erklärte, dass er generell sehr viel Zeit hätte und mich allein deshalb schon sehr gerne empfangen würde, nur nicht in den kommenden zwei Stunden. Ich beging den Fehler nach dem Grund zu fragen, und er antwortete, er würde gleich einen Einlauf bekommen. Ich kannte Fogel nicht, aber ich konnte ihn durchs Telefon grinsen hören.

Wir verabredeten uns für später.

Ich fuhr zurück nach Trier und zu der Pension, in der ich seit sechs Wochen unter dem Dach zwei Stuben bewohnte. Oben warf ich Wackeldackel und Hut in den Mülleimer, ging an dem alten Sessel vorbei zum Schrank und zog meine Tasche heraus.

Unter Jeans, zwei Baumwollhemden und zwei Aktenordnern mit dem dokumentierten Versagen meiner Kollegen im Fall *Soko Tiefgarage, KHK Schick, Charly, Intern,* lag das Kabel.

Es war schwarz.

Der Querschnitt betrug einen halben Millimeter.

Es war in einer zylindrischen Helix gewunden.

Kein Kabel von einem Computer und keines von einem Telefon, sondern das Kabel von einem Kopfhörer, wie mir ein Fachmann aus einem Elektrogeschäft erklärte.

Das Kabel, das meine Angreifer benutzt hatten. In der Tiefgarage.

Um mich damit zu strangulieren.

Auf meinem Rücken, Höhe des siebten und achten Brustwirbels, fand der Rechtsmediziner den Bluterguss, wo der Täter auf mir gekniet hatte, während er das Kabel zuzog.

Alles an mir roch nach Zigarettenqualm. Ich zog mich aus und ging unter die Dusche.

Zwei verdammte Minuten.

8

„Ich bekam vorhin einen Einlauf."

„Ich weiß, Sie sagten es."

„Ich hab halt eine scheiß Verdauung."

„Schönes Wortspiel."

Paul Fogel saß auf seiner Couch vor dem Fenster mit Blick auf die träge dahinfließende Mosel und einen kahlen, schneebedeckten Weinberg und grinste.

Ich fragte mich, ob ich auch grinsen würde, wäre ich achtzig Jahre alt und würde in einem Pflegeheim mit alten Leuten leben und hätte gerade einen Einlauf bekommen, weil bei mir in der unteren Etage irgendetwas nicht mehr richtig funktionierte.

Auf der anderen Seite, was wäre die Alternative? Sich umbringen nur noch. Und selbst das war keine so sichere Lösung, wie manche sich das dachten. Ich kannte einen, der war alt und krank, aber er wollte trotzdem auf keinen Fall in ein Pflegeheim. Als es zuhause nicht mehr ging, ist er in sein Auto gestiegen und hat Gas gegeben, sich jedoch für sein letztes Abenteuer einen morschen Baum ausgesucht und den Aufprall überlebt. Jetzt lag der Idiot vom Hals ab gelähmt in einem ...? Genau, Pflegeheim. Ohne jede Chance auf einen zweiten Versuch. Sein Auto immerhin war Schrott. Hätte er mich mal gefragt, ich hätte ihm meine Dienstpistole geliehen. Auch keine hundertprozentig zuverlässige Methode, aber ich hätte ihm gezeigt, wie er es machen muss. Aber er hat mich nicht gefragt.

Vielleicht war grinsen da noch die bessere Wahl. Außerdem waren mir auf dem Flur zwei ausgesprochen hübsche Pflegerinnen begegnet. Beide knapp über vierzig, wie mir aufgefallen ist.

Fogel machte einen fitten Eindruck. Schlank, nur wenig Bauch, sein Gang von der Tür quer durchs Zimmer vorbei an Bett und Schrank zur Couch aufrecht und leichtfüßig.

„Warum leben Sie nicht in Ihrer eigenen Wohnung, Herr Fogel? Sie sehen aus, als könnten Sie sich noch selbst versorgen. Und für den täglichen Einlauf gibts ambulante Pflegedienste. Oder anderes spezialisiertes Personal.“

„Hallo, Herr Polizist, was würden denn die Nachbarn denken, wenn ich *Damen* empfange?“

„Sie vermitteln nicht den Eindruck, dass Sie das interessieren würde.“

„Stimmt. Aber die Kasse würde das nicht übernehmen, das ginge also ins Geld. Jetzt setzen Sie sich mal hin, Herr Schick, das Hochgucken tut meinem Nacken nicht gut.“

Ich begutachtete die Couch. Heller Leinenbezug, keine Brandlöcher und keine Flecken, über deren mögliche Herkunft ich mir Gedanken machen müsste. Ich setzte mich und streckte kurz die Beine. Über dem Fenster hing eine große Plastikuhr, die laut tickte.

Fogel beugte sich vor und betrachtete einen Augenblick lang meine Schuhe und lehnte sich wieder an. „Nein, glauben Sie es oder nicht“, sagte er dann, „ich mag es hier. Meine Frau ist tot, die meisten meiner Bekannten auch, sterben ja alle weg wie die Fliegen. Je älter Sie werden, desto einsamer wirds. Zuhaus war ich immer allein, und hier? Ich konnte mir mein Zimmer selbst einrichten, hell, bunt, sehen Sie ja. Und ich habe ein großes Fenster. Die anderen Zimmer auch, überall große Fenster, grüne Wände oder gelb, rot. Das Personal meist gut drauf und allesamt deutlich jünger als ich. Nichts von den Horrorreportagen aus dem Fernsehen, die Pflegeheime, wo sich alte Menschen wundlegen und keiner Zeit hat und womöglich ein irrer Pfleger Dutzende von denen umbringt.“

„Solche gibt es.“

„Ich weiß, ich guck ja Nachrichten. Aber nicht hier. Klar wird hier auch gestorben, aber bei denen ist es auf natürlichem Weg, und die meisten sind anständig und machen das leise und unauffällig. Eines Morgens stellst du fest, dass du den klapprigen Müller mit seinem Beatmungsgerät oder die alte Kowaltzky in ihrem Rollstuhl schon ein paar Tage nicht gesehen hast, und du weißt Bescheid. Tschüss."

„Dann müssen Sie aber ständig auf Beerdigungen", sagte ich zu ihm.

„Ich geh auf keine Beerdigung. Die haben nichts davon, aber ich verschwende zwei Stunden und bin womöglich anschließend depressiv oder bei so einem Wetter" – er nickte nach draußen – „hab ich eine Erkältung. Nee, nee, ich klopp lieber mit den anderen eine Runde Skat oder spiel so ein Brettspiel. Sie sollten mal unseren Schrank mit Brettspielen sehen, mehr als in einem Kindergarten. Ich hoffe, die mich überleben machens genauso. Der Fogel ist weg, komm wir spielen ne Runde Mensch ärger dich nicht." Er drehte sich zu mir. „Wie geht es der Frau Nehbert?"

Ich wiegte den Kopf hin und her.

„Ja ... Ich hab sie zuletzt gesehen vor ...", er strich über seinen Schnurrbart, wenige Haare nur und genauso schneeweiß wie die Haare auf seinem Kopf, „vier Jahren. Drei Jahren. Vor drei Jahren. Da sah sie schon schlecht aus. Warum gucken Sie auf die Uhr? Haben Sie es eilig? Soll ich schneller sprechen?"

„Das Ticken nervt mich", sagte ich. „Sie nicht?"

„Ticken, ich hör kein Ticken, so gut sind meine Ohren nicht mehr. Warum nervt sie das?"

„Weiß nicht. Nur so."

„Hm."

„Ja."

Vor Fogel stand, aus demselben Holz und Leinen wie die Couch, ein Hocker, vermutlich als Tisch gedacht. Fogel legte seine Füße darauf und sagte, „Na dann los, Herr Schick, was wollen Sie wissen?"

„Sie und Manuela Kaplan waren Nachbarn."

„Nicht direkt Nachbarn", sagte Fogel. „Meine Werkstatt lag fünf Häuser neben dem Haus ihrer Eltern. Meine Wohnung war über der Werkstatt. Ich war Schuhmacher, aber das wissen Sie ja. Manu kam mich bei der Arbeit besuchen."

„Ihr Tod, das ist lange her", sagte ich. „Acht Jahre. Alles, was Sie wissen, haben Sie der Kollegin Nehbert erzählt, vermutlich mehrfach." Fogel nickte. „Und den anderen, die nach Nehbert kamen, ebenfalls."

„Den anderen?", sagte er. „Nur der Frau Nehbert. Welchen anderen?"

Ich erklärte es ihm, aber er wiederholte, dass niemand außer der Frau Nehbert mit ihm gesprochen hätte.

„Die Manu", sagte er dann, „was für ein liebes Mädchen. Was für eine Schande."

„Sie war oft bei Ihnen?"

Er nickte. „Manu war oft bei mir in der Werkstatt, als Kind schon, später als Jugendliche auch. Sie kam immer vorbei, manchmal nach der Schule nur kurz Hallo sagen, manchmal länger. Sie hat sich zu mir gesetzt und mir bei der Arbeit zugesehen. Ein paar Mal hat sie es auch selbst versucht. Besonders bei den Nähten war sie geschickt. Sie hat auch schon mal eine Sohle bearbeitet, ich hab ja auch Schuhe repariert und neue Sohlen gemacht und alles. Manu hat den richtigen Leisten in den Schuh getan und festgeschraubt, hat eine Schablone für die Sohle gefertigt, auf das Stück Rindsleder angezeichnet und ausgeschnitten. Das ist harte Arbeit, sag ich Ihnen, das kann man nur mit unseren ganz besonderen Scheren. Sie hat sogar die Ausputzmaschine bedient, nachdem ich sie eingewiesen hab. *Ein* Mal, und sie konnte das."

„Was ist eine Ausputzmaschine?"

„Eine Schleifmaschine, damit schleifen wir die Sohlen. Da war sie gerade mal vierzehn oder fünfzehn. Eine Weile hat sie mit dem Gedanken gespielt selbst Schuhmacherin zu werden. Das hätte ich sehr gerne gesehen, sie wäre eine sehr gute Schuhmacherin geworden. Sie wollte neue Schuhe entwerfen, bunte Farben, andere Stoffe als Leder ausprobieren. Ich hätte sie sofort als Lehrling eingestellt, sofort. Aber dann hat sie beim Walter angefangen."

„Bei Auto Dunkin als KFZ-Mechanikerin."

„Mechatronikerin, genau, Walter Dunkin. Der Walter war sehr froh mit der Manu, mit ihrer Art. Die Manu lachte viel, sie war sich für nichts zu schade, hat alles gemacht ohne zu jammern und alles gut gemacht. Wunderte mich natürlich nicht. Wenn ich zum Walter in die Werkstatt musste, hat Manu sich um mein Auto gekümmert. Öl gewechselt, angesprungen ist er mal nicht, das hat sie im Nu hingekriegt. Sie hatte Spaß bei der Arbeit."

„Manuela hatte dann einen Freund."

„Sie hatte mehrmals Freunde, die Manu sah ja auch gut aus. Dann den Kevin, den hab ich ja auch kennen gelernt, war gelegentlich mit der Manu in der Werkstatt bei mir. Ganz netter junger Mann, war bei der Polizei, genau wie Sie. Ist er wohl immer noch, sagt die Frau Nehbert. Ich hab ihn nur nie bei seinem Namen genannt, weil *Kevin*, das ist ja ..." Er schüttelte den Kopf.

„Versteh ich", sagte ich.

Fogels Füße steckten in Schuhen aus dunkelrotem Leder, das mit Stickereien verziert war.

Er sah meinen Blick und sagte, „Die habe ich selbst gemacht."

Ich nickte.

„Ihre Schuhe sehen nicht so toll aus. Massenware. Billig, wenn ich das sagen darf, und nicht wirklich geeignet für dieses Wetter."

„Das haben Sie mit dem einen Blick vorhin gesehen?"

„Selbstverständlich, ich war Schuhmacher. Mein Rat, schmeißen Sie die weg und lassen Sie sich von einem guten Kollegen ein Paar Schuhe maßanfertigen. Ich meine jetzt einen richtigen Schuhmacher, der sein Handwerk versteht, suchen Sie sich bloß nicht jemanden aus dem Internet, bei dem Sie sogenannte Maßschuhe online bestellen können. Das ist nichts. Da müssen Sie Ihre Füße selbst vermessen, aber welcher Laie macht das schon richtig? Wir brauchen Ballenmaß, Spannmaß, Hackenmaß, und Fußabdruck brauchen wir natürlich auch. Nein, suchen Sie sich einen Schuhmacher. Der fertigt Ihnen ein Paar Schuhe aus hochwertigem Material. Wird ein Stück was kosten, aber Sie werden nie wieder etwas anderes an Ihren Füßen tragen wollen."

„Wie viel ist ein Stück?"

„Hängt vom Leder ab, aber sehr gutes unbehandeltes Leder aus Deutschland, nicht irgendein chemiegefärbtes Billigleder aus Bangladesch oder Südamerika, dann kommen Sie auf zweitausend Euro und mehr."

„Jetzt wundert es mich nicht mehr, dass Sie sich das hier leisten können."

„Nein, Herr Schick, ich habe mein ganzes Leben lang gearbeitet, mir wurde nichts geschenkt. Ich habe den Betrieb meines Vaters übernommen, als ich siebzehn Jahre alt war. Da ist mein Vater gestorben und ich hatte schon drei Jahre gelernt und war frischgebackener Geselle. Danach bin ich noch auf die Meisterschule, und vor zwei Jahren erst habe ich aufgehört zu arbeiten. Meine Frau und ich lebten sparsam, wir sind schließlich im Krieg geboren. Dann kam der Wirtschaftsaufschwung, die Leute konnten sich mehr leisten, und ich fing an, neben der normalen Arbeit Maßschuhe zu fertigen. Wir konnten also etwas zur Seite legen." Er sagte, „Lassen Sie sich ein Paar Schuhe machen."

„Ich denke mal darüber nach", sagte ich.

„Denken Sie nicht darüber nach, tun Sie es. Ich bin achtzig Jahre alt und habe keinerlei Probleme mit meinen Füßen. Niemals Druckstellen gehabt, keine zusammengequetschten, deformierten Zehen, keine Hühneraugen, einwandfreies Fußgewölbe – Wollen Sie sehen?"

„Danke nein. Ich glaubs Ihnen."

„Die Manu hat sich immer für meine Arbeit interessiert", sagte Fogel.

„Aber vermutlich nicht für Ihre Füße."

Er lachte. „Nein, dafür nicht." Er schüttelte den Kopf. „Ich verstehs nicht mit der Manu. Ich hab mich immer gefragt, wer kann das getan haben? Es muss jemand sein, der sie nicht kannte. Oder kaum kannte."

„Wieso?"

„Na, haben Sie mir zugehört? Sie war so nett zu jedem. Ich kannte niemanden, der sie nicht leiden konnte, wobei, klar, ich kannte auch viele ihrer Freunde und Bekannten nicht, aber trotzdem. Sie war so nett. Wer so jemanden wie die Manu kennt, der tötet sie nicht."

Ich sagte, „Auch nette Menschen werden umgebracht, Herr Fogel. Jeden Tag."

„Ja, kann sein. Vielleicht bin ich naiv."

„Sie kennen also niemanden, der die Manuela nicht leiden konnte? Vielleicht nicht trotzdem sie so nett war, sondern gerade weil sie so nett war?"

Fogel schüttelte den Kopf. „Hat mich die Frau Nehbert auch gefragt, schon oft in all den Jahren. Aber ich kenne niemanden. Niemanden."

„Hat es Sie nicht gewundert, dass die Manuela noch bei ihren Eltern wohnte? Sie war dreiundzwanzig und konnte sich eine eigene Wohnung leisten, sie hatte schließlich feste Arbeit. Und trotzdem lebte sie noch bei den Eltern."

„Das Haus war groß, Manu hatte sich eine eigene Wohnung hergerichtet, eigene Küche, eigenes Bad, alles. Sie verstand sich gut mit ihren Eltern, sie konnte von dort zu Fuß zum Walter, warum sollte sie ausziehen?"

„Waren Sie mal bei ihr?"

„Bei der Manu in der Wohnung? Nein. Bei den Großeltern schon mal, wir waren ja ungefähr ein Jahrgang und es war ja ihr Haus und ich hab ihre Schuhe repariert. Und beim Bernd, ihrem Sohn, also Manus Vater, da war ich auch auf dem Polterabend, als er seine Kati geheiratet hat."

„Manuela war ihr einziges Kind."

„Ja, es hat sie schwer getroffen."

Ich sagte, „Sie waren der letzte, der Manuela lebend gesehen hat."

„Nein."

„Nicht? Wieso?"

„Der Täter war der letzte."

Ich lächelte. „Völlig richtig. Außer dem Täter", sagte ich. „Erzählen Sie mir von dem Tag. Was haben Sie gemacht? Fangen Sie am Anfang an, am Morgen. Sie sind aufgestanden, und dann?"

Fogel verschränkte die Arme und guckte aus dem Fenster auf den Weinberg. Er wäre um sechs Uhr aufgestanden, wie an jedem Tag seines Lebens, sagte er. Um halb sieben hätte er in seiner Werkstatt die Arbeit begonnen, eine Maßanfertigung für einen Unternehmer aus Berlin gebürtig aus dem Nachbarort, daher würde er ihn kennen. Wie immer um zehn wäre seine Frau heruntergekommen mit Kaffee und Frühstück und der Zeitung, um eins wäre er hoch fürs Mittagessen, Bratkartoffeln mit Rührei und Salat aus dem Garten. Ein warmer Tag, nicht wirklich heiß, aber warm. Sonne, Vogelgezwitscher, Kindergeschrei auf der Straße, Jungs, die Fußball spielten. Alles, was von jeher zu einem schönen Sommertag dazugehörte.

„Um halb sechs, so ungefähr, plus-minus fünf Minuten, guckt die Manu von draußen durchs Fenster rein, und ich geh raus und stell mich neben sie in die Sonne. Sie hatte ihren Blaumann an und lachte, *Hallo Opa Paul, was machen die Schuhe von dem Berliner.* So hat sie immer zu mir gesagt, Opa Paul. Ich hab ihr erklärt, was ich gerade machte, ich war gerade mit dem Schaftbau fertig, das Futter hatte ich schon eingesteppt, dann fragt sie mich, wie viel Uhr es ist, ihre Uhr wäre stehen geblieben. Deshalb erinnere ich mich auch so gut. Sie wollte noch eine Runde Laufen, also Joggen, das machte sie ständig, sie war eine gute Läuferin, sie wollte vorher noch etwas erledigen, aber danach laufen. Dann hat sie mich daran erinnert, dass die Inspektion für mein Auto überfällig war und dringend die Bremsschläuche gewechselt werden müssten, die wären schmierig, das wäre nicht gut, und dann ist sie weg." Fogel amtete tief ein und aus. „Und das war das letzte Mal."

Ich ließ ihm Zeit. Ich verschränkte die Arme wie er. Wir guckten gemeinsam aus dem Fenster auf den verdammten kahlen, schneebedeckten Weinberg.

Dann sagte ich, „Sie haben das schon oft beantwortet, aber ... Manuela hat nicht gesagt, was sie erledigen wollte?"

Fogel schüttelte den Kopf. „Nicht direkt, glaube ich, aber sie hat ... Sie hat etwas gesagt. Sie hat etwas gesagt, das weiß ich, so weit waren die Frau Nehbert und ich auch schon, aber ... Wenn ich mich nur erinnern könnte."

„Wann haben Sie die Bremsschläuche machen lassen?"

„Zwei Wochen später, vom Walter. Er hat gesagt, die Manu hatte Recht. Die Schläuche waren durch."

„Wenn Sie zurückdenken, hatten Sie den Eindruck, Manuela hätte es eilig gehabt?"

Er zuckte mit den Schultern. „War immer schwer zu sagen bei der Manu. Sie war sehr lebendig, wie gesagt eine gute Läuferin und das hat sie auch ständig gemacht, selbst im Blaumann auf dem Nachhauseweg. Laufen. Ich glaube nicht unbedingt, weil sie tatsächlich *laufen* wollte, als Sport, sondern weil ihr zu Fuß gehen zu langsam war."

„Ich meinte, weil Manuela Sie nach der Uhrzeit gefragt hat."

„Sie denken ... Wer nach der Uhrzeit fragt, der hat einen Termin, denken Sie?" Er guckte mich an.

„Herr Fogel, wenns geht, bitte, versuchen Sie nicht zu kombinieren, nicht zu schlussfolgern. Sondern ... Erinnern Sie sich nur. Denken Sie zurück an diesen Tag. Wie war die Manuela? Versuchen Sie, an Ihre Einschätzung von damals zurückzudenken. Schauen Sie nicht von heute aus auf die Situation, sondern wie haben Sie damals die Situation eingeschätzt."

Fogel guckte wieder nach draußen.

„Wie war die Manuela in der Situation mit Ihnen vor Ihrer Werkstatt", sagte ich. „Wie war ihre Körperhaltung? Entspannt? Hatte sie die Hände in den Hosentaschen, sich irgendwo gegen gelehnt? Das Gesicht in die Sonne gestreckt? Gelächelt?" Ich wartete. „Herr Fogel, oder war sie eher ... angespannt, die Manuela? Hände aus den Taschen, als wollte sie jeden Moment weitergehen? Oder schnelles Kopfnicken, als Sie mit ihr sprachen, Sie wissen, wie Sie es selbst auch tun, wenn Sie keine Zeit haben, aber jemand spricht mit Ihnen und Sie wollen nicht unhöflich sein und einfach weitergehen. Aber Sie nicken dann schnell, wenn der andere spricht und Sie wollen ihn damit auch zum schnelleren Sprechen animieren."

Fogel guckte weiter aus dem Fenster und war weiter still. Aber in ihm arbeitete es, ich sah es in seinem Gesicht. Die Stirn gerunzelt, um die Augen zuckten die Muskeln. Und sein Atem ging schneller, auf und ab bewegte sich sein Brustkorb.

Fogel wollte sich erinnern. Er wollte helfen.

Aber er schüttelte den Kopf. „Ich weiß nicht", sagte er. „Ich weiß es nicht. Vielleicht eher entspannt, möchte ich meinen, aber ..." Wieder schüttelte er den Kopf. „Aber irgendwas ..."

„Hm?"

„Irgendetwas ... Ich erinnere mich, dass ich damals etwas gedacht habe. Ich weiß aber nicht mehr, was. Ich weiß noch nicht einmal mehr, ob es etwas mit der Manu zu tun hatte. Aber etwas habe ich gedacht." Er sagte, „Etwas war anders. Anders als sonst. Etwas ... passte nicht. Mit Manu? Mit ... Es war ein Sommernachmittag, wie er sein sollte, das war es also nicht. Aber ..."

„Sie erinnern sich nicht."

Fogel schüttelte den Kopf. „Aber heute ist das erste Mal, dass ich ... das denke. Da war etwas, was nicht gepasst hat." Er sah mich an. „Aber was? Und ich habe keine Ahnung, ob es irgendeine Bedeutung hat."

Wir saßen wieder still nebeneinander, jeder in seinen Gedanken, als mir das Ticken wieder bewusst wurde. Ich guckte hoch auf die Uhr, zehn vor eins, und mir entfuhr ein „Scheiße" und ich sprang auf und lief zur Tür.

„Sie auch?", hörte ich Fogel rufen.

Draußen wählte ich die Nummer, die mir Wilkes Nachfolgerin gegeben hatte, aber sie ging nicht dran. Stattdessen die Mobilbox. Ich erklärte mein Wegbleiben mit dem wichtigen Fall, den ich gerade hatte und sagte noch, dass ich am Abend vorbeikommen würde, um halb neun, wie bei Wilke. Dann gab ich ihr noch meine Nummer und, sollte ich nichts von ihr hören, würde ich davon ausgehen, dass sie einverstanden wäre.

Ich ging wieder hinein und setzte mich.

„Hats geklappt, Herr Kommissar?"

„Weiß ich noch nicht." Ich sagte, „Sie erinnern sich also nicht."

Er schüttelte den Kopf. „Sehen Sie, je älter ich werde, desto präsenter ist mir meine Jugend. Aber desto schlechter kann ich mich an das meiste nach meiner Jugend erinnern und noch schlechter an die gerade vergangenen Jahre. Das geht allen hier so. Wird Ihnen auch so gehen."

Ich dachte an mein Ereignis und dass ich die zwei Minuten gerne vergessen würde und fragte, „Wie gut können Sie sich an die vergangenen sechs Monate erinnern?"

„Nicht besonders."

„Und Sie sagen, es wird mir auch so gehen?"

„Allen geht es so, Herr Kommissar. Warten Sie nur, bis Sie so alt sind wie ich."

Ich nickte. Schöne Aussichten. Nur noch dreißig Jahre, bis ich die zwei Minuten vergessen habe.

9

Auf der Rückfahrt rief Wilkes Nachfolgerin an, was mich freute, bis ich ihre Stimme sagen hörte, „Nein, Sie können heute Abend nicht zu mir kommen, wir hatten um zwölf einen Termin." Bevor ich sie fragen konnte, wie die Wohnungsbesichtigung verlaufen war, hatte sie die Verbindung gekappt. Ohne Auf Wiedersehen, ohne neuen Termin.

Oh Wilke, warum bist du gegangen?

Da mein Rücken erneut erstaunlich gut mit dem Autositz zurecht gekommen war und ich bemerkt hatte, dass der Wagen die schwerere Dieselversion war und zudem mit Frontantrieb fuhr, entschloss ich mich, ihn fürs Erste zu behalten. Allerdings führte kein Weg an Winterreifen vorbei. Da mir klar war, meine derzeitige Dienststelle würde mir frühestens im nächsten Jahr Winterreifen genehmigen, entschloss ich mich, den kleinen Dienstweg zu gehen und das selbst in die Hand zu nehmen. Sollte kein Problem sein, dachte ich.

Aber Schick denkt und Trier lacht sich schlapp.

Ich stellte schnell fest, dass die idyllisch an der Mosel gelegene putzige Stadt voll war mit Deppen, die vom Einbruch des Winters total überrascht waren – wer konnte damit auch rechnen in der zweiten Dezemberwoche – und alle auf einmal Winterreifen kaufen wollten, und so brauchte es ganze fünf Anfragen in fünf verschiedenen Werkstätten, bis ich schließlich eine Werkstatt fand, die Winterreifen in der richtigen Größe auf Lager hatte und sie auch sofort aufziehen konnte. Der Spaß kostete mich sechshundert Euro plus fünfzig extra für das *Sofort*, was bedeutete, dass ich nur eineinhalb Stunden warten musste.

Den Rest des Nachmittags verbrachten die Akte und ich in einem Restaurant und einem neben dem Restaurant liegenden Café, wo ich drei Anrufe von der Melchisedech ignorierte und zwei von Bosse, dann noch einmal zwei von der Melchisedech, bevor ich dann die Melchisedech anrief und sie aufforderte, mir die Liste mit den Telefonnummern der Zeugen auf mein Telefon zu beamen. Sie verstand etwas von *Bienen*, also erklärte ich ihr es noch einmal in richtigem Deutsch und legte auf. Sie wollte zwar noch etwas fragen, aber vermutlich war es sowieso nur das, was sie in ihren fünf Anrufen zuvor auch fragen wollte, und da ich bereits zuvor darauf nicht geantwortet hatte, brauchte ich es jetzt auch nicht. Logisch.

Nun saß ich wieder bei Pit, vor mir ein Whisky echt fruchtig.

Draußen läuteten die Glocken für die Abendmesse. Neunzehn Uhr. Vermutlich war die Kirche gähnend leer.

Eine Armlänge die Theke hinunter lag ein Faltblatt. Ich streckte mich danach und las etwas über Poetryslam in der Tuchfabrik und versuchte noch, durch pures Nachdenken darauf zu kommen, was das heißen soll, als sich die Melchisedech neben mich setzte.

Ich drehte den Kopf und sah ihr dabei zu, wie sie ihren Mantel auszog und hinter sich auf die Lehne hängte und ihren Schal darüber warf und dann ein paar anderen zuwinkte. Ich hörte, „Warum setz de dich zu dem, Tamara, der will doch mit niemandem wat zu tun haben, komm rüber zu uns", und drehte mich zu dem Sprecher um.

Drei Kerle und zwei Frauen an einem Tisch. Biergläser für die Kerle und eine Frau, die andere Frau Wein. Alle in Uniform. Ich hatte die Fünf beim Reinkommen gesehen und ebenso ignoriert wie die Handvoll Älteren, die an ihrem angestammten Tisch in der Ecke saßen.

Der Sprecher war klar auszumachen. Die Brust weit vorgeschoben und die Hände auf den Tisch gestemmt sah er Tamara an. Als ich mich umdrehte, schwenkte er seinen Blick zu mir. Und lächelte.

Diese Art Blick und Lächeln kannte ich. Sie bedeuteten Ärger.

Früher waren solche Typen meine Spezialität. Ich nutzte meine drei G's – Geduld, Gutmütigkeit, Genialität – um den Ärger und Frust, den sie innerlich aufgebaut hatten und für die sie nun ein Ziel suchten, irgendein Ziel suchten, an mir vorbei ins Nirwana gleiten zu lassen. Meist gelang es mir ohne jede physische Aktion. Nicht selten tranken wir anschließend zusammen ein Bier. Nur gelegentlich gabs was auf die Nase.

Ich fragte mich, ob diese Zeit je zurückkommen würde. Die Genialität war ja geblieben, aber der Rest? Warum mir bei dieser Frage Wilkes Nachfolgerin in den Kopf kam, war mir nicht ganz klar, jedenfalls drehte ich mich wieder um und nippte an meinem Glas. Ich sah Pit am Zapfhahn stehen ohne zu zapfen und mich beobachten. Als ich nach einer halben Minute immer noch nicht von meinem Hocker aufgestanden war, grinste er.

„Pit, was macht dich denn heute so glücklich?", sagte ich, wobei ich versuchte, nicht auf seinen fehlenden Zweier zu starren.

„Es geschehen Zeichen und Wunder", sagte er und fragte dann die Melchisedech, „Was darf es für Sie sein, Frau Kommissarin?"

„Sie heißen Pit?"

„Ja."

„Woher wissen Sie, dass ich Kommissarin bin, Pit?"

„Welchen Grund sollten Sie sonst haben, sich neben den Schick zu setzen."

„Sehr lustig", sagte ich.

Melchisedech zeigte auf mein Glas. „Das Gleiche, bitte. Aber mit Eis."

„Kommt sofort."

Sie sagte, „Was lesen Sie da, Herr Schick?"

„Die Apotheken-Umschau. Steht ein Artikel drin über Männer in den Wechseljahren. Wollen Sie?"

„Danke nein."

Ich ließ das Faltblatt mit einem Fingerschnippen die Theke hinunter auf seinen alten Platz segeln und sagte zu ihr, „Hey, Frau Melchisedech, kennen Sie den schon:

Wäre die Welt ein Bauernhof, Trier wäre der Misthaufen."

Sie guckte mich an, als hätte ich einen an der Klatsche. Erst Wilkes Nachfolgerin, jetzt sie. Die Nehbert auch, zumindest zu Beginn unserer Unterhaltung und Pit sowieso ständig.

Warum guckten die mich alle so an?

Sie sagte, „Was haben Sie eigentlich gegen Trier?"

Ich zuckte mit der Schulter.

„Und wenn Sie was gegen Trier haben, ganz im Ernst, Herr Schick, Trier ist es wert, dass Sie sich mit Ihren Vergleichen etwas mehr anstrengen. Bauernhof, Misthaufen." Sie schüttelte den Kopf.

Ich überlegte. „Okay, hören Sie zu. Wäre das Leben eine Achterbahnfahrt-"

„Das Leben *ist* eine Achterbahnfahrt, Schick, das wissen Sie doch besser als ich."

Pit stellte ein Glas vor sie. Zusammen mit einer Schale Erdnüsse.

Ich sah Pit an.

„Was is? Noch einen?"

Ich nickte. „Und Nüsse. Machst du hier Unterschiede zwischen deinen Gästen, oder was? Mir hast du noch nie Nüsse hingestellt."

„Ich mach keine Unterschiede", sagte er, füllte ein frisches Glas und stellte es vor mich und deutete auf die Schale. „Die sind für euch *beide*. Neu im Angebot."

„Aha." Als Pit wieder zapfte, sagte ich, „Wieso weiß ich das besser als Sie?" und trank.

Sie trank ebenfalls einen Schluck und hustete kurz und schwenkte dann das Eis. „Sie sind deutlich älter, zum einen, haben mithin mehr Lebenserfahrung und damit auch mehr Achterbahnfahrten hinter sich. Zum anderen wurden Sie ja vor einiger Zeit noch ausgezeichnet und waren beim LKA, und jetzt sind Sie bei uns. Das nenne ich das Paradebeispiel für eine Achterbahnfahrt."

Sie sagte, „Sie trinken Ihren Whisky pur, wie ich sehe. Ich mag meinen mit Eis."

Ich guckte sie an. „Tatsächlich? Wäre ich jetzt nicht drauf gekommen."

Sie lächelte. „Das war jetzt nur eine Feststellung über unsere Trinkgewohnheiten. Hat nichts mit Achterbahnfahrten zu tun."

„Sie halten die Trierer Kripo also für etwas Schlechtes? Ihre eigenen Kollegen?"

Sie trank noch einen Schluck und hustete wieder und schwieg.

„Schmecken Sie eigentlich, wie fruchtig der ist mit einem Hauch von Kaffee, der Abgang leicht, aber nur ganz leicht holzig und würzig zugleich?"

„Der Whisky?" Sie schmatze, wie ich das auch manchmal tat, und schüttelte den Kopf.

„Vielleicht müssen Sie sich erst hineintrinken, geben Sie sich Zeit, dann husten Sie auch weniger. Okay, Melchisedech, ich hab noch einen. Wäre die Welt eine Scheibe, Trier wäre auf der anderen Seite. Also unten."

„Die Welt ist keine Scheibe?"

„Hey, hey", sagte ich, „Sie haben ja Humor."

„Ich bin verzweifelt, Schick. Weil Sie nicht mit mir reden. Wo sind Sie heute Morgen hingefahren?"

„Hingefahren? Woher wissen Sie, dass ich *gefahren* bin?"

„Jedenfalls waren Sie nicht bei Babs im Bistro, ich hab sie gefragt. Sie lässt Grüße ausrichten."

„Wie heißt Babs richtig? Barbara?"

„Es gibt zwei Wege, das herauszufinden", sagte sie, „entweder Sie fragen Babs oder nie. Im Übrigen finde ich ja, Ihre Augen sehen eher verwässert aus, nicht stahlblau."

„Verwässert, hm. Sie muss Barbara heißen, wie sonst. Woher wissen Sie, dass ich *gefahren* bin?"

„Das weiß ich nicht, ich dachte es nur" – sie trank ihr Glas leer und winkte Pit für ein zweites – „weil, jeder fährt doch, oder? Niemand geht, also zu Fuß, schon gar nicht bei einem solchen Wetter, oder? Und zu Fogel können Sie erst recht nicht zu Fuß gehen, Sie wären jetzt noch unterwegs. Was gucken Sie so?"

93

Ich nahm eine Handvoll Nüsse. „Sie haben meine Frage nicht beantwortet. Woher wissen Sie, dass ich *gefahren* bin?"

„Das habe ich Ihnen doch gerade erklärt."

„Ja, und das war Blödsinn. Wie sagt ihr hier, Kappes." Ich warf nacheinander Nüsse in meinen Mund und kaute.

Sie zögerte. „Heidmann kam rein und hats mir gesagt. Sie haben einen Wagen aus dem Pool genommen."

„Ich war nicht im Schwimmbad. Wie Sie von Babs wissen."

„Ha-ha." Pit stellte das frische Glas vor sie. Sie nahm es mit langen Fingern, schwenkte das Eis drei Mal und trank und hustete und schwenkte wieder und trank wieder, dieses Mal ohne zu husten.

„Sie haben einen guten Durst."

„Ja, und mittlerweile bin ich auch etwas abgesäuselt ... *an*gesäuselt. Aber dafür tut man das ja."

„Tatsächlich dafür?"

„Sicher. Den ganzen Tag muss man sich Scheiß anhören, und abends schüttest du Alkohol drauf. Dafür tue ich das."

„Tatsächlich?"

„Tatsächlich was?"

Ich schüttelte den Kopf.

„Was jetzt? Wofür sonst? Na kommen Sie, raus damit. Wofür sonst?"

„Abends nach dem Dienst noch ein Bierchen oder hier: einen Whisky mit dem Kollegen ... Weshalb macht man das schon, huh?"

Sie trank und schwieg.

„Um zarte Bändlein zu knüpfen, natürlich. Sie setzen sich zu mir, dem Außenseiter, obwohl hinter Ihnen ein ganzer Tisch auf Sie wartet. Sie trinken sogar das Gleiche wie der Außenseiter, obwohl Sie ganz offensichtlich keine Whiskytrinkerin sind. Und Sie hoffen, dass der Außenseiter darauf reinfällt." Ich sagte, „Warum hat er Ihnen das erzählt? Heidmann?"

„Keine Ahnung, müssen Sie ihn fragen. Warum haben Sie kein eigenes Auto?"

„Darum."

„Jeder hat ein Auto."

„Ich nicht."

„Warum nicht?"

„Erzähle ich Ihnen mal, wenn ich Sie besser kenne. Oder vielleicht möchte ich es Ihnen dann erst recht nicht erzählen."

„Weil ich zu viel trinke?"

„Nein. Das wäre bislang das Einzige, was ich an Ihnen mögen könnte, allein, ich weiß ja", ich drehte den Kopf zu ihr, „warum Sie das tun."

Sie nahm von den Nüssen und lehnte sich zurück und verschränkte die Arme und kaute. Sie sah aus wie ein trotziges Kind.

„Okay, Sie können Trier nicht leiden, meinetwegen. Aber was haben Sie gegen mich, Schick? Was habe *ich* Ihnen getan? Sie behandeln mich wie einen Fußabtreter. Was soll das? Und ich bin nicht kindisch. Was Sie am Telefon gesagt haben, wegen Check. Ich sag das als Witz. Das ist eine Angewohnheit. Ich bin *nicht kindisch*."

„Gerade jetzt sehen Sie wieder so aus."

„Wussten Sie eigentlich, dass ich für die nächste freie Stelle bei der Staatsanwaltschaft vorgesehen bin? Ich werde Staatsanwältin, Herr Schick, meine Zeit bei der Kripo ist nur vorübergehend. Eine kurze Episode. Glauben Sie, die Staatsanwaltschaft nimmt jemanden, der kindisch ist?"

„Ich hoffe es nicht."

„Nu jetzt mal raus damit, was haben Sie gegen mich?"

„Was denken Sie, Melchisedech?"

„Keine Ahnung. Schließlich hab ich Ihnen ... Ich hab Ihnen gleich gesagt, was Heidmann von mir wollte und so. Ich hab das offen gelegt. Und unser Kaffeetrinken im Bistro bei Babs war auch nett, oder nicht? Sie mochten es dort, kann ich mich erinnern. Also warum behandeln Sie mich so?"

„Und jetzt trinken Sie mit mir Whisky in der Kneipe. Seien Sie nicht so naiv, Melchisedech. Und vor allem, halten Sie mich nicht für naiv."

Wir schwiegen eine Weile und tranken, dann kramte sie in der Manteltasche nach ihrem Telefon und verschwand damit nach draußen.

Nach Minuten kam sie zurück, setzte sich, steckte das Telefon wieder in die Manteltasche und trank.

„Was hat Heidmann gesagt?"

„Wozu?", sagte sie. „Ich hab ihm nämlich zwei Dinge gesagt. Jetzt bin ich gespannt, ob Sie wissen, was das war, Herr Topermittler."

„Topermittler." Ich hielt mein Glas mit beiden Händen. „Von wem haben Sie das denn? Heidmann?"

„Und Heidmann hat es von Ihrer Chefin."

„Heidmann, Sie haben ihm gesagt, dass ich nicht mit Ihnen rede."

„Okay, stimmt. Aber das war leicht. Was hab ich ihm noch gesagt?"

„Dass ich weiß, wem ich die alte Karre mit den schlechten Reifen zu verdanken habe." Ich trank aus. „Nämlich ihm. Haben Sie die Berichte noch einmal gelesen?"

Sie nickte stumm.

„Was haben Sie herausgefunden?"

„Ich hab mir ... Notizen gemacht, aber die Notizen sind im Büro. Ich ..."

„Oh Mann, Melchisedech."

„Okay, okay, warte Schick." Sie hustete in ihre Hand. „Die Kollegen haben alles richtig gemacht, denke ich, also ich hab keine Fehler gefunden. Ich soll nach dem suchen, was fehlt, haben Sie gesagt, aber ich glaub, es fehlt nix."

„Wie sind sie vorgegangen?" Ich wartete. „KHK Nehbert und ihre Kollegen, wie sind sie vorgegangen?"

„Sie haben alles richtig gemacht", sagte sie wieder. „Alle Spuren gesichert, alle Zeugen befragt mit vollständigen Berichten. Tatortfundbericht, Protokoll über die

Tatortarbeit, Berichte über den Verlauf der Ermittlungen und-"

„Wenn ichs nicht schon wüsste, jetzt wäre mir klar, dass Sie Juristin sind. Berichte, ist das alles, woran Sie denken?" Ich sagte, „Was *fehlt*, Melchisedech? Was ist Routine in einem solchen Fall und *fehlt*?"

Sie guckte mich an. Hatte sie Tränen in den Augen?

Ich legte einen Zwanziger unter mein Glas und stand auf.

Dann drehte ich mich zum Gehen, aber sie hielt mich am Ärmel fest.

„Ich bin nicht so routiniert", sagte sie. „Was meinen Sie denn, Schick? Was fehlt denn?"

Ich atmete aus.

„Ein junges Mädchen wurde getötet. Und trotzdem hat keiner unserer Vorgänger, keiner, nach Gewaltverbrechern gesucht. Gewaltverbrecher aus der Umgebung, die zur Tatzeit Ausgang hatten oder erst vor kurzem entlassen worden waren. Das ist *Routine*. Aber sie haben es versäumt. Alle."

Als Schick draußen war, nahm Tamara mit einem Ruck ihr Mobiltelefon hervor und drückte auf Wahlwiederholung.

Heidmann meldete sich nach dem ersten Klingeln.

„Hat er doch noch was gesagt, Frau Melchisedech?"

Ohne Begrüßung, der Arsch.

Tamara hob den Arm und wischte über ihre Augen.

„Nein, hat er nicht", sagte sie, „und ich habe auch keine Lust mehr zu diesem Scheiß, zu diesen Fragen, der Aushorcherei wie ein verdammter Spitzel, hören Sie das Heidmann? Ich mach das nicht mehr. Mach deinen Scheiß allein. Schick ist Polizist, und wie es aussieht, ein guter, und ich bin Polizist ...*in*, Polizis*tin*, und ich werde mit ihm zusammenarbeiten, wenn er mich noch will, ich hoff echt er will mich noch, und wir werden diesen scheiß Fall lösen, hören Sie das? Ich bin kein verdammter Spitzel, hören Sie das?"

Heidmann sagte, „Sind Sie betrunken, Frau Melchisedech?"

Tamara nahm das Telefon von ihrem Ohr und grinste
es an und grinste weiter ohne Antwort und drückte den
roten Knopf. Und drückte nochmal und nochmal, „Na,
wie gefällt dir das, Heidmann? Na? *Na?*"

„Alles in Ordnung, Frau Kommissarin?"

Pit stand hinter seiner Theke mit dem Lappen in der
Hand und guckte.

„Ja, Ordnung, Pit, alles ... Gib mir noch so einen, was
meinste, aber ohne Eis genau wie der Schick, der trinkt
auch ohne Eis."

„Wirklich? Ich habe das Gefühl, Sie haben bereits
mehr als genug."

„Eigentlich trinke ich ja gar keinen ... Was ist das?"
Sie deutete auf ihr Glas mit den Eiswürfeln.

„Mister G."

„Wie?"

„Glendronach. Mister G."

„*Was?*"

„Whisky."

„Whisky. Genau. Trinke ich nicht. Nie. Selten. Hat der
Schick sofort erkannt ... Hm." Sie schloss die Augen.

„Was halten Sie davon, wenn ich Ihnen ein Taxi rufe?"

„Ich kann noch fahren."

„Ganz bestimmt können Sie das. Aber Sie sollten
nicht. Sie sind Polizistin, Sie könnten großen Ärger bekommen. Und Sie könnten sich verletzen oder andere."

„Ärger, wenn ich fahr?" Sie öffnete die Augen wieder
und blinzelte Pit an. „Genau umgekehrt wird ein Gum-
mistiefel draus, Pit ... Pit, hör zu. Früher als Kind, als ich
sechzehn war, siebzehn, da hat meine Mutter mich immer abgeholt, wenn ich feiern war. Party und so. Ich hol
dich ab, hat sie immer gesagt, egal wie viel Uhr, fahr
nicht mit deinen Freunden, die haben getrunken oder
Drogen genommen, hörst du? Hörst du?"

„Ja, ich hörs."

„Nein, nicht du, ich! Meine Mutter hat zu *mir* immer gesagt, Hörst du." Sie sagte, „Weißt du, wann meine Mutter gestorben ist?"

Pit schüttelte wahrheitsgemäß den Kopf.

„Um halb drei." Sie sah Pits fragenden Blick und sagte, „Um halb drei am Nachmittag, hör doch *zu*. Genau um halb drei. Sie hat mich abgeholt von einer beschissenen Party mit meinen beschissenen Freunden hat sie mich abgeholt mitten in der Nacht und auf dem Nachhauseweg hatten wir den Unfall einen blöden Hang runter es hat geschneit und ich bin raus aus dem Auto und sie nicht und sie haben Mama ins Krankenhaus gebracht. Ins Mutterhaus. Da hab ich dann gesessen und geheult und die Schwestern haben mir abwechselnd über den Kopf gestreichelt, und ein paar Stunden später ist sie dann gestorben. Um halb drei. Punkt halb drei am Nachmittag ist Mama gestorben. Im *Mutter*haus ist Mutter gestorben. Mama. Wer ist so bekloppt und nennt ein Krankenhaus *Mutter*haus? Die müssen doch wissen, dass Mütter darin sterben. Warum machen die das, Pit, warum nennen die ein Krankenhaus Mutterhaus?"

Pit drehte den Lappen in seinen Händen. „Ich weiß nicht, ehrlich."

„Und als ich irgendwann nach Haus kam und auf ihren Wecker guck, ihr Wecker, den sie immer benutzt hat, weil sie nie irgendwohin zu spät kommen wollte, so war meine Mama halt, nicht zur Arbeit zu spät und nicht zum Doktor und nicht zum Elternabend zu spät und bloß nicht mich von einer beschissenen Scheißparty zu spät abholen, als ich heim kam war ihr Wecker genau um halb drei stehen geblieben. Was sagste dazu, Pit?" Sie guckte zu Pit hoch und hatte schon wieder Tränen in den Augen und aus ihrer Nase tropfte es auf den Tresen. „Ich seh, da weißte nichts zu zu sagen. Tja, ich auch nicht."

Pit drehte sich um und nahm die Flasche und schenkte ihr ein. „Geht aufs Haus", sagte er. „Langsam trinken, dann müssen Sie auch nicht husten."

Dann legte er Tamara ein Päckchen Taschentücher hin und rief ein Taxi.

10

Irgendwie war ich ein wenig stolz auf mich. Da bin ich doch tatsächlich rausgegangen, ohne dem Typen eine liegenzulassen. Pit hat mich angeguckt, als wollte er mich umarmen.

Die Melchisedech hatte von alldem nichts mitbekommen. War zu sehr mit sich und Bosse beschäftigt und was sie ihm erzählen sollte, die zukünftige Frau Staatsanwältin. Mit ihrer Karriere sollte es aber besser noch dauern bis ich wieder weg war, sonst könnte es passieren, dass sie mir Anweisungen geben durfte. Dann müsste ich mich doch noch erschießen.

Auf dem Weg zu Wilkes Nachfolgerin telefonierte ich mit Fogel, der mir zuhörte und dann freudig meinem Vorschlag zustimmte, mich aber noch vor einem Herrn namens Nett warnte, der nachts für den Einlass zuständig war und Besuche nach einundzwanzig Uhr grundsätzlich ablehnte. „Nomen ist bei dem nicht Omen", sagte Fogel, „da müssen Sie sich was einfallen lassen."

Falls Nett der war, mit dem ich bereits in der Nacht telefoniert hatte, könnte es tatsächlich lustig werden.

Zunächst musste ich aber Wilkes Nachfolgerin überzeugen mitzukommen. Ich hatte mich da Fogel gegenüber ziemlich weit aus dem Fenster gelehnt.

Die Holztreppe nach oben entpuppte sich dabei als noch das geringste Problem. Oben angekommen stützte ich mich auf meinen Oberschenkeln ab und gab meinen pfeifenden Lungen und rauschenden Ohren eine kleine Pause, während der ich versuchte, die Geräusche hinter Wilkes Tür zu identifizieren.

Rockmusik, gelang es mir nach einer Minute. Irgendwas mit *Dirty love* nach einer zweiten Minute.

Ich richtete mich auf und klopfte.

Klopfte noch einmal.

Tatsächlich, *Give me your dirty love* ...

Schlug mit der flachen Hand zweimal.

The way your mama make that nasty poodle chew ...

Ehrlich, nasty poodle chew? Was sollte das denn heißen? Ich hämmerte mit der Faust.

I'll put you in a coma with some dirty love some dirty love ...

Ich hämmerte wieder, aber wer zur Hölle kann schon gegen einen Typen ankommen, der einer Frau *dirty love* verspricht.

Fuck, was sang der jetzt? *The poodle bites, the poodle chews it?*

Meine Faust tat mir bereits weh.

Jetzt war der Poodle fertig, und ich nutzte die Pause und trat mit dem Fuß gegen die Tür.

Nach dem zweiten Tritt wurde die Tür aufgerissen.

„Hey, was soll – Ach, Sie. Schon wieder. Was wollen Sie? Was soll der Lärm? Ich bekomme Ärger mit den Nachbarn."

„Aber nicht wegen mir, sondern wegen dieser ... The poodle bites? Was soll das heißen?"

Hinter ihr begann der nächste Song. Den kannte ich.

„Bobby Brown. Sie hören Zappa? War der Poodle vorher auch Zappa?"

„Wir haben keinen Termin, Schick. Wir hatten heute Mittag einen Termin."

Ich guckte auf die Bierdose in ihrer Hand.

„Haben Sie getrunken?", sagte ich, aber mit einem Lächeln, logisch, ich wollte sie ja auf meine Seite ziehen.

Sie lehnte sich mit einem lauten Seufzer gegen den Türrahmen und sagte, „Was wollen Sie hier, Schick?", und trank einen Schluck.

Ich wartete auf das Bäuerchen, das einem Schluck Bier aus der Dose oft folgte, bei mir zumindest, aber sie musste nicht.

Ich sagte, „Zunächst einmal, Sie sollten sich eine Klingel anschaffen. Wenn Sie dann noch die Musik leiser drehen, hören Sie sogar die Leute vor Ihrer Tür. Also die, die reinwollen."

„Solche wie Sie? Warum sollte ich die reinlassen wollen?"

„Vielleicht können wir das drinnen besprechen?"

„Wir haben keinen-"

„Es ist wichtig."

„So?" Sie trank noch einen Schluck und guckte dann wie beim ersten Mal an mir hinunter und sagte, „Ihre Schuhe sind wieder nass." Ohne sich zu bewegen. Dann bäuerte sie doch. Leise, dezent, ein kleines Zischen nur.

Ich zog die Schuhe aus und hielt sie ihr vors Gesicht.

Sie guckte wieder nach unten und sagte, „Ihre Socken sind auch nass. Kommt das von Ihren Schuhen, ich meine, weil Ihre Schuhe nass sind? Oder haben Sie Schweißfüße?"

„Was? Meine Socken sind nicht nass. Was Sie auf meinen Socken sehen, ist ein hell-dunkles Muster. Sie sind nicht nass. Fassen Sie an, wenn Sie wollen." Ich hob den rechten Fuß so weit, wie mein Rücken es zuließ.

Zu meinem Erstaunen fasste sie tatsächlich meinen Fuß an. „Stimmt. Trocken. Okay, dann ...", sie winkte mit der Bierdose und einem abgespreizten Zeigefinger, „kommen Sie rein."

Wir gingen in Wilkes Büro. Es sah genauso unordentlich aus wie am Abend zuvor, zusätzlich roch es nach Zigarette und ganz dünn nach Parfum. The cutest boy in town Bobby Brown sorgte immer noch für Zittern im Holzboden.

„Was ist so-" Sie ging zu der kleinen Anlage auf dem Boden und drückte mit der großen Zehe den Knopf. Erst jetzt sah ich, dass sie zu ihrem Shirt eine Jogginghose trug und barfuß war. „Was also ist so wichtig, dass es nicht warten kann?", sagte sie in die Stille. „Und ich rate Ihnen, lassen Sie sich etwas einfallen, denn außer einer akuten Lebensgefahr ist für mich jetzt nichts wichtig."

„Können Sie Patienten hypnotisieren?"

Sie lehnte sich wieder gegen Wilkes Schreibtisch in ihrer lässigen Art mit der Dose in der einen Hand und die andere Hand stützte den Arm und fragte, „Hypnotisieren? Sie meinen in Trance versetzen."

„Wie auch immer", sagte ich. „Einen Patienten, der das freiwillig mitmacht. Der sich an etwas erinnern möchte, was vor einigen Jahren geschehen ist. Können Sie so etwas?"

„Ja, kann ich. Aber das ist nicht wichtig. Das hat Zeit bis morgen oder nächste Woche oder nächsten Monat."

„Hat es nicht."

„Doch, hat es. Rufen Sie an, und wir machen einen Termin. Und wenn Sie mich wieder versetzen, dann wars das. Und jetzt ..." Mit der Bierdose in der Hand und ihrem erneut abgespreizten Zeigefinger deutete sie auf die Tür.

Ich sagte, „Wie oft wollen Sie mich eigentlich noch rausschmeißen?"

„So oft es sein muss. Bis Sie sich an Regeln halten."

„Der Patient will sich umbringen, wenn er sich nicht erinnert. Heute Nacht will er sich umbringen."

Sie nahm den Arm herunter. „Meinen Sie sich selbst, Schick?"

„Nein. Ich meine einen Schuhmacher. Wir müssen los. Ziehen Sie sich an."

„Anziehen? Ich gehe heute nirgendwo mehr hin. Ich habe vorhin einen Anruf bekommen, dass ich die Wohnung haben kann für *zwölfhundert Euro kalt*, ich müsste aber noch renovieren." Sie trank. „Daraufhin habe ich mir gedacht, genehmige ich mir mal einen Schluck und dazu ein bisschen Zappa. Was bedeutet, dass ich heute zu nichts mehr fähig bin. Nichts Professionelles, meine ich."

„Höchstens ein bisschen Dirty Love, huh?"

Wieder überraschte sie mich.

„Ja, wäre jetzt gar nicht schlecht. Oder nur Love. Würde auch schon reichen." Sie stieß sich vom Schreibtisch ab und kam einen Schritt näher und guckte mich an mit einem fast schläfrigen Blick. „Aber nicht, dass Sie jetzt auf dumme Gedanken kommen."

Ich dachte an die mir verschriebene Krankengymnastik, die ich bislang erfolgreich geschwänzt hatte mit der Folge, dass ich meinen Rücken nicht dehnen und nicht beugen konnte und mich mit einem alten Golf zufrieden gab nur weil der einen Sportsitz hatte und sagte, „Komme ich nicht, glauben Sie mir."

„Tatsächlich?"

Mit so einem beleidigten Ton jetzt, den ich nur von Frauen kannte.

„Wie, *tatsächlich*, Sie haben gerade selbst gesagt, ich soll nicht auf dumme Gedanken kommen, außerdem sind Sie meine Therapeutin, und ich bin kein Pudel, also ..."

Sie gab mir einen Knuff gegen die Schulter. „Hey, ich zieh Sie auf, Schick. Aber: Ich bin *nicht* Ihre Therapeutin. Ob ich das werde, werden wir sehen. Morgen oder wann auch immer. Im Moment siehts nicht so gut aus."

„Frau ... Wie soll ich Sie eigentlich nennen?"

„Bei meinem Namen, wie wäre das? Ich weiß, dass Sie meinen Namen kennen."

„Sie haben einen Doppelnamen, das dauert so lange."

„Haben Sie es eilig?"

„Im Moment ja. Der Patient wartet."

„Kann nicht sein. Er weiß ja nicht, dass wir kommen. Also, nicht kommen."

„Ich habs ihm gesagt."

„Sie haben ihm *was* gesagt?"

„Dass ich mit Ihnen, also mit einer Ärztin, zu ihm kommen werde. Wir sollten jetzt auch wirklich los. Sagen Sie mal, Ihr Teint, haben Sie bis vor kurzem noch in Thailand am Strand gelegen? Haben Sie und Wilke getauscht, Wilke hat Ihr Strandhaus bekommen und Sie seine Praxis?"

Aber sie lehnte schon wieder gegen den Schreibtisch und schwieg.

„Ich dreh mich um, während Sie sich anziehen, ich gucke auch nicht."

Aber das reichte nicht. Sie nippte weiter an ihrem Drink, zischte noch einmal und schien nicht im Mindesten interessiert an meiner Anwesenheit.

Ich sagte, „Also gut, Frau Fritz-Sonnemacher, ich erkläre Ihnen, um was es geht ..."

11

„Nennen Sie mich nicht mehr bei diesem Namen", sagte sie, während sie in der Tasche auf ihrem Schoß wühlte.

Wir saßen im Auto. Ich saß da, wo ich hingehörte, nämlich am Steuer, und Frau Doktor Fritz-Sonnemacher, die nicht so genannt werden wollte, was mich neugierig machte, saß auf dem Beifahrersitz. Sie hatte ihre Jogginghose gegen eine enge Jeans getauscht und die Turnschuhe gegen derbe Lederboots und auf den Kopf eine Wollmütze mit aufgestickten Rentieren gezogen. Und noch etwas mehr Parfum an sich gesprüht. Wäre ich ein Freund von Parfum, würde ich es vielleicht mögen.

„Bei welchem Namen soll ich Sie nicht nennen, Fritz oder Sonnemacher?"

„Hören Sie auf, okay?"

„Okay. Wie soll ich Sie dann nennen? Rudolph?"

„Rudolph?"

„Wegen dem Ding da." Ohne die Augen von der Straße zu nehmen, deutete ich mit dem Daumen auf ihren Kopf.

„Das ist eine Mütze, und die brauche ich auch bei diesem Schneegestöber. Wer ist Rudolph?" Sie kramte weiter und hörte sich nicht so an, als wäre sie an meiner Antwort interessiert.

„Rudolph, the red-nosed reindeer ... Das Weihnachtslied?"

„Ich habe keine Ahnung, wovon Sie reden, Schick."

„Ist auch egal. Was suchen Sie da eigentlich?" Aber ich bekam keine Antwort. „Wie soll ich Sie nennen, wenn nicht bei Ihrem Doppelnachnamen und nicht nach Ihrer Kopfbedeckung?"

„Bei meinem Vornamen. Ich könnte Licht gebrauchen."

„Ihr Vorname ist, Ich könnte Licht gebrauchen? Sind Sie Indianerin?" Ich zog ein ernstes Gesicht, wie ich es in alten Western von den Indianern gesehen hatte, also von den weißen Schauspielern, die Indianer spielten, senkte meine Stimme und sagte, „Ich Häuptling *Licht. Das meine Squaw Ich könnte Licht gebrauchen.*"

„Ich bin niemandes Squaw, aber ich weiß, wie man einen Menschen skalpiert. Licht, Schick."

„Ist kaputt, tut mir leid."

„Dann drehen Sie wenigstens mal die Heizung höher, oder funktioniert die auch nicht in dieser Gurke?"

„Diese *Gurke* ist ein Polizeiwagen, also praktisch ein Beamter. Wir sollten ihn daher nicht beleidigen."

Von der Seite sah ich sie mit einem Ruck zu mir herübersehen. „Ich könnte jetzt mit einem Bier in der einen und einer Zigarette in der anderen Hand auf meinem warmen Fußboden sitzen und mir von Zappa ein paar Vibrationen durch den Körper schicken lassen, also keine dummen Sprüche mehr, Schick. Die Heizung, bitte."

Hatte sie sich gerade Vibrationen von Zappa gewünscht? Mit einem Bier in der Hand? Oder hab ich was an den Ohren?

„Sagen Sie, sind Sie sicher, dass Sie Therapeutin und die Nachfolgerin von Wilke-"

„Diese Frage habe ich doch bereits beantwortet, oder?" Das Gesicht schon wieder zu ihrer Tasche gebeugt. „Die Heizung, *bitte.*"

„Ich dreh ja schon hoch", sagte ich, stellte aber fest, dass die Heizung bereits auf der höchsten Stufe lief. Hm. Ich nahm die Hand wieder ans Lenkrad. „So, jetzt wirds gleich warm", sagte ich, „dann können Sie Ihre Jacke ausziehen. Und sich vielleicht auch anschnallen, nur so als Gedanke."

Sie hatte ein Päckchen Zigaretten aus der Tasche gefischt und, tatsächlich, küsste es. „Ich dachte schon, ich hätte sie vergessen. Haben Sie Feuer?", sagte sie, während sie die Folie aufwickelte.

„Sie wollen doch etwa im Auto nicht rauchen?"

„Sie bringen mich durch Schneegestöber mitten in der Nacht zu alten Leuten in ein Pflegeheim, Schick, Sie können *wetten*, dass ich rauchen werde. Und Sie werden es verdammt nochmal hinnehmen und nicht rumzetern wie ein kleines Mädchen."

„Ich habe aber kein Feuer, und der Anzünder" – ich zog den Anzünder heraus und drehte die Scheibe herunter und warf das Teil gegen die hereinfliegenden Flocken hinaus in die Dunkelheit und drehte wieder hoch – „funktioniert nicht. Altes Auto halt."

„Mist, Schick, was machen Sie da? Verdammt." Sie warf das Päckchen wieder in die Tasche und anschließend die Tasche auf den Boden.

Ein Kilometer war Ruhe, dann sagte sie, „Ich hätte aus dem Fenster geraucht. Runtergekurbelt und rausgeraucht."

Ich linste sie von der Seite an. „Eben war Ihnen noch kalt. Jetzt wollen Sie das Fenster aufmachen. Und vorhin wollten Sie mich noch aus Ihrer Praxis rausschmeißen, jetzt sitzen Sie hier neben mir. Sie wissen nicht wirklich, was Sie wollen, oder?"

Da ich keine Antwort bekam, sagte ich noch, „Und es ist nicht mitten in der Nacht, es ist gerade mal kurz vor zehn."

„Kurz vor zehn ist nicht mitten in der Nacht?"

„Nein."

„Also im Sommer, darüber können wir diskutieren. Aber kurz vor zehn im Winter, da ist es bereits fünf Stunden dunkel, das ist mitten in der Nacht." Sie sagte, „Dann ist das da draußen für Sie auch kein Schneegestöber? Und keine geschlossene Schneedecke?"

Ich hatte kurz hinter Schweich den Scheibenwischer angestellt, aber wie immer bei Schneefall nutzte der wenig. Vor dem Auto und in den Laternen am Straßenrand tanzten mittlerweile die Flocken wie wilde Derwische, und die Lenkung fühlte sich an, als wäre sie ausgeschlagen. Was sie vielleicht, zusätzlich zu der geschlossenen Schneedecke, auch war.

„Leichter Schneefall, würde ich sagen, kein Gestöber. Und die geschlossene Schneedecke, wie Sie es nennen, ist fast ... Ups ... nichts."

„Leichter ... Schneefall?" Sie packte den Handgriff über ihrer Tür und hielt fest. „Wir wären gerade beinahe in den Graben gerutscht."

„Ich hab gut abgefangen, seien Sie still."

„Und vom Graben wären wir direkt weiter in die Mosel geschlittert, wo wir dann elend ersaufen. Falls wir nicht vorher erfrieren."

„Die Mosel ist hundert Meter von hier, keine Sorge."

„Keine Sorge? Bei Ihnen? Sie sollten gar nicht fahren, nicht mit Ihrem Pegel. Wie viel haben Sie getrunken?"

„Ihrer ist nicht ... Ups. Shit. Die Schneedecke ist an manchen Stellen höher als man so meinen könnte. Lustig, nicht?"

Sie sagte, „Noch so ein Rutscher, Schick, und das wars mit uns. Wenn wir hier im Graben landen, findet uns niemand. Fahren Sie langsamer."

„Wenn wir im Graben landen, werden wir sofort gerettet. Wir sind gerade durch ein Dorf gekommen, wie weit zurück, fünfhundert Meter? Da wohnen Dutzende Menschen, die kämen sofort gelaufen. Und da vorne sind glaube ich schon wieder Lichter, das nächste Dorf. Das hier ist nicht Alaska."

„Wenn Sie das sagen. Vielleicht sollte ich mich wirklich anschnallen."

„Kein Widerspruch von mir."

Nach ein paar Minuten sagte sie, „Wie weit noch, Schick?"

Ich sah sie an. „Wie heißen Sie denn nun mit Vornamen?"

Sie sagte, „Eva. Gucken Sie nach vorne."

„Schöner Name." Ich guckte nach vorne. „Gleich da, Eva."

„Sie müssen der Herr Nett sein", sagte ich.

Wir waren heil angekommen, Eva bis zum Schluss nicht angeschnallt und nicht gut gelaunt, aber es war ja ihr Leben. Ich hingegen hervorragend gelaunt, denn ich hoffte auf einen kleinen Durchbruch bei meinen Ermittlungen. Jetzt musste ich nur noch den Herrn Nett davon überzeugen, uns hineinzulassen.

Die Eingangstür war unverschlossen gewesen, wie es der Vorschrift in solchen Gebäuden entsprach, aber ein Kerl von guten Ausmaßen war uns entgegen gekommen, die Hand oben in der bekannten Geste. *Stopp.*

„Ich glaube, wir haben schon miteinander telefoniert." Ich lächelte ihn an, gut gelaunt, wie ich war.

„Ja? Wann soll das gewesen sein?"

Was bei Nett noch zu erwähnen wäre, außer seinen guten Ausmaßen und der Tatsache, dass er mich bereits bei meinem Anruf ziemlich abgekanzelt hatte, war sein Gesicht, das ich nur als nicht sehr angenehm bezeichnen kann. Wenn ich darüber nachdenke, Hackfresse wäre der passende Ausdruck.

„Gestern. Gegen Mitternacht. Das waren doch Sie, nicht? Sie müssen das gewesen sein. So, wie Sie aussehen, haben Sie immer die Nachtschicht."

„Was soll das heißen, So wie Sie aussehen?"

„So stämmig, kräftig, meine ich. Jemand wie Sie wird nachts hier gebraucht, um die Stellung zu halten. Wer weiß schon, welche Irren die Dunkelheit hierher weht. Aber zugleich freundlich und ... *nett* sollte er sein, die Heimleitung will ja nicht den Eindruck erwecken, sie würde ein Gefängnis betreiben. Sie sind da die perfekte Wahl, Herr *Nett*. Das meinte ich."

Hackfresse suchte in meinem Gesicht nach Wiedererkennung, was mir nicht ganz einleuchtete, denn wir hatten ja bloß miteinander telefoniert und nicht Fotos ausgetauscht. Gerade wollte ich ihm das erklären, da sagte er, „Oh, ja", mit mehrfachem Kopfnicken. „Sie sind der Verrückte, der glaubt, mitten in der Nacht hier anrufen und mich anweisen zu können, einen Heimbewohner aus dem Bett zu holen." Er verschränkte die Arme.

„Wie ich Ihnen bereits am Telefon sagte, Herr Nett, ich bin Polizist. Am Telefon, zu Ihrer Entschuldigung, konnte ich das nicht beweisen, aber jetzt ..." Ich zog meinen Ausweis hervor und hielt ihn ihm vor die Hack- ... also, vors Gesicht.

Er guckte darauf und sagte, „Landeskriminalamt?"

„Hey, Sie können lesen."

„Ja, kann ich." Er drehte sich zu Eva, jetzt mit einer Verzerrung im Gesicht, die möglicherweise ein Lächeln sein sollte. „Und wer sind Sie, bitte?"

Diese alte Hackfresse, machte in meinem Beisein meine Begleiterin an.

„Sie ist mit mir", sagte ich. „Und jetzt müssen wir nach oben zu Herrn Fogel. Er erwartet uns."

Ich wollte losgehen, aber Herr Nett drückte mir seine flache Hand gegen die Brust.

„Nicht mehr um diese Uhrzeit", sagte er, das Lächeln schon wieder verschwunden.

Seltsam, was es seit meinem Ereignis bei mir bewirkte, wenn ein Kerl mich anfasste.

Ich stieß seine Hand von mir weg.

„Noch einmal so etwas, Hackfresse, und du verbringst die Nacht im Präsidium im Keller bei Glatze."

Ich spürte, wie Eva meine Hand berührte, nur mit ihren Fingerspitzen, nur ein kurzes Tippen.

Ich war still.

„Ich bin Ärztin für Psychiatrie sowie Psychotherapeutin", sagte sie dann und zog aus ihrer Tasche ebenfalls einen Ausweis.

Sie hielt Hackfresse den Ausweis vor die Hackfresse.

Hackfresse guckte darauf und war schlau genug, seinen Fehler nicht zu wiederholen und vorzulesen, sondern nur zu sagen, „Und?"

„Herr Fogel hat mit Herrn Kriminalhauptkommissar Schick telefoniert. Herr Fogel befindet sich in einer psychischen Notlage. Er braucht dringend Hilfe. Deshalb müssen wir zu ihm, trotz der, wie Sie richtig erkannt haben, ungewöhnlichen Uhrzeit. Aber Notfälle passieren nun mal nicht immer zwischen neun und fünf."

„Wir haben hier Regeln, keine Besuche nach einundzwanzig Uhr. Und jetzt ist es bereits halb elf. Das tut mir wirklich sehr leid, Frau Doktor Fritz-Sonnemacher."

Hackfresse guckte dabei Eva kopfschüttelnd und Schulter hebend an, als täte ihm alles ganz furchtbar leid, was es aber nicht tat, denn wir standen immer noch unmittelbar hinter der Eingangstür. Und er vermittelte nicht den Eindruck, uns aus dem Weg gehen zu wollen.

„Medizinische Notfälle setzen alle anderen Regeln außer Kraft", sagte Eva mit einem Ausdruck in ihrem Gesicht, der definitiv ein Lächeln war. Ein sehr einnehmendes Lächeln noch dazu. Und das, obwohl Hackfresse sie mit ihrem Doppelnachnamen angesprochen hatte.

Sie konnte also doch freundlich sein, die Frau Doktor.

Hackfresse schien auch beeindruckt, denn seine Körperhaltung entspannte sich.

„Ein medizinischer Notfall, sagen Sie?"

Eva nickte.

„Für so etwas haben wir eigentlich unser eigenes medizinisches Personal." Mit einem Kopfschütteln.

„Jetzt hör zu, Hackfresse, wenn du-" Aber ich brach ab, da ich wieder Evas Fingerspitzen an meiner Hand spürte.

Was war das mit Eva und ihren Fingern? Warum reagierte ich so auf sie?

Eva sagte, „Wenn Sie hier einen Kollegen haben, dann rufen Sie ihn dazu. Kein Problem."

Hackfresse rieb sich das Kinn. „Wir haben hier immer einen Arzt im Dienst, aber wir hatten Schichtwechsel und ... Der Doktor ist noch unterwegs, der wohnt höher, der Schnee ... Er hat eben angerufen, das dauert noch."

„Wir können nicht warten, Herr Nett. Wenn etwas passiert ..."

„Verstehe. Hm. Okay. Dann gehen Sie mal. Aber wenn er kommt, schicke ich ihn hoch zu Ihnen, Frau Doktor. Sie wissen, wie Sie zu Herrn Fogel kommen? Sie müss-"

„Ja", sagte ich und nahm Eva am Arm.

„Sie waren ja richtig freundlich", sagte ich, während wir den Gang entlang schlenderten. „Wenn Sie doch ... bloß auch zu mir einmal so freundlich wären."

„Ich bin ständig freundlich zu Ihnen", kam zurück. „Warum schnaufen Sie so? Sollen wir langsamer machen?"

111

„Wir sind schon da. Moment." Vor Fogels Tür blieb ich stehen und stützte mich wieder auf meinen Oberschenkeln ab und hob die Hand, als ich sie etwas sagen hörte. Verstehen konnte ich sie nicht, das Blut rauschte in meinen Ohren. Und schon wieder stolperte mein Herz. Sollte das so sein?

Nach einer Minute richtete ich mich auf. Stolpern und Rauschen waren verklungen. Mein Atem, na ja.

„Besser?"

Ich nickte.

„Sicher?"

Ich nickte wieder und nickte dann auf die Tür. „Klopfen Sie mal."

Eva klopfte, und nach einem Moment ließ uns Fogel ein.

Ich lehnte mich mit der Schulter gegen die Wand und stellte die beiden einander vor und erklärte Fogel dann noch einmal in kurzen Worten, was wir beabsichtigten.

Fogel nickte.

Ich sagte, „Frau Doktor? Ihr Patient."

„Herr Schick?", sagte sie und deutete auf die Tür.

Sie hatte mir das bereits in der Praxis eröffnet, dass sie nur mitkäme, wenn sie alleine mit Fogel sprechen könnte. Nur dann hätte sie überhaupt die Chance, eine Atmosphäre von Entspanntheit und Vertrauen zu schaffen, und nur dann könnte es überhaupt gelingen, ihn in eine Trance zu versetzen. Meine Argumente, dass ich den Fall kannte und nicht sie, dass ich der Ermittler wäre und nicht sie, blieben völlig unerhört. It's my way or the high-high-way, sang sie dann noch zur Melodie von *Bobby Brown*, was sich ziemlich schräg anhörte, aber meine Englischkenntnisse reichten aus zu verstehen, was sie meinte.

Und auch jetzt zeigte ihr Gesicht keine Regung.

Ich ging also hinaus und schloss die Tür hinter mir. Draußen setzte ich mich auf den Boden, lehnte meinen Rücken vorsichtig gegen die Wand und versuchte meinen Atem zu kontrollieren und wartete.

Gedanken über mein Ereignis forderten Einlass in meinen Kopf, aber ich wies sie hart zurück.

Bis auf den einen.

Das in einer zylindrischen Helix gewundene Kabel.

Manuela Kaplan wurde es zum Verhängnis. Ich hatte es in letzter Sekunde geschafft. Der eine Kerl kniete auf meinem Rücken, genau wie der Kerl bei Manuela, und er hob meinen Kopf hoch, und da ich einige Erfahrung hatte wusste ich sofort, warum er das tat: um meinen Hals zu entblößen und mir entweder die Kehle durchzuschneiden oder mich zu strangulieren. Also legte ich sofort alle Kraft in meine linke Schulter und zog meinen Arm unter meinem Oberkörper heraus und nahm meine linke Hand hoch und hielt sie vor den Hals, gerade noch rechtzeitig, denn ich spürte bereits eine Schnur, so dachte ich und sah später, es war ein Kabel, ich spürte es hart auf meiner Hand. Einen Lidschlag später und das Kabel hätte mir den Hals zugeschnürt, ohne jede Chance für mich. Ich wäre heute tot. Genau wie Manuela Kaplan.

„Tut mir leid", sagte sie.

„Nicht Ihre Schuld, Eva. Glaube ich."

Wir saßen wieder im Auto, waren die Einfahrt des Bonifatius hinuntergerutscht zurück auf der Straße Richtung Trier. Es war nach Mitternacht und es schneite immer noch. Niemand war mehr unterwegs. Niemand. Vor allem kein Räumfahrzeug.

Der Arzt des Bonifatius war nie aufgetaucht. Vielleicht lag er mit seinem Wagen in einem Graben, mittlerweile zugedeckt von einem Meter Neuschnee. Hackfresse sollte sich mal nützlich machen und nach ihm forschen. Und die Einfahrt freischaufeln könnte er auch.

„Ich weiß", sagte sie. „Trance, Hypnose, das funktioniert nicht immer. Bei Fogel hat es funktioniert. Er wollte es. Aber er hat sich eben nicht erinnert."

„Nicht Ihre Schuld", sagte ich wieder.

„Fogel hat mir übrigens gesagt, er wäre keineswegs suizidal. Weshalb hier keine Notfallsituation vorlag, Schick."

„Suizidal, ist das eine Krankheit? Oder vielleicht ein Aggregatzustand – fest, flüssig, gasförmig, suizidal?"

„Sie haben mich belogen."

Ich atmete aus. „Ja. Tut mir leid. Aber Sie wollten nicht mitkommen, da musste ich die Angelegenheit ... dramatisieren."

„Tun Sie das nie wieder."

„Tue ich nicht. Versprochen."

„Fogel hat auch gesagt, ich soll meine Schuhe wegschmeißen und mir ein Paar Maßschuhe machen lassen. Meine Schuhe wären zwar besser als Ihre, aber trotzdem. Vier bis sechs Wochen würde das dauern, dann würde ich mich wie neugeboren fühlen. Woher ich die zweitausend Euro für meine Neugeburt nehmen soll, konnte er mir aber nicht sagen." Sie inhalierte tief und blies den Rauch aus dem Fenster.

„Wir sollten die Augen offenhalten", sagte ich.

„Warum?"

„Zum einen kann ich vor Schnee die Straße nicht mehr sehen, und zum anderen liegt vielleicht Ihr Kollege hier irgendwo im Graben. Halten Sie Ausschau nach einer Schneeverwehung in Form eines Mercedes."

„Wenn er im Graben liegt, der ist Arzt, der weiß, was dann zu tun ist."

„Ja? Sie sind auch Ärztin, also, was ist dann zu tun?"

„Heizung hochdrehen und 112 wählen", sagte sie und blies wieder Rauch aus dem Fenster. Ich konnte nicht sehen, ob sie lächelte.

Ich sagte, „Sind Sie angeschnallt?"

„Nicht nötig, so langsam wie Sie fahren. Ist das in Ordnung mit dem Fenster?"

Ich nickte.

Noch einmal inhalierte sie und blies den Rauch aus dem Fenster und warf die Kippe nach draußen. „War dann doch noch ganz nett, der Herr Nett, nicht?" Sie kurbelte die Scheibe ganz hoch.

Hackfresse hatte Eva ein Auf Wiedersehen, Frau Doktor zugerufen, und sie war daraufhin zu ihm gegangen und hatte etwas gesagt, und er hatte in seiner Hosentasche gekramt, woraufhin ich mich in Bewegung setzte, weil ich glaubte, er würde an sich herummachen, die Sau, aber dann hat er Eva etwas gegeben. Im Auto stellte sich heraus, Streichhölzer.

„Hackfresse hat Ihnen nicht gerade einen Gefallen damit getan. Sie wissen, rauchen tötet. Sie und jeden, der bei Ihnen ist."

„Warum nennen Sie ihn so?"

Ich drehte den Kopf zu ihr. „Haben Sie ihm ins Gesicht gesehen?"

„Ja, habe ich, natürlich."

Ich sagte, „Und?"

Jetzt lächelte sie doch.

Wir waren ungefähr die Hälfte der Strecke gekommen, als es unter dem Auto einen Schlag gab. Dann, kurz nacheinander, noch zwei Schläge.

„Was zur Hölle war das? Haben wir jemanden überfahren?"

„Wen könnten wir hier überfahren? Ist doch niemand unterwegs."

„Was war das dann?"

„Vermutlich-" Ich spürte das Auto wegrutschen und lenkte gegen, wir schlingerten, dann wieder drei Schläge und ich hatte den Wagen unter Kontrolle. „Vermutlich, wollte ich sagen, haben wir gerade den Bordstein überfahren. Zwei Mal. Ich sag ja, ich sehe nicht mehr wo die Straße ist."

„Da vorne", sagte Eva.

„Was? Die Straße? Wo?"

„Nein, die Lichter. Da ist ein Ort. Was ist das?"

„Keine Ahnung."

„Gibt es da eine Übernachtungsmöglichkeit?"

„Woher soll ich das wissen?"

„Sie sind doch heute schon einmal hier durchgefahren, haben Sie gesagt."

„Ja, Sie auch, vorhin, zusammen mit mir."

„Da war ich mit meinen Zigaretten beschäftigt."

Wir fuhren an den ersten Häusern vorbei. Ich überlegte. „Scheint ein größerer Ort zu sein. Es gab einen größeren Ort an der Strecke, die hatten auch ein Hotel. Bin ich mir sicher."

„Dann los."

Wir fuhren weiter und fanden tatsächlich ein Hotel direkt an der Straße. Wir klingelten die Besitzerin heraus, die uns in freundlicher Ruhe eincheckte, uns die Zimmer zeigte und auf das Frühstücksbuffet ab sieben Uhr aufmerksam machte. Dann gab sie jedem von uns noch eine Flasche Wasser, wünschte eine gute Nacht und schlurfte den Gang zurück.

Wir standen etwas unbeholfen vor unseren gegenüberliegenden Zimmern, und ich wollte gerade so etwas Cooles sagen wie Dann bis morgen oder Gute Nacht, da sagte sie, „Schick, sagen Sie mal, wer ist Glatze?"

Ich lehnte mich gegen meinen Türrahmen und guckte den Gang hinunter. Unsere Wirtin war verschwunden. „Glatze sitzt im Keller des Trierer Polizeipräsidiums und staubt Akten ab."

„Ein Polizist?"

„Nur der Berufsbezeichnung nach."

„Warum nennen Sie ihn Glatze?"

Ich drehte mich zu ihr. „Was denken Sie?"

Sie sagte, „Nennen Sie jeden Menschen ohne Haare *Glatze*?"

Ich dachte an KHK Nehbert und schüttelte den Kopf.

„Und jeden Menschen mit vielleicht etwas gröberen Gesichtszügen und Aknenarben *Hackfresse*?"

Ich dachte an Pit und schüttelte wieder den Kopf.

„Gut", sagte sie. „Dann bis morgen."

„Was jetzt, das ist alles, was Sie wissen wollen?"

„Gute Nacht, Schick."

Der nächste Tag begrüßte uns mit blauem Himmel und geräumten Straßen. Eine viertel Stunde freie Fahrt, dann hielten wir vor Evas Praxis.

„Heute Abend?", fragte ich.

„Mal sehen", sagte sie.

12

Als ich eine Stunde später ins Büro kam, hielt die Melchisedech ihr Telefon ans Ohr und kritzelte mit der anderen Hand Buchstaben auf einen gelben Notizblock. Auf ihrem Schreibtisch lagen Dutzende Blätter, zum Teil zusammengeheftet, zum Teil lose. Der nicht funktionierende Wecker stand neben ihrem Bildschirm.

Auf meinem Tisch lag ein Blatt Papier. Ich hob es hoch.

„Was ist das jetzt schon wieder?"

Aber sie ignorierte mich und hörte weiter mit wem auch immer sie telefonierte zu und kritzelte weiter Notizen.

Ich musste also selbst lesen, was ich in der Erwartung tat, es wäre eine Information von ihr. War es aber nicht.

„Eine Einladung von der Polizeigewerkschaft? Also, isch schwörs, ihr Trierer, ihr bringt mich um."

Ich knüllte das Papier zusammen und ging in die Ecke und warf es von dort zurück in einem perfekten Bogen in meinen Papierkorb.

Also nicht direkt in den Papierkorb, sondern knapp daneben, aber sie konnte das schließlich nicht sehen, der Papierknäuel war ja unter die Heizung gerollt, also hinderte mich nichts daran zu rufen, „Das war ein Dreier."

„Danke, Ihnen auch", hörte ich sie sagen. Dann legte sie auf.

Ich setzte mich auf meinen Stuhl. „Was sind das für Blätter?"

„Ausdrucke aus Akten", sagte sie. Ihr Blick zu mir triumphierend. „Sie hatten Recht. Unsere Kollegen haben das versäumt, und wie es aussieht ... Wie es aussieht, haben wir den Fall gelöst."

Ich wollte sie unterbrechen, aber sie sprach weiter.

„Günter Weber", sie tippte auf den zusammengehefteten Stapel, der ihr am nächsten lag. „Das ist unser Mann.

Fünf Wochen bevor Manuela Kaplan getötet wurde, wurde er entlassen. Nach zehn Jahren."

Sie drehte den Stapel zu mir.

Ich schaute nicht hin.

„Also, der Weber hier, fünfundvierzig Jahre alt damals vor acht Jahren. Aufgewachsen in Trier. Schlägereien und kleinere Diebstähle in seiner Jugend, dann, etwas später, der erste Überfall mit Körperverletzung auf einen Juwelier in Trier. Der Juwelier wollte seine Uhren nicht herausgeben, da hat Weber zugeschlagen. Hat dafür eigens ein Vierkantholz mitgebracht, der Günter. Er war alt genug und bekam drei Jahre, zwei musste er absitzen. Als Weber rauskam, hat er sich örtlich verändert und ist ins Saarland gezogen, wo er einen Job als Maler und Lackierer bekam, das hat er gelernt."

„Aber das war nicht von Dauer?"

„Zunächst schon, vier Jahre war Stille. Dann ließ sein Interesse am Saarland und an der Arbeit aber nach – wer kanns ihm verdenken, ich meine, Saarland. Er wurde gefeuert, kam zurück nach Trier, fährt an einem Juweliergeschäft vorbei, dieses Mal in Wittlich, und weil es beim ersten Mal ja auch so gut funktioniert hat, ging rein und wiederholte es. Inklusive den Juwelier mit einem Vierkantholz verprügeln und sich anschließend von einer Streife festnehmen lassen. Das zeigt uns, der Günter ist ein Schlauer. Sechs Jahre hat er für schweren Raub bekommen, achtundvierzig Monate war er im Gefängnis. Aber er hat noch ein drittes Mal gesessen, und jetzt hören Sie zu, Schick: Weber hat eine junge Frau vergewaltigt und getötet. In Trier. Er wurde wegen Mordes und Vergewaltigung verurteilt." Sie lächelte mich an, als hätte sie mir gerade von ihrem Lottogewinn erzählt.

„Sicherungsverwahrung?"

Sie schüttelte den Kopf.

„Warum nicht?"

„Müssen Sie das Gericht fragen. Vermutlich, weil es seine erste Vergewaltigung war und sein erster Mord. Dieses Mal aber hat er seine volle Zeit abgesessen. Zehn Jahre, in Andernach. Fünf Wochen vor Manuela Kaplans

Ermordung wurde er entlassen. Er kam in einer Pension in Wittlich unter und hat am nächsten Tag einen Job angefangen, wieder als Maler und Lackierer. Und jetzt-"

„Am nächsten Tag?"

„Ja. Er hat an einem Programm des Gefängnisses teilgenommen, Wiedereingliederung, die haben Kontakte zu allen möglichen Firmen in Rheinland-Pfalz. Maler und Lackierer wurden damals gesucht. Jetzt raten Sie mal, wo Weber den Job gefunden hat."

„In Pech."

„Ja ... in Pech ... Woher wissen Sie das?"

„Geraten. Ich sollte doch raten." Ich sagte, „Wie hat er es gemacht?"

„Huh?"

„Das Mädchen, das er vergewaltigt und getötet hat. Wie hat er es gemacht?"

„Er hat-" Ihr Telefon klingelte, sie hob ab, hörte zu und sagte, „Im Moment geht das nicht, Herr Heidmann, der Kollege Schick und ich besprechen den Fall, wir haben einen Durchbruch. Später." Sie legte auf. „Weber hat zu der Zeit, vor achtzehn Jahren, gar nicht so weit von hier gewohnt, auf der anderen Moselseite." Sie nannte mir den Straßennamen, der mir aber nichts sagte. „Keine gute Gegend, aber auch nicht die schlechteste. Jedenfalls, damals war er Gelegenheitsarbeiter und hat wohl seinen gesamten Verdienst in Alkohol investiert". Sie guckte hoch und grinste. „Genau wie Sie, Schick."

Ich hatte das Gefühl, sie gestern Abend vielleicht ein wenig zu hart behandelt zu haben und war zudem freudig irritiert über die Abfuhr, die sie Heidmann gegeben hatte und sagte daher, friedlich gestimmt, „Sie haben gestern aber auch ganz schön was weggeputzt. Wie gehts Ihrem Kopf?"

„Sie wollen wirklich wissen, wie es mir geht? Was ist los mit Ihnen?"

„Nichts weiter, ich will nur wissen, wie es Ihnen geht. Schließlich haben wir ja schon zusammen getrunken und teilen uns ein Büro."

„Meinem Kopf geht es gut", sagte sie.

„Schön. Also, wie hat er es gemacht, Ihr Weber?"

„Eines Abends in seiner Lieblingskneipe hat er diese junge Frau kennen gelernt. Anfang dreißig, geschieden, zwei Kinder, arbeitslos. Eine Gelegenheitsprostituierte. Sie haben den Abend zusammen verbracht und miteinander getrunken, dann hat er sie mit nach Hause genommen. Es gab Streit, es war laut, sie schreit, Sachen fliegen durch die Wohnung, die Nachbarn rufen die Polizei. Als die Kollegen ankommen, liegt sie am Kopf blutend auf dem Boden. Sie hätte ihn nicht blasen wollen, hat er ausgesagt, da hätte er ihr gezeigt, wie es geht. Sie ist im Krankenhaus gestorben."

Mit einem Ruck stand sie auf.

„Hey, ich gehe jetzt mal in die Bäckerei und hole einen Kaffee. Soll ich Ihnen einen mitbringen?"

„Hey, ja. Und dazu hätte ich gerne ein Mohrenkopfbrötchen, wenns geht."

„Ein ... *was*?"

„Ein Mohrenkopf- Ups, sagt man ja heute nicht mehr. Ein Negerkussbrötchen, also. Und dann", sagte ich, „müssen wir beide mal miteinander reden."

Sie schüttelte den Kopf, ob über den Mohrenkopf oder den Negerkuss oder über etwas gänzlich anderes, war mir aber nicht klar. „Reden? Worüber wollen Sie mit mir reden?"

„Wollen Sie eigentlich vorher noch zu Heidmann?"

„Nein."

„Sicher?"

„Ja."

„Okay. Ach, wissen Sie was", ich stand auf und nahm meine Jacke. „Ich komme mit."

Sie hatte ihre Jacke bereits an. „Gut, sagen Sie aber nicht dieses Wort in der Bäckerei, das müssen Sie mir versprechen, ja?"

„Welches Wort?"

„Sie wissen schon, das Hm-hm-hm-Brötchen."

„Das ... Welches meinen Sie jetzt? Mohrenkopf oder Negerkuss?"

Draußen wollte sie nach links, wo vermutlich ihre Bäckerei war, aber ich hatte keine Lust auf Stehcafé und belegtes Brötchen, schon gar nicht mit was Süßem, und schlug ihr vor, in ein Restaurant zu gehen, das ich bereits mehrfach ausprobiert und für gut befunden hatte.

„Ich lade Sie ein."

„Das müssen Sie nicht", sagte sie und sah mich von der Seite an. „Nur wenn Sie unbedingt wollen."

Das Restaurant war warm, gemütlich und hatte eine kleine Karte mit leckeren Gerichten. In sechs Wochen hatte ich mich hier bereits öfter bekochen lassen als in sechs Jahren von meiner Frau. Meine Frau stand nicht so gerne am Herd. Sie war der Meinung, ein Mann konnte genauso gut kochen wie eine Frau, oder, wenn er nicht kochen konnte – so wie ich – könnte er es doch lernen. Worin ich grundsätzlich mit ihr übereinstimmte, allein, ich hatte zu arbeiten. Warf ich dieses Argument aber vorsichtig in die Diskussion, hörte ich regelmäßig, auch nach zwölf Stunden Dienst wäre es doch kein Problem für mich, noch ein leckeres Gericht zu zaubern, schließlich wäre Arbeit bei der Polizei ja nicht wirklich *Arbeit*. Sie meinte damit, im Gegensatz zu ihrer Arbeit.

Zum vollen Verständnis der Koch-Arbeit-Problematik gehört zu wissen, dass meine Frau sich als Kunstförderin verstand und eine kleine Galerie am Rande der Stadt betrieb, in der sie jungen, unbekannten Künstlern eine Chance gab, in ihren Künsten zu wachsen und bekannt zu werden. Ihre Galerie hatte an drei Tagen die Woche geöffnet, von zehn bis zwölf und von vierzehn bis sechzehn Uhr. Anschließend zu kochen, stand da natürlich außer Frage.

Warum ich es war, der mit seinem Gehalt die übernommenen Grundschulden abbezahlte, gehört auch noch hierher und ist schnell erzählt. In guten Monaten kam meine Frau mit ihren Einnahmen und Ausgaben nämlich auf eine glatte Null. Die meisten Monate waren aber nicht gut. Keiner ihrer jungen Künstler ist bisher wirklich bekannt geworden oder hat es auch nur in die Zeitung geschafft, schon gar nicht mit einer Auszeichnung durch irgendeinen Minister.

Genug davon.

Melchisedech und ich setzten uns an einen Tisch weg von den nächsten Gästen – alles Ausländer, hinter uns an dem einen Tisch Engländer, neben ihnen Holländer oder Skandinavier vielleicht, wer kann die Sprachen auseinanderhalten, ich nicht, und links von uns ein Paar mittleren Alters aus Bayern.

Wir bestellten.

Dann sagte sie, „Worüber wollen Sie mit mir sprechen?"

Sie schien immer noch gut gelaunt, wie sie lächelte. Nicht mich anlächelte, das nicht, sondern eher generell, aber immerhin, sie lächelte. Ich wusste, das würde sich gleich ändern.

Aber zunächst lehnte ich mich vor und fragte, „Was war das gerade mit Heidmann? Haben Sie mit ihm gebrochen, oder war das wieder eine Show für mich?"

Unser Kaffee kam. Melchisedech nahm ihren Löffel und rührte Milch ein und ließ sich Zeit.

Ich trank.

Ich trank noch einmal.

Unser Essen kam. Gemüsesuppe mit Würstchen und Brot. Ein Teller für sie, einer für mich, das Brotkörbchen in der Mitte.

Sie probierte und summte „Hmm" und tunkte vom Brot ein und steckte es in den Mund. Wieder sprangen die Muskeln in ihrem Kiefer hin und her.

„Ich war bereits heute Morgen bei Heidmann", sagte sie schließlich, kauend und immer noch gut gelaunt. „Lange, bevor *Sie* sich ins Büro bequemten. Haben Sie sich eigentlich vorgenommen, jeden Tag eine Stunde später ins Büro zu kommen? Dann brauchen Sie noch sieben Tage, und Sie kommen gar nicht mehr."

„Hören Sie auf, mir meine Arbeitszeiten vorzurechnen, Melchisedech. Das fängt an, mir auf den Senkel zu gehen."

Mein Ton schien so ernst gewesen zu sein wie beabsichtigt, denn sie zuckte zusammen und starrte in ihre Suppe. „So hab ichs nicht gemeint. Ich wollte", sie guckte wieder hoch zu mir, „ich wollte nur einen Witz machen. Mann, sind Sie empfindlich."

„Ich bin nicht empfindlich. Aber Witze sollten einen wahren Kern haben, sonst sind sie nicht witzig. So wie meine Witze über Trier, die haben einen wahren Kern und sind deshalb witzig. Sie sollten an ihren Witzen arbeiten."

„Ja."

Ich wartete.

„Ich nehme es mir zu Herzen."

„Gut. Sie waren also heute Morgen bei Heidmann. Warum?"

„Also, gestern, als Sie weg waren ... Ich meine, bei Pit in der Kneipe ... Übrigens ein netter Kerl, Ihr Wirt, hat mir einen Whisky ausgegeben und ein Taxi gerufen, er war sehr besorgt um mich ..." Sie sah meine hochgezogene Augenbraue. „Also, als Sie weg waren, habe ich Heidmann angerufen. Noch einmal. Ich habe ihm gesagt, dass ich die Spitzelei nicht mehr mitmache. Ich habe ihm gesagt, dass ich mit Ihnen zusammenarbeiten werde. Ich habe ihm gesagt, er soll seinen Scheiß alleine machen." Sie atmete aus.

„Scheiß?"

Sie nickte.

„Was hat er dazu gesagt?"

„Ob ich betrunken wäre."

„Und heute Morgen?"

„Er hat mich gefragt, wie ich mein Verhalten von gestern Abend ihm gegenüber beurteile. Ich habe mich für den Ton und die Ausdrücke entschuldigt, dann hat er mich gefragt, wie ich in der Sache heute stehe, und ich habe ihm gesagt, genau wie gestern. Dann hat er gesagt, Gut, und ich habe mich an die Arbeit gemacht."

„Gut, huh?"

Sie nickte wieder.

„Und der Anruf vorhin?"

Sie zuckte mit der Schulter. „Keine Ahnung, was er will. Vielleicht ein Eintrag in meiner Personalakte. Wenn, dann ist es mir egal."

„Kann ich mir nicht vorstellen. Sie wollen zur Staatsanwaltschaft."

„Stimmt. Ich würde auch dagegen vorgehen, schließlich hat er von mir verlangt, einen Kollegen zu bespitzeln. Im Übrigen", sagte sie dann, bereits wieder kauend, „Schaumküsse sagt man heute. Vielleicht möchten Sie sich das merken, ich meine, nur, damit niemand Sie für einen Rassisten hält."

„Melchisedech, niemand, der mich kennt, käme auf den Gedanken, ich wäre ein Rassist, und alle anderen sind mir egal. Wer", sagte ich dann, „war denn dieser Großkotz gestern?"

„Großkotz?"

„Bei Pit. Ihre fünf Kollegen. Drei Kerle, zwei Frauen. Tamara, setz dich zu uns. Wer war das?"

„Weiß ich nicht genau. Ein Kollege in Uniform halt. Wolfgang irgendwas, Friedrichs oder so. Ist ein Freund vom Heidmann, der ist öfter in seinem Büro. Vorhin erst hat er den Kopf reingesteckt. Als ich bei Heidmann war, meine ich. Warum?"

„Was wollte er von Heidmann?"

„Haben sich für Kaffee verabredet. Warum? Was ist mit dem?"

„Nur so." Ich sagte, „Fogel hat mir erzählt, dass Manuela Läuferin war."

„Ja, steht auch in der Akte. Ihre Mutter hat Manuelas Lauftraining erwähnt, einige ihrer Freunde auch. Sie war wohl richtig gut, hat auch an ein paar Volksläufen teilgenommen und gelegentlich gewonnen. Sie waren also gestern bei Fogel?"

„Zwei Mal. Aber, wenn Manuela so gut war, wundert Sie da nicht etwas?"

Wir waren beide fertig und schoben die Teller weg.

Sie trank, und ich sah sie nachdenken, aber zu keinem Ergebnis kommen.

„Warum, Melchisedech, wenn Manuela so gut war ...
Vielleicht war sie kein Weltmeister, aber sie war definitiv
besser als der Durchschnitt, weit besser als Sie und ich.
Warum, was denken Sie, warum konnte sie dann dem
Täter nicht davonlaufen?"

„Weil ..." Sie guckte. „Darüber habe ich noch nicht
nachgedacht. Weil, der Täter war vielleicht schneller?
Auch ein Läufer?"

„Möglich. Aber er müsste schon so gut sein, dass er
Volksläufe gewinnen konnte. Und zugleich ein Mörder
sein. Wie groß ist die Wahrscheinlichkeit?"

„Weiß nicht. Aber es ist möglich."

„Möglich, ja, klar. Aber sehr unwahrscheinlich. Haben
Sie sich einmal mit den Biographien von Mördern beschäftigt?" Und als sie den Kopf schüttelte, „Die meisten
Tötungsdelikte, neunzig Prozent, finden im Bekannten-
kreis statt. Die bisherigen Ermittlungen legen nahe, dass
wir das bei Manuela Kaplan nicht haben. Also kommen
die übrigen zehn Prozent in Frage. Darunter können
auch Läufer sein, sogar so ernsthafte Läufer, dass sie
Volksläufe gewinnen, aber die Wahrscheinlichkeit ist
sehr, Melchisedech, sehr gering. Und zunächst müssen
wir mit Wahrscheinlichkeiten arbeiten. Ohne die mögliche Ausnahme völlig aus den Augen zu verlieren, logisch,
aber zunächst gucken wir nach dem, was wahrscheinlich
ist. Wenn wir das nicht tun, wird unsere Aufklärungs-
quote noch beschissener, als sie bereits ist."

„Unsere Aufklärungsquoten sind nicht so schlecht."

„Wer hundert von hundert Tötungsdelikten aufklären
will, gibt sich nicht mit neunundneunzig zufrieden. Und
in Trier klärt ihr nicht neunundneunzig Prozent auf, bei
weitem nicht. Sondern nur drei von fünf. Sagt euer eigener Polizeipräsident. Drei von fünf, das sind weniger als
zehn Prozent."

„Das sind sechzig Prozent."

„Sag ich doch. Bei weitem keine neunundneunzig."

„Okay, dann ist er kein Läufer. Wie aber kam er dann
nahe an Manuela heran?"

„So nahe, dass sie nicht mehr weglaufen konnte. Was denken Sie?"

Ich wartete. Sie zuckte mit der Schulter.

„Nun, wenn Manuela nicht weglaufen konnte, dann, weil sie keine Chance hatte. Oder?"

Melchisedech sagte, „Keine Chance?"

„Weil der Täter ihr schon zu nahe war."

„Natürlich, er war ihr zu nahe. Weil er an dem Weg gewartet hat und plötzlich aus dem Gebüsch kam."

„Nein, der eigentliche Waldweg für Spaziergänger und Läufer ist Hundert Meter entfernt. Ein Täter, der auf ein Opfer wartet, irgendein zufälliges Opfer, der hätte an dem eigentlichen Weg gewartet, nicht an dem Trampelpfad, wo Manuela gefunden wurde."

„Dann vielleicht, Manuela hat den Täter nahe an sich herangelassen, weil er vertrauenswürdig aussah. Meinen Sie das?"

„Oder weil sie ihn kannte und ihm deswegen vertraute. Was halten Sie davon?"

„Sie meinen, Manuela kannte Weber? Woher? Weber saß im Gefängnis, seit Manuela dreizehn war. Davor hat er in Trier gewohnt. Woher sollten sie sich kennen?"

„Eben."

Sie sagte, „Weber ... ist also *nicht* unser Mann?"

„Vergessen Sie Weber."

„Aber-"

„Ohne Aber, Melchisedech. Vergessen Sie Weber."

Sie lehnte sich zurück, ihre Arme einmal mehr verschränkt. „Vergessen Sie Weber ... Sie haben das schon vorher gewusst."

Ich nickte.

„Sie haben gewusst, dass kein kürzlich entlassener Gewaltverbrecher Manuela Kaplan getötet hat und keiner, der Freigang hatte. Sie haben das gewusst."

„Nicht direkt gewusst, aber schon ... geahnt."

Sie wollte aufspringen. Ich hielt sie am Arm.

„Setzen Sie sich." Ich hielt fest. „Ich sagte, setzen Sie sich hin, Melchisedech."

Halb zog ich sie herunter, halb setzte sie sich freiwillig.

Ich ließ ihren Arm los.

Das Ausländerpaar aus Bayern hatte zu uns herübergeschaut und fing an zu tuscheln.

Ich sagte, „Hey, das war ja fast eine Goethesche Szene."

„Eine was?" Ihre Augenbrauen zusammengekniffen, die Arme schon wieder verschränkt.

Meine Güte.

„Jetzt hören Sie auf, beleidigt zu sein. Ich meinte eine Szene wie aus Goethe. Ich hab Sie halb gezogen, halb haben Sie sich auf den Stuhl sinken lassen."

„Ehrlich, Schick, manchmal kann ich Ihnen überhaupt nicht folgen. Wovon reden Sie?"

„Halb zog er sie, halb sank sie hin. Nur mit Er, halt. Halb zog sie ihn, halb sank er hin – Sie verstehen?"

„Ja. Faust und Gretchen. Hab ich in der Schule gelesen. Aber es ist nicht um mich geschehen. Ich bin nicht Gretchen und ich habe kein Interesse an Ihnen, Herr Schick, nicht an Ihnen als Mann. Als Polizist, habe ich gedacht, ich könnte von Ihnen lernen, hab ich gedacht. Aber was ich lernen kann, wie man Kollegen auflaufen lässt. Das kann ich von Ihnen lernen. Und darauf kann ich verzichten."

„Tatsächlich? Haben Sie nicht damit angefangen?"

Sie schwieg.

„Als ich das gemacht habe, gestern Abend, da waren wir noch keine Kollegen. Ich habe Ihnen gesagt, dass ich Ihnen nicht traue. Und Sie haben mir eben eingestanden, dass ich ganz Recht damit hatte. Warum also sind Sie beleidigt? Mal wieder?"

Sie schwieg.

„Und das war nicht Faust. Das war Der Fischer."

Sie sagte, „Fischer kenn ich nicht. Was für ein Fischer?"

„Egal."

„Nein, nicht egal jetzt. Was für ein Fischer?"

„Goethes Fischer." Ich sprach leiser, damit die Bayern nebenan, die uns immer noch beobachteten, nicht auf falsche Gedanken kamen. „Sein Herz wuchs ihm so sehnsuchtsvoll, Wie bei der Liebsten Gruß, Sie sprach zu ihm, sie sang zu ihm, Da war's um ihn geschehn, Halb zog sie ihn, halb sank er hin, Und ward nicht mehr gesehn." Ich sagte, „Goethe. Der Fischer. Also, wenn Sie wollen, dann können wir es miteinander versuchen. Aber merken Sie sich eines, Sie fangen bei Null an. Sie müssen sich mein Vertrauen erst verdienen." Ich machte eine Pause, damit sie etwas sagen konnte. „Aber Sie wollen nicht mehr."

„Doch, natürlich will ich."

„Warum weinen Sie?"

„Nur so. Geht gleich vorbei. Wieso ... Wieso können Sie Goethe zitieren?"

„Ich habe einen Kalender mit rheinländischen Kochrezepten in der Küche hängen. Zu jedem Rezept gibts ein Gedicht, bei Fisch war Goethe dran." Nach einer Minute fragte ich, „Ist es jetzt vorbei?"

Sie nickte.

„Gut, dann wischen Sie sich die Tränen ab. Wir haben zu tun."

Zurück im Büro teilten wir uns die Zeugen auf. Neun insgesamt, inklusive Fogel.

Vier waren am äußeren Rand der Ermittlungen, waren also nicht direkt involviert. Diese Vier wollte Melchisedech befragen. Die anderen überließ sie mir. Ich hatte nichts dagegen.

Wir telefonierten und konnten Termine noch für den Nachmittag ausmachen. Alle vier Zeugen von Melchisedech hatten Zeit, zwei meiner Zeugen ebenfalls. Da sämtliche Zeugen in Pech oder in einem Umkreis von zehn Kilometer wohnten, schlug ich vor, zusammen zu fahren. Ihr schien das zu gefallen, denn sie lächelte.

Heidmann meldete sich nicht mehr.

13

Wir überquerten die Mosel und folgten der Bundesstraße den Berg hinauf und vorbei an der Hochschule. Wenige Kilometer später endete die Zivilisation. Ich meine, ich will ja keinen Eifelaner oder wie sie sich nennen, beleidigen, aber ich habe dieses Jahr meine Malariaimpfung noch nicht aufgefrischt.

Ich hielt rechts im Schneematsch und überprüfte meine Dienstpistole und fragte meine Begleiterin, „Wie nennen sich die Bewohner dieser Wildnis? Eifelaner? Eifeler? Eifelanesen? Elefanten?"

„Was wollen Sie mit Ihrer Waffe, Herr Schick?"

„Vorbereitet sein", sagte ich, „was sonst.

„Vorbereitet auf was?"

„Ein harmlos erscheinender Zeuge kann plötzlich zum Täter mutieren. Ich vermute, Eifelaner?"

„Übertreiben Sie da nicht ein bisschen?"

Ich drehte mich in meinem Sitz zu ihr. „Nein."

„Okay, aber ... ich habe meine Waffe ..."

„Nicht dabei", sprach ich aus, was ihr zu peinlich war auszusprechen. Sie nickte, und ich war erleichtert. Ich hätte wirklich nicht in der Nähe sein wollen, wenn die Melchisedech eine Schusswaffe zieht und womöglich auch noch benutzt. „Meine Waffe reicht. Aber Sie haben eine Straßenkarte?"

Sie holte ihr Telefon aus der Tasche ihres Mantels auf dem Schoß und fing an zu tippen.

„Noch zwei Kilometer, dann müssen wir rechts abbiegen. Dann noch drei Kilometer, und wir sind da. Ich bin froh, dass die Sonne scheint und die Straßen frei sind."

„Warum?"

„Na ja, dieser Wagen hier ... Warum wollten Sie nicht, dass ich einen anderen nehme? Das wäre kein Problem gewesen, Heidmann kann da nichts machen."

Ich lehnte mich in meinen Lieblingssitz und drückte das Gaspedal herunter.

„Ihm die Genugtuung gönnen? Nein, keine Chance. Sagen Sie, dieser Weber, wo ist der heute?"

„Ich habe herumtelefoniert, bevor ich wusste, dass Sie mich haben auflaufen ... Also, bevor ich wusste, dass Weber für uns nicht interessant ist. Aber ich habe nicht herausgefunden, wo er ist. Er ist nirgendwo gemeldet."

„Haben Sie nocheinmal direkt in Andernach gefragt? Oder bei Ihrem zukünftigen Arbeitgeber, der Staatsanwaltschaft? So jemand sitzt vermutlich wieder ein."

„Habe ich. Ich denke, im Laufe des Tages bekomme ich Antwort. Warum? Ich meine, wenn Weber nicht unser Mann ist, warum wollen Sie jetzt wissen, wo er ist?"

„Ich mag es nicht, wenn jemand einfach so verschwindet", sagte ich. „Er hat in Pech gearbeitet, er könnte ein Zeuge sein. Und seinen Chef müssen wir auch befragen."

Wir fuhren nach Pech und in zwei Nachbarorte und zurück nach Pech und befragten insgesamt vier Zeugen. Also die Melchisedech fragte und ich hörte zu. Sie machte das ganz gut. Heraus kam nicht viel. *Ja, ich habe die Manuela gesehen an jenem Morgen / Mittag / Morgen gegen neun / Kurz nach zwölf, nein, sie war nicht anders als sonst ... Mensch, läuft der Kerl / die Drecksau / das Schwein / die Sau immer noch frei herum.*

„Das hätten wir uns sparen können", sagte Melchisedech neben mir. „Vier Mal nichts."

Ich schüttelte den Kopf. „Man weiß nie, was man hört, bevor man alles gehört hat."

„Huh?"

„Ich will sagen, wir müssen uns selbst die Arbeit machen und mit allen Zeugen reden. Hinterher, wenn wir alles haben, alle Informationen, alle Zeugenaussagen, dann fällt uns vielleicht etwas auf. Was ein Zeuge so, ein anderer aber anders gesehen hat, zum Beispiel. Vielleicht auch nicht, vielleicht ist alles konsistent, es gibt keine Unklarheiten und keine Unstimmigkeiten. Aber dann können wir das wenigstens abhaken. Und uns auf anderes konzentrieren."

„Gut, dann konzentrieren wir uns jetzt auf die Frau, die Manu gefunden hat, die Frau ...", Melchisedech guckte auf ihren gelben Notizblock, „Jung. Und ihr Hund. Der hat Manu gewittert."

„Sagen Sie nicht Manu, Melchisedech."

„Warum nicht? Alle sagen Manu."

„Mag sein. Aber wir haben uns das noch nicht verdient."

Auf unser Klingeln an der Tür des alten Bauernhauses am Rande von Pech öffnete eine grauhaarige Frau mit Kopftuch und Kittelschürze und roten Wangen mit vielen Adern.

„Wollen Sie Milch? Mir verkaufen nit mehr, nur noch für uns un en paar Nachbarn."

Melchisedech sagte, „Frau Jung?"

Die Frau stemmte die Hände in ihre breiten Hüften. „Früher, da hab ich ja viel so Milch noch privat verkauft, mir hatten ja nur vier Kühe und en Arbeitspferd. Da hatten mir ne Kanne, so ne rote Kanne, un die Milch lief direkt von der Kuh in die Kanne rein, ungesiebt, und dann kamen die Leut mit ihren Kännchen un ich hab die Milch ausgeschöpft und den Leut die Känncha gefüllt und nit zu knapp, die Leut wollten ja auch wat haben fürt Geld. Heut nit mehr. Mir han nur noch ein Kuh. Nur noch für uns un en paar Nachbarn."

Damit drehte sie sich um und stapfte zurück in den dunklen, engen Flur, wo ihr in dem Moment von hinten eine deutlich jüngere Frau entgegen kam. „Mama, lass mich mal." Als sie vor uns stand, sagte sie, „Kann ich Ihnen helfen?"

„Sie sind die Frau Jung", sagte ich, „wir haben telefoniert." Wir zeigten unsere Ausweise.

„Ja, kommen Sie rein", sagte sie. „Bitte."

Die Jüngere hatte nicht viel mit der Frau gemein, die sie ihre Mutter genannt hatte. Sie war fast schlank in ihrem Wollrock und Pullover, die blonden Haare in Locken, das Gesicht hell und freundlich und nicht so vom Wetter gegerbt wie bei der Älteren. Vielleicht war sie die Schwiegertochter.

Sie führte uns ins erste Zimmer rechts und zum Fenster an einen Tisch, der zum Kaffee gedeckt war. Beige Tischdecke, drei Tassen aus Porzellan mit rotweißem Muster, ebensolche Untertassen, ebensolche Teller, ein ebensolches Milchkännchen. Mitten auf dem Tisch ein Kuchen. Aussehen und Geruch wiesen eindeutig auf Apfel hin.

Wir setzten uns.

„Ihre Frau Mutter ...?", sagte ich.

Sie schüttelte den Kopf. „Meine *Schwiegermutter* ist ein wenig durcheinander an den meisten Tagen", sagte sie, „und dann nicht mehr gut in Gesellschaft. Sie lebt hauptsächlich in der Vergangenheit. Und Apfelkuchen mag sie auch nicht. Mein Mann ist schon ein paar Jahre tot."

Ich nickte.

Frau Jung verteilte Kuchen und schenkte Kaffee aus. Wir aßen und sprachen über die Apfelernte und wie viele Äpfel sie noch hatte und dass die alle verbraucht werden müssten, diskutierten, ob in Apfelkuchen Rosinen gehörten oder nicht – ich wurde mit zwei zu eins überstimmt, keine Rosinen – sprachen darüber, wie heiß der Sommer noch gewesen war und wie viel Schnee jetzt lag, und sie erzählte, welchen Lärm manchmal die drei Windräder machten, die seit einiger Zeit auf dem Feld vor ihrem Hof standen, je nachdem, wie der Wind blies wäre es unerträglich, „Aber uns hier, uns fragt ja keiner."

Ich sagte, das würde ich kennen.

Sie legte die Gabel hin und steckte eine Haarsträhne zurück hinter ihr Ohr, „Haben Sie den Kerl also immer noch nicht gefunden", und trank vom Kaffee. Die Tasse behielt sie in den Händen. „Die arme, arme Manu. Acht Jahre jetzt. Und ihre Eltern. Die Kati hab ich gestern erst noch getroffen, es ist so furchtbar, der sieht man den Kummer an. Dem Bernd auch, ganz grau ist der geworden."

„Frau Jung", sagte ich, „Sie haben damals die Manuela gefunden. Wir rollen den Fall jetzt neu auf, deshalb sprechen wir noch einmal mit allen Zeugen. Also auch mit Ihnen. Können Sie uns erzählen, was an dem Nachmittag passiert ist? Also, nur das, was Sie gemacht haben. Ich nehme an, Sie hatten hier auf dem Hof zu tun?"

Sie schüttelte den Kopf. „Wir wohnen hier nur noch, wir haben nur noch eine Kuh für die Milch und im Garten Apfelbäume, Zwetschgen, Gemüse, aber nur für uns, sonst ist hier nichts mehr. Mein Mann hat in Trier gearbeitet und nebenbei noch etwas Landwirtschaft gemacht, aber wie gesagt, er ist vor zwölf Jahren gestorben. Danach haben wir die Felder verkauft oder verpachtet, aber nicht an die Windradindustrie, das wollten wir nicht, auch wenns Geld gebracht hätte, nein, mach ich nicht. Ich arbeite beim Steuerberater an vier Tagen die Woche, einen Tag hab ich frei, immer Mittwoch, so wie heute. Ich bin Steuerfachangestellte."

„Der Steuerberater ist hier im Ort?"

„Am Ortseingang, zur Arbeit muss ich einmal quer durch, aber das geht ja schnell. Ich hab natürlich ein Auto, aber ich gehe immer zu Fuß."

„Wie lange haben Sie an dem Tag gearbeitet?"

„Meist gehe ich um fünf, es sei denn, es fällt etwas an. An dem Tag war das so, wir haben die Fibu gemacht, aber irgendetwas ist wieder schief gelaufen mit der Übertragung nach Nürnberg, da musste ich bleiben."

„Fibu?"

„Finanzbuchhaltung. Wir übertragen die Daten unserer Mandanten zur Datev nach Nürnberg. Die Datev ist die Datenverarbeitung der Steuerberatenden Berufe. Hier auf dem flachen Land ist das so eine Sache mit dem Internet. Wir haben oft Probleme, dann telefonieren wir mit Nürnberg, die helfen uns dann."

„Wann sind Sie aus dem Büro weg?"

„Viertel vor sieben, so ungefähr. Dann bin ich heim, hab ein Brot mit Käse gegessen und Tee, das mache ich immer so, heim und ein Brot und eine Tasse Tee. Dann

133

bin ich mit Lisa raus, also meinem Hund Lisa, wie immer."

Sie erzählte, wie sie mit ihrer Mischlingshündin Lisa, die, das war so traurig, vor zwei Jahren vom Auto angefahren wurde, sie hätte seitdem auch keinen Hund mehr, sie könnte das nicht mehr, jedenfalls, sie wäre mit Lisa spazieren gegangen, denselben Weg wie immer, hier vom Hof raus am Feld mit den Windrädern vorbei, nur damals gab es die Windräder noch nicht, vorbei in den Wald. Dann wollte sie die Runde gehen, wieder raus aus dem Wald und am Feld vorbei zurück. Aber sie war gerade wieder raus aus dem Wald, am Waldrand noch, da wäre die Lisa weggelaufen und hätte zu bellen angefangen und alles Rufen hätte nichts genutzt, sie wäre einfach nicht zurückgekommen.

„Da bin ich halt hin und wollte sie holen. Ja, und da lag sie dann ... Da lag die Manu."

Sie trank vom Kaffee und war still.

Wir guckten eine Weile aus dem Fenster auf das schneebedeckte Feld mit den drei Windrädern, die sich langsam im kalten Sonnenschein drehten. Die Fenster waren geschlossen, aber ich konnte das *Wupp-Wupp-Wupp* der Rotoren hören.

„Ich hab ganz schnell mein Handy rausgeholt", sagte sie, „ich hab das immer dabei, und ich hab die Praxis angerufen, den Doktor Tveit, der soll schnell kommen."

„Haben Sie mit dem Doktor direkt gesprochen?"

„Ja, hab ich."

„Hat Sie das nicht gewundert?"

„Gewundert?"

„Ihr Anruf war zwanzig Minuten nach neunzehn Uhr. Da haben viele Praxen geschlossen. Die meisten, schätze ich mal."

„Ja, daran hab ich nicht gedacht. Aber der Doktor war ja in der Praxis für Büroarbeit oder so, hab ich dann gehört. Gott sei Dank, denn die Praxisnummer hab ich ja eingespeichert. Seine Privatnummer kenne ich gar nicht."

„Ja, das war er wohl. Büroarbeit. Erzählen Sie weiter. Was hat der Arzt gesagt?"

„Er war aufgeregt, als er das gehört hat. Die Manu liegt hier im Wald, hab ich gesagt, sie bewegt sich nicht, kommen Sie schnell. So ungefähr habe ich gesagt, ganz genau weiß ich das nicht mehr. Er hat mir dann gesagt, ich soll erst mal den Puls fühlen, er hat mir gesagt, wo und wie, am Hals mit zwei Fingern, aber ich hab gesagt, da hat die Manu ein Kabel, und da hat er gesagt, dann soll ich am Handgelenk fühlen. Ich hab aber nichts gefühlt. Ich war auch aufgeregt, vielleicht war es das. Er hat dann gesagt, er käme sofort und ich soll die Eins Eins Null anrufen. Das hab ich auch gemacht, die Polizei. Eins Eins Null."

„Der Doktor war aber vor der Polizei da."

„War er. Der hat seine Praxis ja im Ort, der kam dann mit seinem Auto, so ein Allradmercedes, er kam direkt übers Feld gefahren. Das Feld war gerade abgeerntet, aber noch nicht umgepflügt und sehr trocken, es hatte lange nicht geregnet, da ging das."

„Warum sagen Sie, der Arzt war aufgeregt?"

„Ja, weil, er atmete schnell, ich konnte das hören durchs Telefon. Ich hab dann mal vermutet, er war aufgeregt."

Ich sah die Melchisedech an. Ein Arzt aufgeregt, wenn er einen solchen Anruf bekommt? Eine hilflose Person, gerade ein Arzt auf dem Land, der bekommt doch regelmäßig solche Anrufe.

Die Melchisedech zuckte mit der Schulter.

„Gut", sagte ich, „dann, wie sah die Manuela aus, als Sie sie gefunden haben?"

„Wie sah die Manu ...?" Sie guckte mich hilflos an.

„Manuela hat auf dem Waldboden gelegen. Wie? Auf dem Bauch? Dem Rücken?"

„Herr Schick." Melchisedech schubste mich am Arm. „Wir haben den Bericht der KTU und die Aussage von Frau Jung auch in der Akte, glauben Sie nicht-"

Ich sah sie wieder an und hob eine Augenbraue. Sie verstand und hielt den Mund.

„Frau Jung, wie lag die Manuela auf dem Waldboden?"

„Halb auf dem Bauch, das eine Bein ... das rechte Bein, glaube ich, angewinkelt. Um den Hals halt diese Schnur und vorne, also in der Brust, da steckte der Schraubenzieher. Den konnte ich auch sehen aus dieser Position, so zum Teil zumindest, der ragte ja aus der Brust und hob die Manu ... also der drückte die Manu ja hoch ein Stück." Sie trank zwei schnelle Schlucke und hielt wieder ihre Tasse fest. „Furchtbar. Furchtbar. Ich hab so was noch nicht gesehen. Wer tut so etwas?"

Ich sagte, das wüsste ich nicht, aber wir würden den Kerl finden. Garantiert.

Unter dem Tisch tippte die Melchisedech ihren Fuß gegen mein Schienbein.

Normalerweise breche ich Leuten, die mich schubsen den Arm und die mich treten das Bein, aber irgendwie war es mir seit einigen Minuten nicht so gut vom Magen her und ich ignorierte sie und ihren Tritt wie zuvor ihr Schubsen. „Der Arzt kam also zu Ihnen und zu der Manuela hin. Er steigt aus seinem Auto, und dann?"

„Er hält ein paar Meter weg und steigt aus und kommt zu uns hingelaufen. Er bleibt stehen und guckt und ... ja, beugt sich dann zu der Manu runter und betastet sie. Am Hals, am Arm, ja, und so."

„Wo stellt er seine Tasche hin? Neben die Manuela? Vor sie?"

Frau Jung guckte mich an, dann die Melchisedech. „Die Tasche ... Welche ... Sie meinen seine Arzttasche?"

„Ja. Seine Arzttasche. Jeder Arzt hat eine Tasche, nicht? Rechts oder links neben die Manuela, vor sie oder hinter sie, wo hat er sie hingestellt?"

„Überhaupt ... nicht. Nein. Komisch, daran habe ich bislang gar nicht ..." Sie nahm die Kanne und schenkte mir Kaffee nach, dann der Melchisedech, dann sich selbst. „Aber dafür kann ich nichts, dass ich bislang nicht daran gedacht habe, ich meine, ich war sehr aufgeregt und mittlerweile ist das alles auch lange her. Und niemand hat mir bislang diese Frage ... Die Tasche ..." Sie rührte Milch in ihre Tasse. „Er hatte keine Tasche."

„Sind Sie sicher?", fragte die Melchisedech.

Frau Jung nickte. „Ganz sicher. Sehr sicher. Es ist ja mittlerweile doch lange her, aber ... Doch. Er hat keine Tasche aus dem Auto geholt." Sie sagte, „Habe ich damals etwas anderes gesagt? Ich erinnere mich nicht."

Ich schüttelte den Kopf. „Haben Sie nicht."

„Ist das wichtig? Ich meine, mit der Tasche?"

Melchisedech sagte, „Das wissen wir jetzt noch nicht. Alles kann wichtig sein, wir müssen daher-"

„Aber ich glaube nicht", unterbrach ich sie, „wir versuchen nur, uns ein Bild zu machen." Der Melchisedech schien nicht klar zu sein, was man als Ermittler einem Zeugen sagt und was nicht. „Nochmal zurück als der Arzt ankam, der Doktor Tveit. Er betastet also die Manuela, und danach ... Was macht er dann?"

„Na ja, er betastet sie mehrfach und dreht sie auch um und tastet sie ab ... ja, genau. Dann warten wir auf die Polizei, die dann auch bald kam. Hat dann nicht mehr so lange gedauert."

„Haben Sie sich unterhalten, also miteinander gesprochen, Sie und Doktor Tveit?"

„Wenig ... Ich weiß nicht mehr so genau, er hat mich wohl gefragt, wie ich sie denn gefunden habe, weil, der Weg, wo die Manu lag, das ist ja eigentlich nur ein Pfad und nicht der richtige Waldweg, wo wir alle spazieren gehen. Ich hab ihm erzählt, dass die Lisa die Manu gefunden hat. Aber ich weiß nicht mehr, was er darauf gesagt hat."

„Die Hunde, die finden auch alles, hätte er gesagt. So haben Sie damals ausgesagt."

„Sie wissen das auswendig? Ja, dann hat er das wohl auch gesagt."

„Zu dem Schraubenzieher hat er nichts gesagt?"

Sie zögerte und schüttelte dann den Kopf.

„Zu dem Kabel auch nicht?"

Sie zögerte wieder und schüttelte wieder den Kopf.

„Ja, muss er auch nicht. Sagen Sie, woher ... Frau Jung, Sie sagten vorhin, Sie hätten dann ja erfahren, dass der Arzt Büroarbeit gemacht hat und deshalb in der Praxis war. Von wem haben Sie das erfahren? Hat Doktor Tveit Ihnen das gesagt?"

„Nein, das hat mir der Andi erzählt, am anderen Morgen."

„Wer ist Andi?"

Sie hielt ihre rechte Hand hoch. „Ich hatte eine Sehnenscheidenentzündung, hier." Sie zeigte auf ihr Handgelenk. „Das ständige Arbeiten am Computer, die Datenerfassung der Mandanten. Das hat Ewigkeiten gedauert, bis ich das in den Griff bekam. Wochenlang bin ich zum Andi gelaufen, morgens vor der Arbeit. Ich meine Andi Lange. Den Physiotherapeuten. Andreas. Er hat seine Praxis im selben Haus wie der Doktor, und unten ist die Apotheke drin. Die kennen sich alle. An dem Morgen war ich auch wieder beim Andi, also am Morgen nach Manu, und Andi wusste, dass ich die Manu gefunden hab und den Doktor gerufen hab und alles. Er hätte Büroarbeit gemacht, der Doktor, hat der Andi gesagt. Ja." Sie sagte, „Wie wärs mit noch einem Kaffee? Ich kann nachkochen, ist schnell gemacht."

Wir lehnten ab, ich brachte das Gespräch noch einmal auf Apfelkuchen und betonte die Notwendigkeit von Rosinen und natürlich Zimt, jede Menge Zimt, wir lachten und verabschiedeten uns.

„Die Jung hat den Arzt um zwanzig nach sieben angerufen", sagte ich. „Da war die Manuela kaum eine Viertelstunde tot."

Wir saßen im Auto vor dem Bauernhaus, an deren Fenster Frau Jung noch stand und uns zuwinkte.

Melchisedech winkte zurück.

Mittlerweile war mir regelrecht übel.

„Warum haben Sie so lange auf dem Doktor rumgehackt? Wissen Sie etwas, was ich nicht weiß?"

Der Kuchen vielleicht. Apfelkuchen ohne Rosinen, wer hat das auch schon mal gehört.

„Zunächst einmal, Frau Melchisedech ...“ Ich drehte mich im Sitz zu ihr. Mein Rücken meldete sich mit Protest, aber ich ignorierte ihn. *Wir haben die Aussage von Frau Jung in der Akte ...* Was sollte das denn sein? Ich-“

„Damit wollte ich-“

„Die Frage war rhetorisch, Melchisedech, das heißt, ich beantworte sie selbst.“ Ich sagte, „Warum glauben Sie, fahren wir noch einmal zu den Zeugen hin? Nicht antworten, das war wieder rhetorisch. Die Zeugen haben eine schlechte Zeit, wenn wir sie befragen, weil sie noch einmal an Manuela denken müssen? An einen Mord? Ja, Scheiße, das ist nun mal so. Sie werdens verkraften. Manuela Kaplan hat eine weitaus beschissenere Zeit erlebt, und ihre Eltern ebenfalls.“

„Ich weiß ja, ich wollte nur ... Die Frau Jung sah so hilflos aus.“

„Das habe ich gesehen. Und das hat mir auch leid getan. Aber wir wollen einen Fall aufklären. Vorher bei den anderen Zeugen haben Sie das ganz gut gemacht, warum wurden Sie bei der Frau Jung so weich? Ein junges Mädchen wurde getötet. Mit einem verdammten Schraubenzieher abgestochen und anschließend erdrosselt. Wenn *wir* diese Scheiße nicht aufklären, dann tut es niemand. Wir sind die letzte Instanz, verstehen Sie das? Die Befindlichkeiten der Frau Jung spielen dabei nur eine untergeordnete Rolle.“ Ich atmete zweimal durch. Verdammter Magen. „Sie wollen Staatsanwältin werden, Melchisedech, Sie *sind* Polizistin. Sie müssen Ihre Prioritäten überprüfen.“

Sie nickte.

Ich lehnte mich zu ihr. „Ich habe Sie nicht verstanden.“

„Ja. Werde ich. Check ... Uh, tut mir leid, das wollte ich nicht ... Also, ja, werde ich.“

„Sie sind keine Anfängerin mehr, Melchisedech. Ich kann Sie nicht behandeln wie eine Anfängerin. Den nächsten Fall übernehmen vielleicht *Sie* verantwortlich, oder Sie werden Staatsanwältin und vertreten die Anklage ... *Verdammt*, Melchisedech, dann müssen Sie alles tun, um einen Fall aufzuklären."

Sie nickte schon wieder. „Ja, das weiß ich, ich ... Ja."

„Melchisedech, gucken Sie mich an." Sie drehte sich zu mir. „Wann fangen Sie endlich richtig an? Oder, wenn Sie keine Lust haben, wann hören Sie endlich auf?"

„*Was?*"

„Eine lauwarme Einstellung wie Ihre, die kann ich nicht gebrauchen. Die akzeptiere ich nicht, verstehn Sie das? LKA oder Trier, wo ist da der scheiß Unterschied, wenn jemand getötet wurde? Es gibt keinen." Mann, war mir schlecht. Ich hatte das Gefühl, der Inhalt meines Magens wollte an die frische Luft. „Und es ist mir scheiß egal wie ihr das sonst hier handhabt, mit dem Versager von Heidmann an der Spitze, so lange ich hier bin ... Entweder ganz oder gar nicht, verstehst du das? Die Opfer haben es verdient, dass wir uns da reinhängen, verstehst du das? Wir leben noch, und die Opfer schreien uns an, diesen Dreckskerl zu finden, bevor der es wieder- Ah."

Ich atmete aus, aber es war bereits zu spät. Das Zittern war schon wieder da, der kalte Schweiß, der mich noch mehr zittern ließ, Schmerzen im Kiefer und die Übelkeit in meinem Magen, die bereits nach oben stieg, brennend die Speiseröhre hoch und am Kehlkopf kratzte und ... Nein, das war nicht der verdammte Kuchen ...

Gerade noch rechtzeitig öffnete ich die Wagentür und spuckte und würgte und atmete in kurzen Happen, und in meinem Rücken schienen die Muskeln zu reißen und in meiner Brust und meinem Arm stockte es, als wäre Beton darin, flüssiger Beton, der härter wurde und härter und dann ...

Und dann hörte mein Herz auf zu schlagen.

14

„Schick, Schick ..."

-

„Schick, verdammt, Schick!"

-

Aber ich war nicht tot. Ich hörte die Melchisedech und sah sie auch. Hinter einem Schleier aus Tränen, aber ich sah sie.

Was passierte mit mir? Fiel ich aus dem Auto hinaus und auf den Weg und in mein eigenes ...?

Ich konnte nicht atmen, und warum, verdammt, schlug mein Herz nicht?

„Schick, was ist? Soll ich einen Krankenwagen- Ich rufe jetzt einen Krankenwagen."

Ich sah sie an ihrem Telefon hantieren.

Dann kam die Luft zurück, mit einem Schlag, als hätte ich die Luft nur angehalten, so lange ich konnte, ein Wettbewerb unter Jungs wie früher in meiner Jugend, und dann, *zack*, spürte ich mein Herz wieder schlagen.

„War ... te."

„Was? Was haben Sie gesagt?"

Ich atmete flach und schnell. Nicht, weil ich es so wollte, sondern weil mein Körper nicht anders konnte. Mein Körper zitterte, schwitzte, atmete weiter flach und schnell, dann aber ... atmete ich tiefer, tiefer, und langsam, ganz langsam entspannten sich meine Muskeln, floss das Beton aus meiner Brust und meinen Armen und kehrte das Leben zurück.

Fuck.

„Melchise ... dech?"

„Ja?"

„Liege ich ... in meinem eigenen Erbrochenen?"

„Nein."

„Was ist dann ... ist da so warm?"

„Das ist meine Hand. Warten Sie. Halten Sie still."

Jetzt spürte ich etwas an meinem Mund.

„Was ist … das jetzt?"

„Ich mache Sie sauber, jetzt seien Sie still." Sie machte weiter mit dem, was sie da machte. „Sie liegen nicht … Sie sind nicht aus dem Auto gefallen, Sie sind angeschnallt, Sie wollten losfahren und haben sich angeschnallt, deshalb … Was Sie an Ihrer Wange und an Ihrem Mund spüren ist immer noch meine Hand."

„Dann … nehmen Sie sie weg."

Irgendetwas drückte mich. Ich tastete an meinen Hals und spürte eine andere Hand, war es meine linke, nein …

„Der Gurt hat sich verdreht und schnürt Sie ein. Lassen Sie mich, Schick."

Der Druck ließ nach und ich sank in den Sitz.

Fuck. *Fuck.* Ich hasse es, hilflos zu sein. *Fuck.*

„Wollen Sie etwas sagen, Schick?"

Ich schüttelte den Kopf.

„Schick, was ist denn los mit Ihnen?" Ihre Stimme war leise und sehr sanft. „Sie sollten ins Krankenhaus, so schnell wie möglich."

Keine Ahnung, was mit meinem Herzen war. Es schlug wieder, ich spürte es genau. Aber genauso genau habe ich gespürt, als es zu schlagen aufgehört hatte.

Was soll das, du scheiß Herz? Hast du sie noch alle? Wir hatten nie ein Problem miteinander. Also, gehts noch?

„Was sagen Sie?"

Ich schüttelte den Kopf.

„Schick, sagen Sie mir, was ist los mit Ihnen?"

„… Güte, warum reden … Sie so, Melchisedech? Machen Sie in Ihrer Freizeit … Telefonsex?"

Sie sagte, „Ich rufe einen Krankenwagen. Lassen Sie mich einen Krankenwagen rufen."

„Nein."

„Es geht Ihnen aber noch nicht besser."

Ich nickte. „Doch."

„Wirklich?"

Ich nickte.

„Gut", sagte sie, ihr Ton jetzt anders, „dann können wir ja weitermachen. Fahren Sie los."

Ich lachte, kurz und kraftlos. „Das ... habe ich gemeint. Das ist die ... richtige Einstellung. Und der richtige Humor." Ich sagte, „Wie heißt du mit Vornamen? Nein, warte ... Hast du noch einen anderen Vornamen?"

„Nein, habe ich nicht. Nur Ta-"

„Warte, warte."

Ich war erfreut, dass meine Hand sich auf meinen Befehl hin hob. Es ging bergauf. Du musst nur weiterschlagen, ganz normal weiterschlagen, du bescheuertes Herz, hörst du? Wir essen nicht fett und nur wenig Fastfood, wir rauchen nicht einmal. Alkohol, gut, aber das auch erst seit einem halben Jahr, zuvor wars echt mäßig. Und wir haben auch Bewegung, zu Pit gehen wir immer zu Fuß, das gefällt dir doch. Wir machen also alles richtig. Es gibt daher keinen Grund, nicht zu schlagen, verstanden?

„Ich kann dich nicht Tamara nennen, das ... geht einfach nicht. Ich krieg das nicht ... über die Lippen. Wie heißt deine Mutter?"

„Oh Gott, Schick."

„Was?"

„Nichts. Nenn mich, wie du willst."

„Schön, dann nenn ich dich ... Ich nenne dich Melchisedech, okay?"

„Supi."

„Gut dann ... Dann lass uns hier noch einen Moment ... Steht die Frau Jung noch am Fenster?"

Melchisedech guckte und winkte nach draußen. „Ja. Aber die Fahrerseite ist von ihrem Fenster abgewandt. Ich glaube nicht, dass sie etwas gesehen hat."

Ich lehnte mich zurück. Die Wagentür stand offen, die Luft war kalt und frisch. Ich schielte auf den Boden vor der Tür. Ohne Rosinen, eindeutig.

Ich streckte den Arm und zog die Tür mit einem Ruck zu und lauschte auf mein Herz.

Es schlug.

Ich atmete.

Ich lebte.

Alles in Ordnung. Nur eine Episode. Nichts von Bedeutung.

Warum auch nicht. Ich hatte noch nie Probleme mit meinem Herzen.

Ich startete den Wagen und fuhr langsam los, unter dem kritischen Blick von Melchisedech.

„Soll ich nicht besser fahren?"

„Sind schon da", sagte ich und hielt wieder an, gerade weit genug, dass die Frau Jung uns nicht mehr sehen konnte. Ich stellte den Motor ab.

„Du musst die Akten lesen", sagte ich. „Aber du musst sie lesen wie ein *Kriminalist*. Nicht wie ein Jurist. Später als Staatsanwalt musst du sie lesen wie ein Jurist, denn du musst eine Anklage vorbereiten. Das hier ist anders. Wir haben keinen Täter. Nicht einmal einen Verdächtigen. Deshalb musst du die Akten anders lesen. Du musst gucken, was passt nicht zusammen? Die Aussagen der Zeugen und alle Berichte, die Spuren, alles, ergeben sie ein einheitliches Bild, stimmen sie überein? Oder gibt es Stellen, an denen sich die Aussagen widersprechen? Und, immer, immer, was fehlt? Wo gibt es Löcher in dem Bild?" Ich lauschte in mich hinein. Okay. Alles in Ordnung. Ich sprach leiser als sonst und langsamer, aber ansonsten schien alles in Ordnung. „Du musst abends ins Bett gehen mit dem Fall und morgens aufstehen und wenn du nachts aufwachst ... Verstehst du? Sonst garantiere ich dir, wirst du die Hälfte deiner Fälle nie lösen."

„Nachts im Altenheim anrufen und nach einem Zeugen fragen?"

Ich nickte.

Sie sagte, „Seit wir den Fall haben, wie viele Stunden hast du daran gearbeitet?"

„Hier geht es nicht-"

„Wie viele?"

„Ich weiß es nicht. Ständig." Ich sagte, „Manuela Kaplan wartet seit acht Jahren auf Gerechtigkeit. Wir haben kein Recht, Zeit zu verplempern."

Sie sagte, „Warum hast du bei Frau Jung so nachgefragt, was der Doktor Tveit getan und gesagt hat?"

Ich musste darüber nachdenken. Bauchgefühl, war die einleuchtende Antwort, aber woher das Bauchgefühl kam ... Und bei der Übelkeit, die ich immer noch hatte, wusste ich es erst recht nicht.

„Sie hat ihn angerufen, den Doktor, und gesagt, er wäre aufgeregt gewesen. Da hats angefangen. Ein Arzt ist nicht aufgeregt, wenn jemand ihn mit der Nachricht anruft, dass eine hilflose Person im Wald liegt. Warum sollte irgendein Arzt bei einem solchen Anruf aufgeregt sein? Danach, während die Frau Jung erzählte, bin ich in Gedanken alle Szenarien durchgegangen. Wie verhalten sich Ärzte, wenn sie eine hilflose Person sehen? Untersuchen? Ich war schon oft genug dabei. Mal war die hilflose Person tatsächlich ein Toter, mal tatsächlich nur hilflos, ein Verletzter. Aber der Arzt weiß nicht, wenn er aus dem Auto steigt, ob die Person verletzt ist oder tot ist, das weiß er nicht. Jeder Arzt, den ich je beobachtet habe, hat seine Arzttasche mit aus dem Auto genommen, jeder. Und weißt du, warum? Weil er ohne Arzttasche nicht viel mehr tun kann als wir. Als ein Laie."

„Du hast ihn also in Verdacht?"

Ich schüttelte den Kopf. „Es kann einfache Erklärungen für beides geben, für die Aufgeregtheit – vielleicht hat sich die Frau Jung vertan, oder der Arzt war kurz zuvor im Garten, hat das Telefon gehört und ist ins Haus gelaufen und war davon kurzatmig. Das hört sich genauso an, als wäre man aufgeregt, nicht? Und die Tasche ... keine Ahnung. Aber die beiden Punkte müssen wir klären."

Sie sagte, „Dir geht es besser. Du sprichst ohne zu stocken."

Ich nickte. Mir ging es tatsächlich besser. Das Zittern war wieder verschwunden, ich schwitzte nicht mehr. Mein linker Arm tat mir noch etwas weh und mein Rücken natürlich. Der aber nicht mehr als sonst.

Nur das Du, mit dem ich die Melchisedech angesprochen hatte, verdammt, das Du war mir so rausgerutscht.

Aber ich war einfach froh, noch am Leben zu sein, deswegen quatschte ich auch wie die Niagarafälle, und jetzt war das Du raus und es war zu spät, da konnte ich nicht mehr zurück. Oder?

Sie sagte, „Das Zittern hattest du schon einmal, im Büro."

„Nicht der Rede wert."

„Soll ich nicht trotzdem einen Krankenwagen rufen?"

„Nein, das war nichts. Nur etwas Übelkeit. Habe ich öfter."

„Vielleicht hattest du einen Herzinfarkt."

„Nein."

„Übelkeit und Schweißausbruch und Zittern und so, das könnte ein Herzinfarkt sein."

„Nein."

„Okay, wie du willst."

Melchisedech schlug dann vor zurückzufahren, sie meinte, wenn ich schon nicht ins Krankenhaus wollte, dann sollte ich mich wenigstens zuhause hinlegen und morgen wäre auch noch ein Tag.

Ich wies darauf hin, dass wir noch zwei Termine hatten, schlug aber vor, dass sie zu Manuelas Eltern fahren und mich bei dem Arzt rauslassen sollte, dem Doktor Tveit, dann kämen wir auch früher nach Haus. Ich verband den Vorschlag mit einem mäßig freundlichen *Basta*, was sie veranlasste, ohne ein weiteres Wort anzunehmen.

Es war dunkel geworden, aber die Praxis war noch hell erleuchtet. Über der Arztpraxis hatte der Physiotherapeut seine Räume, der Andi Lange, und auch dort war noch Licht. Die Apotheke unten hatte bereits geschlossen.

Ich ging die Treppe – nein, nein, ich will ehrlich sein, ich *schlich* die Treppe nach oben in den ersten Stock, blieb vor der Tür stehen und tat zunächst nichts weiter als gegen die Wand gelehnt zu atmen.

Langsam. Atmen.

Schon verstörend, wenn etwas so Selbstverständliches wie das Atmen plötzlich alles andere als selbstverständlich ist.

Als das berstende zugleich zittrige Gefühl in meiner Brust nachließ, ging ich hinein und lehnte mich, als wäre es nur eine Angewohnheit, auf die Theke und fragte die dahinter sitzende junge Frau mit den kurzen, blonden Haaren und kräftigen Augenbrauen, ob der Herr Tveit wohl zu sprechen wäre. Ich hörte, dass der *Doktor* Tveit noch mindestens fünf Patienten hatte heute, mehr, falls noch ein Notfall dazwischen kam.

„Sie sehen im Moment danach aus. Nach einem Notfall, meine ich. Ist alles in Ordnung?"

Ich nickte.

„Gut. Allerdings müssen Sie sich dann jedoch noch ein wenig gedulden. Um was geht es denn bei Ihnen?"

Ich hielt ihr meinen Ausweis vor die Nase, zwang mich zu einem Lächeln und neigte den Kopf nach rechts, nach links und sagte, „Kann ich nicht drüber sprechen, tut mir leid", obwohl es mir überhaupt nicht leid tat.

Nadja, so stand auf ihrem Namensschild, lächelte zurück, die Ärmste, und akzeptierte, denn sie sagte, dass sie den Doktor von meiner Anwesenheit in Kenntnis setzen würde und ich dann als nächstes drankäme, ob es mir wirklich gut ginge, ich sähe sehr blass aus.

„Ja, ich fühle mich gut."

„Gut, dann setzen Sie sich bitte einen Moment zu den anderen ins Wartezimmer."

„Darf ich Ihre Toilette benutzen?"

„Sicher. Da hinten."

Ich spülte mir den Mund aus, wusch mein Gesicht, spülte mir noch einmal den Mund aus und ging ins Wartezimmer, sagte, „N'Abend" und bekam Gemurmel zurück.

Kurz darauf hörte ich über den Lautsprecher meinen Namen.

Im Rausgehen sagte einer hinter mir, „Was soll das denn, Sie sind doch gerade erst gekommen" und eine andere, „Ich warte schon viel länger", und ich lächelte, „Immer mit der Ruhe, ich bin privatversichert."

Draußen folgte ich der Richtung, die mir gewiesen wurde, klopfte und trat ein.

Der Mann hinter dem Schreibtisch und im weißen Kittel stand bereits und kam mir, die Hand jetzt weit ausgestreckt, mit einem „Doktor Tveit, kommen Sie herein", entgegen. Mit der anderen Hand deutete er auf den Stuhl vor dem Schreibtisch. „Setzen Sie sich doch, bitte."

Doktor Tyr Tveit. Ich hatte den Namen in der Akte gelesen und las ihn jetzt wieder auf dem Namensschild an seinem Kittel. Tveit, Arzt für Allgemeinmedizin, heute Mitte vierzig, verheiratet, Vater zweier Töchter. Seine Vorfahren mussten irgendwann aus Skandinavien nach Deutschland gekommen sein, denn Tveit, ich hatte es nachgeschlagen, war ein norwegischer Name. Und Tyr musste ich ebenfalls nachschlagen und hatte gelesen, Tyr, der Gott des Kampfes und des Sieges aus der *Edda*, den isländischen Dichtungen und Sagen aus dem Mittelalter.

Ich nahm die immer noch ausgestreckte Hand und drückte. Er drückte ebenfalls, aber fester.

Wir setzten uns.

Tveit lächelte mich an mit perfekten weißen Zähnen in einem braungebrannten Gesicht. „Was kann ich für Sie tun, Herr, uhm, ... *Kommissar?*"

„Schick", sagte ich.

„Herr Schick. Meine Hilfe sagt mir, es wäre wichtig?"

Niemand kann etwas für seinen Vornamen, die Eltern tragen hier die volle Schuld, trotzdem ... Es fällt nicht so ganz leicht, jemanden sympathisch zu finden, der wie ein Gott des Kampfes und des Sieges heißt und seine Angestellte *meine Hilfe* nennt, oder?

Sein Äußeres machte es nicht besser. Unter dem weißen Kittel ein weißes Hemd glänzend wie aus Seide mit lila Krawatte, die Haare so tiefschwarz, dass sie nur gefärbt sein konnten und mit reichlich Gel nach hinten gekämmt, die Hände so braun wie das Gesicht, als wäre er gerade von einem Strandurlaub zurückgekommen.

Thailand, vielleicht. Ich war versucht ihn zu fragen, ob er Wilke kannte.

Aber er hatte mich nicht warten lassen und begrüßte mich auf eine Art, die andere als freundlich ansehen würden, also hatte ich keinen Grund mich zu beschweren oder grantig zu sein. Und nach dem Aussetzer von vorhin auch schlicht nicht die Kraft. Ich fühlte mich, als wäre ich um zwanzig Jahre gealtert.

„Das war die kürzeste Zeit, die ich jemals bei einem Arzt gewartet habe", sagte ich daher nur.

„Sie haben wenig Zeit, da dachte ich, ziehe ich Sie vor. Aber ich habe auch nicht so viel Zeit, Sie haben das Wartezimmer gesehen, und meine Patienten werden sich bereits fragen, warum Sie vor ihnen an die Reihe kommen."

„Tun sie nicht, wir haben das geklärt."

„So?"

Ich nickte, gab aber keine Erklärung und schaute mich um. Vor der einen Wand eine Liege mit einer großen Papierbahn am Fußende und ein Ultraschallgerät auf Rollen, daneben ein Waschbecken mit Spiegel. Auf dem Fußboden eine Waage und darüber ein herausklappbarer Stab für die Körpergröße. Hinter Tveit ein Schrank mit Pillen und Gerätschaften, daneben gerahmte Fotos an der Wand. Ein jüngerer Tveit im weißen Arztkittel vor einem Gebäude, das ein Krankenhaus sein konnte. Tveit, wie er heute aussah, im weißen Arztkittel mit Stethoskop um den Hals umringt von halbnackten, dunkelhäutigen Kindern. Ein jüngerer Tveit wieder im weißen Arztkittel in einem Labor, während er eine Flasche mit einer trüben Flüssigkeit gegen das Licht einer Lampe hält.

Auf dem Schreibtisch Bildschirm, Telefonanlage, Papiere, Zeitschriften. *Ernährungsmedizin* konnte ich lesen und *Internistische Praxis.*

„Sie sind ... Allgemeinmediziner, nicht?"

Er lehnte sich zurück und sah mich an und verschränkte die Finger vor der Brust mit abstehenden Ellbogen. Seine Fingernägel waren manikürt.

149

„Facharzt für Innere und Allgemeinmedizin. Ich sollte Chirurg werden, so wollten es meine Eltern, aber, Herr Schick, Sie werden das nachvollziehen können, was gibt es Erfüllenderes, als mit Menschen zu arbeiten und ihnen zu helfen?"

„Wieso glauben Sie, dass ich das nachvollziehen kann?"

„Nun, Sie als Kommissar, Sie haben doch auch jeden Tag mit Menschen zu tun."

„Ja, aber erfüllend ist das nicht. Schließlich kann ich diesen Menschen nichts geben. Die meisten von denen sind per definitionem ganz beträchtliche Arschlöcher, denn sie haben andere Menschen verletzt, überfallen, entführt oder getötet. Und die, denen ich etwas geben kann, nämlich Gerechtigkeit, leben nicht mehr. Ihre Eltern sind also Chirurgen?"

Er sah mich an und wetzte mit den Zähnen seine Unterlippe, was vielleicht nur eine unangenehme Angewohnheit war, vielleicht aber auch Ausdruck des Ärgers über meinen Einwand. Dann hörte er mit dem Wetzen auf und ein Lächeln erschien, nicht ein freundliches Lächeln, sondern eher ein gequältes.

„Mein Vater war Chirurg, ja. Natürlich, als Chirurg tut man das auch – den Menschen helfen, davon spreche ich – aber als Arzt wie ich, zu mir kommen die Menschen mit ganz unterschiedlichen Problemen. Ich kann mich ihrer *wirklich* annehmen. Der Menschen und ihrer Probleme, ganzheitlich. Herz und Kreislauf, aber auch Muskeln und Gelenke, Stoffwechsel, Haut, alles. Die meisten meiner Patienten kenne ich seit vielen Jahren, ich begleite sie durchs Leben, sozusagen, und halte sie dabei so gut es geht gesund. Sie hingegen, Herr Schick", er kniff die Augen zusammen und ließ seinen Blick prüfend über mein Gesicht gleiten, „Sie sehen, wenn Sie mir die Bemerkung gestatten, nicht sehr gesund aus. Haben Sie sich in letzter Zeit einmal untersuchen lassen?"

„Ja, habe ich."

„Auch das Herz?"

Ich nickte. Was gelogen war, aber was gings ihn an.

„Ich habe bemerkt, dass Sie etwas kurzatmig waren, als Sie hereinkamen. Sie sind schlank, kräftig, so schlecht bei Kondition können Sie gar nicht sein, dass Sie von ein paar Schritten zu schnaufen anfangen. Und die Blässe in Ihrem Gesicht ... Darf ich mal Ihren Blutdruck messen?" Er drehte sich bereits in seinem Stuhl und nahm ein Blutdruckmesser mit Stethoskop vom Schrank und drehte sich wieder zu mir.

Ich hob beide Hände. „Nein, lassen Sie mal, wie gesagt, ich habe mich erst untersuchen lassen, alles in Ordnung."

Er spitzte die Lippen, als er den Blutdruckmesser neben sich auf den Tisch legte.

„Schade, aber wie Sie wollen. Ein Chirurg operiert, sage ich immer, aber ein Arzt *hilft*. Wo er kann. Was kann ich für Sie tun?"

„Was sagt Ihr Vater dazu?"

„Er, uhm, er sah es anders. Natürlich, er war Chirurg. Für ihn standen Chirurgen gleich unter Gott." Tveit beugte sich dann vor und legte die Arme samt seiner manikürten Finger auf den Tisch. Sein goldener Ehering hob sich deutlich ab vom Braun seiner Hand.

„Ihre Mutter ist auch Chirurgin?"

„Meine Mutter war Angestellte", sagte er. „Wenn ich Sie nicht untersuchen soll, was also kann ich für Sie tun, Kommissar Schick?"

Er lächelte nicht mehr, aber er guckte, als wäre er wirklich interessiert an meiner Antwort.

Ich sagte, „Manuela Maria Kaplan, natürlich."

„Oh." Tveit lehnte sich wieder an und verschränkte wieder die Finger vor der Brust. „Natürlich. Die Manuela. Lange her. Oh, das ist *sehr* lange her."

Ich erklärte ihm, dass die Mordermittlungen wieder neu aufgerollt würden, folgte dann meinem Bauchgefühl und sagte, *völlig* neu aufgerollt und aus *ganz anderen Blickwinkeln* als zuvor betrachtet würden und dass ich der Leitende Ermittler wäre. Dann machte ich eine Pause, aber weder stellte er eine Frage, noch gab er einen

Kommentar ab, also bat ich ihn, aus seiner Sicht zu erzählen.

„Zu erzählen was?"

„Von jenem Abend." Ich sah ihn an.

„Von jenem Abend ... Sagen Sie, Herr Schick, sind wir uns schon einmal begegnet? Irgendwie habe ich das Gefühl ... Haben wir schon einmal über die Manuela gesprochen?"

Ich schüttelte den Kopf.

„Sicher?"

„Nicht über die Manuela und auch sonst nicht. Ich würde mich erinnern. Ganz sicher."

„Gut, dann ... Der Abend, ja, ich habe von Frau Jung einen Anruf bekommen. Sie wäre mit dem Hund unterwegs, spazieren, draußen im Wald, am Waldrand hätte sie eine hilflose Person gefunden. Die Manuela. Manu, hat sie gesagt. Ich habe sie aufgefordert, nach dem Puls zu fühlen, das hat sie gemacht. Kein Puls. Da habe ich ihr gesagt, die Eins Eins Null anzurufen" – er grinste – „also Sie, die Polizei, und dass ich sofort kommen würde. Ich hab mich dann ins Auto gesetzt und bin los. Die hilflose Person hatte tatsächlich keinen Puls mehr. Manuela Kaplan. Ich habe Wiederbelebung versucht, aber ohne Erfolg. Wir haben dann auf die Polizei gewartet, eine halbe Stunde etwa. Die Polizei kam mit mehreren Leuten, und ich habe mit Ihrer Kollegin, der Kommissarin ... Nehbert?"

Ich nickte.

„Mit ihr habe ich gesprochen. Ihr habe ich alles erzählt, dann später noch einmal auf dem Revier, da hat sie ein Protokoll angefertigt. Dann hat sie mich noch einmal hier besucht. Sie war, hatte ich den Eindruck, sie war wohl nicht zufrieden mit dem Ausgang ihrer Untersuchung. Wie kann sie auch, da sie ja den Täter nicht gefunden hat. Ach ja, und ein anderer Kollege von Ihnen hat einmal angerufen, vor ein paar Jahren, und um einen Termin gebeten. Aber er kam nicht. Von ihm habe ich nie wieder etwas gehört."

Jetzt lächelte er. Wieder kein freundliches Lächeln, dieses Mal ein ironisches.

Mir fiel etwas ein, was ich die Frau Jung nicht gefragt hatte und überlegte, ob ich Tveit die Frage stellen sollte, entschied mich aber dagegen. Ich wusste nicht genau, warum. Aber nein.

„Sie sehen besorgt aus, Herr Schick. Alles in Ordnung?"

„Besorgt?"

„Ja, als ... vielleicht als hätten Sie Kummer. Geht es Ihnen wirklich gut? Ich meine, gesundheitlich? Ich möchte Sie nicht belästigen, aber als Arzt ist es meine Pflicht-"

„Nein, nein, alles in Ordnung. Es war nur ein langer Tag." Mein Blick fiel wieder auf die Fotos und ich nickte darauf. „Wo ist das?"

Tveit drehte sich halb zur Wand.

„Das? Philippinen", sagte er, „ich bin erst vor kurzem zurückgekommen. Zwei Wochen im Jahr, jedes Jahr, arbeite ich für Ärzte ohne Grenzen. Ich fliege auf die Philippinen oder nach Afrika ... das hier ist in Kenia, das in Äthiopien" – er deutete nacheinander auf zwei Fotos – „auf eigene Kosten, natürlich und opfere meine Zeit. Man muss etwas zurückgeben. Das ist meine Devise. Wir, denen es so gut geht, müssen jenen, die es nicht so gut haben, zurückgeben."

„Sehr anständig", sagte ich. „Das Foto oben ... Sie haben in einem Krankenhaus gearbeitet?"

Tveit lächelte. „Ja. Gute Lehrzeit damals. Wenn das dann alles wäre ..."

„Ist es. Wo war das denn?"

Tveit atmete hörbar aus. „Hier oben das? In der Schweiz. Innere Medizin."

„Schweiz, ein schönes Land. Wo denn da?"

„Zürich." Er drehte sich zum Schreibtisch zurück. „Wenn Sie also sonst keine Fragen mehr haben, Herr Schick?" Sein Finger lag bereits auf der Telefonanlage.

Ich stand auf.

„Eine noch. Kannten Sie eigentlich die Manuela?"

153

„Kannten? Vom Sehen kannte ich sie. Aber sie war nie meine Patientin, wenn Sie das meinen."

„Die Frau Jung meinte, Sie wären aufgeregt gewesen am Telefon. Als sie Sie anrief. Warum waren Sie aufgeregt?"

„Auf- ... Ich war nicht ... Aufgeregt? Bei ihrem ...? Als Frau Jung mich ...?"

Ich nickte.

„Ach, weil ich ... Ja, natürlich, das. Ich habe schnell geatmet, weil ich gerade von draußen kam. Ich kam hereingelaufen, als ich das Telefon hörte und musste zweimal schnaufen. Das hat die Frau Jung wohl gemeint."

Ich war baff. Nach acht Jahren und obwohl das mit der Manuela ja *sehr* lange her war, erinnerte er sich daran, dass er hereingelaufen kam und *zweimal schnaufen* musste?

„Möchten Sie etwas sagen, Herr Kommissar?"

„Ja. Sie sind schlank, sehen fit aus", wiederholte ich seine Worte an mich, „damals waren Sie sogar noch jünger. Wie haben Sie eben noch zu mir gesagt? So schlecht bei Kondition können Sie gar nicht sein, dass Sie von ein paar Schritten zu schnaufen anfangen."

„Ja, das habe ich gesagt. Irren wir uns beide, nicht? Wir Männer wollen ja auch nie eine Schwäche eingestehen."

„Da hat die Frau Jung das wohl verwechselt, und Sie waren nicht aufgeregt. Ja, dann danke für Ihre Zeit und ... Oder, doch noch eines."

Tveit atmete hörbar missmutig aus. „Was?"

„Manuela Kaplan war tot, das war doch unschwer zu erkennen. Schraubenzieher in der Brust, Totenflecken. Warum haben Sie trotzdem noch die Manuela so lange abgetastet, Puls gefühlt, umgedreht all das?"

„Sind Sie Arzt, Herr Kommissar?"

„Ich habe bereits viele Leichen gesehen und war bei vielen Obduktionen anwesend", sagte ich.

„Aber Sie sind kein *Arzt*. Ich musste mich überzeugen. Das ist das Einmaleins der Medizin."

Ich nickte. „Ja, überzeugen, sicher ... Sollte mir noch etwas einfallen, ich meine, sollte ich noch eine Frage haben ...?"

Tveit blieb sitzen. Er drückte jetzt die Taste an der Telefonanlage und sah mich von unten her an. „Natürlich, dann können Sie mich fragen. Vielleicht telefonisch, dann gehts schneller. Nadja?"

Aus dem Lautsprecher kam, „Ja?"

„Der Nächste dann."

Ich ging.

Als Polizist erkenne ich einen Lügner, wenn ich ihn sehe. Und ich hatte gerade einen Lügner gesehen.

Unten vor der Tür wartete bereits die Melchisedech. Ich setzte mich zu ihr, und sie berichtete, dass sich die Eltern ganz ungemein gefreut hätten über die Wiederaufnahme der Untersuchungen. Dann hätten sie von der Manuela erzählt, die Frau hätte dabei ständig geweint, der Mann hätte seine Frau getröstet und auch geweint, was für ein liebes Mädchen die Manu doch war und, ja, in der Tat eine gute Läuferin, das stimmt, eine sehr gute Läuferin, die zehn Kilometer in unter vierunddreißig Minuten.

„Unter vierunddreißig Minuten, das hat mir nicht so viel gesagt, also habe ich vorhin beim Warten mal ein bisschen rumgesucht im Internet. Also", sie drehte sich zu mir, „mit unter vierunddreißig Minuten bist du bei den Hobbysportlern als Frau schon richtig gut. Wundert mich nicht, dass sie damit gelegentlich einen Volkslauf gewonnen hat. Einem nicht trainierten Täter hätte sie schon weglaufen können mit ein bisschen Vorsprung."

„Ein paar Meter Vorsprung hätten gereicht."

„Denke ich auch. Dann wäre sie weg gewesen. Und heute am Leben."

Ich sagte, „Wir müssen noch einmal zu Frau Jung."

„Frau Jung? Warum?"

„Ich muss sie fragen, wie genau sie Tveit erklärt hat, wo sie stand. Wo Manuela lag. Wie genau sie das dem Doktor weitergegeben hat."

„Sollten wir dazu nicht zuerst noch einmal in die Akte gucken, ich meine, die Aussage, die die Frau Jung damals gemacht hat, da steht es vielleicht-"

„Sie hat dazu keine Aussage gemacht, Melchisedech."

Sie sagte, „Das weißt du genau?"

„Sie hat keine Aussage dazu gemacht. Vermutlich, weil sie nicht gefragt wurde. Fahr los."

Wenig später sagte uns Frau Jung, dass sie Doktor Tveit gar nicht erklärt hatte, wo genau die Manu lag.

15

Melchisedech wollte unbedingt noch ins Büro und erneut die Akten durchgehen, „dieses Mal aber wie ein Kriminalist." Ob sie mir damit imponieren wollte oder ob es tatsächlich ein Wendepunkt in ihrer Arbeitseinstellung war oder ob sie noch eine heimliche Verabredung mit Heidmann hatte, keine Ahnung. War mir auch egal. Ich war fertig. Kaputt. Kurzatmig und mit Muskelschmerzen, als wäre ich einen Marathon gelaufen. Und ich würde nie einen Marathon laufen, niemals, so einen Blödsinn überlasse ich den Blöden. Während der Rückfahrt hatte ich an Manuela gedacht und ihr brutales Ende und meine eigene beschissene Sterblichkeit, die ich gerade so deutlich spürte, und an den geschniegelten Doktor Tveit, der mir über alle Maßen unsympathisch war und ich ihn alleine deswegen gerne zu Glatze in den Keller sperren und den Schlüssel wegwerfen würde. Am Präsidium angekommen, war ich dann zu Fuß los durch die beißende Kälte und in das Gedränge der Fußgängerzone geschlichen mit armseligen Weihnachtslichtern hoch oben zwischen den Geschäften und Weihnachtslichtern auf dem Weihnachtsmarkt mit Plastikweihnachtsdekoration aus China oder Kambodscha und den Feierabendsäufern, die billigen Fuselzuckerglühwein in sich hinein schütteten und die kitschige Weihnachtsmusik, die von überall her schallte und nur übertönt wurde von meinem eigenen röchelnden Atem.

Der Tod.

Wie kann er es wagen, sich ein junges Mädchen zu nehmen? Und wie kann die Erde es wagen sich einfach weiterzudrehen, als wäre nichts geschehen?

Und wie kann er es wagen, sich jetzt auch noch an mich heranzuschleichen? Ich bin nicht mehr jung wie die Manuela, aber ich bin bei weitem auch noch nicht *alt*. Es ist noch nicht meine Zeit, verfluchter Tod, du hinterhältiger Scheißkerl, hau ab, verpiss dich!

In meinem Lieblingsrestaurant war kein Platz, also ging ich blindlings ins nächste Restaurant ein paar Häuser weiter, wo ich einen freien Platz fand an einem Tisch mit dicken, weißen Tüchern und dünnem Porzellan. Ich aß und machte mir Notizen, aber dann wurde es mir hier zu stickig, zu bürgerlich, die anderen Gäste zu gepflegt und ihre Gespräche auch, von denen ich zu meinem Leidwesen zu viel mitbekam, zu viel heile Welt und Nichtigkeiten und die ständig klingenden Weingläser, zum Kotzen, ich konnte nicht mehr denken, also packte ich zusammen und hastete zu Pit.

„Mach voll ... Herr Lamberts."

Pit runzelte die Stirn und kam mit Glas und Flasche, „Für dich immer noch Pit", und schenkte ein. „Gehts dir gut? Warum schnaufste so?"

„Alles ... gut."

Draußen schlugen wieder die Glocken. Ich zählte mit. Neun Uhr. Vermutlich war die Kirche um neun genauso gähnend leer wie um sieben. Hoffentlich. Die Leute mussten endlich aufwachen und sich endgültig aus dieser Diktatur befreien, die Gehorsam auf Erden verlangte im Austausch gegen das irre, absolut irre Versprechen auf ein Leben nach dem Tod.

Wie kannst du das zulassen, Gott, huh, ein so junges Mädchen, lieb und von allen nur Manu genannt, du lässt es zu, dass sich jemand an sie heranmacht und ersticht und erwürgt. Du hast keine Macht über den Tod, stimmt es? Und deine Stellvertreter haben darauf auch keine Antwort außer irgendwas von allmächtiger Weisheit.

„Blödsinn. Heuchler. Lügner." Ich war versucht, auf Pits Fußboden zu spucken vor Ekel.

„Wer?", fragte Pit.

Ich trank und knallte das Glas auf den Tisch wie der dickste Bauer in der Kneipe in Pech. „Die Stellvertreter auf Erden. Die Pfaffen und ihre Kirchen. Diese Rosenkranzklapperer. Hast du nicht die Glocken gehört? Halten seit Jahrhunderten die Menschen in Geiselhaft mit ihren heuchlerischen Versprechen von göttlicher Weisheit und Vergebung und ihren Drohungen mit ewiger Verdammnis, und weißt du was? Es funktioniert immer noch."

„Wow, bist du drauf heute. Was ist passiert?"

„Wie kann das sein, dass es immer noch Menschen gibt, die akzeptieren, dass im Namen Gottes Schwule als krank bezeichnet und in Hinterzimmern Kinder gefickt werden können und die Kirche damit durchkommt, ihre eigenen Verbrechen zu untersuchen? Kannst du mir das mal erklären?"

„Und das alles wegen der Kirchenglocken?" Pit schenkte nach. „Vergiss es. Wen interessieren die Priester? Die Kirche? Niemanden mehr. Niemanden *hier*, das ist mal sicher. Aber ich seh, du bist wieder gut bei Luft. Also, gehste heute nit weg? Oder warste schon weg?"

Ich trank und ignorierte sein Grinsen und seinen Zweier. „Hast du nicht was von Nüssen gesagt? Jeder bekommt jetzt Nüsse bei dir, hast du das nicht gesagt gestern?"

Pit grunzte irgendetwas und griff hinter sich und stellte mir eine Schale hin und ließ mich damit alleine.

Ich nickte. „Na also."

Doktor Tyr Tveit. Ich würde ihn fragen, woher er wusste, wo Manuela lag. Die *hilflose Person*. Nicht von Frau Jung. Und warum er keine Tasche bei sich hatte, als er aus seinem Auto stieg. Ich würde ihn auch fragen, warum er so ein geschniegelter Kotzbrocken war, aber das kam später.

Ich prostete mir zu, da ich sonst niemanden hatte und trank.

Dass ich seinerzeit ins Kino gegangen bin und von dort in die Tiefgarage mit den bekannten Folgen, war ein Fehler, hatte aber natürlich seinen Grund. Zuvor, also vor dem Kino, war ich nämlich bei meiner Frau, in ihrer Galerie. Nicht, weil ich unbedingt dorthin wollte, ich war bereits einmal dort gewesen und hatte mir Skulpturen der unbekannten Künstler angesehen und mich danach nicht mehr gewundert, dass die Typen unbekannt waren. Nein, meine Frau hatte ihr Mobiltelefon zuhause vergessen, ohne das sie nicht leben konnte, wie sie immer betonte. Ich war nach Hause gekommen und hatte es auf dem kleinen Schrank im Flur liegen sehen, und da ich unerwartet den Rest des Tages frei hatte, bin ich ins Auto gesprungen und habe es ihr gebracht.

Hätte ich besser sein lassen. Es wäre nicht zu dem beschissenen Ereignis gekommen.

Der Tod. Ich wusste ein paar Sachen über den Tod, schließlich hatte ich ständig mit diesem Dreckskerl zu tun. Ich wusste zum Beispiel, dass die ersten Totenflecken bereits fünfzehn Minuten post mortem auftraten.

Ich fragte mich, warum der Gott des Kampfes und des Sieges Doktor Tveit das nicht wusste.

„Pit, mein Glas ist leer, verdammt.“

Neben mir rückte jemand den Hocker und setzte sich. Ich guckte nicht hin, roch aber über die Kälte hinweg, die sie von draußen mitbrachte, den dünnen Duft ihres Parfums.

„Sie sind aber nicht so gut drauf heute. Was ist los?“

Ich sagte, „Frau Doktor, setzen Sie sich doch.“

„Ich sitze ja bereits. Ich dachte, wir hatten eine Verabredung.“

Ich drehte den Kopf zu ihr. „Sie haben gesagt, Mal sehen.“

„Was darfs sein?“, sagte Pit zu ihr, während er mir nachschenkte.

Sie zog ihren Mantel aus und hängte ihn hinter sich, dann die Mütze. „Haben Sie einen Moselriesling?“

„Ob ich einen Moselriesling habe.“ Pit schüttelte gespielt entrüstet den Kopf. „Fruchtig? Trocken? Eher lieblich?“

„Butterig und Kaffee hast du vergessen“, sagte ich.

„Hören Sie nicht auf den, der ist echt schlecht drauf heute. Hat Probleme mit den Rosenkranzklapperern.“

„Eher fruchtig“, sagte sie.

„Dann bringe ich Ihnen ... Ich weiß schon was. Warten Sie.“ Pit ging die Theke hinunter zu einem mit Weinflaschen gefüllten Glasschrank, von dem ich sicher war, ihn noch nie gesehen zu haben.

Sie legte die Mütze in den Schoß. Ähnlich wie die Rentiermütze, nur ohne Rentiere. „Rosenkranzklapperer? Wen meint er damit? Priester?"

„Keine Ahnung. Ist selber schlecht drauf, vielleicht hält er mich deswegen an der kurzen Leine. Hundesohn."

„Ich hab das gehört." Pit stellte ein Glas vor sie und schüttete einen kleinen Probeschluck aus.

„Gottgütiger, seit wann ist das hier so eine Bude? Hätte ich das gewusst, wär ich geblieben, wo ich war."

„Wenn du das hasst, dann pass jetzt mal auf, Schick." Er nahm die Flasche mit beiden Händen und hielt sie Eva mit dem Etikett nach oben hin, wie ich es eben erst mehrfach gesehen hatte. Ich schüttelte den Kopf.

Eva schaute auf das Etikett, „Schick, das ist *Stil*", und lächelte wohlwollend, nahm das Glas am flachen Boden, hielt es gegen das Licht, probierte, probierte noch einmal, „Seeehr gut", und Pit schenkte ein. Voll. Bis hoch an den Rand.

„Oh, vielen Dank aber auch, Herr Pit."

„Sehr gerne, gnädige Frau."

Sie drehte sich zu mir. „Dann Prost, Herr Kommissar."

Ich hatte nicht einmal Lust die Augen zu verdrehen.

Wir tranken, ohne anzustoßen, und ich sagte, „Was wissen Sie vom Tod, Eva?"

Sie hielt die Hand vor den Mund und hustete, als hätte ich sie erschreckt. Vielleicht hatte ich. Mit Vierzig spielt der Tod noch keine Rolle.

„Über den Tod? Wie kommen Sie jetzt darauf?"

„Nicht *über* den Tod. *Von* diesem Dreckskerl. Der Tod. Sie sind Ärztin und all das, ich meine, Sie müssen doch etwas wissen, oder? Wenn nicht Leute wie Sie, wer dann? Und ich rede nicht von dem, der alte, kranke, müde Menschen nimmt und sie erlöst, *der* Tod, mit dem kann ich ja leben. Ich rede von dem anderen, dem verfluchten Dreckskerl, der sich an die Jungen und Gesunden ranmacht, an die, deren Zeit noch lange nicht gekommen ist, die noch so viel vorhaben, die er sich trotzdem einfach nimmt, als hätte er ein verdammtes Recht dazu. Die er sich einfach nimmt *vor* ihrer Zeit. *Vor* ihrer Zeit, lange *vor* ihrer verdammten Zeit."

Sie war still.

Ich trank.

Hinter uns Stimmen und Gläserklirren und Lachen, als gäbe es kein Problem auf der Welt. Dabei müssten die es besser wissen, die meisten von denen waren Polizisten.

Ich drehte mich um. Der aufgeblasene Typ von gestern Abend saß nicht dabei. Wolfgang Friedrichs, Kumpel vom Heidmann. Gut für ihn, denn heute war ein anderer Tag. Am Tisch in der Ecke wieder die Gruppe der Älteren. Mehrere Männer, mehrere Frauen in leiser Unterhaltung, als würden sie einen Staatsstreich planen.

„Was ist passiert?", sagte sie.

Ich drehte mich zu ihr. „Warum fragt ihr alle, was passiert ist?"

„Was ist denn passiert?"

„Alles", sagte ich. „Nichts. Lassen Sie mich zufrieden."

Ich winkte Pit und trank und redete dann vor mich hin, mir war es gleichgültig, ob sie mir zuhörte, aber ich hoffte sie würde, denn ich brauchte jemanden. Nicht notwendigerweise sie, aber auch nicht Pit oder die Melchisedech, dann doch lieber sie, bei ihr konnte ich mir wenigstens einreden, sie war eine Therapeutin und ich irgendeiner ihrer Patienten und ich war ihr scheißegal, obwohl ich offiziell ja noch gar nicht Patient war, trotzdem.

Ich bin ein einfacher Mensch, sagte ich, ohne sie anzuschauen, ich tue das, was mich erfüllt und worin ich gut bin, ich bin auch ein freier Mensch, ich lasse mir von niemandem etwas sagen und wenn doch, wenn ich also doch in einer Situation bin und mir etwas sagen lasse, zum Beispiel nach Trier-Loch oder wenn Ihnen das lieber ist Trier-Endstation zu gehen, dann nur, weil es mir garantiert, weiterhin zu tun was mich erfüllt, verstehen Sie das? Sie fragte, was Trier-Loch und Trier-Endstation bedeutete und ich erklärte es ihr und sagte, Aber seit meinem Ereignis habe ich das Gefühl, ein Doppelleben zu führen, verstehen Sie, ein Teil von mir denkt immer und stets an dieses verdammte Ereignis und wälzt es hin und her, hätte ich nicht doch dies tun und hätte ich nicht doch jenes merken müssen, während der andere Teil nichts anderes will als seine Arbeit machen, den Fall aufklären will, das Puzzle zusammensetzen will bis es ein Gesicht ergibt, wie in manchen dieser Rateshows, Sie wissen schon, jede Sekunde kommt ein Teil hinzu und plötzlich sehen Sie das Gesicht eines Prominenten, den Gottschalk oder die Queen oder irgendjemanden, und Sie drücken den Buzzer und haben gewonnen. Nur bei mir ist es das Gesicht des Täters, denn bei mir gibt es immer einen Täter, und es gibt immer ein Opfer, viel wichtiger als der Täter ist das *Opfer*, hören Sie, das *Opfer*, aber wenn etwas passiert, im Fernsehen und in den Zeitungen erfahren wir immer nur vom Täter, aber das Opfer ist viel wichtiger, wer kümmert sich um das *Opfer*, wenn nicht wir, und das Opfer hat ein verdammtes Recht darauf, dass ich mir den Arsch aufreiße um so viele Puzzleteile zu finden wie nötig und ihm endlich, endlich Gerechtigkeit zu bringen. Acht Jahre ist sie tot, die M., ich darf Ihnen den Namen nicht sagen, aber acht Jahre, und sie hat immer noch keine Gerechtigkeit.

Manuela, sagte sie, Fogel hat ihren Namen erwähnt, er hat sie Manu genannt, sie muss eine ganz Nette gewesen sein.

Ich sah, dass ihr Glas leer war und meins auch und winkte Pit.

„Ich spüre den Wein", sagte sie.

„Ich Mister G."

„Mister G.?"

Ich streckte meinen Zeigefinger Richtung Glas. „Glendronach. Whisky. Mister G."

„Aha. Wie viele haben Sie bereits?"

„So viele, dass ichs spüre. Wollen Sie noch einen?"

Sie nickte, und Pit goss ein.

„Danke, Herr Pit."

„Gerne, gnädige Frau."

Ich sagte, „Könnt ihr beiden jetzt mit diesem Scheiß aufhören? Sonst gehe ich."

Ich sah sie mit Pit einen Blick austauschen, sie zuckte mit der Schulter. Pit goss dann auch mir ein, doppelt, und überließ uns uns selbst.

„In Wilkes Unterlagen über Sie kann ich nur Ihren Nachnamen finden und Ihr Geburtsdatum." Sie hob vorsichtig das volle Glas und trank. „Wie heißen Sie mit Vornamen? Und jetzt sagen Sie nicht, Sie haben keinen Vornamen."

Ich blieb still.

„Sie haben Wilke nie Ihren Vornamen verraten? Warum nicht?"

„Warum sollte ich? Wilke war mein Irrenarzt, ich wollte mich nicht mit ihm anfreunden. Was hat er Ihnen über mein Ereignis hinterlassen?"

„Dass es ein Ereignis gab. Sie wurden überfallen und niedergestochen. Zehn Tage Intensivstation, davon vier Tage im Koma. Ein Stich traf die Leber, zwei weitere in die Lunge. Ist Anna Ihre Frau?"

„Sie spüren wirklich den Wein."

„Ist sie Ihre Frau?"

„Meine Frau." Ich drehte das Glas in meinen Händen und dachte an Annas Nachricht. Wie ich dazu stehen würde, wenn sie heiraten würde, hatte sie gefragt, ihr neuer Freund und sie, das würde einfach passen. *Was meinst du, Paps, soll ich es wagen? Melde dich bitte ganz schnell.* Sie hatte auf meine Mailbox gesprochen ziemlich genau zu der Zeit, als ich mir vor Frau Jungs Haus die Seele aus dem Leib kotzte und meinem Herz beim Nicht-Schlagen zuhörte. „Nein, Anna ist nicht meine Frau."

„Erzählen Sie mir von Ihrer Frau."

„Warum."

„Nur so. Über irgendetwas müssen wir ja reden."

„Erzählen Sie mir erst einmal, wie Sie früher hießen, also ganz früher, Fritz oder Sonnemacher, und warum ich Sie nicht bei Ihrem Namen nennen soll."

164

Es dauerte einen Schluck, während dem sie wohl überlegte, ob und was sie mir erzählen wollte, dann nahm sie noch einen Schluck und erzählte von ihrem zukünftigen Ex-Mann Hein Sonnemacher, ein Zahnarzt aus Österreich, Ö-Reich würde er immer sagen, was ihr unheimlich auf den Nerv ginge, und auch sonst würde er ihr auf den Nerv gehen: Nein, Schatz, beim besten Willen höre ich mir − jetzt veränderte sie ihre Stimme und sprach tiefer und schnell, ähnlich so schnodderig wie ich mal den Lagerfeld im Fernsehen gehört hatte, diesen toten Modeheini, so sagte sie jetzt auch, also nicht Modeheini sondern Mein Ex schnoddert immer wie der Karl Lagerfeld − Nein, Schatz, beim besten Willen höre ich mir kein Rockkonzert mehr an, keines mehr, keines, lass uns aber mal wieder in die Oper gehen, was meinst du; Nein, Schatz, ich fliege nicht mal einfach so übers Wochenende nach London, ich will nicht einmal im Leben verrückt sein, was soll ich da, was soll ich denn da, und dann die Umwelt, denke doch mal an die Umwelt, das geht ja wirklich *gar* nicht. Irgendwie fand sie ihn ja mal sexy und lustig, sagte sie, aber beides hätte er im Laufe der Jahre verloren, oder sie wäre − und sie trank einen wirklich großen Schluck − sie wäre, nachdem die Schmetterlinge abgedampft waren, einfach nur wieder zurechnungsfähig geworden, „Denn mal im Ernst", sagte sie, „sexy, lustig und Zahnarzt, welches Wort in dieser Reihe passt nicht zu den beiden anderen?"

Ich nickte.

„Jetzt Sie, Schick."

Ich, anders als sie, musste mir keinen Mut antrinken, weil der innere Abstand zu meiner Frau, meiner Ehe und diesem gesamten Teil meiner Vergangenheit so groß war wie die Entfernung zwischen Erde und Mond, unendliche Weiten eben, also erzählte ich drauflos, von meinem Rausschmiss und ihren verweigerten Kochkünsten und dass sie immer *runterkommen* wollte, runter wovon wusste ich bis heute nicht, und dass sie meiner Tochter den Namen Penelope gegeben hatte, vielleicht aus Rache, weil ihre eigenen Eltern sie Philippa getauft hatten, dass sie meine Arbeit nicht akzeptierte, und ich erzählte von ihrer Galerie und den jungen Künstlern, die sie stets über den grünen Klee lobte, während ein Polizist wie ich ja nichts zuwege brachte, und Eva grätschte dazwischen mit der zu erwartenden Frage: „Warum haben Sie dann Philippa geheiratet, wenn nicht wegen ihres anmutigen Namens?"

Eigentlich sollte jemand nach Jahren der Ehe auf die Frage nach dem Warum vorbereitet sein und eine Handvoll glaubwürdige Antworten parat haben, so wie sie von ihrem Ex, dem Zahnarzt, schließlich fand sie ihn ja mal sexy und lustig und hatte Schmetterlinge im Bauch.

Ich aber hatte nie Schmetterlinge im Bauch gehabt. Und hatte keine Antworten parat.

Ich überlegte. Nein, nicht eine einzige.

Ich zuckte mit den Schultern.

„Sie können mir nicht *einen Grund*-"

„Doch, warten Sie, warten Sie. Meine Frau hat bei unserem ersten Treffen ... Sie hat etwas von meinen Augen gesagt. Gesungen. Dieses Lied, wie geht das noch? Deine blauen Augen, ja, also: Deine blauen Augen machen mich so sentimental, so blaue Augen ... Erinnern Sie sich? Neue Deutsche Welle."

„*Das* hat Ihnen gefallen?"

„So blaue Augen, wenn du mich so anschaust, wird mich alles andre egal, total egal." Ich sagte, „Ich war betrunken. So wie jetzt. Und es war eine dunkle Kneipe, so wie hier. Und sie hatte eine tolle, raue Stimme."

„Sie ... stehen auf raue Stimmen bei Frauen?"

Warum hatte sie plötzlich so einen Blick?

„Wenn ich betrunken bin anscheinend ja. Hat sich später aber herausgestellt, sie war erkältet und davon heiser."

Sie lachte, aber ich lachte nicht mit.

Dieses Mal fragte ich nicht, sondern ich winkte einfach, und Pit schenkte uns beiden nach. Und wieder gings los, Vielen Dank, Herr Pit – Gerne, gnädige Frau.

In der Hosentasche spürte ich mein Telefon vibrieren. Vermutlich Anna wieder. Aber ich war jetzt nicht in der ausgeglichenen, ruhigen Verfassung die es brauchte, wenn ein Vater seiner Tochter eine Enttäuschung beibringen musste, und ließ ihren Anruf auf die Mailbox laufen.

Wir prosteten uns zu, und ich trank aus.

„Wenn der Arzt zu Ihnen sagt, Sie haben noch fünf Minuten zu leben, Schick, was tun Sie dann?"

Ich sagte, „Wo kommt das denn jetzt her?"

„Antworten Sie, Schick, ohne nachzudenken. Fünf Minuten, was tun Sie?"

„Ich lege Cash ein, seine Version von *Hurt*." Obwohl ich betrunken genug war, widerstand ich auch jetzt der Versuchung zu singen oder auch nur zu summen, aber sagte, „What have I become, my sweetest friend, every one I know goes away in the end. Ich bin tot, bevor es zu Ende ist. Fühlen Sie sich eingeladen." Ich legte einen Fünfziger unter mein Glas und warf meine Jacke über und ging hinaus, zurück in die Kälte.

Sie versuchte nicht, mich aufzuhalten.

Ich stieg und halb zog mich am Geländer die knarrenden Stufen meiner Pension hoch zu meiner Dachstube, die mir so altmodisch vorkam wie das Wort, das ich für sie benutzte, *Stube*, und die ich gerade deshalb mochte. Meine Pension war ein Haus von 1881, wie ich jeden Tag im Sandstein neben der Eingangstür las, und wenn ich nachts in meinem Bett wach lag, fragte ich mich manchmal, wie es wohl gewesen sein muss im Trier des Kaiserreiches, ob es für Polizisten auch die Endstation war oder das Loch oder aber ob es an Gerechtigkeit fehlte. Meist aber fragte ich mich, was heute wäre, wenn ich die zwei Minuten nicht erlebt hätte, wenn ich damals in der Tiefgarage aufmerksamer gewesen wäre und nicht über das zuvor Gesehene nachgedacht hätte. Und damit meine ich jetzt nicht den Film, nicht Vom Winde verweht, sondern ich spreche von meiner Frau zusammen mit einem ihrer jungen, aufstrebenden Künstler in dem kleinen Hinterzimmer ihrer Galerie auf der Couch, die sie angeblich nur dort stehen hatte, um sich gelegentlich auszuruhen, und auf meine Frage, was das denn für ein Kunstwerk werden soll, ihre fast beleidigte Antwort, dass sie dem Künstler doch nur etwas Selbstvertrauen geben wollte für seine Arbeit, und was gibt es da Besseres als Liebe?

Dann hatte sie noch gefragt, ob ich ihr Telefon mitgebracht hätte, sie hätte es zuhause vergessen.

Mir fiel Anna und ihr zweiter Anruf ein und ich hörte die Nachricht ab, aber es war nicht Anna gewesen, sondern die Melchisedech; Weber wäre nirgendwo gemeldet, auch nicht in einem Gefängnis, was das wohl zu bedeuten hätte.

Ich sank in den alten Sessel unter der Gaube und schloss die Augen.

Es war nach Mitternacht, aber ich vermutete, dass KHK Nehbert auch lieber plaudern als schlafen würde, also rief ich sie an, und richtig, sie war wach und wollte plaudern.

„Natürlich hab ich ihn das gefragt, Schick."

Ich hörte sie inhalieren und husten und den Rauch ausblasen.

„Sie hören sich nicht so gut an."

„Was, haben Sie Medizin studiert, seit ich Sie zuletzt gesehen habe? Lassen Sie meine Gesundheit mal meine Sache sein, Schick. Wo waren wir?"

„Fundort von Manuela."

„Richtig. Wie gesagt, ich hab ihn das natürlich gefragt, Herr Doktor Tveit, woher wussten Sie, wohin Sie fahren mussten. Er hat gesagt, nicht der Waldweg, sondern am Waldrand, so hätte die Frau Jung gesagt, Waldrand, und das hätte ihm gereicht. Er würde den Weg kennen, also den Pfad am Waldrand kennen, er läuft ab und an dort, also ..."

„Sie haben ihm das abgenommen?"

„Blieb mir nichts anderes übrig, oder?"

„Er läuft ab und an. Damit meinte Tveit joggen?"

„Ja. Und die andere Sache auch, seine Tasche. Ich hab ihn gefragt, wieso er seine Tasche nicht bei sich hatte. Er hätte sie umgepackt und sie stand in der Praxis. Aber im Auto hatte er, so hat er später zu mir gesagt, als ich nach

Wochen noch einmal bei ihm war, er hätte im Auto eine Notfalltasche gehabt, allerdings im Kofferraum. Er wollte jedoch zuerst zu der hilflosen Person gehen, so hat er die Manu immer noch genannt, die hilflose Person. Also wäre er ausgestiegen und hin, und als er gesehen hat, da war nichts mehr zu machen, brauchte er die Tasche ja nicht mehr."

„Hm."

„Ja, hm. War schon ungewöhnlich, aber nicht so ungewöhnlich, dass ich misstrauisch geworden wäre. Es könnte schließlich so gewesen sein."

„Und die Totenflecken?"

„Die Totenflecken?"

„Die ersten Totenflecken treten fünfzehn Minuten post mortem auf. Er hätte sie sehen müssen. Er ist Arzt."

„Und?"

„Unsere Zeugin, die Frau Jung, sie hat erzählt, wie ausführlich Tveit die *hilflose Person* untersucht hat. Hier angefasst, da angefasst, mehrfach, er hat sie sogar umgedreht. Als Arzt hätte er die Totenflecken sehen müssen, er hätte dann den Puls gefühlt, Pupillen geguckt, und alles zusammengenommen hätte ihm als Beweis gedient, die *hilflose Person* wird für immer hilflos bleiben. Denn sie ist mausetot."

„Worauf wollen Sie hinaus, Schick?"

„Es wäre nicht notwendig gewesen, sie so genau zu untersuchen. Mehrfach. Sie überall anzufassen und sie sogar umzudrehen. Sie hatte einen Schraubenzieher in der Brust stecken und ein Kabel um den Hals, niemand geht da noch von einem natürlichen Tod aus. Bestimmt kein Arzt. Im Gegenteil, jeder Arzt hält die Finger still, um den Leichnam nicht zu kontaminieren."

„Unser Medizinmann hat die Manu untersucht, als wir ankamen, einundzwanzig Minuten nach dem Anruf von der Frau Jung. Als wir eintrafen, haben wir Totenflecken gesehen. Die Zeichen waren schon deutlich, aber nicht so deutlich." Sie inhalierte wieder, dieses Mal ohne zu husten. „Vielleicht habe ich mir deshalb keine weiteren Gedanken über die Vorgehensweise von Tveit gemacht. Aber so, wie Sie das jetzt darstellen ..." Sie blies aus und war still, bis sie sagte, „Sie haben ihn also in Verdacht, den guten Doktor Tveit?"

„Ich bin mir nicht sicher."

„Oder können Sie ihn nur nicht leiden?"

„Da bin ich mir sicher."

Ich hörte sie lachen.

„Ich mochte ihn auch nicht. Aalglatter Typ und arrogant. Aber deshalb ist er noch kein Mörder."

„Nein, deshalb nicht."

„Die Leute in Pech mögen ihn. Sie sagen, er ist ein guter Arzt."

„Na ja, ich kannte mal einen Anwalt, von dem haben seine Mandanten gesagt, er wäre immer für sie da gewesen, am Wochenende, an Feiertagen, immer zu erreichen, bei jedem Problem, und er hätte immer eine Lösung gehabt. Niemand von ihnen konnte glauben, dass ihr Anwalt, wenn er sich mal nicht für seine Mandanten engagierte, in einem getunten einundsiebziger Opel Admiral mit gestohlenen Kennzeichen durch die Nacht raste und Motorradfahrer von der Straße drängte. Innerhalb von zwei Jahren hatte er auf diese Weise neun Menschen getötet."

„Warum hat er das getan?"

„Keine Ahnung. Er hat nie eine Aussage gemacht. Still und stumm ist er in den Knast gegangen. Schon lange her, ich muss mal überprüfen, ob er mittlerweile wieder draußen ist. Oder ich überprüfe, ob wieder Motorradfahrer nachts von der Straße gedrängt werden."

„Okay, Sie haben Recht, jeder ist zu allem fähig, das zeigt unsere Lebenserfahrung. Nein, nicht unbedingt zu allem *fähig*, manchmal fehlt es an den notwendigen Fähigkeiten, aber doch grundsätzlich zu allem in der *Lage*. Frage aber ist", sagte sie, „wie wollen Sie ihm auf die Schliche kommen."

„Folge dem Motiv", sagte ich.

„Niemand hatte ein Motiv, Schick, wir haben alles abgesucht."

„Einer hatte", sagte ich.

Ich hörte sie ausatmen.

Ich stellte mir vor, wie sie auf ihrer grünen Couch saß, eine Zigarette bereits auf dem Stoff ausgedrückt, die nächste angezündet, tief inhalierend. Die Perücke auf dem Kopf verrutscht oder vielleicht ohne Perücke, weil sie alleine war und mittlerweile auf ihr Aussehen pfiff, und die Luft zum Schneiden dick und im Gesicht die Schmerzen. *Ich möchte lachen. Leben. Noch ein bisschen wenigstens.*

Sie sagte, „Dann müsste es eine Verbindung zwischen dem Täter und der Manu geben. Wir haben nach Verbindungen gesucht. Es gab keine."

Ich konnte nicht mehr für sie tun, als ich gerade für sie tat. Sie teilhaben lassen. Ihr Fragen stellen und ihr zeigen, Du wirst noch gebraucht.

Ich sagte, „Sie haben nicht nach einer Verbindung zum Doktor gesucht?"

„Hey, Schick, Schick, das ist ja beinahe beleidigend."

„Okay. Sie haben also gesucht, aber nichts gefunden. Andere Frage: Der Name Günter Weber, sagt Ihnen der was?"

Eine Weile war Stille. „Nein. Wer ist das?"

„Hat zehn Jahre gesessen. Andernach. Ist ein paar Tage vor Manus Tod rausgekommen und hat in Pech einen Job gefunden."

Sie sagte, „Das ist das erste Mal, dass Sie sie *Manu* nennen."

„Ja."

Sie sagte, „Weshalb saß dieser Weber?"

Ich erzählte, was wir von Günter Weber wussten und erwähnte, dass er seit Manus Todestag nirgendwo aufzufinden war.

„Sie glauben, Weber hat Manu getötet?"

„Glauben Sie es?"

Sie sagte, „Nein."

„Ich auch nicht. Aber ich glaube auch nicht an Zufälle."

Wir sprachen noch eine Weile über Manu, kamen dann auf unsere Arbeit, sie erzählte von besonderen Fällen, auch die hätte es gegeben in Trier, ich erzählte auch ein wenig, und immer wieder kamen wir auf den Tod, der Tod, der Leute wie uns ein Leben lang begleitet.

„Glauben Sie, Schick, wir werden Polizisten, weil wir uns dem Tode nahe fühlen?"

„Weiß nicht. Vielleicht manche."

„Aber nicht Sie?"

„Nein, ich nicht. Ich fühle mich den Lebenden näher als den Toten."

„Ich nicht", sagte sie. „Nicht mehr."

Ich schwieg.

„Beim Sterben ist jeder allein, Schick, und das ist auch nicht schlimm. Wirklich nicht. Glauben Sie mir."

„Ich glaube Ihnen."

„Ich erzähle Ihnen was. Wir hatten früher einen Hund, mein Mann und ich, ein Schäferhund-Irgendwas-Mischling, braun, zottelig, Schlappohren. Als es bei ihm soweit war, wissen Sie, was er gemacht hat? Wir haben im Wohnzimmer gesessen, er hat an meinen Füßen gelegen wie immer, dann hat er sich aufgerappelt, er konnte kaum mehr laufen, hat sich aufgerappelt und ist raus in den Flur. Ich hab mir nichts weiter dabei gedacht, ich hab geglaubt, ihm wäre im Wohnzimmer zu warm-"

„Oder er bekam keine Luft mehr."

Sie lachte, leise und ohne Freude. „Oder das. Jedenfalls, als ich später nach ihm guckte, war er tot. Er ist rausgegangen, weil er alleine sterben wollte. Was ich damit sagen will, Schick, alleine sterben ist offensichtlich nicht schlimm. Wenn du ein Hund bist."

Ich lächelte.

„Schlafen Sie gut, Schick."

„Sie auch, Nehbert. Ich hätte Sie gerne als Kollegin gehabt. Wir wären ein gutes Paar gewesen."

Ich lag auf meinem Bett, die Hände hinter dem Kopf verschränkt, ließ meinen Blick die dunklen Holzkassetten an der Decke entlang laufen und lauschte auf mein Herz.

Bumm – bumm – bumm.

Hart schlug es und, wie ich fand, gleichmäßig.

Zwei verdammte Minuten.

Sie und ich zusammen bei der Kripo Trier, Schick, ja, das hätte ich mir auch vorstellen können, aber ich dachte, Sie hassen Trier, hatte die Nehbert am Schluss noch gesagt.

Ich hatte nicht geantwortet.

Hass war ein monströses Wort. Trier hassen? Was ich heute tun würde ohne diese zwei Minuten, wusste ich nicht, aber eines ist sicher, ich wäre nicht nach Trier gekommen. Und ich hätte deswegen auch nie von Manu gehört. Die Ermittlungen zu Manus Tod wären zwischen zwei abgewetzten Aktendeckeln im Schrank eines unfähigen Kripochefs verstaubt und schließlich im Keller von einem noch unfähigeren Menschen mit Glatze in einer Ecke für immer abgelegt worden. Und Manu würde sich bis zum Jüngsten Tag in ihrem Grab wälzen, weil ihr Tod ungesühnt blieb.

Gerechtigkeit, Manu, verdammt.

Durch das Fenster der Gaube guckte ich in den Himmel. Von unten verbreiteten die Straßenlaternen ein trübes Licht. Von oben fielen die Flocken. Es hatte wieder zu schneien begonnen.

Warum redest du mit Manu, du glaubst doch nicht an ein Leben nach dem Tod. Und was faselst du vom Jüngsten Tag, das ist doch Pfaffengeschwätz.

Na gut, dann eben nicht für Manu. Nicht für die Toten. Dann will ich eben Gerechtigkeit für die Lebenden. Die Überlebenden. Aber Gerechtigkeit will ich, verdammt.

Schlimmer, als wach zu liegen, war aber zu schlafen. Im Schlaf kamen die Träume. Von quietschenden Schritten, die ich zu spät höre. Von meiner Ohnmacht, nichts gegen die Kerle auf meinem Rücken tun zu können, gegen die harten Griffe großer Hände auf meinen Beinen, gegen die Stiche in meinen Rücken, mitten ins Leben. Und von mir, der hilflos und mit letzter Kraft unter das Auto kriecht, um sich zu verstecken.

Mir fielen die Augen zu.

Bumm – bumm – bumm.

Zwei verdammte Minuten.

Ich könnte einen Whisky vertragen. Pit, wo bist du, wenn ich dich brauche.

What have I become,
my sweetest friend,
every one I know
goes away in the end.

Hass und Trier, das war kein gutes Paar. Gerechtigkeit und Trier ... Ja, das passte besser. Also: Wäre das Leben voller Ungerechtigkeit ... nein, wäre die *Welt* voller Ungerechtigkeit, Trier wäre ... würde ... Hm, ich muss darüber nachdenken ...

Bumm – bumm – bumm.

Nicht einschlafen, Schick, bloß nicht einschlafen.

16

Am nächsten Vormittag saß die Melchisedech bereits
wieder an ihrem Schreibtisch, als ich hereinkam. Sie hatte aus der Vergangenheit gelernt und verkniff sich eine
Bemerkung. Was ich sehr begrüßte, denn mein Tag war
bislang eher mäßig verlaufen. Als am frühen Morgen
mein Herzschlag nicht mehr ganz so gleichmäßig war wie
noch in der Nacht und ich mich an einen Artikel erinnerte, in dem der Schreiber etwas von *Herzinfarkte passieren
gerne am frühen Morgen* faselte, war ich nämlich meinem
noch leidlich schweren Kopf gefolgt und zur Untersuchung ins Krankenhaus geschlichen, wo ich mir, mit Ka-
beln an piepsende Geräte gefesselt, einige Begriffe um
die Ohren schlagen lassen musste. *Dyspnoe* und *Angina
Pectoris* waren die, die mir noch am lustigsten vorkamen.
Die anderen hatte ich vergessen, sobald sie aus dem roten Schmollmund geflogen kamen.
 Und rot und schmollig war der Mund. Meine Ärztin.
Kurze, dunkle Haare, schneeweißer Kittel, dazu besagter
roter Schmollmund mit einem Lächeln zum Dahinschmelzen. Wenn ich ein Typ zum Dahinschmelzen wäre,
was ich nicht bin. Trotzdem. Mein Puls war hoch, hun-
dertzehn, obwohl ich ruhig auf der Pritsche lag. Aber sie
war eben eine äußerst attraktive Ärztin. Und über vierzig. Jedoch, mir war der goldene Reif an ihrer schmalen
rechten Hand aufgefallen, verheiratet. Eine ziemliche
Enttäuschung für mich, die sich aber wenigstens nicht in
einem weiteren Herzstolpern niederschlug, leider aber
auch meinen Ruhepuls nicht signifikant beruhigte. Meines Bleibens war es dann allerdings nicht länger, was
soll ich mit einer verheirateten Frau anfangen, und so
bestand ich darauf, das Krankenhaus wieder zu verlassen, und zwar auf der Stelle. Was meiner Traumärztin
das Lächeln aus dem Gesicht vertrieb. Sie gab mir dann
das, was gemeinhin eine Standpauke genannt wird und

benutzte dabei wieder viele lustige Wörter, dazu den Begriff Restalkohol, der mir gar nichts sagte, und wies mich mehrfach auf meinen krankhaft erhöhten Ruhepuls hin. Als sie schließlich die Wirkungslosigkeit ihrer Standpauke einsah – ich bin eben ein harter Hund – drückte sie mir etwas in die Hand mit den Worten, Dann machen Sie doch, was Sie wollen, Sie sturer Bock, und rauschte hinaus.

Das Etwas war leider nicht ihre Telefonnummer, sondern ein Nitrospray, das sich nun in meiner Hosentasche befand.

„Bist du schon aufnahmebereit, Schick, oder soll ich erst Kaffee machen?"

„Nein, wir können loslegen. Was liegt – *Kaffee* machen?"

Sie schob ihren Stuhl nach hinten und nickte unter den Tisch. Ich hielt mich an meinem Stuhl fest und guckte. Unter dem Tisch stand eine pinkfarbene Plastikkiste und darauf eine kleine, billige, pinkfarbene Plastikkaffeemaschine.

„Hab ich mitgebracht. Plus Filter. Plus Kaffee. Plus Becher."

Sie nickte auf unsere Schreibtische, wo zwei Becher standen. Einer auf ihrem Schreibtisch, einer auf meinem. Beide Becher waren pink wie die Kaffeemaschine und die Kiste.

„Gibt es nicht die Regelung, keine privaten Elektrogeräte in den Büros?"

„Gibt es. Deshalb steht das Ding auch unter dem Tisch. Wir machen uns Kaffee, wann immer wir wollen. Sollte jemand hereinkommen, sieht er nichts. Ist der Kaffee fertig, packen wir die Maschine, die aus diesem Grunde so klein ist, in den Schreibtisch. Das untere Schubfach ist gerade so groß, dass die Maschine reinpasst, ich habs ausprobiert."

Ich hielt es an dieser Stelle für nicht produktiv darauf hinzuweisen, dass die Kaffeemaschine zu verstecken nichts nutzte, da der frischgebrühte Kaffee doch in jedem Fall zu riechen wäre, und sagte nur, „Warum in Pink?"

„Ich hab das alles heute Morgen in einem Euroladen gekauft, die hatten nicht viel Auswahl. Beschwerst du dich jetzt etwa noch über die Farbe?"

„Nur eine Erwähnung, keine Beschwerde."

„Gut. Also, Käffchen?"

Ich grinste. „Gleich. Erst, was liegt an?"

Sie sagte, „Ich hab gestern noch Nachricht über Weber erhalten, ich hab dir auf deine Mailbox gesprochen." Sie guckte, ich nickte. „Meine Anfragen ..." Sie tippte etwas auf ihrer Tastatur, tippte nochmal und schob die Tastatur mit einem Ruck von sich weg. „Blöde Kiste, ich finde hier nie was. Der hat lauter private Sachen auf seinem Dienstcomputer, dieser Idiot. Müllt alles voll damit."

„Glatze?"

„Und ich kann gucken, wo ich meine Sachen unterkriege und dann wiederfinde. Ja, Glatze. Alles voll mit Spielen, Kuchenrezepte – backt der etwa? Prospekte über Kreuzfahrten, Informationen über *Kranken*häuser, was zur Hölle-"

„Krankenhäuser?"

Sie nickte, „Ja, Krankenhäuser. Berlin, in der Schweiz, irgendwo in Nordeuropa noch", und schüttelte den Kopf. „Ich hab schon Bescheid gegeben, dass ich meinen alten PC zurückhaben will, einfach tauschen, hab ich gedacht, keine große Geschichte. Aber nein, als ob so eine einfache Sache hier in diesem Laden so einfach wäre." Sie kratzte sich mit allen zehn Fingern wild den Kopf, eine Geste, die ich von ihr noch nicht gesehen hatte. „Jedenfalls", sagte sie dann, „ich weiß, Weber interessiert uns nicht mehr, trotzdem. Der ist nirgendwo gemeldet. Ist doch komisch, oder? Weder zivil in einer Wohnung, noch in einem Gefängnis."

„Vielleicht ist er im Ausland", sagte ich und ließ mich auf meinen Stuhl hinab.

Ich guckte, sah aber keine blöden Papiere auf meinem Schreibtisch. Ich rutschte in meinem Stuhl, aber meinem Rücken gings auch nicht so schlecht. Dazu, Halleluja!, eine Kaffeemaschine, wenn auch klein, pink und hässlich. Also, nach dem bescheidenen Start mit Angina Pectoris und dem Ehering am Finger meiner Traumärztin ging der Tag ziemlich gut weiter.

„Und wenn er im Ausland ist", sagte ich, „dann dauerts lange, bis wir ihn finden. Wenn überhaupt."

Melchisedech nickte. „Ja, vielleicht ist er im Ausland. Aber es wäre das erste Mal, zumindest nach den Unterlagen über ihn. Denn danach war er noch nie im Ausland. Es gibt auch keine Anhaltspunkte, dass er Verwandte oder Bekannte im Ausland hat."

„Hm."

„Sag mal ...." Sie zögerte, faltete die Hände auf dem Schreibtisch zusammen und sah mich an, dass ich bereits befürchtete, sie wollte gemeinsam mit mir ein Gebet sprechen. „Was hältst du davon ... Also, was ich fragen will, sollen wir uns wieder ... ich meine, siezen? Ich meine, das war gestern ja eine besondere Situation, als Sie plötzlich Du gesagt hast ... haben. Ihnen gings nicht so gut. Ich meine, dir. Vielleicht bereust du es ja schon wieder. Ich möchte nicht, dass du es bereust. Sie."

Der Tag wurde immer besser.

Ich sagte, „Nun ja, wenn Sie wollen. Wenn Sie sich damit wohler fühlen, also ... Ich möchte auch nicht, dass Sie es bereuen. Und keinesfalls, dass Sie sich bedrängt fühlen, weil ich ja de facto Ihr Vorgesetzter bin. Nicht, dass Sie irgendwann ... Me too und so."

„Sicher nicht, ich bin nur ... ja, ein Freund des gepflegten *Sie*."

Ich versuchte, nicht zu schreien vor Glück. „Ich auch."

„Schön." Sie schlug die Hände ineinander. „Geht es Ihnen heute denn wieder besser? Also, Sie sehen auf jeden Fall besser aus."

Ich sah *besser* aus?

„Ja, klar, alles okay." Ich sagte, „Weber. Es *ist* seltsam, dass der verschwunden ist. Nach wie vor halte ich ihn nicht für den Täter, aber, wie gesagt, er könnte Zeuge sein. Wir müssen definitiv mit seinem damaligen Chef sprechen. Und mit jemandem aus der Pension auch, wo er damals untergekommen ist."

178

„Hab ich bereits gemacht, vorhin, und das war auch sehr seltsam. Eine ältere Dame, ihr gehört die Pension, in der Weber damals untergekommen ist, in Wittlich? Sie konnte sich noch gut an Weber erinnern, weil der, und jetzt kommts, einfach so verschwunden ist damals."

„Wie, einfach so verschwunden?"

„Er hätte ein paar Wochen bei ihr gewohnt, ein völlig unauffälliger, freundlicher Herr."

„Sie wusste nichts von der jungen Frau, die er totgeschlagen hat, nur weil sie den unauffälligen, freundlichen Herrn nicht blasen wollte."

„Ja ... vermutlich nicht. Also, dann wäre er eines Morgens zur Haustür raus, sie bekam das immer mit, sie war früher auf als ihre Gäste, so sagt sie, er wäre zur Haustür raus, Tschüss Gertrud, und kam nicht mehr zurück. Sie hat damals gedacht, na ja, hat er was Besseres gefunden. Besseren Job, bessere Wohnung."

„Sie hat nicht die Kollegen informiert?"

„Nein, hat sie nicht. Er hätte die Miete im Voraus bezahlt, wie abgemacht, und was er zurückließ, das war nur abgetragene Kleidung, nichts von Wert. Sie hätte die Sachen zusammengeschnürt und ein paar Jahre aufbewahrt und dann weggeworfen."

Ich sagte, „Wusste Gertrud noch, an welchem Tag Weber verschwunden ist?"

Melchisedech atmete schwer aus, „Hab ich vergessen", und griff zum Telefon.

Sie sprach mit Gertrud, ich hörte zu, und sie stellte die Frage. Melchisedech hielt dann die Muschel zu, „Sie muss nachsehen", und sagte dann, „Ja, ich bin noch da ... Tatsächlich? Sind Sie sicher? ... Aufgeschrieben, wie aufgeschrieben? ... Aha ... Aha ... Danke ... Ja, vielen Dank."

Melchisedech legte auf und nickte mir zu.

Ich sagte, „Weber ist an demselben Tag verschwunden, an dem Manu starb."

„Ja. Gertrud ist sicher. Sie hat ihr ganzes Leben lang Buch über ihre Gäste geführt. Ankunft, Abreise, und wenn das Verhalten schlecht war, dann auch das. Damit sie nicht zweimal auf denselben reinfiel. War bei Weber nicht der Fall, nur Ankunft und Abreise. Beziehungsweise sein letzter Tag in der Pension."

„Gott segne Gertrud und ihre Buchführung."

Sie sagte, „Haben Sie sich bei Weber geirrt, Schick?"

Ich sah sie an und antwortete nicht.

„Wir müssen ihn suchen."

„Ja", sagte ich. „Sie finden heraus, wer damals sein Arbeitgeber war. Dann müssen wir Weber zur Fahndung ausschreiben, in Deutschland und europaweit. Zunächst als Zeugen. Das mache ich."

Es dauerte nicht lange, bis ich mich eingeloggt und die entsprechenden Formulare ausgefüllt und abgeschickt hatte. Viel versprach ich mir nicht davon. Die Kollegen in Deutschland und Europa würden die Fahndung auf den Tisch bekommen und, klar, nach Günter Weber Ausschau halten, dreiundfünfzig Jahre alt, Foto anbei. Aber wenn Weber ein zurückgezogenes Leben führte, vielleicht einen anderen Namen benutzte und sich hat einen Bart wachsen lassen, dann könnte es Jahre dauern, bis er aufgegriffen würde. Oder nie.

Melchisedech hatte in der Zwischenzeit mehrfach telefoniert, aber mein Eindruck war, erfolglos.

Ich sagte, „Nichts?"

Sie schüttelte den Kopf. „Den Betrieb von damals gibts nicht mehr. Der Seniorchef ist vor vier Jahren in Rente. Er hatte keinen Nachfolger, da hat er wohl seinen Laden einfach dicht gemacht."

„Wo ist er jetzt? Sagen Sie nicht, auf dem Friedhof. Wir brauchen ihn."

„Ich habe beim Einwohnermeldeamt nachgefragt. In Pech oder einer anderen Gemeinde in der VG ist er nicht mehr gemeldet. Bei der Abmeldung hat er angegeben, nach Trier zu ziehen. Da hab ich noch niemanden erreicht, ich versuchs gleich nochmal."

Ich hatte mir Webers Foto ausgedruckt und hielt es in der Hand. Das Foto war achtzehn Jahre alt, aufgenommen, als er in Andernach eingefahren war.

„Weber hat ein Allerweltsgesicht", sagte ich. „Er ist dreiundfünfzig heute und seit dem Foto hier nochmal achtzehn Jahre gealtert. Er dürfte noch weniger Haare haben, und die, die er noch hat, eher grau als dunkelblond. Die Falten auf Wangen und Stirn sind vermutlich auch tiefer, aber ... Dieses Gesicht wird immer noch ein Allerweltsgesicht sein." Ich hielt ihr das Foto hin. „Die Fahndung können wir vergessen."

Sie betrachtete Weber und nickte. „Wie wäre es dann mit Zielfahndung?"

„Zu früh. Und nicht wichtig genug. Weber müsste zumindest dringend tatverdächtig sein. Das ist er nicht. Er ist nicht einmal tatverdächtig ohne dringend."

„Noch nicht."

Ich schwieg.

Ihr Telefon klingelte.

Ich drehte mich zum Fenster, legte die Füße auf die Tischkante und starrte in die verschneite Luft. Genau wie vor vier Tagen, als Heidmann mich von nebenan zu sich rief und mir den Fall Manuela Kaplan und dazu die Melchisedech als Aufpasserin gab. Seitdem hatte ich abgesehen von seinen zwei Anrufversuchen nichts von Bosse gehört und gesehen. Vielleicht war er ja in Pension gegangen. Oder krank. Oder man hatte ihn versetzt. Nach Schleswig-Holstein, oder so. Niedersachsen. Mecklenburg-Vorpommern. Ich stellte mir ihn auf einem Feld vor, gefroren zum Schneemann.

„Hey, Melchisedech?"

Sie legte die Hand über die Muschel. „Was?"

„Wo ist Heidmann? Krank? Tot?"

Sie schüttelte den Kopf und zuckte zugleich mit der Schulter und hörte weiter wem auch immer zu.

Mein Telefon klingelte, das Einwohnermeldeamt mit einer wichtigen Information für Frau Kommissarin Melchisedech, ob sie zu sprechen wäre? Nach kurzem Geplänkel rang sich der Kerl dazu durch, mir die wichtige Information anzuvertrauen, dass Alfons Zenz tatsächlich in Trier gemeldet war. Er nannte mir die Straße, ich notierte und legte auf.

Jetzt flüsterte Melchisedech, „Nein, Babs, geht nicht. Ich muss auch Schluss machen", und legte ebenfalls auf.

Ich sagte, „Ehekrach?"

„Wie? Nein. Ich habe doch schon mehrfach gesagt, Babs ist nur eine Freundin. Lassen Sie das doch endlich mal gehen."

„Meine Güte, Melchisedech." Ich lehnte mich vor. „Sie sind so lesbisch wie Elton John schwul ist. Wobei Sie sich wenigstens keine blöden Brillen anziehen, während Elton John da ja bekanntermaßen-"

Sie war bereits aufgesprungen und knallte die Tür zu und warf sich wieder auf ihren Stuhl. „Gehts noch lauter?"

„Wie?" Ich sah sie an. „Nee, Melchisedech, jetzt sagen Sie bloß, hier im Präsidium weiß das keiner."

„Niemand weiß etwas, weil es nichts zu wissen gibt. Was Sie da machen, Herr Schick, das ist rufschädigend."

„Rufschädigend? Wir leben seit zwanzig Jahren im zwanzigsten Jahrhundert und Sie halten ... Nee, warte, seit zwanzig Jahren im *ein*undzwanzigsten Jahrhundert, so ist richtig. Und Sie halten immer noch hinterm Berg? Wovor haben Sie Angst?"

„Vor blöden Ratschlägen."

„Dass Sie es sich mit ...", ich konzentrierte mich, „IBFBB vermiesen?"

„Mit wem?"

„Ihrem Besten Freund Bosse Heidmann." Ich grinste. „I wie Ihrem, B wie besten-"

„Ich habs kapiert."

„Wo ist Heidmann?"

„Keine Ahnung. Haben Sie doch eben schon gefragt."

„Wann haben Sie ihn denn zuletzt gesehen?"

Sie überlegte. „Ich weiß nicht. Gestern? Vorgestern? Wann waren wir bei Pit?"

„Vorgestern."

„Dann hat er gestern Morgen angerufen, als ich ihm aufgelegt hab. Das war das letzte Mal, seitdem hab ich nichts von ihm gehört. Was wollen Sie mit ihm?"

„Wissen, wo er ist. Was er macht. Ich möchte immer wissen, was meine Feinde tun."

„Heidmann ist nicht Ihr Feind, er ist nur ein Arschloch."

„Ein Arschloch *und* mein Feind."

„Ich bin bitte *was*?"

Die Tür war aufgestoßen worden.

„Was haben Sie da gerade gesagt?"

Heidmann.

Er stand da, eine Hand an der Klinke, Wampe vorgeschoben und rot im Gesicht. Sehr rot im Gesicht. Was ich sogar noch verstand. Es interessierte mich nicht weiter, aber ich verstand es.

Da ich der Ältere war und ich für Melchisedech nach meinem Anfall im Auto und ihrer fürsorglichen Hilfeleistung, die mir aufrichtig und ehrlich vorgekommen war, so etwas wie eine Mentorenhaltung zu entwickeln begann, versuchte ich, Heidmanns Ärger auf mich zu lenken.

„Sie sollten nicht lauschen, Heidmann. Sie kennen doch das Sprichwort, Der Lauscher an der Wand und so weiter."

„Ich habe nicht an der Wand gelauscht. Ich habe *vor* der Tür gestanden und wollte gerade hereinkommen. Und ich bin der Chef hier, ich gehe in jedes Büro jedes meiner Leute wann immer ich das verdammt nochmal will." Jetzt lächelte er. „Sie haben sich gerade einen Eintrag in Ihre Personalakte verdient, Schick. Und Sie ebenfalls, Melchisedech. Damit dürfte Ihr Traum von der Staatsanwältin ausgeträumt sein. Herzlichen Glückwunsch."

Heidmann wollte gehen.

„Nein, Heidmann, das werden Sie nicht tun."

Er drehte sich wieder um.

„Bitte?"

„Sie haben mich gehört, Heidmann."

„Und ...", er verschränkte die Arme auf seinem Bauch, „warum werde ich das nicht tun? Jetzt bin ich wirklich sehr gespannt, Schick."

„Sie können niemandem einen Eintrag in die Personalakte geben, nur weil der die Wahrheit sagt."

Heidmann lief schon wieder rot an.

Sehr schön.

„Und die Wahrheit ist, Heidmann, Sie haben versucht, mich reinzulegen. Ein Chef, der einen Mitarbeiter reinlegen will. Einen verdienten Mitarbeiter des LKA. Was glauben Sie wohl, wie das im LKA ankommt? Und im Ministerium? Sie wissen, der Innenminister will mich ständig auszeichnen. Wir sind mittlerweile per Du und gehen zusammen in die Sauna."

„Ich Sie hereinlegen? Das ist völliger Unfug, Schick, und jeder weiß das."

Ich bewegte meinen Zeigefinger hin und her. „Nein, nein, nein, Heidmann, ich habe dafür einen Zeugen. Um etwas beweisen zu können, braucht man immer einen Zeugen. Wir haben ja bereits darüber gesprochen."

„Einen Zeugen? Sie meinen Frau Melchisedech?" Er lachte, kurz und mit erhobenem Kopf. „Egal, was Frau Melchisedech aussagt, jeder wird es als Rache für den Eintrag sehen, den sie jetzt bekommen wird. Schöne Zeugin."

Er war fertig, aber er ging nicht. Er guckte mich an, grinste weiter, die Hand immer noch auf der Türklinke. Aber er ging nicht.

Heidmann wollte also wissen, ob ich noch etwas anderes zu sagen hatte.

Hatte ich. Wenn auch nichts weiter als einen großen Bluff.

Ich stand auf und trat zu ihm hin. „Hören Sie auf zu grinsen, Heidmann. Denn Sie haben nichts zu grinsen. Seit Sie mir die Melchisedech aufgedrückt haben, habe ich bei Gesprächen mit ihr, bei *jedem* Gespräch mit ihr, mein Telefon" – ich zog mein Telefon aus der Hosentasche, sah, dass es nicht mein Telefon war sondern das Nitrospray, steckte es schnell weg und griff in die andere Hosentasche und zog dann doch mein Telefon hervor – „mein Telefon mitlaufen lassen. Die App Sprachmemo. Kennen Sie? Ja, die Melchisedech würde natürlich nie gegen Sie aussagen, aber sie hat mir erzählt, Sie haben sie dazu angestiftet, Ihnen jeden meiner Schritte zu melden. Jede Einzelheit meiner Ermittlungen. Mir ist klar, dass sie das dementieren würde, aber sie musste mir das erzählen, um mein Vertrauen zu gewinnen. Und ich habe es aufgenommen."

„Das war illegal."

Ich schüttelte den Kopf. „Das war Zufall. Ich habe immer an meinem Telefon herumgespielt, wenn wir gesprochen haben. Sie hat das Telefon gesehen. Und ich würde Frau Melchisedech zwingen, gegen Sie auszusagen, Heidmann. Zwingen. Unter Eid. Vor Gericht." Ich grinste. „Und ich werde den Innenminister zu der Verhandlung einladen. Dann werden wir sehen, was passiert."

Heidmann war rot. Sehr rot. Nicht nur Gesicht, auch Hals und Ohren. Und er schwitzte und sein Atem ging schwer und röchelnd.

„Ab sofort will ich Berichte", mit Fistelstimme schon wieder. „Über den Fortgang der Ermittlungen. Jeden Tag." Dann drehte er sich um und verschwand hinaus. Die Tür ließ er offen.

Ich setzte mich wieder.

Der Tag hatte sich verdammt gut entwickelt.

Melchisedech flüsterte. „Danke, Schick."

Ich nickte.

„Wir müssen uns den Tveit noch einmal vornehmen."

„Den Doktor? Warum?"

Ich zögerte. „Die Tasche, warum er sie nicht dabei hatte, und den Pfad, warum er dahin gefahren ist. Die Nehbert ist uns da voraus. Sie hat ihn beides gefragt, und er hat beides erklärt. Einigermaßen nachvollziehbar."

„Aber das reicht Ihnen nicht."

„Nur ein Bauchgefühl. Er hat Fotos von sich an der Wand hängen. In seiner Praxis. Im Ausland, für Ärzte ohne Grenzen, vor einem Krankenhaus, von dem er sagt, es sei in der Schweiz. Als ich nachfrage, antwortet er knapp. Jemand wie er, so eitel, dass er Fotos von sich in

Arztkittel an die Wand hängt, hätte die Gelegenheit genutzt und mit seiner Karriere angegeben. Oberarzt in der
besten Klinik der Schweiz oder was auch immer. Ein
Foto mit kleinen Kindern auf den Philippinen. Er opfert
jedes Jahr zwei Wochen für Ärzte ohne Grenzen, erzählt
aber nicht, wo er hinfliegt und was er tut." Ich schüttelte
den Kopf. „Bei dem passen Dinge nicht zusammen. Aber
jetzt erst mal", ich hob den Zettel mit der Adresse von
Malermeister im Ruhestand Alfons Zenz hoch, „müssen
wir dahin."

„Kein Kaffee vorher aus unserer neuen pinkfarbenen
Maschine?"

„Später."

Die Straßen waren vom Schnee der Nacht wieder freige-
räumt, der Himmel war blau, und ich war guter Laune.
Kurzatmig und der Puls zu hoch, aber guter Laune. Die
Melchisedech auch. Also, nicht kurzatmig und von ihrem
Puls hatte ich keine Ahnung, aber guter Laune.

Ich drückte aufs Gaspedal, und bald hielten wir vor
einem mittelmäßig gepflegten Mietshaus in einem Stadtteil, in dem ich seit meiner Jugend nicht mehr gewesen
war. Ich erinnerte mich an diese Straßen und erinnerte
mich, dass wir auf einem Bolzplatz um die Ecke früher
Fußball spielten. Ein paar meiner Kumpels, ein paar
andere, die wir nicht kannten. Ich erinnerte mich an einen heißen Sommer, wir waren verschwitzt und durstig
und präsentierten uns gegenseitig stolz unsere vom Fallen auf den Aschenboden blutig zerkratzten Beine. Keine
Sorgen in der Welt.

Seltsam. Wenn ich in den vergangenen Jahren an
Trier gedacht hatte, dann sicher nicht an solche Nach-
mittage.

Ich hatte Zenz angerufen und ihm erklärt, um was es
ginge und ihn gefragt, ob er jetzt Zeit hätte.

Er hatte Zeit.

Da Melchisedech sich bereits bewährt hatte, überließ
ich ihr Zenz.

186

„Gehen Sie hoch zu ihm, ich gehe eine Runde um den Block."

Ich schlenderte die Straßen von früher entlang und kam an dem Platz vorbei, wo wir damals Fußball spielten. Ich hatte es nicht unbedingt erwartet, aber der Bolzplatz war immer noch da. Zugeschneit und daher verwaist, aber die Tore standen noch, der meterhohe Zaun, der die Bälle abfing, damit sie nicht auf die Straßen flogen, alles noch da. Sobald der Schnee wieder weg wäre, würden die Bälle wieder rollen, auch Internet und Computerspiele konnten daran nichts ändern.

Ich ging zurück und setzte mich wieder hinters Lenkrad. Es dauerte länger als erwartet, bis sie zurück war. Sie sah aufgewühlt aus.

Ich sagte, „Und?"

„Ja."

Aber sie sprach nicht weiter.

„Melchisedech ... Zenz, was sagt er?"

„Ja, Zenz. Schick, bevor ich Ihnen von Zenz erzähle ... Als ich oben bei Zenz war, habe ich eine Nachricht bekommen." Sie tippte auf ihrem Telefon und hielt es mir vor die Nase.

Ich las. Dann sagte ich, „Glückwunsch, Melchisedech, Ihr Traum geht also in Erfüllung."

Sie nickte. „Ich soll heute noch anfangen."

„Ich habs gelesen."

„Ich bin aufgeregt."

„Ich glaubs. Aber Sie werden das packen. Wenn ich Ihnen nur einen Tipp geben darf, Melchisedech, privat. Gehen Sie von Anfang an offensiv damit um, dass sie homosexuell sind. So können Sie nicht weiterleben. Das macht Sie krank. Ich kann Ihnen nahezu garantieren, dass bei der Staatsanwaltschaft keine Socke an Ihrer sexuellen Orientierung interessiert ist. Die interessiert nur, dass Sie Ihre Fälle gewinnen."

Melchisedech war still. Zum ersten Mal bei diesem Thema. Kein Abstreiten, keine Ausflüchte, nichts. Es bestand also Hoffnung.

Ich sagte, „Kennen Sie Ihren Los?"

„Meinen ... *Los?*"

„Ihren neuen Chef, den Leitenden Oberstaatsanwalt, kennen Sie den?"

Sie schüttelte den Kopf. „Ein Gespräch, mehr nicht."

„Gut, ich kenne in Trier auch kaum jemanden, da kann ich Ihnen also nicht helfen. Aber lassen Sie bei einem Ihrer Kollegen möglichst frühzeitig und möglichst nebenbei einfließen, dass Sie eine Freundin haben. Nicht so, als wäre es Ihnen wichtig und schon gar nicht, als wäre es Ihnen *peinlich*, Melchisedech, so kam das bei mir immer an, als wäre es Ihnen *peinlich*. Wenn ich eine Freundin hätte, die aussähe wie Ihre Babs, dann wäre mir das sicher nicht peinlich."

Wir guckten uns einen Moment an. Und sie lachte.

„Okay, Zenz, Melchisedech."

„Ja, Zenz ... Danke, Schick."

„Und hören Sie auf, sich ständig zu bedanken. Es ist im Grunde ein Zeichen guten Benehmens, sich zu bedanken, und das ist immer schön, gerade heutzutage, wo gutes Benehmen vielen Menschen nicht mehr erstrebenswert scheint, aber zwischen Kollegen ist das nicht so notwendig. Nicht ständig."

„Wir sind ... *Kollegen?*"

„Sicher sind wir das. Allein schon, weil Sie eine pinkfarbene Kaffeemaschine mitgebracht haben."

Sie sah mich lächeln und lächelte ebenfalls. „Also, Zenz hat keine so akkurate Buchführung wie Gertrud, aber er hat ein gutes Gedächtnis. Wobei er für diese Sache kein gutes Gedächtnis braucht, meint er. Denn an den Günter Weber erinnert er sich alleine deshalb, weil der ihn im Stich gelassen hat. Er hat Weber eingestellt, obwohl er aus dem Knast kam, hat ihm eine Chance gegeben, und was macht der? Lässt ihn hängen."

„Inwiefern hat Weber seinen Chef hängen lassen?"

„Er hätte Weber einen Auftrag gegeben und ihn alleine hingeschickt. Malerarbeit, der Weber konnte das, sagt Zenz, der war ein guter Malergeselle. Ein Zimmer nur, wäre kein Problem gewesen. Aber er wäre nie am Arbeitsort eingetroffen. Und er wäre nicht zum Betrieb zurückgekehrt und hätte sich nie wieder bei Zenz gemeldet. Wäre einfach verduftet. So hat Zenz gesagt, einfach verduftet."

„Wann war das?"

„Um die Zeit, als Manu getötet wurde. Genau wusste er das nicht mehr, aber so um die Zeit."

„Hat ihn das nicht stutzig gemacht? Ein Mädchen stirbt in Pech, und sein gerade aus dem Knast entlassener Malergeselle verschwindet?"

„Er hätte kurz darüber nachgedacht. Aber zum einen hielt er Weber wohl nicht für fähig, das getan zu haben, er wäre lammfromm gewesen, der Günter Weber, sagt Zenz. Und zum anderen hätte er Webers Verschwinden den Behörden gemeldet. Damit war für ihn die Sache erledigt."

„Den Behörden? Also der Polizei?"

„Ja. Den Kollegen in Wittlich." Sie sagte, „Darüber gibt es keinen Aktenvermerk, da bin ich mir sicher."

„Ich mir auch."

„Das muss irgendwie untergegangen sein."

„Ja, das muss es. Lammfromm. So ähnlich hat sich Gertrud über Weber geäußert. Vielleicht hat der Knast Weber tatsächlich zum Positiven verändert. Passiert eher selten. Besonders selten passiert das bei Wiederholungstätern, aber es passiert." Ich sagte, „Der Arbeitsort, zu dem Weber sollte, wo war der?"

Doktor Tyr Tveit, erwartete ich zu hören, Mister Geschniegelt. Ich ballte bereits die Fäuste.

Sie sagte, „Andreas Lange. Der Physiotherapeut. Weber sollte eines der Behandlungszimmer streichen."

17

„Was machen wir jetzt, Schick?"

„Wir? Melchisedech, *wir* machen gar nichts. Sie müssen zu Ihrem neuen Chef, ich fahre nach Pech und spreche mit Andreas Lange, genannt *Andi.*"

„Ich muss nicht sofort los, ich hab noch Zeit. Zwei, drei Stunden locker. Ich komme mit."

Ich schüttelte den Kopf. „Nein, ich sage Ihnen, was Sie machen. Sie gehen jetzt zu Babs und erzählen ihr von Ihrem neuen Job, sie wird sich freuen. Essen Sie ein Sandwich, trinken Sie Kaffee und richten Sie Babs einen schönen Gruß aus. Danach werden Sie Staatsanwältin. Vielleicht können Sie bald die Anklage vertreten in der Mordsache Manuela K."

Sie sagte, „Sie hören sich so sicher an."

Ich wollte antworten, dass ich mir sicher war, was jedoch nur die halbe Wahrheit gewesen wäre. Die andere Hälfte der Wahrheit lautete, wie so oft, dass ich mir völlig unsicher war. Aber ich kam nicht dazu, irgendetwas zu sagen, denn mein Telefon vibrierte.

„Moment." Ich erkannte die Nummer. „Herr Fogel, hallo."

„Herr Schick, mir ist es eingefallen. Mir ist es *ein*gefallen."

Mein Herz schlug schneller. Ich dachte an die Standpauke meiner Traumärztin und atmete tief und ruhig ein und aus, aber mein Herzschlag blieb hoch. „Herr Fogel, meine Kollegin ist auch hier. Ich stelle mal laut." Ich drückte den Lautsprecher an. „Was ist Ihnen eingefallen, Herr Fogel?"

„Bei unserem letzten Gespräch, die Manu und ich, was ich Ihnen gesagt hab, dass da was war."

„Ja, Herr Fogel, ich weiß. Was ist Ihnen denn da eingefallen?"

„Ihre Wade."

„Manus Wade?"

„Nein, Herr Schick, *Ihre* Wade. Als Sie das erste Mal bei mir waren, ich hab mir doch Ihre Schuhe angeschaut und-"

„Billige Massenware, haben Sie gemeint."

„Sind Ihre Schuhe auch. Aber einmal haben Sie ihr Bein gestreckt, Ihre Wade, als hätten Sie Schmerzen. Oder wollten einfach nur dehnen, weil es Ihnen gut tat."

„Erinnere ich mich nicht dran."

„Als Sie sich setzten. Nur eine kleine Bewegung, ganz nebenbei. Ich habs halt gesehen. Als Sie weg waren, Sie und die nette Frau Doktor, ich hab überlegt und überlegt und bin dann unser erstes Gespräch auch noch einmal durchgegangen und hab mich daran erinnert, wie Sie Ihre Wade gestreckt haben. Und da ist es mir eingefallen. Die Manu hat das auch gemacht. Also nicht ihre Wade, sondern ihren Oberschenkel. Als wir zusammen gestanden haben, da hat sie ihren Oberschenkel gestreckt, im Stehen, Ferse auf den Boden und die Zehen angezogen und mit beiden Händen das Knie durchgestreckt. Rechts oder links, das weiß ich nicht mehr, aber sie hat das getan. Und sie hat gesagt, Der Andi, der massiert mir das weg."

„Der Andi massiert mir das weg. Andi, das ist Andreas Lange? Der Physiotherapeut?"

„Genau der."

Melchisedech und ich sahen uns an.

„Und ich erinnere mich auch", sagte Fogel, „die Manu ging öfter zu dem, zum Andi, weil sie von der Lauferei ständig Probleme hatte. Sie hat mir das mal erklärt, ich weiß das noch. Langläufer, die viel trainieren, mehrfach die Woche und so, viele Kilometer, die hätten alle Probleme mit den Muskeln. Waden, Oberschenkel, Fußgelenke auch und Knie, manche der Rücken. Sie hatte das auch. Vor allem diese Probleme mit den hinteren Oberschenkeln. Fragen Sie ihre Eltern, die können das bestimmt bestätigen." Er sagte, „Ich bin wirklich froh, dass mir das wieder eingefallen ist, das hat mich ja echt jetzt gequält."

„Ja, ich auch. Aber sie hat nicht gesagt, Ich geh jetzt zum Andi. Sondern nur, der Andi massiert mir das weg?"

„Aber so, als ob sie zu ihm jetzt hingehen wollte. Und wenn sie das gemacht hat, die Manu, dann war sie ja zuletzt auch noch beim Lange. Fragen Sie ihn doch einfach. Vielleicht weiß der ja noch was, was Ihnen helfen könnte."

„Ich werde ihn fragen", sagte ich. „Danke, Herr Fogel, und, uhm, behalten Sie das für den Moment noch für sich, okay? Muss niemand von wissen. Laufende Ermittlungen und so, kennen Sie ja aus dem Fernsehen."

„Mach ich, mach ich."

Ich steckte das Telefon ein.

„Zwei Mal der Andi Lange", sagte Melchisedech. „Zwei unterschiedliche Quellen. Was hat das zu bedeuten?"

„Drei Mal", sagte ich. „Frau Jung zuerst. Dass sie Tveit in seiner Praxis erreicht hat trotz der späten Uhrzeit, er hätte Büroarbeit gemacht. Andi Lange hatte ihr das erzählt, als sie am nächsten Morgen wegen ihrer Hand bei ihm war."

„Richtig, drei Mal." Sie sagte wieder, „Was hat das zu bedeuten?"

„Ich werde *Andi* fragen."

Wieder sagte sie, „Ich komme mit."

„Nein, Melchisedech, Sie wollen Staatsanwältin werden. Das ist ihr Traumjob. Riskieren Sie das nicht. Sie haben lange darauf gewartet. Wenn man einen Traumjob hat, dann muss man ihn machen."

„Warum jetzt? Die Nachricht hätte auch nächste Woche kommen können, das hätte doch gereicht. Verdammt!" Sie schlug mit der Hand gegen die Tür. „Wir wollten noch Kaffee trinken, Sie und ich. Aus der neuen Maschine."

Ich sagte, „Das holen wir nach."

Auch über Pech war der Himmel sehr blau und die Luft knackig kalt. Ich hatte versucht, den Waldrand zu finden, wo Manu gelegen hatte, aber keine Chance. Auf dem hohen Schnee der Felder hatte sich eine undurchdringliche Eisschicht gebildet. Wege waren keine zu sehen, Pfade erst recht nicht.

Die Melchisedech war verschwunden. Aus meinem Auto und aus meinem Fall. Ich bedauerte das. Sie hatte die Kurve gekriegt, war mein Eindruck, die Kurve von der im falschen Job gefangenen frustrierten Verwaltungsbeamtin zur Ermittlerin und vom Spitzel für einen unfähigen Chef zur loyalen Kollegin. Sie war kein Spezi, das nicht, aber sie war möglicherweise auf dem Weg dahin.

Ja, Melchisedech, warum gerade jetzt. Ich könnte dich gebrauchen.

Da vor der Apotheke kein Parkplatz frei war, stellte ich mich auf den Platz der verlassenen Kneipe gegenüber und betrachtete das Haus, in dem über der Apotheke der Allgemeinarzt Doktor Geschniegelt praktizierte und über Doktor Geschniegelt der Physiotherapeut Andreas Lange Oberschenkel massierte. Gutes Konzept. Doktor Geschniegelt verschreibt Medikamente, die seine Patienten gleich unten in der Apotheke einkaufen konnten und verschreibt Krankengymnastik, für die er Andi eine Etage höher empfiehlt. Win-win-Situation für alle. Umsatz garantiert.

Drei Mal Andi Lange. Jung, Zenz, Fogel. Dazu die Verbindung zu einem verschwundenen Gewaltverbrecher, der bei Lange anstreichen sollte.

Günter Weber.

Sicher, ich wollte die Melchisedech beschäftigen und mir Freiraum verschaffen, als ich ihr auftrug, nach entlassenen Gewalttätern zu suchen. Aber es war auch eine wichtige Aufgabe. Einer von uns musste das tun. Als Ermittler muss man diese Gruppe ausschließen, das ist Standard. Ich hatte in der Vergangenheit komplexe Fälle allein dadurch gelöst, dass ich nach und nach die Verdächtigen ausschließen konnte, bis schließlich nur noch einer übrig geblieben war.

Selten, aber doch, war kein Verdächtiger mehr übrig geblieben, und ich musste wieder von vorne anfangen.

Übrig geblieben waren aber dann Opfer, die nie Gerechtigkeit erfahren würden.

Das Wissen um sie konnte mich zerreißen.

Ich brauchte keine weitere ungesühnte Tat, bestimmt nicht.

Ich stieg aus.

Ein bisschen Nachbohren bei Doktor Geschniegelt, dem Lügner. Vielleicht konnte ich ihn verunsichern. Viele fingen aus Unsicherheit an zu reden.

Und dann, Andi, komme ich zu dir.

Doktor Tyr Tveit wusch sich die Hände und guckte dabei in den Spiegel über dem Becken.

Ihm gefiel, was er da sah.

Wie sein volles, schwarzes Haar die Konturen seines Gesichts umspielte und weicher machte. Genau, wie Frauen das mochten. Genau wie bei seinem Lieblingssänger. Rex Gildo. Der sah gut aus, der Rex Gildo, schwarzes Haar und braungebrannt und *Hossa* gings los. Okay, bei der Haarfarbe half er nach, alle sechs Wochen zum Friseur nach Trier, wo ihn niemand kannte. Aber Rex hat das auch gemacht, Haare färben, oder es war sogar eine Perücke beim Rex. Bei ihm war es keine Perücke, aber ganz Natur wars auch nicht. Neun schmerzhafte und sündhaft teure Stunden hatte es gebraucht, bis sie ihm ausreichend viele Haarwurzeln eingepflanzt hatten, aber das Resultat?

Tveit kämmte sich mit nassen Fingern vorsichtig durch die Haare.

Er grinste sein Spiegelbild an. Schneeweiße Zähne. Nicht echt, aber schneeweiß, und darauf kam es an.

Schneeweiße Zähne, pechschwarzes Haar, du bist eine echt geile Sau, weißt du das?

Ja, ihm gefiel, was er sah. Sogar außerordentlich.

Das Papierhandtuch zusammenknüllend ging er zur Wand, drehte sich um und warf den Ball in hohem Bogen zum Papierkorb.

Volltreffer. Ein Dreier.

Dann schaute er aus dem Fenster.

Die Dorfkneipe gegenüber war dunkel, kaputte Rollläden hingen schief an den Fenstern. Der alte Herresthal hatte vor zwei Jahren endgültig dicht gemacht, weil es sich einfach nicht mehr lohnte und ohne Nachfolger war es sowieso sinnlos, sein Sohn hatte ja auf Lokführer umgeschult. Vom Juniorkneipenwirt zum Lokomotivführer, welch ein Aufstieg.

Tveit schüttelte den Kopf. Was man alles erfuhr als Arzt auf dem Land. Private Dinge, die man gar nicht wissen wollte.

Patienten, die zu ihm oder zum Lange oben wollten oder die in die Apotheke gingen, benutzten seitdem den verwaisten Parkplatz. Der alte Herresthal war mal bei ihnen im Haus gewesen und hatte vorgeschlagen, dass sie ihm eine Gebühr bezahlen könnten für die Benutzung, hundert Euro im Monat oder wenigstens fünfzig, er könnte es gut gebrauchen bei seiner mageren Rente und dann hätten ja auch alle Patienten immer Platz, sie könnten ein Schild aufstellen, Parken nur für Besucher von Apotheke, Arztpraxis, Physiotherapie. Wäre doch gut. Aber sie hatten abgelehnt. Eine Arztpraxis auf dem Land warf nicht so viel ab, hatten sie ihm erklärt, eine Dorfapotheke ebenfalls nicht und Physiotherapeuten verdienten eh kaum was.

Auch jetzt standen vier Autos auf dem Parkplatz. Aus einem stieg gerade eine Gestalt und kam langsam über die Straße zum Haus.

Tveits Gesicht wurde hart.

Der Schick schon wieder. Was willst du hier, huh? Groß und drahtig, aber du bist trotzdem völlig außer Form, du Pisser. Die alte Frau Möhn mit ihrem Diabetesfuß kann schneller gehen als du. Pisser.

Wir rollen die Mordermittlungen wieder neu auf, wir rollen die Ermittlungen *völlig neu auf* und betrachten alles aus ganz anderen Blickwinkeln als zuvor.

Dann hast du gewartet.

Du wolltest, dass ich eine Frage stelle, du Arschloch. Anstatt mir einfach zu sagen, was los ist. Ob du was weißt. Treibst Spielchen mit mir. Pisser.

195

Jetzt verschwand Schick im Hauseingang.

Tveit ging zum Schreibtisch und drückte die Taste und sagte seiner Hilfe, sie sollte in einer Minute den Nächsten reinschicken und dann auf keinen Fall, egal wer kommt oder was anliegt, stören.

Am Eingang der Apotheke vorbei zog ich mich die Treppe hoch zur Praxis von Doktor Geschniegelt. Vor der Tür blieb ich stehen, stützte mich mit den Händen auf den Knien ab und röchelte nach Luft, eine Notwendigkeit, die mich zu nerven begann und die ich gerne wieder los wäre, wusste aber nicht, wie, das Nitrospray war ja nur für den Notfall. Noch vor der Tür durchlief ich die mir mittlerweile vertrauten Stadien – röcheln, schwitzen, Beklemmung in Brust und Armen, leise fluchen, Nachlassen der Beklemmung, Nachlassen des Röchelns und des Schwitzens, aufrichten, nochmal fluchen und los.

Ich drückte die Tür auf und ging hinein.

Nadja saß hinter ihrer Theke und begrüßte mich freundlich mit „Hallo Herr Kommissar, ich sag Bescheid, dass Sie hier sind. Setzen Sie sich doch einen Augenblick ins Wartezimmer."

Ich tat, wie mir geheißen.

Noch während ich lustlos in einer Autozeitschrift blätterte wurde einer der fünf Wartenden über den Lautsprecher aufgerufen. Ein Mann mittleren Alters mit breiten Schultern und ohne jedes Zeichen einer Erkrankung stand auf und ging hinaus.

Ich warf die Zeitschrift auf den Tisch und folgte ihm.

Ich sah, wie der Mann von Nadja ins Zimmer zu Tveit geführt wurde, wie Nadja dann die Tür hinter ihm zuzog, zurückkam und sich, ohne mich anzugucken, wieder hinsetzte.

Ich lehnte mich vor Nadja auf die Theke und fragte, ob das, was ich gerade gesehen hatte, das war, was ich glaubte, dass es war.

„Bitte?"

„Nadja, haben Sie den Herrn gerade zu Tveit ins Behandlungszimmer gebracht?"

Sie nickte. „Der Herr Doktor Tveit hat mir gesagt, Sie müssten sich, also, gedulden. Es ... tut mir leid."

Sie schien ernstlich unangenehm berührt vom Verhalten ihres Chefs, was mir aber nicht weiterhalf. Ich hatte nicht vor zu warten, bis der eine, geschweige bis alle Patienten durch waren.

Ich ging in Richtung Behandlungszimmer und überlegte auf dem Weg, ob ich eintreten würde mit oder ohne zu klopfen, entschied mich dann, was mich nicht überraschte, für ohne und tat genau das.

Tveit saß hinter seinem Schreibtisch und sprang auf, noch bevor ich die Tür hinter mir schließen konnte.

„Hat Ihnen meine Hilfe nicht gesagt, dass Sie warten müssen?"

Der Breitschultrige aus dem Wartezimmer saß auf dem Stuhl vor Tveits Tisch. Er drehte sich zu mir um.

Ich hielt ihm meinen Ausweis vor die Nase und sagte, „Zunge raus, und sagen Sie mal A."

„Bitte?"

„Nur ein Scherz. Polizeiangelegenheit, wenn Sie mal einen Moment draußen warten würden? Dauert nicht lange."

„Ist das ...", der Mann drehte sich zurück zu Tveit, „... ist das jetzt auch ein Scherz?"

„Leider nein", sagte ich.

Tveit sagte nichts.

Der Mann war verständig und ging ohne weiteres Wort hinaus, was mich in meinem Eindruck bestätigte, dass er kerngesund war.

Ich setzte mich auf den freigewordenen Stuhl, spürte die Wärme des Breitschultrigen und stand wieder auf und sagte, „Doch, Nadja hat mir gesagt, dass ich warten muss."

„Und trotzdem kommen Sie einfach herein? Wir befanden uns gerade in einem Vertrauensgespräch."

„Wir uns jetzt ja auch."

„Das wäre so, als würde ich bei Ihnen in ein Verhör reinplatzen."

„Nein, das wäre nicht so, denn Sie würden gar nicht erst bis zu meinem Büro kommen. Und wir sagen Vernehmung, nicht Verhör. Jetzt, bitte, nehmen Sie doch wieder Platz, dann sind wir mit unserem Vertrauensgespräch auch schneller fertig."

Mit der Hand deutete ich in großer Geste auf seinen Stuhl.

Ich weiß, ich kann ein Arschloch sein. Aber alles für die Ermittlungen, nur für die Ermittlungen. Privat bin ich ganz anders, ehrlich.

Tveit hustete in die Faust, „Sie fühlen sich offensichtlich besser, sehe ich", und setzte sich.

„Blendend, absolut blendend. Sie als Arzt", sagte ich dann und setzte mich ebenfalls wieder, „was ist Ihrer Meinung nach das beste Training? Körperliche Training, Laufen? Also Joggen?" Der Sitz war etwas abgekühlt, was mir ein besseres Gefühl gab.

„Um mich das zu fragen, kommen Sie her? Und stören mich in einem Vertrauensgespräch mit meinem Patienten?"

Ich nickte. „Ja."

Tveit wusste offensichtlich nicht, wie er mit mir umgehen sollte. Seinem Blick und seinen ineinander verschränkten Fingern mit den sich drehenden Daumen sah ich an, dass es in ihm arbeitete, während seine Stimme immer noch ruhig war und sein Gesicht entspannt.

Tveit hatte gelernt, sich zu beherrschen, kein Zweifel.

„Für die Gesundheit? Joggen, definitiv. Aber wir gehen heute davon aus, dass auch ein gemäßigtes Krafttraining der Gesundheit förderlich ist. Am besten also beides. Laufen und Muckibude."

„Sie machen also beides, nehme ich an."

Jetzt lächelte er sogar. „Zu wenig, fürchte ich. Im Gegensatz zu meinem Patienten, den Sie gerade hinausgeschmissen haben. Der arbeitet sehr hart an seinem Körper."

„Ja, genau so sieht er aus. Kommt er zu Ihnen, damit Sie ihm etwas verschreiben?"

Tveit kniff die Augen zusammen. „Verschreiben?", mit einem leisen Kopfschütteln.

„Solche Typen brauchen *Juice*, wie es in der Szene heißt. Die richtig Dummen bestellen sich das übers Internet und schlucken und spritzen blind, was ihnen geliefert wird. Die nicht ganz so Dummen suchen sich einen Arzt, der ihnen das verschreibt. Jemanden wie Sie."

Tveit räusperte sich und faltete die Hände und legte sie auf den Tisch. „Was unterstellen Sie mir da?"

„Ich unterstelle gar nichts. Ich frage nur."

„Ich verschreibe keine Steroide", sagte Tveit, „und ich spreche nicht über meine Patienten. Schweigepflicht. Weshalb sind Sie denn nun hier?"

Ich ließ ihn warten. Dann sagte ich, „Können Sie sich das nicht denken?"

Seine Schultern zuckten. „Na ja, Manuela Kaplan."

Ich blieb still.

„Haben sich ... Hat sich irgendetwas Neues ergeben, oder warum ...?

Ich blieb immer noch still.

„Beim letzten Mal haben Sie gesagt, Sie würden den Fall neu aufrollen und aus anderen Blickwinkeln als zuvor betrachten. Gibt es denn neue Anhaltspunkte? Sind Sie deswegen hier? Sicher nicht wegen einer banalen Auskunft zum Joggen."

Da war sie dann doch noch, die Frage.

„Natürlich nicht", sagte ich jetzt. „Ich bin hier, weil ich Sie fragen muss ..."

Ich ließ das hängen.

Tveit guckte mich an. „Ja?"

„... woher Sie wussten, wo genau ..., also ..."

„Herr Schick – Ja?"

„Woher Sie wussten, wo genau Manuela Kaplan lag."

Eine Augenbraue flog nach oben. „Wo Manuela ... Nun, Frau Jung hat-"

„Frau Jung hat Ihnen nicht gesagt, wo Manuela Kaplan lag."

„Sie hat gesagt-"

„Nicht, wo genau Manuela Kaplan *lag*."

Tveit schwieg.

„Woher wussten Sie, wo genau Manuela Kaplan lag, Herr Tveit?"

„Beschuldigen Sie mich irgendetwas?"

„Ich beschuldige Sie gar nichts. Ich frage Sie als Zeugen."

Tveit schien zu entspannen.

„Ich habe von Frau Jung einen Anruf bekommen. Dass sie mit dem Hund unterwegs wäre im Wald, und am Waldrand hätte sie eine hilflose Person gefunden, die Manuela. Waldrand, Herr Schick, so hat sie gesagt, und das hat mir gereicht. Würde Ihnen das nicht reichen, Waldrand? Wenn Sie sich hier auskennen?"

„Sie kennen sich hier aus? Sie wohnen im Nachbarort, soweit ich weiß."

„Trotzdem, ab und zu gehe ich hier laufen. Joggen."

„Ja, richtig." Ich legte die Hand an die Stirn. „Das hatte ich schon vergessen. Sie joggen ja. Natürlich. Gut für die Gesundheit."

Keine Reaktion von Tveit.

„Und Waldrand hat Ihnen da gereicht?"

„Hat es. Es gibt von hier aus gesehen nur einen Waldrand."

Ich nickte, „Okay, dann ...", und stand auf.

„Wie, das wars schon?"

„Ja, das wars schon. Mehr wollte ich nicht wissen."

Tveit nickte ebenfalls. „Gut, dann. Schön, dass wir das noch klären konnten. Auf Wiedersehen, Herr Schick."

„Ja", sagte ich, „werden wir."

Draußen stand der Bodybuilder, Arme verschränkt an der Wand lehnend.

Ich blieb bei ihm stehen und sagte, „Nochmal, tut mir leid, dass ich Sie so kurzerhand ... Aber es war wichtig."

„Schon gut. Hat ja och nit lang gedauert."

„Im Übrigen finde ich es lobenswert, dass Sie sich von einem Arzt dabei beraten lassen. Steroide und Wachstumshormon und all das Zeugs aus dem Internet, das ist alles sehr unsicher. Und verboten, natürlich. Aber beim

Arzt, da ist alles in Ordnung, da haben wir kein Problem mit. Also die Polizei. Der Arzt kann Ihre Werte überprüfen, Leber und alles. Das ist der richtige Weg."

Der Kerl grinste. „Ja, der Doc hat dat alles im Griff."

„Gut, dann gehen Sie ruhig wieder rein, der Doc hat jetzt wieder Zeit für Sie."

Nadja saß an ihrem Platz und beobachtete uns.

Ich ging an ihr vorbei und hinaus.

Im Treppenhaus blieb ich stehen.

Nicht, um über den seltsamen Tyr Tveit nachzudenken, das verschob ich nach hinten. Sondern um Kraft zu sammeln für den Aufstieg. Und für Andi Lange.

Langsam und bereits nach den ersten beiden Stufen schnaufend zog ich mich die Treppe nach oben.

Auch hier stand die Tür offen. Hinter einem Tisch mit Computer saß eine junge Frau, die freundlich zu mir hochguckte.

„Guten Tag, kann ich Ihnen helfen?"

Ich fragte nach Herrn Lange, er wäre mir empfohlen worden von der Frau Jung hier im Ort, ich hätte eine dermaßen gewaltige Verspannung im LWS-Bereich – die Abkürzung hatte ich in der Reha gelernt – ob er nicht zufällig Zeit hätte für eine kurze Behandlung, ich würde sofort bezahlen und in bar.

Jetzt strahlte sie mich an. „Ich bin die Ulrike, *Ulli*. Setzen Sie sich doch bitte einen Augenblick", ihre Hand deutete hinter mich, „ich werd mal gucken, was sich da machen lässt. Man sieht Ihnen ja den Schmerz im Gesicht an, ich muss mal nach- ...". Sie blätterte in einem Ringbuch vor ihr. „Ja, ich glaube, Sie haben Glück, da ist ... Setzen Sie sich doch."

Hinter mir standen drei Stühle. Ich wählte den mittleren, hielt mich an den Lehnen der beiden anderen fest und glitt mit einem leisen Stöhnen hinab. Nur um Ulli zu verdeutlichen, wie dringend mein Anliegen war.

Ich lächelte Ulli kopfnickend an. *Sehen Sie, solche Schmerzen.*

Sie lächelte kopfnickend zurück. „Möglicherweise ist sogar sofort etwas frei. Kleinen Augenblick."

Zeitschriften gabs keine, und da Smartphonewischen nur was für Doofe war, nutzte ich die Zeit und guckte mich um. Was in dem übersichtlichen Raum nicht lange dauerte. Hinter dem Tisch die hilfsbereite Ulli, rechts und links Türen vermutlich in die Behandlungszimmer, hinter mir die kahle Wand, links von mir neben der Eingangstür ein Regal mit allem möglichen Krimskrams – Bücher, Spielsachen vermutlich für die Kinder, deren Mütter und Väter gerade behandelt wurden, Tassen und ein Pfund Kaffee und eine Kaffeemaschine, in der Nische zwischen Regal und Wand auf dem Boden eine Kiste mit Werkzeug – kleine Zange, Rohrzange, mehrere Schraubenzieher und eine Handvoll Schrauben, vermutlich für·

Schraubenzieher.

Eine Tür rechts wurde geöffnet und eine Frau kam heraus, „Danke, Andi, bis Montag dann. Tschüssi, ja?"

Ich guckte zurück auf die Kiste.

Mehrere Schraubenzieher. Drei genau. Ein großer, zwei von mittlerer Größe. Vermutlich mit unterschiedlichen Spitzen, Kreuz und normal, konnte ich von hier aber nicht sehen.

Wie hatte die Kollegin Nehbert gesagt? *Wohnung, Haus, ja, der Täter kommt rein und sieht den Schraubenzieher, der vorher noch für irgendwas benutzt wurde, jeder benutzt ständig einen Schraubenzieher im Haushalt und lässt ihn dann liegen, nicht? Da hinten im Regal hab ich immer einen Schraubenzieher. Ständig ist eine Steckdose locker, in der Küche wackeln die Schranktüren, da muss ich regelmäßig die Schrauben nachziehen. Irgendwann hab ich aufgehört, das Ding zurück in den Keller zu bringen. Ganz normal.*

Die Frau war mit einem kurzen Blick auf mich und einem „Tschüssi Ulli" für Ulli hinausgegangen. Ulli war bereits aufgestanden und flüsterte jetzt mit Andi, der zu mir hinguckte.

Ulli. Andi. Tschüssi.

Ich winkte, aber Andi winkte nicht zurück.

Andi kam dann zu mir und streckte mir die Hand entgegen. Die Hand war stark und quadratisch, so wie der gesamte Andi.

„Hallo Herr ...?"

Und die Stimme ein tiefer Bass.

Ich griff zu und drückte. Er drückte ebenfalls, aber fester.

Hm.

Das Murmeltier grüßte schon wieder. Genauso war es bei Doktor Geschniegelt gewesen.

„Schick", sagte ich.

„Herr Schick. Ulrike sagt, Sie haben Probleme in der Lendenwirbelsäule?"

Ich nickte.

„Uhm, Muskeln, Faszien, Wirbel? Wurde bereits eine Diagnose gestellt? Waren Sie beim Tveit? Oder einem anderen Arzt?"

„Ja. Muskuläre Verspannung. Ich würde zu viel sitzen."

„Sagt Tveit?"

„Sagt ein anderer Arzt."

„Gut, okay. Dann, ja, kommen Sie mal rein und wir gucken, was wir tun können."

Erst jetzt ließ er meine Hand los.

Wir gingen in den Raum, aus dem er gekommen war, und er deutete auf die Liege.

„Bitten ziehen Sie Ihre Schuhe aus und machen Sie Ihren Oberkörper frei. Öffnen Sie auch den Gürtel und den Knopf Ihrer Hose, wir müssen den Bund nach unten ziehen. Dann legen Sie sich bitte hin."

Oberkörper frei. Bund nach unten ziehen.

Soweit hatte ich vorhin nicht gedacht.

Als ich Ulli von meinen Rückenschmerzen berichtete, war das der Auftakt meiner bewährten Strategie für Interviews mit einer Person von Interesse, wie wir Kriminalisten Leute wie Andi nennen: erst ein lockeres Gespräch beginnen, dann mich im richtigen Augenblick als Spitzenpolizist outen und knackige Fragen stellen.

Doch bislang musste ich mich nie dabei ausziehen, geschweige mich von einem Kerl anfassen lassen. Von einem Physiotherapeuten, schon klar, aber trotzdem ein *Kerl.*

Und ich hatte Narben auf dem Rücken, die ich nicht präsentieren wollte. Und darüber massieren durfte er auch nicht, sonst würde ich durch die Decke gehen.

Ich hatte vorhin einfach nicht so weit gedacht.

Schöner Spitzenpolizist.

Ich versuchte, zu entspannen.

Während ich dann tat, was ich tun sollte, nämlich mich ausziehen, sagte ich, so locker wie möglich, „Schöne Praxis haben Sie hier, gemütlich."

„Danke."

„Angenehm warm, das finde ich gut. Müssen Sie hier eigentlich viel reparieren?"

Auf der Kommode vor der Liege stand eine Flasche Wasser. Er trank und sagte, „Es muss warm sein, denn alle meine Patienten, die hierher kommen, so wie Sie, haben Probleme mit Muskeln und Gelenke, und kalte Luft ist schlecht für Muskeln und Gelenke. Wieso reparieren?"

„Na, wegen Ihrer Werkzeugkiste. Draußen, neben dem Regal."

Er lachte. „Sie sind der Erste, dem die auffällt. Sind Sie Handwerker von Beruf und suchen Arbeit? Ich dachte, eure Auftragsbücher wären voll."

Ich war fertig mit der Auszieherei und hielt meine Hand über die Liege. „Wie soll ich mich legen? So oder so?" Dabei drehte ich die Handfläche erst nach unten, dann nach oben.

„Auf den Bauch, bitte."

„Ich lass mein T-Shirt mal an", sagte ich.

„Wie Sie wollen."

Ich legte mich auf den Bauch, und er senkte das Kopfteil, damit mein Kopf und meine Schulter niedriger lagen, und schob mir dann eine Rolle unter beide Knöchel, was mir den Druck aus dem unteren Rücken nahm. So weit, so gut.

„Nein, ich bin kein Handwerker, und ich möchte mich auch nicht als Hausmeister andienen", sagte ich in das Loch der Liege, während ich die Wollmäuse auf dem Fußboden zählte. Zwei an den Rollen der Liege, zwei weitere an der Fußleiste rechts, eine davon bereits groß wie ein Tennisball. Ich überlegte, ob ich Andi darauf aufmerksam machen und ihm raten sollte, seine Putzfrau zu entlassen, ließ es aber. Stattdessen atmete ich kontrolliert aus und versuchte weiter, mich zu entspannen. „Mir ist nur die Kiste aufgefallen. Sie steht da, als gehörte sie dahin. Als wäre sie Dauerinventar."

„Ach je, wir haben hier immer mal wieder – Ich werde jetzt mal Ihren Lendenbereich abtasten, dann das Gesäß." Ich spürte seine Finger im unteren Rücken. „Schmerzt das?"

„Nein."

„Schmerzen von der Lendenwirbelsäule kommen oft vom Gesäß und von den Beinen und umgekehrt. Meist aber ist es ein Gesamtproblem, das vom Nacken bis hinunter zu den Füßen reicht. Ja, wir haben hier immer wieder kleinere Probleme, das Haus ist schon was älter. Jetzt mal hier." Ich zuckte, als ich seine Finger an meinem Gluteus Maximus spürte. Vulgo: Arsch. „Jetzt entspannen Sie sich, Herr Schick, Sie verkrampfen ja total. Ich weiß nicht, ob Ihnen die Rohrzange aufgefallen ist?"

„Sie ist."

„Der Abfluss im Waschbecken auf der Toilette macht manchmal Ärger, und kriegen Sie mal einen Klempner, wenn Sie ihn brauchen, zumal hier auf dem Land. Da ist es gut, wenn man sich selbst helfen kann und vorbereitet ist." Er drückte einen Finger, vielleicht den Daumen, tief in meinen rechten Gesäßmuskel. „Wie ist das hier?"

„Sehr schmerzhaft."

„Zieht der Schmerz nach oben in den Rücken?"

„Nein."

„Runter ins Bein?"

„Ja."

„Und hier?"

Er drückte tief in den linken Muskel.

„Das gleiche wie rechts, aber nicht ganz so schlimm."

„Dacht ich mir. Ja, ziemlich verhärtet. Ich werde das gleich lockern und Ihnen dann auch zeigen, wie Sie das selbst tun können mit einem kleinen Ball. Aber ich fange mit Ihren Beinen an, okay?"

Ich nickte, weil ich mich dazu zwang.

Ich spürte seine Hände auf meinen Oberschenkeln.

Er begann.

Seine Hände drückten hart. Dann noch härter.

Dann betastete er die eine Stelle in meinem Oberschenkel, wo ich eine Delle hatte. Ein Muskelriss, lange her.

Und es passierte.

Meine Beine krampften zuerst, meine Gesäßmuskeln, dann mein Rücken, mein gesamter Körper verkrampfte und ich wurde zum Gelähmten, das Blut in meinem Kopf rauschte, mein Herz schlug hart und schnell. Ich versuchte, auf meinen Herzschlag zu achten, einzuschätzen, ob mein Herz wenigstens gleichmäßig schlug, schaffte es aber nicht, versuchte, tief und ruhig zu atmen und meine Muskeln zu entspannen, schaffte aber auch das nicht. Ich befand mich wieder in der Tiefgarage, spürte die beiden Kerle auf mir und konnte mich nicht bewegen, keinen Zentimeter bewegen, der eine auf meinem Oberkörper, sein Knie hart in meinem Nacken, wie er versuchte, mich mit dem Kabel zu würgen, der andere schwer auf meinen Beinen, seine großen Hände packten meine Oberschenkel, genau wie Lange jetzt, mit dem gleichen harten Druck, die gleichen großen Hände ... Nein, du Dreckskerl, nein ... das waren nicht die *gleichen* ... Diese Hände, das waren nicht die *gleichen* Hände, die mich mit dem *gleichen* Druck wie damals hielten, das waren die*selben* Hände, die mit dem*selben* ... Oh, nein, nein, nein ... Deine Erinnerung, denk nach, denk nach, Schick, Schick, Schick, denk nach, dieselben Hände, wirklich *dieselben, dieselben, das kann doch nicht sein, dieselben Hände?*

Ich weiß nicht, wie ich meine Lähmung überwand, aber ich schaffte es und sprang auf und stieß den Kerl von mir

ohne jede Erklärung, er rief, Was ist los? Was soll das?
und schaute wie wild um sich, fokussierte mich gar nicht,
schaute nur generell in meine Richtung mit weit ausge-
streckten Armen und mir wurde klar: der ist blind, der
Kerl hier ist blind, und ich griff Hemd und Jacke, die
Schuhe vom Boden und hielt meine Hose am Bund fest
und hinaus, vorbei an der aufspringenden Ulli und die
Treppe hinunter und ins Auto und los, das Gaspedal
durchgedrückt, der alte Diesel stotterte und spuckte und
raus aus diesem Teufelsdorf, nur in Shirt und ohne
Schuhe, die Socken nass, und ich vor Kälte und Entset-
zen zitternd.

18

„Das ist also Ihr Büro. Klein, aber so haben wir alle angefangen. Ja, dann noch einmal Willkommen bei der Staatsanwaltschaft, Frau Melchisedech."

Tamara nickte. „Danke, Herr Achtziger."

Ihr Büro. Der Schreibtisch stand unter dem kleinen Fenster und reichte so weit in den Raum hinein, dass die Tür gerade so daran vorbei geöffnet werden konnte. Auf dem Schreibtisch und auf dem Boden davor lagen Stapel von Akten. Ein Regal gab es nicht. Es hätte auch keinen Platz gefunden.

„Ich hoffe, Sie haben Ihren Mann bereits darauf vorbereitet, dass er Sie in der nächsten Zeit nicht viel sehen wird. Oder Ihren Freund, Sie sind ja nicht verheiratet, habe ich gesehen. Hier warten lange Stunden auf Sie."

Tamara lächelte. Leitender Oberstaatsanwalt Erwin Achtziger war von der Statur her kein beeindruckender Mann. Kleiner als sie war er, und sie war bereits nicht besonders groß, dazu war er schmal mit hängenden Schultern, was sie bei kleinen Männern noch selten gesehen hatte. Sein Äußeres versuchte er durch einen dunkelgrauen Maßanzug und schwarze Lederschuhe mit, sie würde wetten, Einlagen und Keilabsätzen aufzupeppen.

Aber immerhin, er hatte es zum Los geschafft. Mit einem, wie sie eben gesehen hatte, Büro, in das ihres rund ein Dutzend Mal passen würde.

Was hatte Schick ihr geraten?

„Das ist in Ordnung. Meine *Freundin* ist da sehr verständnisvoll, B- ... Herr Achtziger."

Gut, das war nicht genau, was Schick ihr geraten hatte. Aber es war definitiv in seinem Sinne. Attacke und Fuck You.

Beinahe hätte sie auch noch Bosse zu ihm gesagt.

„Ja, das interessiert hier ja keinen, Frau Melchisedech, das ist ja Ihre Sache."

Sie war versucht zu fragen, Was interessiert hier keinen und Was ist meine Sache und Warum machen Sie Blödian dann mein Nicht-Verheiratet-Sein überhaupt zum Thema. Aber dann hörte sie schon wieder Schick, *Melchisedech, Sie wollen Staatsanwältin werden. Das ist ihr Traumjob, riskieren Sie das nicht, Sie haben lange darauf gewartet. Wenn man einen Traumjob hat, dann muss man ihn machen.*

Schick. Er hatte sie *Kollegin* genannt. Es hatte sie verdammt stolz gemacht.

„Sie werden sich zunächst in die laufenden Fälle hier einarbeiten. Bagatellsachen, Strafbefehle, sowas. Sprechen Sie sich mit Ihren Kollegen und Kolleginnen ab. Wenn Sie Fragen haben, kommen Sie in den ersten Wochen zu mir."

„Wann werde ich das erste Mal in einer Hauptverhandlung die Anklage vertreten?"

„Vielleicht bald schon. Wir werden sehen, wie Sie sich entwickeln. Deshalb, je besser Sie arbeiten, desto eher dürfen Sie dem Gericht zeigen, wie gut Sie sind. Morgen früh um acht ist Konferenz. Dann stelle ich Sie allen vor."

19

Ich fingerte in meiner Hosentasche und sprühte mit zitternder Hand eine Ladung Nitroglycerin in meinen Mund und raste den Berg hinunter zurück in die Stadt und hielt vor der ersten Kneipe, deren Lichter ich sah und zog mein Hemd über, wobei es zerriss, und stopfte es in die Hose, zog die Socken aus und die Schuhe an und schnürte sie mit eisigen Fingern, die mir verdammt nochmal nicht gehorchen wollten.

Dann blieb ich sitzen.

Mein Körper zitterte und schwitzte, mein Herz schlug viel zu schnell, mein Atem röchelte.

Ich sprühte noch einmal.

Ich stellte das Radio an und hörte ein paar Takte und stellte es wieder aus und dann wieder an, weil ich die Stille nicht ertragen konnte.

Ich hatte ihn gefunden.

Ich hatte den Dreckskerl gefunden.

Eine ganze Stunde blieb ich so sitzen mit Dudelmusik und inhaltslosen Sprüchen der Moderatorin und Werbung und Nachrichten und einem emotionalen Dialog mit meinem inneren Ich. Dann ging es mir besser.

Wenig besser nur, aber doch.

Ich ignorierte die Kneipe und fuhr ins Präsidium, suchte und fand Kaffeepulver und Filter in Melchisedechs Schreibtisch, holte Wasser vom Waschbecken auf dem Klo, ignorierte den Blick des Typen auf die Glaskanne in meiner Hand und auf mich, füllte alles ein und drückte den Knopf. Nach einer Minute begann mit lautem Zischen das Wasser zu kochen, mit noch lauterem Rattern tropfte das kochende Wasser in die Kanne.

Ich goss frischen, heißen Kaffee in beide Becher, stellte einen Becher auf Melchisedechs Seite und prostete ihr zu. Also ihm, dem Becher. Gleich beim ersten Schluck verbrannte ich mir die Zunge, aber, ja, trotzdem, der Kaffee tat gut.

Nach einer Weile machte ich eine Abfrage im Computer, fand aber keine Einträge für Lange oder Tveit, telefonierte dann mit Frau Jung, die mir nichts über eine private oder berufliche Verbindung zwischen Lange und Tveit erzählen konnte außer der offensichtlichen, dass beide im selben Haus praktizierten und sich gegenseitig Patienten zuschusterten, ob ich die beiden in Verdacht hätte, Doktor Tveit, der Andi, Manu, tatsächlich?

Nein, Frau Jung, kein Verdacht, reine Routine, reine Routine.

Auch Fogel wusste nichts zu den beiden zu sagen, er wäre in seinem Leben noch nie bei einem Physiotherapeuten gewesen und ganz, ganz selten beim Arzt, aber nie bei dem Tveit, nein, auch nicht wegen seiner Verdauung, die hätte er bislang immer noch ganz gut mit Flohsamen in Schwung gebracht, und seit er im Bonifatius wäre eben die Einläufe.

Aber dann Manus Vater.

Doktor Tveit und Andi, nein, da gäbe es keine private Verbindung, nicht, dass er wüsste, du Kati? ... Nein, meine Frau auch nicht, das Einzige, was sie mal gelesen hätten, vor einem Jahr war das, so ungefähr, vor einem Jahr, Kati? ... Ja, vor einem Jahr etwa, im Amtsblatt stand das, da haben die beiden zusammen einen Vortrag gehalten im Krankenhaus in Wittlich, irgendwas mit Rückenprobleme und Zusammenarbeit von Arzt und Physiotherapeut zum Wohle der Menschen oder so, warum mich denn die beiden interessierten?

Nur Routine, Herr Kaplan, reine Routine.

Ich telefonierte mit dem Krankenhaus in Wittlich, wurde mit der Abteilung Öffentlichkeitsarbeit verbunden, wurde mit der Leiterin der Abteilung verbunden und, Ja, da müsste ich im Archiv nachschauen, dauert aber nur einen Moment, haben wir alles im – Ja, habs schon, im Computer, ich erinnere mich jetzt auch, soll ich Ihnen den Artikel zumailen?

Dann trank ich auch noch Melchisedechs Kaffee und wartete. Eine Minute später war der Artikel auf meinem Bildschirm.

Arzt und Physiotherapeut Hand in Hand zum Wohle der Patienten.

Tveit und Lange hatten zwanzig interessierten Zuhörern von ihrer Zusammenarbeit erzählt. Doktor Tveit diagnostizierte, Physiotherapeut Andreas Lange therapierte, alles ohne Medikamente, alles ganzheitlich, alles zum Wohle der Patienten blabla.

Dazu ein Foto der beiden. Selbstbewusst. Überlegen.

Du Dreckskerl.

Du verdammter Dreckskerl.

Ich zog meine Jacke an und ging los, ohne Ziel und sehr langsam, weil es meine Lunge und mein Herz so von mir verlangten. In mich gekehrt und meine Umgebung und sogar den einsetzen Schneefall ignorierend, weil es in mir brodelte.

Meine Erinnerung war stark. So stark, dass ich keinen Zweifel hatte.

Andreas Lange war einer der beiden Kerle, die mich überfallen haben.

Lange war blind, aber das bedeutete nichts. In seiner Praxis hatte er sich mit schlafwandlerischer Sicherheit bewegt. Erst ganz am Schluss hatte ich bemerkt, dass er blind war. Ich traute ihm zu, sich auch in einer fremden Umgebung wie einer Tiefgarage sicher zu bewegen. Und in der Tiefgarage war jemand bei ihm, der andere Kerl. Seine Krücke. Sein Dreckskerl im Geiste.

Wer war der andere? Doktor Geschniegelt Tyr Tveit?

Irgendwann führten mich meine Schritte unweigerlich zu meiner Höhle, und ich setzte mich auf meinen Platz und nickte Pit zu, zog die Jacke aus und hängte sie hinter mich auf die Lehne. Dabei musste ich mich, wie immer, umdrehen und ich erkannte, zwischen anderen, den aufgeblasenen Kollegen von Melchisedech. Friedrichs. Er hatte mich wohl beobachtet und sah meinen Blick und schob wieder, breites Grinsen im Gesicht, die Brust vor.

Der Kerl hatte Ausdauer mit seiner Blödheit, keine Frage. Gestern wäre das nicht so gut für ihn ausgegangen, aber heute war schon wieder ein anderer Tag. Er und sein dämliches Grinsen konnten mir nicht gleichgültiger sein.

Ich drehte mich zurück zu Pit.

Der stellte ein Glas vor mich und schenkte ein, Doppelt, Charly, der geht aufs Haus, weil du so schön ruhig geworden bist.

Ich schob das Glas weg und fragte nach Kaffee.

Pit guckte mich an, Kein Witz?, ging aber, trotzdem ich den Kopf schüttelte, nicht weg sondern guckte mich weiter an, Echt kein Witz? Als ich erneut den Kopf schüttelte, grummelte er wieder irgendwas von Zeichen und von Wundern und ging samt Glas und Flasche in Richtung der Kaffeemaschine, und von dort, Du meins das echt im Ernst, echt jetz?

Ich nickte.

Pit kam zurück mit zwei Kaffee, einen für ihn, einen für mich.

Warum Kaffee heute?

Warum nicht?

Weils ziemlich ungewöhnlich is für dich, darum.

Ich hab kein Auto, das ist auch ziemlich ungewöhnlich, sagen manche.

Pit lehnte sich vor mich auf die Theke. Du has kein Auto? Erzähl.

Ich hätte alles getan, um diesen Nachmittag zu vergessen, also erzählte ich, nachdem ich bei meiner Frau ausgezogen war, da schmälerten nicht nur die zu tilgenden Grundschulden weiterhin mein Konto, sondern auch die Wuchermiete meiner neuen Wohnung, dann-

Wuchermiete?

Achthundert Euro für zwei Zimmer, kalt. Erstbezug, gut, aber trotzdem. Dann kam Anna zu mir mit dem dringenden Wunsch-

Wer is Anna?

Meine Tochter, hör zu, Pit. Mit dem dringenden Wunsch nach einem eigenen Auto – also, sie formulierte

213

anders: Absolute Notwendigkeit, Paps, ich kann ohne eigenen fahrbaren Untersatz einfach nicht mehr existieren. In meiner neuen Situation konnte ich keine zwei Autos mehr finanzieren, wollte aber natürlich meiner Tochter eine *Existenz* ermöglichen, also gab ich ihr mein Auto. Ganz einfach.

So.

Ja, so. Ebenso einfach ist, dass ich deswegen jetzt mit einem alten Golf rumfahre statt mit meinem dunkelblauen Multivan, der mir für immer verloren ist.

Mir für immer verloren, du has Ausdrücke, warum für immer verloren?

Na ja, ich habe eine gute Vorstellung davon, was meine Tochter und ihr neuer Freund, den sie im Übrigen heiraten will, wovon ich ihr vorhin eindringlich abgeraten habe, was sie seitdem so alles in meinem Bus angestellt haben. Ich werde daher nie wieder in meinen Bus auch nur einsteigen, und du hör sofort auf so dreckig zu grinsen, wir reden hier von meiner *Tochter*, Pit, sag mal, was ist eigentlich mit deinem Zweier? Ich meine deinen Zahn, der dir da oben fehlt, wie kam das? Bis du Raufbold, oder was?

Die Kirchenglocken schlugen neunzehn Uhr.

Pit drehte den Kopf und lauschte und drehte den Kopf zurück zu mir.

Raufbold, du has wirklich Ausdrücke, nein, ich war ... Ich war Priester, sagte er, und für eine Sekunde vergaß ich tatsächlich diesen Nachmittag und mein Ereignis und den ständigen Druck auf meiner Brust.

Priester? Pit, der Gaststättenbetreiber ein *Priester*?

Die Glocken, die du da hörs, Priester war ich in genau der Kirche, ich war das gern, meine Gemeinde brauchte mich, also nicht alle, aber einige, viele, die Alten besonders, die haben ja niemanden. Wenn ich gepredigt hab war meine Kirche fast immer halb voll, danach haben wir uns zusammengesetzt im Gemeindesaal und gegessen und geredet, jeder hat was mitgebracht. Was zu essen und was zu reden. Aber ich hatte immer weniger Zeit dafür, ich musste immer mehr Pfarreien betreuen ... Ja, da kannste gucken, Charly, das is so, da redet niemand drüber, aber die Arbeitsbelastung is enorm gestiegen bei den Priestern, keine Zeit mehr für nix haben die, nur noch alles abspulen. Aber am schlimmsten waren die Missbrauchsgeschichten, die keiner bei uns aufklären wollte, bis in die Spitzen keiner, aber ich musste mir jede Woche die Geschichten anhören, wie sie als Jungs geprügelt und missbraucht wurden und konnte nichts dazu sagen, nichtmal trösten, weil, war ja *meine* Kirche, die das zugelassen hat und jetzt vertuschte und die Aufklärung verschleppte bis zum Sanktnimmerleinstag, bis jeder von denen gestorben war, verstehste? Und wenn doch mal was aufgeklärt wird, dann kriegen die fünftausend Euro und gut is. Eines Morgens bin ich also zu ihm gegangen und ... Ja, was wurd ich angepfiffen von dem heiligen Mann, wie ich es wagen könnte-

Du bist zum *Papst*?

Ah wat, zu seinem *Stellvertreter* hier, wie ich es *wagen* könnte, meine Stimme gegen ihn zu erheben, ich sollte schnellstens zurückgehen in meine Kirche, da wär ja noch ordentlich Betrieb, das wär mein Glück, sons wär jetzt bereits meine Versetzung auf dem Weg, aber noch ein Wort, ein Ton, der leiseste Ton nur! Ich ging ohne ein Wort, ohne ein Ton, aber mit rechtschaffener Wut im Bauch und stolpere die vermaledeiten Steintreppen runter und schlag mir das Gesicht auf. Blaues Auge, Lippe geplatzt, Zahn raus. Die Lücke hier, die hier, die is mein Andenken.

Hey, halt Abstand. Rechtschaffene Wut? Vermaledeite Steintreppen? Und du sagst, *ich* benutze komische Wörter?

Dann hab ich die Kneipe gepachtet. Was sollt ich sonst machen, ich kann ja nichts außer Reden schwingen. Die meisten aus meiner Gemeinde wollen nichts mehr mit mir zu tun haben, weil, Kneipe, Wer nichts wird wird Wirt und so, aber ein harter Kern is mir geblieben, da hinten in der Ecke, die am Tisch.

Wir waren still und tranken Kaffee, jeder mit seinen Gedanken.

Pit guckte an mir vorbei und sagte, „Oh, hier kommt deine Bekannte. Hallo, schöne Frau, was darfs denn sein, der vom letzten Mal?"

Ich spürte wieder die Kälte von draußen und bemerkte den Duft ihres Parfüms, als sie sich neben mich setzte. Sie nickte wohl, denn ich hörte keine Antwort, sah aber Pit Flasche und Glas bringen und, ganz ohne Firlefanz und dumme Sprüche, einschenken und wieder gehen.

Pit, der Priester, mit einem Auge für schöne Frauen. Er hatte die Nüsse vergessen.

Sie trank.

„Warum sind Sie gegangen gestern? So plötzlich?"

„Ich hab euch gesagt, Ihnen und Pit, ich hab gesagt, hört auf mit dem Scheiß, sonst geh ich. Ihr habt weiter gemacht, also bin ich gegangen. Ganz normal."

„Ganz normal, huh?"

„Ja."

„Und heute?"

„Was heute?"

„Na, kommen Sie, Schick." Ihre Finger spielten Klavier auf meinem Arm. „Ihr Hemd zerrissen, Sie trinken Kaffee, gucken mich nicht an? Was ist?"

Meine Schultern sackten herunter, was sie immer taten, wenn ich entspannte. Eine bloße Berührung ihrer Finger, und ich entspannte, als hätte ich eine Ladung Nitro in meinen Rachen gesprüht.

Ich begann, mich daran zu gewöhnen. An ihre Finger, nicht ans Nitro.

„Das Lied, von dem Sie erzählt haben, ich hab mir das Video angeschaut. Hurt? Johnny Cash?"

„Und?"

„Bislang wurde das Video sechs Millionen Mal angeklickt. Wie viele Klicks sind von Ihnen?"

„Die Hälfte."

„Sie sollten sich das nicht angucken."

„Sagt wer?"

Sie nahm ihre Finger weg und war still.

„Wenn Sie einen Weg finden, das in kleine Dosen zu verpacken, können Sie viel Geld damit verdienen."

„Was?"

Ich nickte auf ihre Hand. „Ihr Klavierspiel. Wenn Sie das auf meinem Arm machen, werde ich so ruhig, als hätte ich mein Nitrospray benutzt."

„Das freut mich. Sie haben ein Nitrospray?"

„Nur so als Vergleich."

„Hm." Dann sagte sie, „Sie müssen positiver sein, Schick. Solche Videos wie von Ihrem Johnny Cash sind da nicht hilfreich."

Ich nickte zum Fenster. Dahinter war es dunkel, aber ich wusste, draußen tanzten in der Straßenlaterne die Flocken. „Es schneit", sagte ich. „Wieder. Immer noch."

Sie drehte den Kopf. „Ja. Bald ist Weihnachten, da kanns ruhig auch schneien."

„Sie verstehen meinen Punkt nicht. Ich meine, es schneit, wie kann man da positiv sein? Außerdem", und jetzt sah ich sie direkt an. Sie hatte ziemlich dunkle Augen, fiel mir auf, fast schwarz. Oder war es das schummrige Licht? „Seien Sie positiver, das ist so, als würden Sie einem Nichtschwimmer im Wasser zurufen, Du musst nur schwimmen. Sie haben fast schwarze Augen."

Sie nickte. „Ja, war dumm. Ist mir aufgefallen, als ichs gesagt habe. Und meine Augenfarbe spielt hier keine Rolle, Schick. Sie haben sehr blaue Augen." Sie trank von ihrem Wein und lehnte sich dann, Glas in den Händen, zurück. „Wollen Sie reden?"

„Reden? Worüber?"

„Was heute passiert ist. Warum Ihr Hemd zerrissen ist. Warum Sie Kaffee trinken und aussehen, als hätten Sie seit einer Woche nicht geschlafen. Haben Sie die vergangene Nacht durchgemacht?"

„Nicht so, wie Sie das meinen."

„Sondern? Sie sehen müde aus, Schick."

„Ich *bin* müde. Ich schlafe schlecht. Aber das wird sich bald wieder bessern."

„Das sollte sich aber wirklich bald bessern. Sie sehen nämlich nicht nur müde aus wie jemand, der mal schlecht schläft, sondern Sie sehen geradezu krank aus."

Ich nickte und nippte an meinem Kaffee, der nur noch Raumtemperatur hatte und überlegte, ob ich ihr vertrauen könnte; ich könnte jemanden zum Reden gebrauchen, und irgendwie hatte sie sich ja doch bewährt. Aber ich musste vorsichtig sein, sie war eine *Frau*.

„Ich hatte gestern Abend eine Art Herzanfall", sagte ich. „Heute Morgen bin ich ins Krankenhaus und die Ärztin hat mir verklickert, dass ich wohl eine instabile Angina Pectoris und ziemlich gute Chancen auf einen baldigen Herzinfarkt habe."

Und möglicherweise bereits einen leichten Herzinfarkt hatte, sie wusste es einfach nicht, weil ich ihr keine Untersuchungen erlaubte, aber das behielt ich für mich.

„Heute *Morgen*?" Sie stand auf. „Schick, was machen Sie dann hier? Sie müssen ins Krankenhaus zurück, sofort. Sie müssen behandelt werden. Sie brauchen Ruhe. Und trinken Sie um alles in der Welt keinen Kaffee. Wieso hat diese Ärztin Sie entlassen?"

„Ich bin die Ruhe in Person. Außerdem habe ich ja Sie und Ihre Finger."

„Lassen Sie den Unfug, seien Sie vernünftig, Schick. Sie müssen zurück ins Krankenhaus."

Es ging eine Minute hin und her, dann setzte sie sich wieder.

„Sie sind ein wirklich sturer Bock, wissen Sie das?"

„Als ob ich das nicht schon einmal gehört hätte."

„Und es ist wahr. Sie haben also tatsächlich ein Nitrospray dabei, jetzt und hier?"

Ich nickte.

„Das ist ... unglaublich." Sie winkte Pit und bestellte noch einen Riesling und für mich ein Wasser, nur um etwas Gutes zu tun.

„Hatten Sie schon vorher Herzprobleme?"

„Vor was?"

„Vor Ihrem *Ereignis*."

„Warum betonen Sie das so, Ereignis. Es war ein Ereignis, wie soll ich es sonst nennen?"

„Hatten Sie?"

„Nein, ich glaube nicht."

„Ihre Ehe hat Ihnen also keine Herzschmerzen berei-
tet? Auch nicht das Ende Ihrer Ehe? Es gibt etwas, das
nennt man das Broken-Heart-Syndrom."

„Das Ende meiner Ehe brach mir nicht das Herz, aber
es fiel in kurioser Weise mit meinem Ereignis zusammen.
Da gibt es also einen Zusammenhang. Einen zeitlichen,
keinen kausalen."

„Wie das?"

Ich erzählte von dem Nachmittag, als ich meiner Frau
ihr Telefon in die Galerie brachte und sie dort mit einem
Künstler kunstvoll ineinander verwoben auf der Couch
fand.

„Hat Sie das aus der Bahn geworfen?"

„Aus der Bahn? Meine Frau mit dem Burschen auf der
Couch?"

Eva nickte.

„Nein, hat es nicht. Und genau darüber habe ich
nachgedacht, erst im Kino, dann später in der Tiefgarage, kurz bevor ich überfallen wurde. Sollte mich das nicht
wütend machen, meine Frau mit einem jungen Kerl, lange Haare, Vollbart, auf dem Rücken eine chinesische
Speisekarte tätowiert? Hat es aber nicht. Wenn mich
etwas wütend gemacht hat, dann war es meine Gleich-
gültigkeit. Ignoranz. Ich habe es einfach ... ignoriert."

Sie drehte ihr Glas zwischen Daumen und Zeigefinger.
„Was ignoriert?"

War das hier noch ein Kneipengespräch? Nur ein
Mann und eine Frau, die sich die Zeit vertrieben, sich
kennen lernten, wieder auseinander gingen? Oder war
das schon Therapie?

„Dass es zwischen meiner Frau und mir nie so war,
wie ich es immer wollte. Wie man sich das so vorstellt,
wenn man jung ist, die Eine, die richtige Liebe. Wir kamen miteinander aus, wir haben eine ganz wunderbare
Tochter, aber wir waren nie ... zusammen. Wir haben
miteinander gelebt, im selben Haus, aber nicht zusammen gelebt. Jeder hat sein Leben gelebt, ab und zu haben
wir Dinge gemeinsam gemacht, dann meist als Familie
mit unserer Tochter. Ich hätte mich längst, längst von ihr

trennen müssen. Aber ich war ... Vielleicht war ich zu bequem. Ich hatte meine Arbeit, den besten Job der Welt, und das reichte mir. Das andere, meine Ehe, meine Frau, war mir nicht so wichtig. Ich war meiner Frau auch nicht wichtig, ihr war unsere Ehe auch nicht wichtig. Insofern", ich musste tatsächlich lächeln, „passten wir wirklich gut zueinander. Keiner von uns trägt alleine die Schuld. Wir haben es beide verbockt."

„Der Überfall auf Sie geschah also in einer Tiefgarage?"

Ich nickte.

„Und Sie waren vorher im Kino?"

„Vom Winde verweht."

„Alter Schinken", sagte sie, „aber passender Titel."

„Fand ich auch. Beides."

„Und nach dem Kino sind Sie in die Tiefgarage, weil Sie dort geparkt haben."

„Weshalb sonst geht man in eine Tiefgarage."

„Dann wurden Sie verprügelt. Ist das alles?"

„Wie, alles?"

„Kommen Sie, Schick, jeden Tag werden Menschen verprügelt. Sogar Polizisten."

„Ich wurde nicht nur verprügelt, ich wurde *niedergestochen*."

Sie schüttelte den Kopf. „Trotzdem, da muss mehr sein."

Das ging eindeutig über Kneipengespräch hinaus. Ich musste sie davon abbringen.

„Überfallen und niedergestochen, das ist verdammt demütigend für einen Polizisten wie mich. Schließlich bin ich so etwas wie der Terminator."

Aber es funktionierte nicht.

Sie lächelte zwar, aber nur kurz und eher höflich, und sagte, „Trotzdem, Schick."

„Trotzdem, was trotzdem? Wie kommen Sie darauf, da muss mehr sein. Was soll die Fragerei? Wenn Ihnen meine Antworten nicht gefallen, dann können Sie sich auch Ihre eigenen Antworten auf Ihre Fragen geben."

„Schick, hallo? Ich-"

„Alles in Ordnung hier?" Pit war gekommen mit der Weinflasche und dem Wasser und einer Schale Nüsse, die er zwischen uns schob. „Hab ich vorhin vergessen."

„Danke, Pit."

„Gerne, gnädige-"

„Hört sofort auf, ihr beiden, auf der Stelle." Ich sagte, „Sie wollen also wissen, was heute passiert ist?"

Eva nickte.

„Gut. Pit, bring mir einen Roten. Hast du sowas da?"

Pit nickte. „Spätburgunder trocken."

„Von der Mosel?"

„Sicher. Willste?"

„Ja."

Ich schob ihm die noch halbvolle Tasse zu. Ich konnte keinen Kaffee mehr trinken.

Pit nahm wortlos die Tasse und ging und kam wortlos zurück und schenkte mir wortlos ein. Voll. Bis an den Rand.

Dann erzählte ich Eva, was passiert war. Das Kabel, mit dem Manu erdrosselt wurde, und dass die zwei Kerle das gleiche mit mir versucht hatten. Warum ich Doktor Geschniegelt im Visier hatte, und wie Melchisedech und ich auf Andi Lange gekommen waren.

Schließlich, was bei Lange in der Praxis passiert war. Ohne im Detail meine Reaktion darauf zu beschreiben.

„Sie glauben also, dass dieser Lange tatsächlich einer der Kerle ist?"

„Ich *weiß*, dass Lange einer der Kerle ist."

„Gut, Sie wissen. Und Tveit?"

„Da ist noch etwas", sagte ich. „Ich habe eigene Nachforschungen angestellt in meinem Fall. Die Tiefgarage, die gehört zu einem Hotel. Das Hotel hatte an dem Tag, an dem ich überfallen wurde, Gäste. Eine Tagung, meine ich."

Sie war still.

„Eine *Ärzte*tagung. Ich habe damals da nicht weiter geforscht, offiziell durfte ich ohnehin nicht, aber mir erschien es auch nicht erfolgversprechend. Meinen Kollegen auch nicht. Aber ich habe vorhin im Hotel angerufen.

Die Tagung wurde von einem Pharmaunternehmen ausgerichtet, sie hatten die Unterlagen darüber noch da. Wissen Sie, wer an der Tagung teilgenommen hat? Die Herren Tveit und Lange. Standen auf dem Programm, weil sie einen Vortrag gehalten haben, denselben wie vorher am Krankenhaus in Wittlich. *Arzt und Physiotherapeut Hand in Hand zum Wohle des Patienten."*

„Oh Mann, Schick."

„Ja." Ich trank meinen ersten Schluck. Der Wein war gut. Ungewohnt und im Vergleich zu den Sachen, die ich sonst trank, leicht, aber gut.

„Alkohol ist jetzt wirklich nicht das Richtige für Sie."

„Rotwein ist gut fürs Herz, kann man überall lesen."

„Meinethalben. Nehmen Sie sie jetzt fest?"

„Festnehmen? Mit welcher Begründung? Dass sie einen Vortrag gehalten haben mit einem schwachsinnigen Titel?"

Eva war still.

„Ich habe nichts in der Hand. Bei Manu, keine DNA, keine Zeugen, kein Motiv. Bei mir das gleiche. Ich wurde untersucht, wie Manu auch. Keine DNA. Nichts. Und keine Zeugen. Also, da kam ein Pärchen in die Tiefgarage, deshalb haben die beiden auch von mir abgelassen. Aber meine Kollegen haben die beiden nie gefunden. Ich habe keine Beweise. Nichts." Ich trank. „Nichts, außer dem sicheren Wissen, dass Lange einer der beiden ist und der starken Vermutung, dass Doktor Geschniegelt der andere ist. Und der Vermutung, dass einer oder beide auch für Manu verantwortlich sind."

„Wo ist da die Verbindung, zwischen Ihnen und Manu? Die Manu war ein junges Mädchen, Sie sind ein-"

„Vorsicht."

„Mann im fortgeschrittenen, darf ich so sagen? Fortgeschrittenen Alter. Und Sie sind Polizist und der Vorfall war in Mainz, Manu war Mechanikerin in der Eifel."

„Ich weiß nicht, wo die Verbindung zwischen Manu und mir ist. Aber es muss eine geben."

„Wie kann es sein, dass Ihre Kollegen das Pärchen nicht gefunden haben? Sie waren in der Tiefgarage, weil sie dort geparkt haben. Weshalb sonst geht man in eine Tiefgarage, haben Sie eben selbst gesagt. Und an den Schranken gibt es Kameras. Es sollte ein Klacks für das LKA sein, das Pärchen ausfindig zu machen. Auto, Kennzeichen ... ein Klacks."

Ich hatte dem nichts entgegen zu setzen, also schwieg ich.

„Und wieso bei Ihnen keine DNA?"

Ich schwieg weiter.

„Was machen Sie jetzt? Wie gehen Sie vor?"

„Sie wissen, dass ich Ihnen das nicht sagen darf."

„Sie durften mir all das, was Sie mir gerade verraten haben, auch nicht sagen." Sie wartete. „Also?"

Ich sagte, „Wir werden sehen. Ich werde sie aufscheuchen. Wenn du nichts in der Hand hast, dann tue so, als wüsstest du alles. Dann muss nur noch einer umfallen. Der mit dem schwächsten Nervenkostüm. Einer fällt immer um. Meistens."

Sie sagte, „Was ist noch passiert in der Tiefgarage?"

„Was?" Ich sah sie an.

Sie sah mich an. Direkt in die Augen. Ruhig und sehr nahe.

„Was ist noch passiert, Schick?"

Ich war sprachlos. Ich hatte ihr erzählt, was ich ihr gar nicht erzählen durfte, und hatte sie doch nicht davon abgebracht.

Was ist noch passiert in der Tiefgarage?

Einfach so. Als ob sie ein Recht dazu hätte.

Ich warf Pit einen Geldschein auf die Theke, „Lassen Sie mich in Ruhe, okay?", und riss meine Jacke von der Lehne und stand auf und raus.

Der harte Wind peitschte mir Kälte und Schnee ins Gesicht.

Doch dieses Mal kam sie mir hinterher. „Schick, verdammt, warte, hör auf wegzulaufen." Sie versuchte mich festzuhalten, aber ich ging weiter. Wir waren alleine auf der Straße. „Was ist in der Tiefgarage passiert? Was kann so schlimm gewesen sein, dass du nicht darüber sprechen willst?"

„Was soll das? Seit wann duzen wir uns? Lass mich in Ruhe."

Sie hatte sich eingehängt. Ich versuchte, ihren Arm abzuschütteln, aber sie hielt fest.

„Das Pärchen, du hast deinen Kollegen überhaupt nicht von dem Pärchen erzählt, stimmts? Sie wussten nicht von dem Pärchen, deswegen haben sie gar nicht nach ihm gesucht. Warum hast du deinen Kollegen nicht von dem Pärchen erzählt? Was ist dir passiert?"

„Verdammt nochmal, du bist eine Frau, also lass mich."

„Da hast du verdammt Recht, ich bin eine Frau, und uns passiert das viel öfter als euch." Sie brüllte gegen den Schnee und gegen den Wind und gegen meinen Blick.

„Gut, dann weißt du es ja."

„Was? Was hast du gesagt?"

„Ich wurde *vergewaltigt*." Ich brüllte zurück gegen den Schnee und gegen den Wind und gegen den in mir hochsteigenden Ekel, „Das willst du also hören? Hier, ich spreche es aus: Dieser verdammte Drecksker hat mich vergewaltigt", und übergab mich auf die Straße.

Das alles im Beisein einer Frau.

Und jetzt legte sie auch noch ihren Arm um mich, der ich auf Händen und Knien in den Schnee kotzte.

Sie sagte etwas, was ich aber nicht verstand, meine Ohren rauschten, der Wind dazu und die harten Schneeflocken im Gesicht, ich stand auf und ging los, „Lass mich", aber sie rief mir etwas hinterher und ich drehte mich um und sah, sie begann zu laufen, also begann ich zu laufen, die Schmerzen in meiner Brust ignorierend, der Beton zurück in den Armen und Beinen, die Straße hinunter, ich bekam keine Luft mehr, keine ... Luft ... noch um die Ecke da hinten, weg von hier, weg von *ihr*, ich konnte keiner Frau in die Augen sehen und sagen, Ich wurde vergewaltigt, von einem verdammten Drecksker verge- ... lass mich doch einfach ... um die Ecke ...

Dann fiel ich in den Schnee.

Und starb.

20

Andi Lange lag in seinem Behandlungszimmer auf der Liege, als er hörte, wie draußen die Tür geöffnet und wieder geschlossen wurde.

Die letzten Patienten und Ulrike waren längst gegangen.

Er sagte, „Hier."

Er hörte die vertrauten Schritte und dann die vertraute Stimme.

„Ist die Ulli noch im Haus?"

„Daheim oder wo auch immer. Warum?"

„Dachte nur, weils Licht noch brennt. Also, was is? Du has dich besorgt angehört."

Andi nickte. „Du hörst dich auch besorgt an."

„Wenn du besorgt bis, bin ich es auch, darauf kanns du wetten. Also?"

Andi richtete sich auf, blieb aber sitzen.

„Heute war jemand bei mir."

„Wie ... jemand? In Behandlung?"

„Ja, in Behandlung." Er hielt inne und dachte über den Kerl nach, den er behandeln wollte. Den er an den Beinen abgetastet hatte. Wie ihm dann die Erinnerung kam, die Beine hart von Muskulatur durchzogen und diese eine Stelle am Oberschenkel. Wie ein kleines Loch im Muskel, wo vermutlich der Muskel einmal gerissen war und es war eine kleine Delle geblieben. Das linke Bein, eine Handbreit über der Kniekehle.

„Und?"

„Ich glaube, den kenne ich."

„Was meinst du?" Andi hörte die Stimme näher kommen. „Kenne ich wie?"

„Du weißt, wie ich das meine."

„Scheiße, Mann, bis du ... Wie sicher bis du dir?"

„Ziemlich." Zwei Atemzüge, dann korrigierte er. „Absolut sicher."

„Meins du ... Scheiße, meins du, der ist zu dir gekommen ... Der weiß, wer du bis, meins du?"

„Keine Ahnung. Aber was sonst? Zufall?"

„Könnt sein, oder?"

Stille. Dann, „Ich glaube nicht."

„Warum?"

„Weil ich weiß, wie der heißt."

Andi machte eine Pause. Ihm gefiel es, andere zappeln zu lassen. Er hatte so viel Scheiße einstecken müssen in seinem Leben, nur weil er blind war.

„Und, wie heißt der? Mann, mir geht das so aufn Sack wenn du das machs. Wie heiß der?"

„Schick."

„Schick? Ehrlich, Schick? Nee, ehrlich? Dann is das der-"

„LKA-Mann, von dem du erzählt hast, ja. Untersucht Manus Tod. Ich weiß."

„Scheiße." Andi hörte, wie sein Kumpel sich setzte. „Wir haben tatsächlich einen vom LKA ...? Wir haben tatsächlich den Schick ...?

„Ja."

„Wann? Wo?"

„Ich habe darüber nachgedacht, seit der weg ist. Ich weiß es nicht mehr, aber ich vermute Mainz. In der Tiefgarage. Ich meine, der ist LKA Mainz, also ist Mainz wahrscheinlich, oder? Nach dem Vortrag. Wie lange ist das jetzt her?"

„Halbes Jahr?"

„So ungefähr."

„Ich glaubs nicht. Der Schick. Wir haben zusammen den Schick ..."

Lange sagte, „Du bist am Grinsen, huh?"

„Allerdings bin ich am Grinsen. Aber was jetzt? Hat der dich gefragt wegen Manu?"

„Nein. Der hat gar nichts gefragt. Kam wegen seinem Rücken."

„Wegen seinem Rücken."

„Beim Tveit war er auch schon. Nadja kam von unten hoch und hat mit Ulrike gesprochen, ich habs gehört."

„Wir müssen was machen wegen dem. Wenn der weitersucht und dich im Visier hat, kanns eng werden. Weiß der Teufel, was der dann noch findet. Und wenn der dich ebenfalls erkannt hat ...“

„Der sagt nichts. Der hält die Klappe, genau wie die anderen auch. Die sterben lieber, als zu sagen, was passiert ist. Aber du hast Recht, wir müssen trotzdem was machen.“

„Aber was willste machen? Der is Polizist, Mann. Vom LKA.“

„Ja. Trotzdem. Wir müssen den stoppen.“

„Ja, aber verdammt wie? Scheiße, Mann, scheiße.“

„Immer ruhig, okay? Wir müssen jetzt ruhig bleiben.“ Lange sagte, „Und ich habe da auch schon eine Idee.“

21

„Schi ... Herr Schi ... Herr Schick. Sind Sie wach?"

„H ... m?"

„Sind Sie wach, Herr Schick?"

„H...m? Wa...s?"

„Machen Sie die Augen auf."

Augen? Schmerzen. Schmerzen in der Brust. Im Hals. Ah, überall.

Die Augen. Ich machte die Augen auf.

Bart. Dunkle Haut. Brille. Grinsen.

„Sie haben ..." Ich spürte etwas an meinen Lippen. „Ihnen ist ein wenig Speichel aus dem Mundwinkel gelaufen, nicht schlimm. Ich hole die Frau Doktor."

Blauer Kittel.

Ah, Krankenhaus.

Ich drehte den Kopf. Piepsen. Geräte. Kabel.

Ich linste an mir hinab. Mehr Kabel.

Tür.

„Hallo Herr Kommissar. So schnell sieht man sich wieder."

Meine ... ah ... Traumärztin.

Ihr Lächeln ... hm. Sanft. Ironisch. Freundlich. Auslachend. Hm, nicht sicher.

Egal.

Ihre Lippen ... rot. So rot.

Ah ... welch ein Anblick.

„Ihnen scheints ja wieder besser zu gehen, so, wie Sie lächeln."

„Hm ...?"

„Ihre Begleiterin hat Sie gerettet. Sie hat uns verständigt und bis zu unserem Eintreffen Ihr Herz massiert. Sonst wären Sie jetzt tot. Sie stimmt mit mir darüber ein, dass sie ein sturer Bock sind."

Luft holen.

„Hat sie mich ... Mund zu Mund ... beatmet?"

„Was? Weiß ich nicht. Glaube ich aber nicht, machen wir heute nicht mehr. Und sie ist ja auch Ärztin. Warum? Haben Sie Lippenherpes?"

„Sie ... sind lustig. Wann ... kann ich ... gehen?"

„Wohin?"

„Raus ... hier."

„Sie meinen, wann ich Sie entlasse? Eine Woche, eher zehn Tage. Sie sind in keiner guten Verfassung."

„Ich habe ... an heute Nachmittag ... gedacht."

„Es ist bereits Nachmittag. Sie wurden gestern Nacht eingeliefert und stabilisiert. Wie fühlen Sie sich jetzt?"

„Wurden Sie schon ... einmal von ... einem Zug überrollt?"

Ich glaubte, sie grinsen zu sehen. Schmollmund.

„Erinnern Sie sich, was ich Ihnen gestern Morgen von Angina Pectoris und Dyspnoe erzählt habe? Dass Sie möglicherweise einen Infarkt hatten und unbedingt für weitere Untersuchungen bleiben sollten?"

„Deswegen ... bin ich ja auch ... zurück."

„Wären Sie mal geblieben. Allerdings, Sie hatten gestern keinen Infarkt."

„Sehen ... Sie."

„Und auch jetzt hatten Sie keinen Infarkt."

„Okay, dann ... kann ich ja wieder ... gehen."

„Aber einen kardiogenen Schock. Wir haben bei Ihnen, ich machs kurz, wir haben keinen Verschluss eines Herzkranzgefäßes bei Ihnen festgestellt, dafür aber deutlich erhöhte Blutspiegel der körpereigenen Stresshormone. Sprich: Ihr Körper, Herr Schick, stand kurzzeitig unter sehr großem Stress. Dieses Übermaß an Stresshormonen hat zu einer vorübergehenden Durchblutungsstörung des Herzmuskels geführt. Können Sie mir folgen? Hören Sie zu?"

„Hm. Ja."

„In Ihrem Fall bereits zum zweiten Mal kurz hintereinander. Unsere weiteren Untersuchungen haben dann unsere Vermutung bestätigt." Sie sagte, „Was Sie haben, Herr Schick, nennen wir das Takotsubo-Syndrom."

„Noch mehr ... lustige Namen."

„Auch bekannt als Broken-Heart-Syndrom. Und das ist, und jetzt hören Sie bitte zu, in der Akutphase, in der Sie sich jetzt befinden, ist das alles andere als lustig."

„Broken Heart? Hat doch bereits ... Eva."

„Wer?"

„Nichts ... Bitte ... weiter."

„Ja. Es ist eine lebensbedrohliche Angelegenheit. Lebensbedrohlich wie ein Herzinfarkt. Deswegen befinden Sie sich jetzt auf der Intensivstation und haben diesen Freund hier neben sich."

„Welchen ... Freund? Der ... eben hier war, mit ... dem Bart?"

„Nein, das ist Ahmed, Ihre Krankenschwester." Ihr Schmollmund lächelte. „Ich meine diesen Monitor hier, der Ihre Vitalparameter misst und überwacht und mir sofort Bescheid gibt, wenn etwas nicht stimmt."

„Der ist nicht ... mein Freund. Warum hat ... meine ... Krankenschwester, warum hat sie ... einen Bart?"

„Im Moment ist das Ihr bester Freund. Die gute Nachricht ist, wir können das mit Medikamenten gut behandeln und Sie werden sich vermutlich vollständig erholen. Wenn, Herr Schick, wenn Sie sich die Zeit geben."

„Broken Heart ... huh?"

„Herr Schick, haben Sie viel Kummer? Sorgen? Ist Ihnen etwas passiert? Bedrückt Sie etwas? Etwas, mit dem Sie nicht klar kommen, vielleicht?" Sie wartete. „Wenn Sie sich mir nicht anvertrauen wollen, dann ist das natürlich absolut in Ordnung, aber Sie sollten sich jemandem anvertrauen. Unbedingt."

Ich sagte, „Hat ... Eva mit Ihnen gesprochen?"

„Eva wer?"

„Die Frau, die mich ... hierher ... Hat sie mit Ihnen ... gesprochen?"

„Nicht über Sie, nein."

Ich schloss die Augen.

Ihren roten Schmollmund nahm ich mit in meinen Kopf. Sie konnte nichts dagegen tun.

Sie sagte, „Ruhen Sie sich aus. Geben Sie sich Zeit."

Was ich dann tat, fünf lange Tage.

22

„Sie sollten noch nicht gehen, Herr Schick. Ich fange gerade an, mich an Sie zu gewöhnen."

„Und ich mich an Sie, Ahmed. Aber das Leben ruft. Die Freiheit. Die Sonne."

„Es schneit, Herr Schick."

Ich stopfte weiter meine Habseligkeiten in die Sporttasche, die Eva mir bereits am ersten Tag aus meiner Dachstube gebracht hatte. Hose, Unterwäsche, Bücher über Kriminalistik und Serienmörder, die mir von den Schwestern zunächst heimliche Blicke, dann aufgeregtes Turteln bescherten. Wenn du ein cooler Bulle bist, hast du bei den Mädels eben Chancen wie ein Rockstar. Ich war also praktisch der Mick Jagger der Kriminalisten.

Obwohl, Jagger ist uralt und faltig und das bin ich beides nicht, und ich kenne von den Rollenden Steinen auch kein einziges Lied, das mir gefällt, und überhaupt, bekloppter Name für eine Rockband, Rollende Steine, also ... Wo blieb Eva nur?

„Ja, aber Sie wissen, was ich meine, Ahmed. Sie mögen ja auch die Sonne lieber als den Schnee, und die Freiheit lieber als die Unfreiheit. Deshalb sind Sie ja auch aus der Wüste hierher nach Deutschland geflüchtet mitsamt Ihrem wirklich eindrucksvollen Bart und unter all den Strapazen und Gefahren für Ihr Leben. Jetzt geben Sie es endlich zu, der Bart *ist* angeklebt."

„Ich bin in Bochum geboren."

„Tatsächlich? Deshalb sprechen Sie so gut Deutsch, ich habe mich bereits gewundert. Machen Sie noch einmal den Grönemeyer, Ahmed."

Ahmed ließ sich nicht zweimal bitten. Er sang *Bochum* mit einer Stimme inklusive Gluckser an den richtigen Stellen, dass es das Original nicht besser hinkriegen würde. Außerdem hatte er noch Westernhagen, BAP und

AC/DC im Repertoire, Mit 18, Verdamp lang her, Hells Bells. Ahmed war richtig gut.

Nach zwei Strophen sagte er, „Mehr? Ich kann auch *Männer*. Oder *Mensch*, das mag ich besonders-"

„Nein, stopp, auf keinen Fall *Mensch*, keine Schnulzen. Sie müssen rockig bleiben, okay? Aber *Bochum*, wirklich, Respekt, damit sollten Sie auftreten. Stellen Sie ein Video auf Youtube, nennen Sie sich Der Wahre Herbert."

Ahmed strahlte. „Meinen Sie?"

„Absolut. Geben Sie aber Ihren Job hier noch nicht gleich auf, warten Sie damit, bis Sie eine Million Klicks haben. Oder zwei Millionen. Und singen Sie keine Lieder der Stones."

„Kein Problem, die Stones sind ohnehin nicht so mein Ding."

„Hervorragend."

„Kommt Ihre Bekannte Sie abholen?"

„Ich hoffe es. Vermutlich steckt sie mit ihrem Schlitten noch im Stau. Oder die Rentiere sind mit ihr durchgegangen und jagen mit Hundert über die Autobahn Richtung Koblenz, sind gerade an der Abfahrt Vulkaneifel vorbei."

„Ach, Herr Schick, Sie ... Ja, ich werde Sie vermissen. Sie sind immer so lustig, Sie und Ihre Serienmörder, und Sie haben mich auch wirklich beruhigt und vor allem auch meine Kolleginnen. Ich meine, dass es total unwahrscheinlich ist, auf einen Serienmörder zu treffen und dass die ja auch selten die hellsten Leuchten am Weihnachtsbaum sind, wie Sie sagen und Sie wissens ja, von wegen Hannibal Lecter." Er beugte sich zu mir. „Aber hören Sie auf die Frau Doktor, die meint es gut mit Ihnen. Ich glaube, sie kann Sie besonders gut leiden."

Ich guckte hoch. „Doktor Schmollmund?"

„Uh", Ahmed flüsterte, „nennen Sie sie nicht so, das mag sie nicht." Und lauter, „Aber sie war so oft bei Ihnen im Zimmer, die Frau Doktor, auf der Station war bereits Getratsche."

Es hatte mich zwei Tage gekostet, den Vornamen von Frau Doktor Schmollmund herauszufinden. Cécile. Nachname Stüttgen. Dazwischen ein *Von*. Aber sie hat bei mehreren Gelegenheiten klar gemacht, dass sie von mir nur mit Frau Doktor oder Frau Doktor von Stüttgen angesprochen werden wollte. Nicht Cécile und definitiv nicht Doktor Schmollmund.

Soll einer die Frauen verstehen.

Verhindern konnte sie damit allerdings nicht, dass ich sie leise für mich Cécile oder Schmollmund nannte. Die Gedanken sind halt frei.

Aber, das noch ganz schnell, hier sieht man, was die Informationen auf dem Flur so wert sind, von wegen Getratsche auf der Station und so. Denn der Grund für die ständigen Besuche von Frau Doktor Cécile von Schmollmund-Stüttgen war nicht ich, sondern war ihre Nachbarin Hedwig. Cécile und Hedwig pflegten einen regen Austausch, und als Cécile bei einem dieser regen Austausche ihr Schweigegelübde brach und von einem Kriminalpolizisten erzählte, der in Trier aufgewachsen war, dann aber zum LKA nach Mainz ging und jetzt wieder in Trier war und bei ihr auf der Station lag und Herzprobleme hatte, sagte Hedwig, dass frühere Nachbarn einen Sohn hatten, die Schicks, dass die einen Sohn hatten, der Polizist geworden wäre und dann, glaubte sie, sogar zum LKA gegangen war, welch ein Zufall.

Und nachdem klar war, dass es sich nicht um einen Zufall handelte, brachte mir Cécile jeden Tag neue Grüße von Hedwig, die mit vollständigem Namen Hedwig Hübschen hieß und an die ich keinerlei, aber auch keinerlei Erinnerung hatte, die sich aber sehr wohl an die eine oder andere Geschichte über die Schicks im Allgemeinen und den kleinen Jung, wie hieß der noch mit Vornamen, klang so ausländisch?, im Besonderen hatte. Zum Beispiel die, dass der kleine Schick einmal einen anderen Nachbarsjung, den Leo, Leo Schmitz, also nicht direkt Nachbar, der hat ein paar Straßen weiter im Hochhaus gewohnt, der hat mal was geklaut im Deko, hinten bei der Kaul der Deko, nicht der andere, was Süßes geklaut,

und der kleine Schick, wie hieß denn der noch?, jedenfalls, der hat das auf sich genommen, weil er wusste, der
Leo war eigentlich kein Dieb, aber die Eltern hatten kein
Geld oder gaben ihm keins und er wollte wohl auch mal
was Süßes. Da kam die Polizei zu den Schicks, aber der
Jung hat da wohl die Wahrheit gesagt und die Eltern
waren nicht böse.

Was Cécile mir ebenfalls brachte, war die täglich neue
Ermahnung an den *Jung*, die Hedwig doch unbedingt zu
besuchen.

Doktor Schmollmund war mir nach dieser Geschichte,
die ein wenig anders endete, als Hedwig es erinnerte,
sehr wohlgesonnen, aber beim Vornamen nennen durfte
ich sie trotzdem nicht.

Weshalb ich ihr meinen Vornamen gar nicht erst
nannte, so oft sie auch nachfragte.

„Hallo Schick, fertig?"

Eva. Sie war auch jeden Tag hier gewesen, was mir irgendwie unpassend schien. Cécile, ja, sie war schließlich
für die Station zuständig und musste hier sein. Eva aber
nicht. Sie mochte mir das Leben gerettet haben, aber das
gab ihr nicht die Verpflichtung, täglich hierher zu kommen. Oder das Recht. Meine diesbezüglichen Bemerkun-
gen ließ sie jedoch ins Leere laufen.

Es scheint, als habe ich ein Durchsetzungsproblem.

Anna kam mich vier Mal besuchen, die Gute, vier Mal
die Strecke von Mainz nach Trier und zurück. Ihre Mutter schickte ein Mal Genesungswünsche. Wörtlich. „Ich
soll dir Genesungswünsche von Mama ausrichten." In
einem langen, schmerzvollen Gespräch habe ich ihr dann
meine Meinung zu einer Heirat mit einem jungen Mann
dargelegt, den sie gerade ein paar Wochen kannte. Auch
wenn er die Liebe ihres Lebens war, so zusammenfas-
send mein Standpunkt, konnte es nicht schaden, noch ein
bisschen länger zu prüfen. Ob ich durchgedrungen bin,
wird sich zeigen, Durchsetzungsproblem und so. Immerhin hatte sie mehrmals verständnisvoll genickt.

Sogar Pit kam ein Mal, blieb aber nur so lange, dass er
mir die hereingeschmuggelte noch halbvolle Flasche

Glendronach unter die Bettdecke schieben konnte und dann von der Stationsschwester, die ihm auf den Fersen war, rausgeworfen wurde. Die Stationsschwester konnte Pits Schmuggelgut unter seinem langen Wintermantel nicht gesehen haben, aber da Pit nach dem Ort roch, an dem er arbeitete und Stationsschwestern mindestens so gut beobachten und kombinieren können wie Kriminalisten, hatte sie sofort den richtigen, nun ja, Riecher. Sie stellte sich mit eisenhartem Blick und ausgestreckter Hand vor mich, ignorierte mein „Sie möchten mit mir tanzen?", sagte, „Ihr Bekannter riecht, als würde er in einer Kneipe leben, drückt seinen rechten Arm verkrampft gegen seinen Brustkorb, ohne aber verletzt zu sein, denn dann wäre er in der Notaufnahme, und erschrickt wie ein Mädchen, als ich hinter ihm hier rein komme – Ich kann jetzt also Ihren Nachttisch durchsuchen, Herr Kommissar, oder Ihnen die Bettdecke wegnehmen und schauen, ob sich außer Ihren krummen Storchenbeinen noch etwas anderes darunter befindet, was ist Ihnen lieber?" Zugleich ließ sie ihre Hand schwer auf mein Bein fallen.

Ich war einigermaßen verletzt wegen der krummen Storchenbeine, denn meine Beine waren durchaus gerade gebaut und muskulös, aber ich resignierte und opferte Pits Schmuggelware. Sie nahm die Flasche mit einem überlegenen Lächeln und zugleich einer rügenden hochgezogenen Augenbraue entgegen. Wenigstens erteilte sie mir kein Fernsehverbot.

Die Melchisedech kam übrigens auch zu Besuch. Drei Mal. Ein Mal kam sogar Babs mit. Und Babs brachte, kein Einwand der Stationsschwester, ihren selbstgebrühten Kaffee. Schwarz, stark, heiß, duftend. In einer Thermos. Er schmeckte köstlich. Babs trug keinen BH.

Wir lachten viel, und zum Abschied beugte sich Babs zu mir und küsste mich auf den Mund, zog dann in einer wilden Bewegung ihr Hemd hoch und stieg mit einem Seufzer, „Nimm mich, Schick", zu mir ins Bett, vor den Augen der Melchisedech.

Hey, nur ein Witz.

„Hallo Ahmed, wie gehts?"

„Danke, Frau Eva, sehr gut und Ihnen? Nehmen Sie uns jetzt den Herrn Schick weg?"

„Wollen Sie ihn etwa hierbehalten? Alle Ihre Kollegen und Kolleginnen sind doch froh, wenn er weg ist."

„Ha, ha, woher hast du das denn? Ich bin hier beliebt wie die Queen in England."

Ahmed grinste. „Das stimmt, das ist er", und zu mir, „Machen Sie es gut, Herr Schick, und schaun Sie nochmal rein. Gerne auch ohne Herzprobleme."

„Was ist eigentlich aus meinem Whisky geworden, Ahmed?"

„Den hat der Chefarzt mitgenommen. Hat sich beschwert, weil die Flasche nur halbvoll war. Melden Sie sich, wenn Sie in der Reha sind, ich komme Sie besuchen und singe für Sie."

Im Rausgehen schmetterte er wieder los, *Du kochst gerade sein Leibgericht, meine Faust will unbedingt in sein Gesicht, Und darf nicht ...*

„Okay, Schick, dann los, wo sind deine Krücken? Rollstuhl? Defibrillator? Beatmungsgerät?"

„Brauche ich alles nicht, und von wegen Beatmungsgerät, seitdem du mich Mund zu Mund und so, habe ich eitrige Bläschen auf der Lippe."

„Ich habe dich nicht Mund zu Mund und so, also Klappe, Schick, sonst gehe ich wieder." Sie kramte in ihrer Handtasche.

„Versprochen?"

„Ver-" Sie zog einen Briefumschlag hervor. „-sprochen. Da kam was für dich. Deine Hauswirtin hat mir das in die Hand gedrückt, wäre wohl wichtig."

Sie hielt mir einen Umschlag hin. Weiß, länglich, Standardbriefgröße, zugeklebt, keine Briefmarke, kein Absender. *KHK Schick*, stand darauf und *Vertraulich*.

„Fühlt sich an, als wäre was drin. Woher weiß meine Hauswirtin, dass es wichtig ist?" Ich öffnete den Umschlag und ein USB-Stick fiel heraus. Ansonsten war der Umschlag leer.

Eva zuckte mit der Schulter. „Vielleicht hat der Bote etwas gesagt. Oder sie hat es vermutet, weil Vertraulich draufsteht."

„Ein Bote? Das wurde also nicht im Briefkasten eingeworfen, sondern kam per Bote?"

„So hat sie gesagt."

Ich drehte das Teil in der Hand und betrachtete es. Ein handelsüblicher USB-Stick.

„Den musst du an einen Computer anschließen", sagte Eva. „Dann erst kannst du sehen, was darauf ist."

Ich guckte sie an.

Sie sagte, „Ein Computer ist ein elektronisches Gerät mit einem Bildschirm, mit dem kannst du ganz viele Sachen machen, zum Beispiel einen solchen Stick-"

„Du bist wirklich gut drauf heute."

„Nicht nur heute. Gehen wir endlich?"

Ich steckte Umschlag und Stick ein und nickte.

„Wohin? Direkt in die Reha oder vorher noch zu Pit?"

„Zu dir."

„Hey Schick-"

„Du hast einen Computer. Ich nicht. Ich muss gucken, was auf dem Stick ist."

Evas Büro war so durcheinander wie bei meinem letzten Besuch. Keine Änderung. Nur die große Matratze auf dem Boden war neu.

„Warum räumst du nicht mal auf?"

„Bitte? Ich kann dich auch zurückbringen, Schick, also pass auf, was du sagst." Sie nickte auf den Schreibtisch. „Der Computer steht da."

„Seh ich. Was ist mit der Matratze."

„Darauf schlafe ich. Im Schlafzimmer steht noch Wilkes Bett. Ich kann nicht in seinem Bett und auf seiner Matratze ..." Sie zog ein Gesicht.

„Verstehe. Du hast die Suche nach einer Wohnung aufgegeben und bleibst hier?"

„Vorerst."

„Aha."

Zwei Minuten später öffnete der Stick. Er enthielt zwei Dateien. Eine Mp4. Eine Pdf. Zwei Dateien, phantasielos bezeichnet als Datei 1 und Datei 2.

Ich hielt den Cursor auf Datei 1 um die Informationen zu bekommen.

Elementtyp MP4-Video, Länge 00:01:55.

Knapp zwei Minuten.

Mein Herz schlug schneller.

Ich doppelklickte auf die Datei.

Das Bild war dunkel und grobkörnig und schwarzweiß. Man konnte erkennen, dass die Kamera in einem weiten Raum hing und von oben nach unten gerichtet war.

„Eine Überwachungskamera", sagte Eva. Sie stand neben mir.

„In einer Tiefgarage", sagte ich. Mein Herz schlug noch schneller. Ruhig bleiben, Schick, okay? „Du siehst die Autos rechts und links, aber die Kennzeichen sind nicht zu erkennen. Hier, pass auf."

Eine Person kam von unten ins Bild. Das Gesicht von der Kamera abgewandt, der Statur nach ein Mann. Der Mann machte mehrere Schritte, vielleicht sechs oder sieben, als zwei weitere Personen ins Bild kamen. Ebenfalls von unten. Die Gesichter ebenfalls von der Kamera abgewandt. Ebenfalls Männer.

Jetzt machten die beiden Männer schnelle Schritte und warfen den einen Mann zu Boden. Einer kniete sich auf seinen Rücken, der andere auf seine Beine. Der auf dem Rücken machte Bewegungen, als würde er auf dem am Boden Liegenden einstechen. Zwei Mal. Dann sah es so aus, als würde er etwas aus der Tasche seiner Jacke oder seines Mantels nehmen und ihn damit würgen. Vielleicht ein Seil oder Gürtel.

Vielleicht ein in einer zylindrischen Helix gewundenes Kabel.

Dann zog der andere dem auf dem Boden Liegenden die Hose herunter. Bis auf die Knie.

Und, wie es aussah, vergewaltigte ihn.

Dann wurde das Bild schwarz.

Zwei beschissene Minuten.

Ich atmete aus.

Eva lehnte sich vor. „Oh, Schick."

Ich antwortete nicht. Sondern doppelklickte auf die zweite Datei.

Nur ein Satz:

Machst du weiter, machen wir weiter.

Und dann hämmerte es draußen gegen die Tür.

23

Wir gingen hinaus. Eva öffnete.

Heidmann stand vor uns. Drei Polizisten in Uniform hinter ihm.

Heidmann sah mich an.

Mir war nicht wirklich lustig zumute, trotzdem wollte ich gerade eine kluge Bemerkung machen wie Tatütata, der Heidmann ist da, aber er kam mir zuvor.

„Dass Sie zu so etwas fähig sind, Schick." Er schüttelte den Kopf. Langsam. Sein Gesicht war ernst und rot. „Sie sind vorläufig festgenommen."

„Bitte?"

„Wegen Mordes."

„Wegen ...? Waren Sie auf der Weihnachtsfeier und sind betrunken, Heidmann?"

Ich spürte Evas Hand an meinem Arm.

„Wir haben Ihre Fingerabdrücke in dem Fahrzeug, mit dem Sie zum Tatort gefahren sind. Wir haben DNA-Spuren von Ihnen am Opfer." Und als ob das noch nicht reichte, „Wir haben Fotos, die Sie bei der Tat zeigen. *Fotos.*" Seine Stimme jetzt noch gepresster als zuvor, sein Gesicht noch roter. „Ich wusste es halt schon immer, Schick, Sie sind ein Arschloch. Aber dass Sie so weit gehen, das hätte sogar ich nicht gedacht. Was hat er Ihnen denn getan?"

Die drei hinter ihm waren so ernst und rot wie Heidmann. Einer von ihnen war der aufgeblasene Großkotz aus Pits Kneipe. *Komm, Tamara, setz dich zu uns.* Wolfgang Friedrichs. Er war der einzige, in dessen Gesicht ich zusätzlich so etwas wie Häme entdeckte.

„Strecken Sie die Hände nach vorne, Schick."

Die Hände nach vorne? Wollte dieser fettwanstige Kobold mir etwa Fesseln anlegen?

„Überlegen Sie jetzt genau, was Sie tun, Heidmann."

„Nein, du überlegs, wasde tus." Friedrichs. „Sons werd ich dir noch zusätzlich die Visage polieren. Der Franz, der war mein Freund, du Drecksau."

„Franz?" Ich sah Heidmann an. „Franz Solberg? Ich soll Glatze getötet haben?"

„Schick", sagte Eva, „kein Wort mehr."

Was war hier los? Glatze?

Ich verstand das nicht. Warum Glatze?

Heidmann sagte, „Die Hände nach vorne, Schick."

Eva hatte Recht.

Ich hielt die Klappe.

Heidmann saß hinter dem Steuer, einer der anderen neben ihm. Ich saß hinten. Friedrichs saß rechts von mir und drückte seinen Ellbogen hart in meine Seite, der vierte saß links und vermied, ganz anständig, Körperkontakt.

Ich lehnte mich zu Friedrichs und flüsterte ihm etwas ins Ohr, woraufhin er seinen Ellbogen an sich nahm.

Heidmann hatte mir tatsächlich Handschellen angelegt, was nur möglich war wegen der auf mich gerichteten Waffe. Eva hatte zugeguckt. Heidmann würde das noch bereuen, er wusste es nur noch nicht. Friedrichs ebenso, denn seine Waffe war es, die auf mich zielte.

Sie brachten mich in Heidmanns Büro. Zuletzt war ich hier, als er mir die Melchisedech als Partnerin gab. Nicht lange her und doch eine gefühlte Ewigkeit.

Statt Melchisedech saß jetzt jemand anderes in Heidmanns Büro.

Heidmann nickte. „Ah, Sie sind schon da, Frau Kollegin."

Frau Kleines Würstchen. In Rollkragenpulli und Jeans, beides in Schwarz, wie gewohnt. Die hatte mir gerade noch gefehlt.

Aber statt über mich herzufallen, wie ich es von ihr erwartete, weshalb sonst könnte sie hier sein, passierte etwas anderes.

„Ich bin nicht wirklich Ihre Kollegin, Herr Heidmann, also hören Sie am besten damit direkt wieder auf." Sie saß auf dem Stuhl, auf dem die Melchisedech gesessen hatte, Beine übereinander geschlagen, und guckte auf meine Hände. „Nehmen Sie meinem Mann die Handschellen ab, dann lassen Sie uns allein."

„Ich soll-"

„Sofort, Heidmann."

„Schick ist nicht Ihr Mann, er arbeitet für-"

„Ich sagte, sofort. Wenn ich fertig bin, rufe ich Sie. Halten Sie sich also draußen zur Verfügung."

Ich unterdrückte ein Lächeln. Frau Kleines Würstchen zeigte Bosse Heidmann, wer der Boss war. In dem ruhigsten Ton, den ich je von ihr gehört hatte. War es die Weihnachtszeit, oder was war mit ihr?

Heidmann verzichtete auf eine weitere Zurechtweisung und öffnete meine Fesseln. Dann verließ er sein eigenes Büro. Die anderen, inklusive Friedrichs, waren schlau und folgten stumm.

„Setzen Sie sich, Schick."

Und ich war schlau und setzte mich neben sie.

„Habe ich Ihnen nicht empfohlen, sich von Problemen fernzuhalten?"

Aber das wars dann auch schon mit meiner Schlauheit, ich wollte schließlich nicht für Einstein gehalten werden. „Kann ich mich so nicht dran erinnern", sagte ich. „Woran ich mich aber erinnere, dass Sie mich vor die Wahl gestellt haben, Trier oder Frühpensionierung."

„Sie hätten die Frühpensionierung wählen sollen."

„Vielleicht."

„Sie sind nur nach hier abgeordnet, ich kann Sie jederzeit nach Mainz zurückholen."

Was war das jetzt? Ein Angebot? Ein Test?

Ich sagte, „Sie hätten sich für mich einsetzen sollen. In guten wie in schlechten Zeiten, steht in meinem Arbeitsvertrag. Aber auf die schlechten Zeiten hatten Sie offensichtlich keine Lust."

Hier. Deutlicher gehts nicht, Frau Kleines Würstchen.

„In guten wie in schlechten Zeiten", sagte sie. „Ich glaube, Schick, Sie verwechseln da was."

„Nein."

„Und was meinen Sie, für mich einsetzen sollen, ich *habe* mich für Sie eingesetzt. Sonst hätten Sie nämlich gar keine Wahl gehabt und würden jetzt jeden Morgen zum Schachspielen in den Park gehen."

Ich sah sie an, ehrlich verdutzt.

„Was gucken Sie so, Schick? Müssen Sie weinen?"

Ich atmete aus. Sie war definitiv schon zu lange meine Chefin. Sie hatte von mir gelernt. Sie spielte mein eigenes Spiel mit mir.

„Das Innenministerium, Schick, die Staatssekretärin persönlich, hatte sich bereits für Ihre Frühpensionierung stark gemacht. Sie meinte, wir brauchen keinen Schmutzigen Harald beim LKA."

„Schmutzigen Harald? Mein Vorname ist-"

„Dirty Harry, Schick, Dirty Harry. Sie kann rumpöbelnde Polizisten nicht leiden. *Niemand* kann rumpöbelnde Polizisten leiden, egal, wie verdient sie sich einmal gemacht haben. Jedenfalls, ich bin zu ihr gefahren und habe ihr das mit der Frühpensionierung ausgeredet. Ich habe ihr gesagt, auf Ihrem Schreibtisch steht eine Kaffeetasse *Clint Eastwood-Nein, danke.* Wir haben dann beratschlagt, und ich habe Trier vorgeschlagen. Weil die hier die miesesten Aufklärungsquoten im ganzen Land haben. Weniger als siebzig Prozent."

„Sechzig. Drei von fünf."

„Sechzig. Nach langem Hin und Her war sie einverstanden. Ich musste ihr im Gegenzug versprechen, zum diesjährigen Landespresseball zu kommen. Ich hasse Bälle."

„Das stimmt, Sie kommen ja nicht einmal gerne zu unserer Weihnachts-"

„Unterbrechen Sie mich nicht. Ich habe dann mit diesem Heidmann telefoniert und mir die Trierer Cold Cases beschreiben lassen und ihn dann angewiesen, Sie zunächst einmal in Ruhe zu lassen und Ihnen nach einer Zeit Manuela Kaplan zu geben. Den Fall, der offensichtlich der schwierigste hier ist. An dem sich bereits andere die Zähne ausgebissen haben. Der Fall, der eine wirkliche Herausforderung für einen guten Ermittler ist. Ich hatte gehofft, das würde Ihre Lebensgeister wecken. Sie wieder zu dem Polizisten machen, der Sie einmal waren. Und dann?"

Da sie schwieg und mich erwartungsvoll ansah, sagte ich, „Ja ... Was dann?"

„Dann bekomme ich heute Früh einen Anruf, Schick."

„Heute Früh?"

„Um sechs Uhr. Heidmann war gerade auf dem Weg zu Ihnen ins Krankenhaus. Er wollte Sie mit großem Tamtam vor aller Augen abführen."

Ich sagte, „Sie haben das verhindert?"

„Darauf können Sie wetten, dass ich das verhindert habe. Ich lasse keinen meiner Männer öffentlich vorführen. Schon gar nicht, wenn er unschuldig ist." Sie lehnte sich zu mir. „Und jetzt ist die Zeit für Sie gekommen, ja oder nein zu sagen. Sind Sie unschuldig? Haben Sie den Polizisten getötet, diesen Solberg?"

„Ja. Nein."

„Was? Sie haben? Sie haben einen Polizisten-"

„Nein, ich bin. Unschuldig, meine ich."

„Sie sind unschuldig. Warum sagen Sie dann ..."

Ich zuckte mit der Schulter. „Ja, ich bin unschuldig. Nein, ich habe Glatze nicht getötet. Ja. Nein."

„Glatze?"

„Solberg heißt eigentlich Glatze ... Nein, Glatze heißt eigentlich Solberg, so rum."

„Güte, Schick, manchmal verstehe ich Sie einfach nicht." Sie lehnte sich wieder an. „Jetzt hören Sie schon auf zu grinsen, dazu haben Sie keinen Grund. Heidmanns Beweise sind nicht von schlechten Eltern."

„Kann ich nichts zu sagen. Ich kenne Heidmanns Eltern ... Also, ich kenne die sogenannten Beweise nicht."

„Ich schon."

„Und dass Glatze getötet wurde, damit wir uns hier richtig verstehen, das tut mir leid. Er war ein Idiot und ein unfähiger Polizist, daran ändert auch sein Tod nichts. Aber ich habe mit seinem Tod nichts zu tun."

„Gut, Schick, das wollte ich hören. Dann rufen wir mal Heidmann herein."

244

Mit *wir* meinte sie in diesem Augenblick wohl mich, denn sie guckte mich an und wartete. Aber das war in Ordnung. Ich stand auf und öffnete die Tür und sah den Gang hinab. Heidmann stand dort mit Friedrichs, der wild mit den Armen fuchtelte.

Heidmann sah mich, und ich nickte ihm zu und ging wieder rein. Heidmann folgte.

„Heidmann", sagte meine Chefin, deren Name mir urplötzlich auch wieder einfiel. Laufenberg. Manche nannten sie auch Stählernes Rückgrat. Frau Stählernes Rückgrat Laufenberg.

Gut, das habe ich mir gerade ausgedacht. Niemand nannte sie Stählernes Rückgrat. Aber ab heute würde ich sie so nennen.

„Zeigen Sie uns noch einmal Ihre Beweise."

„Frau Laufenberg, Schick ist Beschuldigter-"

„*Herr* Schick oder *KHK* Schick, Heidmann. Ihre sogenannten Beweise, sofort."

Uh, *sogenannten* Beweise. Frau Stählernes Rückgrat stellte sich schützend vor ihren Mitarbeiter. Also mich.

„Ich habe die Staatsanwaltschaft verständigt, dass wir-"

„Das ist auch die normale und richtige Vorgehensweise, Heidmann, gut gemacht, herzlichen Glückwunsch. Ich habe im Übrigen auch mit der Staatsanwaltschaft gesprochen. Und jetzt", Laufenberg stand auf, „ich habe bereits alles gesehen, aber Herr Schick nicht. Jetzt werden wir uns also gemeinsam noch einmal alles ansehen."

Ich war wirklich erstaunt über ihren Tonfall. Ruhig. Bestimmt. Leise. Ich hatte meine Chefin noch nie so leise Anweisungen geben hören.

Heidmann, die kugelnde Schnarchnase, hatte nichts mehr entgegen zu setzen. Er ließ sich auf seinen Stuhl nieder und schob uns eine Akte über den Tisch.

In dem Moment klopfte es und ein Mann trat ein ohne zu warten.

Graue Haare, schwarzer Mantel, schwarzer Anzug, weißes Hemd.

„Frau Laufenberg, hallo, ich grüße Sie."

„Herr Zuckmayer, hallo. Ach, schön, dass es doch noch geklappt hat." Sie umarmten sich mit Küsschen rechts und links. „Es ist mir wirklich wichtig, Sie von Anfang an dabei zu haben."

„Wenn Sie rufen, komme ich gerne, das wissen Sie doch."

Dann gaben wir uns die Hand und Zuckmayer sagte, „Zuckmayer, Staatsanwaltschaft", und ich sagte, „Schick, unschuldig, isch schwörs", was mir einen Blick von Zuckmayer und einen ähnlichen von Laufenberg einbrachte, die dann sagte, „Heidmann kennen Sie ja, Herr Zuckmayer."

Zuckmayer nickte Heidmann zu und griff nur flüchtig seine ausgestreckte Hand.

Zuckmayer schien nicht viel von Heidmann zu halten. Was mich freute. Und mir Hoffnung machte, schnell hier raus zu kommen.

„Gut", sagte Zuckmayer, „was also haben wir hier, Heidmann?" Zuckmayer sah sich um und zog einen Stuhl von der Wand und stellte ihn neben meinen und setzte sich.

Für Heidmann musste es aussehen, als wäre er alleine gegen drei.

Heidmann öffnete wortlos die Akte und verteilte den Inhalt auf seinem Schreibtisch.

Zuckmayer, Laufenberg und ich beugten uns darüber.

Mehrere Fotos.

Zwei beschriftete Seiten mit den ersten Ermittlungsergebnissen. Zusammengefasst sagten sie, dass in der Nacht von vorgestern auf gestern zwischen Mitternacht und drei Uhr morgens der Kriminalhauptkommissar Franz Solberg in einem Trierer Stadtteil vor der Tür seines Hauses mit mehreren Schlägen mit einer stumpfen Waffe erschlagen wurde.

Und dass KHK Schick aufgrund eines anonymen Hinweises und der Beweislage dringend der Tat verdächtig war.

Ich sagte, „Glatze war Kriminalhauptkommissar, genau wie ich? Das ist wohl ein Witz, Heidmann. Wie haben Sie denn das geschafft, Ihren Busenfreund-"

„Spielt jetzt keine Rolle mehr, Schick", sagte Zuckmayer. „Glatze?"

„Schick meint den Getöteten Solberg", sagte Laufenberg. „Das war so etwas wie ein interner Witz zwischen den beiden."

„Von wegen Witz", sagte Heidmann, „das war immer-"

„Ach so", sagte Zuckmayer, und Heidmann war still.

Zuckmayer hatte natürlich Recht, dass Glatzes Besoldung keine Rolle mehr spielte. Trotzdem. Das war Monat für Monat ziemlich viel Geld für jemanden, der nichts leistete. Und von der Sorte Glatze gab es so verdammt viele. Gut, dass die Öffentlichkeit nichts davon wusste.

Wir betrachteten die Fotos.

Rund zwanzig. Laufenberg fing an, reichte Foto um Foto mir, ich gab Foto um Foto weiter an Zuckmayer.

Die ersten waren Fotos vom Tatort.

Draußen, offensichtlich in einer kleinen Einfahrt zu einem kleinen Haus. Schnee. Glatze in seiner ledernen Dienstjacke auf dem Boden. Sein Körper verdreht, klaffende Wunden am Hinterkopf und an der Seite. Blut im Gesicht, auf dem Schädel, im Schnee.

Die nächsten Fotos zeigten Glatze aus verschiedenen Blickwinkeln.

Foto um Foto ging durch unsere Hände. Wir arbeiteten zügig und schweigsam. Jeder von uns mit einem anderen Bestreben.

Zuckmayer als Herr des Verfahrens musste natürlich zunächst den Ergebnissen und Schlussfolgerungen seiner ermittelnden Beamten folgen. Aber als Staatsanwalt war die Suche nach der Wahrheit oberstes Gebot, er würde also auch mich entlastende Hinweise berücksichtigen und die Beweise darauf überprüfen, ob sie Heidmanns Verdacht gegen mich standhielten. Besonders in einer so frühen Phase der Ermittlungen.

Laufenberg glaubte mir, war mein Eindruck, aber sie war natürlich zu sehr Polizistin, als dass sie nicht alles für möglich hielt. Dass ich sie angelogen haben könnte, zum Beispiel, und tatsächlich einen Kollegen getötet hatte. Sie würde aber mehr als Zuckmayer nach entlastenden Hinweisen suchen.

Ich hingegen suchte gar nicht nach Entlastung. Ich hatte Glatze nichts getan, außer, natürlich, ihn Glatze zu nennen. Ich suchte nach dem Täter.

„Heidmann?"

„Ja, Herr Zuckmayer, sehr überzeugend, nicht wahr?

„Gibts hier keinen Kaffee?"

„Keinen ... uh, wie jetzt ...?"

„Kaffee. Wir wollen Kaffee." Zuckmayer guckte zu mir und zu meiner Chefin. Wir beide nickten.

„Drei Mal Kaffee", sagte Zuckmayer. „Es sei denn, Sie wollen auch."

„Uh, der Automat, ich habe ihn wegräumen lassen. Wir brauchten den Platz."

Ohne von dem Foto in meiner Hand hochzugucken sagte ich, „In meinem Büro, Heidmann. Unter meinem Tisch steht eine Kaffeemaschine, in der unteren Schublade Becher, Filter und Kaffee. Machen Sie ihn stark. Zwölf gehäufte Löffel für die Kanne."

Im Augenwinkel sah ich Zuckmayer ein Grinsen unterdrücken.

Heidmann wartete einen Moment, da aber keiner der anderen etwas sagte, stand er auf und rauschte hinaus.

Das Foto in meiner Hand zeigte einen Hut. Die Beschriftung gab Aufschluss, das war der Hut, den der Täter trug.

Ich kannte den Hut. Er hatte ein silberfarbenes Band und eine Schleife. Er hatte auf der Hutablage des Golfs gelegen, bevor ich ihn in meiner Dachstube in meinen Mülleimer warf.

„Ich habe Glatze nicht gesehen, seit er aus meinem Büro in den Keller gezogen ist", sagte ich. „Eineinhalb Wochen her."

Keiner der beiden anderen antwortete.

Die nächsten Fotos stammten nicht vom KDD, sondern, wie die Beschriftung erläuterte, von der Sicherheitskamera am Haus des Geschädigten Solheim. Die Aufnahmen zeigten Täter, Opfer und die Tat.

Okay, Glatze hatte eine Sicherheitskamera an seinem Haus, die auf Bewegung reagierte und im Abstand von fünf Sekunden Fotos schoss. Gut für mich, oder?

Die Kamera war über der Tür angebracht und fotografierte von oben nach unten. Sechs Fotos insgesamt. Dreißig Sekunden, dann war Glatze tot. Das Gesicht des Täters war nicht zu sehen, nur die Statur, seine lange Jacke und der Hut. Der Hut mit dem Silberband war relativ deutlich zu erkennen, der Rest nur unscharf, wie man es von billigen Videoanlagen kennt. Zumal wenn sie in der Dunkelheit fotografierten.

Hinter dem Täter in der Einfahrt stand ein Fahrzeug. Ein Golf. Ich kannte das Kennzeichen.

Der Täter hielt einen Knüppel in der Hand. Die Form deutete auf einen Baseballschläger. Damit schlug er auf Glatze ein.

„Die Person da, das ist Heidmann", sagte ich. „Oder sind Sie das, Zuckmayer? Nein, warten Sie, das ist unser Innenminister."

Keiner der beiden anderen antwortete.

Heidmann kam herein mit vier Bechern und der vollen Kanne. Keine Milch, kein Zucker. Wir schenkten uns selbst aus.

„Dieser anonyme Hinweis, Heidmann, spielen Sie uns das mal vor."

Heidmann nahm ein Diktiergerät aus der Schublade. „Das ist eine Kopie, Herr Zuckmayer. Das Band mit der Originalaufnahme ist selbstverständlich unter Verschluss."

Heidmann drückte auf Play.

Der diensthabende Polizist meldete sich, dann hörten wir die Stimme des Anrufers. *Ein Mann wurde gerade getötet. Einer Ihrer Polizisten. Er wurde erschlagen. Franz Solberg. Wirklich brutal. Vor seinem Haus. Ich habe den Mord beobachtet. Der Täter ist auch Polizist. Er heißt Schick.*

Heidmann grinste mich an.

249

Die Stimme des Anrufers war tief, eindeutig ein Mann. Mittleres Alter, schätzte ich. Gebildet, eher hoher sozialer Status, war mein Eindruck, denn sein Deutsch war gut und seine Aussprache auf dezente Weise vornehm.

„Führen Sie uns mal durch die bisherigen Ermittlungen, Heidmann. Der Anruf dieses Zeugen kommt in der Zentrale an. Und dann?"

„Das steht alles in dem Bericht, Herr Zuckmayer, ich-"

„In Ihren Worten, mündlich, Heidmann. Bitte."

Der Anruf kam rein, sagte Heidmann, und die Zentrale informierte sofort den Kriminaldauerdienst und der KDD informierte sofort ihn. Er selbst war zu der Zeit zuhause. Da ein Kollege tot war, und nicht nur ein Kollege, sondern sein Freund, sein bester Freund, kam er sofort selbst an den Tatort. Dort erfuhr er, dass der Täter von einem Zeugen am Tatort gesehen worden war und dass der Täter ein anderer Kollege war, KHK Schick. Seine Leute sicherten den Tatort, nahmen Spuren auf, alles. Dann beantragte er einen Durchsuchungsbeschluss für meine Wohnung und durchsuchte zusammen mit Kollegen vom Kriminaldauerdienst meine Wohnung.

Gut, dass Eva meine Tasche ins Krankenhaus gebracht hatte. Denn da war meine Akte drin.

Zuckmayer sagte, „Fanden Sie die Tatwaffe? Den Knüppel?"

„Nein."

„Blutverschmierte Kleidung von Herrn Schick? Der Täter muss ja doch Blut vom Geschädigten an sich haben, so, wie die Tat verlaufen ist."

„Kein offensichtliches Blut an der Kleidung, die wir gefunden haben. Aber die Sachen habe ich zur genaueren Analyse dem BKA geschickt, dann werden wir sehen, ob kein Blut dran ist. Und auf dem Weg zum Krankenhaus, und das", Heidmann räusperte sich und legte die Arme schwer auf den Schreibtisch und guckte Zuckmayer an mit einer derart gespielten Entrüstung, dass meine Hand zu einer Ohrfeige zuckte, „und das gehört jetzt auch hierher, Herr Oberstaatsanwalt, auf dem Weg zum

250

Krankenhaus, wo sich der gute Herr Schick vorübergehend befand und von wo aus er jederzeit, *jederzeit*, besonders nachts – und als mein Kollege Solberg brutal getötet wurde, war es Nacht, da sind wir uns alle schließlich sehr einig, nicht? Der Anruf in unsere Dienststelle kam um dreiundzwanzig Uhr elf und die Fotos zeigen an, wenige Minuten vor dem Anruf ist alles passiert, das ist mitten in der Nacht, nicht? – von wo aus er jederzeit ungesehen einige Stunden verschwinden konnte, wurde ich dann von Frau Laufenberg angerufen." Sein Blick sprang von Zuckmayer über mich hinweg zu meiner Chefin. „Ich wurde von Ihnen gehindert, meine Pflicht zu tun, Frau Laufenberg. Ich habe als Polizeibeamter einen Eid geleistet, und in dieser Nacht wurde ich zum ersten Mal in meinem Leben und meiner langen Karriere daran gehindert, meine Pflicht als Polizeibeamter zu erfüllen. Sie haben-"

„Jetzt werden Sie mal nicht kitschig, Heidmann."

„Kitschig, Frau Laufenberg? Herr Schick hat seinen Kollegen Solberg bedroht, Frau Laufenberg, wussten Sie das? Herr Zuckmayer? Nein? Noch keine zwei Wochen ist das her. Hier liegt auch eindeutig ein Motiv."

„Wir haben Ihre Ausführungen diesbezüglich gelesen", sagte Zuckmayer.

„Herr Schick ist eine gewalttätige Person. Er hat eben noch, vorhin, im Auto, einen meiner Leute bedroht. Kriminalhauptmeister Friedrichs. Auf der Fahrt hierher. *Bedroht*. Er wird festgenommen und bedroht einen Kollegen. So einer ist Ihr Herr Schick."

Zuckmayer sagte, wenig enthusiastisch, „Stimmt das, Schick?"

„Der Kerl hat mir seinen Ellbogen in die Rippen gedrückt. Ich habe ihn gebeten, damit aufzuhören."

„Gebeten? Sie würden ihm sonst den Arm brechen, haben Sie gesagt, Schick. Sie sind der gewalttätigste Typ, der je in meiner Dienst-"

„Haben Sie das gehört, Heidmann?", sagte Laufenberg. „Ich meine, haben Sie das selbst gehört, was Herr Schick angeblich gesagt hat?"

Heidmann war still.

„Sie waren doch auch im Auto, dann müssen Sie das ja auch gehört haben. Und zwei weitere Kollegen waren mit Ihnen. Hat von denen jemand das gehört?"

Heidmann war still.

„Hat denn irgendwer gehört, wie Schick den Geschädigten Solberg bedroht hat? Vor, wann sagen Sie, vierzehn Tagen?"

Heidmann schüttelte den Kopf.

„Sie brauchen Zeugen", sagte Zuckmayer, „mindestens einen. Sonst steht Aussage gegen Aussage. Sie kennen das doch, Heidmann, mein Gott."

„Ja, das kenne ich. Genau das ist ja Schicks Masche. Alles ohne Zeugen."

„Ohne Zeugen, meine Masche", sagte ich, „Heidmann, Heidmann, ich sage Ihnen jetzt ganz offen, dass ich Ihnen wegen Ihrer gespielten Entrüstung und dieser ganzen unglaublichen Angelegenheit sehr gerne eine Ohrfeige verpassen würde, sogar mehrere."

„Hören Sie das, Herr Zuckmayer? Haben Sie das gehört? Frau Laufenberg, Ihr Mann? Ich-"

„Wir sollten uns im Eifer des Gefechts zu nichts hinreißen lassen", sagte Zuckmayer. „Herr Heidmann? Herr Schick? Gut. Machen wir also weiter. Die Fingerabdrücke von Herrn Schick in dem Auto, das am Tatort gesehen wurde, und DNA an diesem Hut sowie an der Jacke des Opfers. Was ist damit, Heidmann?"

„Wir haben das Auto eine Straße weiter gefunden, abgestellt in einer privaten Einfahrt. Der Hut lag darin. Das Auto ist voll mit den Fingerabdrücken von *Herrn* Schick."

„Weil ich damit in den letzten Tagen herumgefahren bin", sagte ich. „Das ist der Schrottdienstwagen, den Sie, Heidmann, mir zugeteilt haben."

„Das ist, uh, völlig richtig. Aber es ist trotzdem der Wagen, der am Tatort gesehen wurde. Das Kennzeichen ist glasklar auf allen sechs Fotos der Überwachungskamera zu sehen."

Zuckmayer sagte, „Wer hatte vor dieser unangefochten furchtbaren Tat, wer hatte da Zugang zu dem Wagen?"

„Niemand. Nur Herr Schick."

„Blödsinn, Heidmann. Das ist ein verdammter *Dienst*wagen, vor mir sind tausend Leute damit gefahren. Und abends stelle ich den Wagen zurück aufs Gelände hier im Präsidium, am nächsten Tag nehme ich ihn mir wieder, wenn ich ihn brauche. Zwischenzeitlich kann jeder damit rumfahren. Er braucht nur einen Schlüssel, oder er knackt den Wagen auf, der ist alt genug, das dauert eine halbe Minute. Sie verschwenden Ihre Zeit, Heidmann. Und meine. Draußen läuft der Mörder Ihres Freundes herum, und Sie lassen sich sogar noch von ihm an der Nase herumführen."

Stille.

„Heidmann?"

„Ja, Herr Zuckmayer?"

„Heidmann, haben Sie den Wagen daraufhin untersucht, ob er aufgebrochen und kurzgeschlossen wurde?"

„Nein, uh, noch nicht."

„Dann veranlassen Sie das. Die DNA an der Jacke des Geschädigten Solberg, was ist damit?"

Heidmann wollte antworten, aber ich kam ihm zuvor. „Vor ein paar Tagen habe ich Herrn Solberg freundschaftlich auf die Schulter getippt", sagte ich. „Wir frequentieren dasselbe Gasthaus, da haben wir uns gesehen. Auf dem Weg nach draußen, ich habe das Gasthaus vor Herrn Solberg verlassen, ich bleibe nie so lange wie er, ich brauche meinen Schlaf für den Dienst am nächsten Tag, während er ja stets im Büro schlief, jedenfalls, auf dem Weg nach draußen habe ich ihm mit einem *Gute Nacht, Kollege, es ist Zeit für mich zu gehen* auf die Schulter getippt. Sie wissen, mit der Melodie von diesem Reinhard-May-Lied, *Gute Nacht, Freunde*? Außerdem hatte er diese Jacke im Büro an, jeden und jeden Tag, das Büro, das er und ich teilten. Und der Hut, der hat in dem erwähnten Dienstwagen gelegen, auf der Hutablage, zusammen mit einem Wackeldackel in Polizeiuniform."

Und auf Zuckmayers Blick, „Das war jetzt kein Scherz. Ein Wackeldackel in Polizeiuniform. Ich habe beides in meinen Mülleimer geworfen." Ich sagte, „Was an dieser Stelle übrigens der interessanteste Aspekt des gesamten Vorgangs ist. Denn der Mülleimer steht in meiner Dachstube. In der Pension, in der ich wohne."

„Tatsächlich?" Laufenberg. „Heidmann, was sagen Sie dazu?"

„Das, uh, uhm ..."

„Sie meinen also, Schick, es ist jemand bei Ihnen eingebrochen und hat den Hut gestohlen", sagte Zuckmayer, „um Ihnen zu schaden."

„Oder Herr Schick hat ihn angezogen, um bei seinem feigen Mordanschlag nicht erkannt zu werden", sagte Heidmann mit wiedergefundener Stimme.

„Sie sind ja schon wieder so rot", sagte ich.

„Was wissen Sie über den Zeugen?", sagte Zuckmayer und wartete. Wir warteten auch. „Heidmann? Der Anrufer, was wissen Sie über ihn?"

„Ich hab in der Richtung noch nicht ... Also, ich habe ... Das wollte ich tun, sobald ..."

„Der Anrufer ist kein normaler Zeuge", sagte Zuckmayer.

„Was ... Meinen Sie? Wieso nicht normal?"

„Der Anrufer ist keiner, der *zufällig* eine Tat beobachtet hat, Heidmann", sagte Laufenberg. „Das ist Ihnen doch wohl auch aufgefallen."

„Nun ja ... Ja, sicher, und?"

„Die Überwachungskamera am Haus Ihres getöteten Kollegen, Heidmann", sagte Zuckmayer, und ich sah eindeutig ein leises Schütteln seines grauen Kopfes, „die ist klar als solche erkennbar. So schreiben Sie selbst in Ihrem Bericht. Hat Ihnen das nicht zu denken gegeben?"

„Zu denken, wieso zu denken? Der Franz war eben sehr vorsichtig. So kenn ich ihn, so kennt ihn jeder. Kannte."

„Ich glaube, der Herr Oberstaatsanwalt meint etwas anderes, Heidmann", sagte Laufenberg. „Muss man Ihnen alles erklären? Wenn die Kamera von außen zu sehen war, warum fährt der Täter dann mit dem Auto in die Einfahrt? Wenn er davon ausgehen muss, dass die Kamera das Kennzeichen des Wagens erfasst?"

„Weil ..." Heidmann schwieg.

„So dumm können Sie gar nicht sein, dass Ihnen das nicht auffällt. Aber Sie wollten es nicht sehen. Sie wollten nur Schick."

„Also dumm, Frau Laufenberg, ich glaube, jetzt reichts aber dann doch. Ich ... Also wirklich."

„Ich schätze, Sie haben all das gesehen, Heidmann, genau wie wir", sagte ich. „Aber Sie haben die Gelegenheit genutzt, mich ein wenig vorzuführen."

Heidmann schwieg.

„Gut", sagte Zuckmayer. Er stand auf. „Heidmann, die Beweise, die Sie gegen Herrn Schick haben, sind nicht viel wert. Sie werden ihn daher jetzt aus dem Gewahrsam entlassen. Dann werden Sie nach dem Anrufer suchen. Und Sie werden ab sofort in *alle* Richtungen ermitteln. Haben Sie mich verstanden? Befragen Sie das Umfeld von Herrn Solberg, privat und hier im Präsidium. Hatte er Feinde? Und, Heidmann?" Heidmann guckte zu Zuckmayer hoch. „Mit Ihrer blödsinnigen Verdächtigung von Herrn Schick haben Sie bereits wertvolle Stunden vergeudet. Geben Sie sich ab sofort richtig Mühe, sonst bekommen Sie richtig Ärger. Solberg war Polizist. Er verdient es, dass Sie sich Mühe geben. Und Herr Schick", Zuckmayer drehte sich zu mir, „Sie sind involviert, Sie können daher leider nicht im Dienst bleiben-"

„Ich-"

Zuckmayer hob die Hand. „Aber Sie sind ja ohnehin krankgeschrieben und sollen zur Reha, wie ich höre, da passt das ja. Da müssen wir Sie ja gar nicht vom Dienst freistellen. Frau Laufenberg, was meinen Sie?"

„Sehe ich ganz genau so."

Ich sagte, „Ja, ich dann auch."

24

„Trotzdem verstehe ich das nicht. Der USB-Stick mit dem Video und dieser Einzeiler, *Machst du weiter, machen wir weiter.*" Eva trank und zog die Beine an und legte die Hand mit dem Glas locker auf ihr Knie. Sie schüttelte den Kopf. „Das ist doch bereits eine eindeutige Warnung. Warum also noch Glatze?"

Es war erst Nachmittag, aber was heißt das schon im Winter, keine fünf Uhr und es war bereits stockdunkel und überall brannten Laternen und deprimierende Weihnachtslichter. Wenigstens schneite es nicht. Auf dem Weg zu Pit war ich an einer Kirche vorbeigekommen und hineingegangen. Keine Ahnung, warum. Drinnen war es nicht gerade warm, aber wärmer als draußen, vielleicht deswegen. Ein paar Alte saßen verteilt auf den Bänken in grauen Mänteln und Hüten, die Frauen mit Handtaschen auf dem Schoß, sie alle hatten noch den Krieg erlebt, als Kinder, und die Nachkriegszeit, Bomben und nichts zu essen und die halbe Familie tot, seitdem gingen sie in die Kirche, was blieb ihnen auch anderes. Vorne, rechts neben dem Altar, eine Krippe. Keine Spur von irgendwelchen Geistlichen, vermutlich befummelten sie im Hinterzimmer gerade die Messdiener oder öffneten einen trockenen Riesling und verteilten das Geld aus dem Klingelbeutel. Ich musste Pit mal fragen, wie das so ablief.

Da ich schon mal hier war, hatte ich mich auf eine Bank gesetzt, weg von allen anderen, und eine viertel Stunde in mich hineingelauscht und mal wieder nach dem Sinn meines Daseins gesucht und mal wieder keine Antwort bekommen. Dann war ich statt zu Pit zu Eva gegangen.

Eva hatte gegrinst, „Hey, der Schick, komm rein", und Rotwein ausgegossen und mit ihren nackten Zehen Zappa leiser gedreht, dann hatten wir erneut das Video angeschaut und uns auf den Holzboden gesetzt und gegen die Wand gelehnt. Nach ein paar Minuten berührten sich unsere Schultern, aber Eva zuckte nicht weg. Ihre Zehnägel waren rotlackiert. Ich dachte nicht eine Sekunde an Doktor Schmollmund.

„Schick, hallo? Warum also noch Glatze?"

Ich sagte, „Nennst du jeden Menschen ohne Haare Glatze?"

Eva lächelte. „Ich fange an, mich an deine Art zu gewöhnen. Dann imitiert man schon mal."

„Überschreitest du damit nicht eine Grenze zwischen Therapeutin und Patient?"

Vielleicht – und das kam auch für mich ein bisschen plötzlich, aber der Gedanke schoss mir nunmal in den Kopf, jetzt, neben ihr, während sie mit ihren Zehen wackelte, was soll ich machen, der Rotwein mochte Schuld sein, vielleicht war Eva ja der Sinn meines Lebens. Oder vielleicht war ich auch einfach nur scharf auf sie. Oder beides.

„Grenze überschreiten?" Sie guckte auf meine Hand, dann in meine Augen. Unsere Köpfe Zentimeter voneinander entfernt. Ich konnte ihren Atem riechen und spürte ihre Wärme und sah den feuchten Glanz auf ihren Lippen. Wie es wohl wäre, fragte ich mich und guckte ganz offen hin, wie es wohl wäre, diese Lippen zu küssen.

„Du bist *nicht* mein Patient, Schick. Wärst du mein Patient, würden wir uns nicht duzen. Wir hätten auch nicht zusammen bei Pit getrunken. Ich hätte dich definitiv nicht im Krankenhaus besucht. Und natürlich würdest du nicht neben mir auf meinem Fußboden sitzen mit einem leeren Glas Rotwein und deine Hand", sie lächelte, „auf meinem Bein. Warte."

Sie nahm die Flasche und schenkte uns nach, die Gläser wieder randvoll. Wir stießen an und tranken, und Eva sagte, „So herzmäßig, wie geht es dir da?"

„Herzmäßig? Alles in Ordnung, glaube ich."

„Kreislauf?"

„Stabil."

„Kopf?"

257

„Klar und frisch."

„Gut. Warum fragst du mich dann nicht, Schick?"

Ich sagte, „Fragen was?"

„Ob ich mit dir auf die Matratze will."

Ich sagte, „Willst du?"

Sie sagte, „Ja."

Ich lag auf dem Bauch, nackt, ruhig, während Evas Fingerkuppen die Narben auf meinem Rücken erkundeten. Sie rauchte nicht, was ihr gleich ein Dutzend Pluspunkte bei mir einbrachte.

Der Sinn des Lebens. Ja, vielleicht war es das. Ein Job, interessant genug um morgens aufzustehen. Und eine Eva, zu der ich abends zurückkehren will.

Vielleicht war das der Sinn des Lebens. *Meines* Lebens. Vielleicht war es nicht mehr. Aber es wäre schon verdammt viel.

„Das war das erste Mal", sagte ich.

„Das erste Mal?" Eva beugte sich zu mir und lächelte. „Das glaube ich nicht."

„Seit ich vergewaltigt wurde, das erste Mal."

Seltsam, wie ich es jetzt aussprechen konnte. Ein halbes Jahr lang konnte ich es nicht *denken*. Jetzt konnte ich es aussprechen. Zu einer Frau sagen, mit der ich gerade geschlafen hatte. Und mein Herz schlug dabei langsam und gleichmäßig.

„Deshalb war es auch nicht so irre gut", sagte ich. „Aber es wird besser werden, keine Sorge."

„Ich beschwere mich nicht." Eva beugte sich wieder zu mir und küsste mich auf die Wange, ihre Finger immer noch leicht, ganz leicht auf meinem Rücken.

„Irgendetwas passiert mit mir, wenn du mich berührst", sagte ich. „Bereits beim ersten Mal war das so, in dem Pflegeheim bei Fogel. Du hast meine Hand berührt. Erinnerst du dich? Ich wurde sofort ruhig."

„Das ist gut, oder?"

„Ich denke."

„Ich auch. Tut es noch weh?"

„Die Wunden? Nein. Na ja, kaum."

Sie sagte, „Das andere wird noch dauern, weißt du. Aber du bist auf gutem Weg. Zu Anfang war ich nicht sicher, aber jetzt bin ich es. Du bist Mann genug, das zu verkraften. Zu verarbeiten. Du bist Mann genug, nicht daran zu zerbrechen."

„Meine Frau ist anderer Meinung."

„Deine Frau ist dumm."

„So?"

„Jede Frau, die dich gehen lässt, ist dumm."

Ich grinste.

„Jetzt aber nicht überheblich werden, Schick." Eva sagte, „Als nächstes gehst du in die Reha. Und danach? Zurück nach Mainz?"

„Reha? Zum zweiten Mal in einem Jahr? Also, innerhalb eines Jahres?" Ich drehte mich und richtete das Kissen in meinem Rücken und lehnte mich gegen die Wand. Die Wunden waren okay soweit, aber der Rest meines Rückens war Schrott. „Vergiss es. Und Mainz ... Ich habe hier noch zu tun, wie du weißt. Du hast vorhin die richtige Frage gestellt. Warum noch Glatze. Du hast gesagt, du verstehst das nicht. Habe ich auch nicht. Aber ich habe darüber nachgedacht."

Sie wartete, also sagte ich, „Es gibt nur eine richtige Antwort. Es sind drei."

Eva sagte, „Du hast doch Schmerzen."

„Und da beides, das Video und der Mord an Glatze, dasselbe Ziel hat, nämlich mich zum Schweigen zu bringen, wissen die zwei und der Dritte nicht voneinander."

„Also die beiden aus dem Video und ein Dritter."

„Genau."

„Und einer von ihnen ist Andi Lange."

„Einer der beiden Vergewaltiger, nicht der mit Glatze. Ganz sicher. Aber wer sind die beiden anderen?"

„Auf jeden Fall bist du beiden auf den Fersen. Also allen drei. Sonst hätten sie dich nicht gewarnt."

Ich nickte.

„Was ist mit deinem Rücken? Du hast gesagt, die Wunden sind verheilt."

„Ich schätze, die Muskeln. Oder die Faszien. Darüber redet heute ja jeder. Was immer das ist, Faszien."

„Wenn du Rückenprobleme hast, solltest du vielleicht zur Physio."

Ich nickte. „Das sehe ich genauso."

„Aha?"

„Andi Lange."

„Du bist krankgeschrieben, Schick. Deinem Herzen gehts nicht gut."

„Zuckmayer und Laufenberg haben mir zu verstehen gegeben, dass ich weitermachen kann. Ich denke, solange ich nicht im Büro auftauche, bin ich sicher."

„Du bist krank. Du musst dich erholen. Du solltest wirklich in die Reha. Und diese Typen sind gefährlich. Das sind Irre. Sie vergewaltigen einen Menschen, nur so, als Warnung an dich. Und der dritte Irre tötet einen Polizisten, ebenfalls nur als Warnung an dich."

„Hey, ich bin nicht krank. Ich habe ein *Syndrom*. Vokuhila oder so ähnlich."

„Takotsubo."

„Genau. Mein Herz weiß gar nicht, was das ist."

„Oh Mann, Schick."

Sie küsste mich auf die Nase und beide Wangen. Ihr Atem roch nach Alkohol. Und nach Eva. Ich konnte süchtig werden.

„Zuckmayer und Laufenberg, wissen die vom Stick?"

Ich schüttelte den Kopf.

Als Zuckmayer und Heidmann gegangen waren, hatte ich bereits Luft geholt meiner Chefin von dem Stick zu erzählen, aber so weit kam es nicht. *Was immer Sie mir sagen wollen, behalten Sie es für sich, Schick.*

„Ich mache das allein. Heidmann traue ich nicht, auch sonst niemandem hier. Aber meinen Kollegen in Mainz schon. Ich schicke denen das Video. Mal sehen, was sie herausfinden können." Ich sagte, „Würdest du mich noch einmal so küssen? Und mir vorher ins Gesicht atmen? Ich möchte dich riechen."

„Ins *Gesicht atmen?*"

Ich nickte, „Ja."

25

Der nächste Morgen begann mit blauem Himmel und regelmäßigem Herzschlag, was gut war. Es folgten Küsse und Kaffee, und ich dachte, was brauche ich mehr.

Bei der zweiten Tasse Kaffee schaltete ich mein Telefon ein und wurde daran erinnert, dass mein Leben doch nicht nur aus Küssen und Kaffee bestand. Till, der Elektronikfreak unter meinen Kollegen, hatte in der Nacht geschrieben, feinfühlig wie immer, *Schick, was zur Hölle soll das, Mann, immer dasselbe mit dir, immer gibst du mir Sachen, die ich nicht lösen kann. Also, pass auf, noch keine Infos bezüglich Video, keine Ahnung, wo das aufgenommen wurde oder wer das ist, aber ich werds rausfinden. Ich melde mich. Und, denk dran, du schuldest mir eine.*

Flasche Wodka, meinte Till damit. Gerade erst die Dreißig überschritten, aber schon bei den harten Sachen angekommen. Fünf Jahre früher als ich. Das machte der Job mit einem.

Eva war unter der Dusche, als Tills zweite Nachricht kam. Nicht direkt zum Video, aber die Nachricht gab trotzdem Hoffnung.

Kollegen aus Wiesbaden hatten eine Anfrage mit der Bitte um Abgleich rausgeschickt. Zwei Männer hätten in einer Tiefgarage einen Passanten niedergestochen und gewürgt, ob es ähnliche Fälle in den angrenzenden Städten gab. *Was meinst du, Schick, die beiden aus deinem Video?*

Ich schrieb nicht zurück sondern rief Till an und erfuhr zu meinem Erstaunen, dass das Opfer lebte. Ein fünfzigjähriger Busfahrer, der jetzt auf der Intensivstation lag und stabil war. Die beiden Stiche wären tief, hätten jedoch keine lebenswichtigen Organe verletzt. Die Ärzte wären optimistisch.

„Aber er wurde gewürgt", sagte ich. „*Er*würgt. Du hast das Video gesehen."

„Ja, aber er wurde eben nicht erwürgt. Er hatte Glück. Die Schnur oder was immer es war hat sich im Kragen seines Mantels verfangen. Der Angreifer hat also auf dem Mantel zugezogen, tja, und das hat nicht funktioniert. Der Busfahrer wurde ohnmächtig, der Angreifer hat mit dem Würgen aufgehört, aber zu früh. Das Opfer überlebte." Till sagte, „Er hat übrigens ausgesagt, dass es zwei Täter waren. Von einer Vergewaltigung hat er aber nichts gesagt." Er wartete. „Schick, noch da?"

„Ja." Ich sagte, „Till, fahr zusammen mit den Wiesbadener Kollegen ins Krankenhaus und überrede den Busfahrer, einen DNA-Abgleich machen zu lassen. Sag, du weißt von der Vergewaltigung. Wenn er abstreitet, spiel ihm das Video vor."

„Und wenn er nicht der auf dem Video ist?"

„Zwei Stiche plus Würgen, zwei Angreifer. Genau wie auf dem Video. Machst du Witze?" Ich sagte, „Er ist es. Und wenn er es wider alle Wahrscheinlichkeit nicht sein sollte, nehm ichs auf meine Kappe. Wann rufst du mich an?"

„Sobald ich-"

„Wann, Till?"

Schnaufen. „Drei, vier Stunden."

„Till!"

„Drei. Schneller gehts nicht, Schick. Drei Stunden. Und das ist noch eine wert, klaro? Da sind wir uns einig?"

„Du trinkst zu viel. Ich spendier dir und deiner Freundin einen Kinobesuch. Große Cola, Popcorn, das ganze Programm."

„Schließlich hat er geheult wie ein Schlosshund, Schick."

Dreieinhalb Stunden später. Eva und ich saßen immer noch in Wilkes Küche am Frühstückstisch. Keine Fotos von Wilkes Ehefrau mehr. Wir füßelten unter dem Tisch wie verliebte Jugendliche. Peinlich.

Till sagte, „*Woher habt ihr das*, hat er ständig gefragt. Und die Wiesbadener Kollegen haben mich auch so angeguckt.“

„Was hast du gesagt?“

„Anonym zugespielt. Aber, hey, Mann, er hat eingewilligt. DNA meine ich. Hast du denn eine Probe zum Abgleich?“

„Noch nicht“, sagte ich. „Aber noch heute. Ich melde mich. Und, Till? Gute Arbeit.“

„Noch heute?“, sagte Eva, als ich aufgelegt hatte. Sie tunkte ihr Croissant in den Kaffee und biss ab. „Du willst doch heute nicht weggehen?“

„Warum nicht?“

„Warum beantwortest du Fragen mit Gegenfragen?“

„Du meinst, so wie du?“

Sie lächelte. „Wohin?“

„Pech. Ich könnte dich gebrauchen. Aber vermutlich hast du zu tun.“

„Zu tun?“

„Nun, du hast einen Job. Eine Praxis. Oder?“

„Schick, in einer Woche ist Weihnachten. Ich habe meine Praxis noch gar nicht aufgemacht. Ich fange erst im Neuen Jahr an. Bis dahin gehöre ich“, sie beugte sich zu mir, „ganz dir.“

Ich küsste sie auf den Mund. Ihre Lippen waren voll und weich und süßer, als ich mir je bei Doktor Schmollmund vorgestellt hatte.

„Gut. Dann kaue fertig und rufe in Pech an. Sag, du würdest bald in die Nähe ziehen und wärst auf der Suche nach einem guten Physiotherapeuten. Du wärst sportlich sehr aktiv und hättest gelegentlich Probleme in-“

„Der Hüfte“, sagte Eva. „Habe ich tatsächlich. Von der Sitzerei sind die Hüftbeuger-“

„Ich will nicht, dass der dich an der Hüfte begrapscht. Waden, höher lassen wir den nicht, okay? Der Kerl ist ein Vergewaltiger.“

Sie sah, dass ich es ernst meinte und nickte.

„Versuche, noch einen Termin für heute Nachmittag zu bekommen. Wenn die dich abwimmeln wollen, dann

263

wirf denen ein Zuckerstückchen hin. Sag, zu deinem alten Therapeuten in – Wo hast du vorher gewohnt, vor Trier?"

„Bielefeld. Und jetzt keinen blöden Bielefeld-Witz, Schick, bitte, ich kann die nicht mehr hören."

„Bielefeld. Zu deinem Therapeuten in Bielefeld bist du einmal pro Woche gegangen, über Jahre hinweg. Genau das würdest du jetzt auch wieder suchen. Dann wittern die Umsatz. Und den Briefumschlag brauche ich noch."

„In dem der Stick war? Liegt auf dem Schreibtisch."

„Gut. Hier."

Ich wählte die Nummer und gab ihr das Telefon.

26

„Lange ist im zweiten Stock“, sagte ich. „Unten die Apotheke, kannst du gut sehen, darüber Doktor Tveit. Dann Lange.“

Eva nickte.

Wir saßen im Auto auf dem Platz neben der Dorfkneipe. Es war dunkel, fast halb sechs. Um halb hatte sie ihren Termin.

Während der Fahrt war sie still geworden.

„Ich komme nach“, sagte ich. „Ich warte im Treppenhaus vor der Tür. In die Praxis rein kann ich nicht, diese Ulli würde mich erkennen. Aber du rufst ein Mal meinen Namen, Eva, nur ein Mal, und ich schieße mir den Weg frei zu dir, okay?“

„Du sollst nicht diese Ulli erschießen, sondern Lange. Aber auch nur, wenn es absolut notwendig ist.“ Sie atmete tief ein und aus. „Also, er hat seine Wasserflasche auf der Kommode stehen?“

„Vor der Liege. Kleine Flasche, nulldrei, so war es zumindest, als ich bei ihm war. Du musst sie nur in die Plastiktüte und dann in deine Handtasche stecken. Denke daran, er kann dich nicht sehen, aber er wird dich hören. Du musst also etwas Wirbel veranstalten. Stolpern und etwas umwerfen und dann die Flasche greifen oder so. Aber erst am Schluss der Behandlung, dann kannst du sehen, ob er vorher aus der Flasche getrunken hat.“ Ich nahm ihr Gesicht in die Hände und drehte es zu mir. „In Ordnung?“ Eva nickte. „Schaffst du das, Eva?“

Eva nickte wieder. „Mach dir keine Gedanken, Schick.“

„Du warst still vorhin, deshalb.“

„Nur, weil ich mich auf meine Aufgabe konzentriere. Ich muss freundlich zu dem Kerl sein, der dir das angetan hat. Aber am liebsten würde ich ihm die Augen auskratzen.“

Ich sagte, „Würde für ihn keinen großen Unterschied machen."

Ich sah Eva ins Haus gehen und guckte auf die Uhr. Eine halbe Stunde würde die Behandlung dauern, hatte Ulli ihr gesagt. Die erste Behandlung vielleicht etwas länger, weil Andi ganz gerne ein Vorgespräch machte.

Eva und ich hatten eine dreiviertel Stunde verabredet. Wenn sie dann nicht aus der Praxis rauskäme, würde ich reinkommen.

Ich blieb noch ein paar Minuten im Wagen sitzen und beobachtete das Haus.

Beobachten. Überwachen. Beweise sammeln. Das ist die Grundlage meines Jobs. Ich sitze rum und beobachte und warte, bis etwas passiert. Bis jemand kommt oder geht oder jemand etwas tut. Ich bin gut im Warten.

Besonders in einem solchen Gefährt. Nein, nicht der Golf. Der Golf wurde gerade von Kriminaltechnikern auseinandergenommen. Ich hatte einen Allradgeländewagen bekommen, einen Toyota mit neuen Winterreifen. Guter Tausch. Sogar die Sitze waren besser.

Vor dem Haus passierte nicht viel. Zwei Kunden waren in die Apotheke gegangen und wieder herausgekommen. Nach Eva war ein Patient das Treppenhaus nach oben gegangen, aber ich konnte nicht sehen, ob zu Lange oder zu Tveit.

Doktor Tyr Tveit. Ich hatte den Nachmittag genutzt, um mehr über Tveit herauszufinden. Angefangen hatte ich mit seiner Homepage.

Ich bin keiner, der ständig das Internet nutzt. Professionell ist das Internet zwar eine Fundgrube, je nachdem, was man sucht. Das Darknet, zum Beispiel, Drogen, Waffen, Auftragsmorde, Kinderpornografie natürlich, da findest du alles. Aber dafür haben wir unsere Spezialisten. Till war einer von ihnen. Privat nutzte ich das Internet auch nur selten, soziale Medien meide ich vollständig. Warum jemand Fotos und Filmclips von sich ins Netz stellt für die ganze Welt zu sehen, habe ich noch nie kapiert.

Außer natürlich, du warst ein Narzisst. Wie Tveit. Dann war es zwangsläufig, dass du dich präsentierst.

Tveit hatte eine Homepage für seine Praxis eingerichtet, soweit keine Überraschung. Facharzt für Innere und Allgemeinmedizin, Weiterbildungen in Ernährungsmedizin, Diabetologie, Rheumatologie. Dazu die üblichen Informationen. Sprechstundenzeiten, Leistungsspektrum, Aktuelles, Rundgang durch die Praxisräume.

Etwas war mir aufgefallen, und ich hatte Tveits Seite mit den Seiten anderer Ärzte in der Region verglichen. Wie es aussah hatten nicht alle Ärzte eine Internetseite über ihre Praxis, aber viele. Und deren Seiten waren ganz ähnlich wie Tveits Seite aufgebaut.

Mit einem Unterschied.

Alle Ärzte mit Homepage im Internet hatten Fotos von sich auf ihre Seite gestellt. Alle. Jeder. Auch die Ärztinnen. Jede. Manche auch ihren beruflichen Lebenslauf.

Tveit nicht.

Kein Lebenslauf.

Und nicht ein einziges Foto von Doktor der Medizin Tyr Tveit.

Nach fünfunddreißig Minuten stieg ich aus und ging ebenfalls nach oben, mit gewohnt schweren Schritten. Bei Lange angekommen, musste ich wieder meine Pause machen. Eine vollständige Genesung ist bei Takotsubo üblich, hatte Doktor Schmollmund mir mitgegeben. Sie hatte nicht dazu gesagt, wie lange es dauerte.

Nun, noch war es eindeutig nicht soweit.

Ich stieg eine halbe Treppe höher bis zum nächsten Podest und dann noch zwei Stufen und setzte mich so, dass niemand, der in die Praxis hinein oder aus der Praxis heraus wollte, mich sehen konnte.

Nach vierundvierzig Minuten ging die Tür auf.

Von drinnen hörte ich, „Moment, Frau Fritz, wir müssten noch die neuen Termine absprechen." Ulli. Ich erkannte ihre Stimme.

„Ja, sicher, alles in Ordnung, dann komme ich noch einmal rein", hörte ich Eva sagen. Die Tür fiel wieder ins Schloss.

Ich grinste. Eva hatte zwar mit Ulli gesprochen, aber mich gemeint. *Alles in Ordnung.*

Ich ging hinunter und zurück ins Auto. Minuten später folgte Eva.

Sie stieg ein und zog den Plastikbeutel mitsamt Wasserflasche aus ihrer Handtasche. „Lange hat zweimal daraus getrunken", sagte Eva. Sie lächelte.

„Danke."

„Schon gut."

„Nein, nicht schon gut. Danke, Eva."

Sie sagte, „Und jetzt?"

„Zurück nach Trier. Am Bahnhof wartet der Bote, der bringt die Flasche nach Mainz zum LKA. Und dann komme ich zurü-"

Ich wollte starten, als im Haus die Tür aufgemacht wurde.

Ein Mann kam heraus und ging an der hell erleuchteten Apotheke vorbei zu einem dunklen BMW und stieg ein.

„Den kenne ich", sagte ich. „Der heißt Friedrichs. Wolfgang Friedrichs. Kumpel vom Heidmann. Freund von Glatze. Was macht der hier?"

„Der war bei Lange", sagte Eva. „Ich hab ihn gesehen."

„Was hat er da gemacht?"

Sie zuckte mit der Schulter. „Gewartet. Als ich dann aus dem Behandlungszimmer bei Lange rausging, ging er rein."

„Ein Patient."

„Ja. Vielleicht. Aber sie sind vertraut, dein Friedrichs und Lange. Ich bins, hat Friedrichs nur gesagt, und Lange, Komm rein."

„Er hat seinen Namen nicht genannt? Nur Ich bins?"

„Nur Ich bins. Und Ulli hat auch nicht vorher den Kopf reingesteckt mit einem Dein nächster Patient ist da, der Friedrichs."

„Dann hat er ihn an der Stimme erkannt."

„Sie sind vertraut", sagte Eva wieder.

„Hm."

Friedrichs fuhr los.

„Was meinst du", sagte Eva, „wo fährt der hin?"

„Mal sehen", sagte ich und fuhr hinterher.

Nach wenigen Kilometern war klar, wohin Friedrichs wollte.

„Der fährt nach Trier", sagte Eva.

„Ja."

Wir fuhren den Berg hinunter und überquerten die Mosel. Friedrichs vor uns.

Friedrichs fuhr Richtung Hauptbahnhof, bog aber vorher ab in die Allee Richtung Süden der Stadt.

„Der fährt zurück ins Präsidium", sagte ich, Friedrichs nachguckend.

Ich gab Gas, und wir hielten eine Minute später am Bahnhof.

Drinnen wartete bereits der junge Beamte, der sich gemeldet hatte, den Transport zu machen. Noch nicht lange die Ausbildung beendet, war er froh über jeden außergewöhnlichen Auftrag. Und einen Transport zum LKA zu machen und niemandem davon zu erzählen, war für einen jungen Kerl wie ihn außergewöhnlich, auch wenns nur eine Wasserflasche und ein Briefumschlag waren. Er versicherte mir mehrmals, dass ich mich hundertprozentig auf ihn verlassen konnte.

„Was jetzt, Schick?", fragte Eva, als ich wieder im Auto saß.

„Jetzt bring ich dich nach Haus", sagte ich, „dann fahr ich zurück nach Pech."

„Was machst du da?"

„Gucken", sagte ich. „Nur gucken."

27

Ich war zurück in Pech und parkte wieder abseits auf dem Platz der Kneipe gegenüber dem Haus. Im Dunkeln, weg von der nächsten Laterne.

Die Apotheke war mittlerweile geschlossen, während bei Tveit und Lange noch Licht brannte.

Kein BMW. Keine Spur von Friedrichs.

Was Friedrichs mit Lange zu tun hatte, war mittlerweile etwas klarer. Ich hatte von unterwegs in Mainz angerufen und vorhin den Rückruf bekommen. Wolfgang Friedrichs hatte eine Schwester Ulrike. Und eine Ulrike Friedrichs, selbes Geburtsdatum, war mit Andreas Lange verheiratet. Beide waren unter derselben Adresse in Pech gemeldet. Ulli.

Ich war vorhin an der Adresse vorbeigefahren. Ein kleines Haus mit Vorgarten in einer spärlich beleuchteten Sackgasse, keine dreihundert Meter von hier. Die Straße runter und rechts.

Ulli war also Friedrichs Schwester und Langes Frau. Friedrichs und Lange waren dementsprechend Schwager.

Und Friedrichs, die Information habe ich auch noch bekommen, hatte zwei Einträge in seiner Personalakte. Beide Male, weil er einen Passanten übermäßig hart herangenommen hatte. Von Schlägen und Tritten war da die Rede. Das Präsidium hatte beide Fälle außergerichtlich geregelt.

War Friedrichs der zweite Kerl auf dem Video?

Und wenn ja, wusste Ulli davon, wie Bruder und Ehemann ihre Freizeit verbrachten?

Und wie passte Tveit hier rein? Hatte Tveit sich überhaupt etwas zuschulden kommen lassen, außer ein arrogantes Arschloch zu sein und mich belogen zu haben? Aber ich wusste noch nicht einmal, worüber er gelogen hatte.

Ich rutschte in meinem Sitz nach unten. Und wartete. Worauf, war ich mir selbst nicht sicher. Aber manchmal reichte es aus, anwesend zu sein. Anwesend sein und beobachten.

Es war kurz nach sieben, als der Vergewaltiger aus dem Haus kam. Andi Lange.

Mein Vergewaltiger.

Er klappte seinen Stock auseinander und ging los. Wischte mit dem Stock von rechts nach links und von links nach rechts und bewegte sich mit traumwandlerischer Sicherheit an dem aufgehäuften Schnee vorbei. Er wischte sich die Straße runter. Dann bog er rechts ein. In die Sackgasse, in der sein Haus lag und verschwand aus meinem Blickfeld.

Das Licht in seiner Praxis aber brannte weiter. Ulli, vermutlich. Vielleicht hatte sie noch Büroarbeiten zu tun.

Eine Stunde später fand ich heraus, dass der Wagen mit einer ziemlich guten Standheizung ausgerüstet war. Eine weitere viertel Stunde später kamen drei jüngere Frauen heraus. Die eine war Nadja, Tveits *Hilfe* mit den kurzen, blonden Haaren und kräftigen Augenbrauen, die andere Ulli. Die dritte hatte ich ebenfalls bei Tveit gesehen. Eine weitere *Hilfe*.

Sie verabschiedeten sich voneinander. Nadja und ihre Kollegin stiegen in einen kleinen Ford und fuhren weg. Ulli in Wollmantel und mit Wollmütze ging zu Fuß los in dieselbe Richtung wie zuvor ihr Mann.

Ich stieg aus und ging ihr nach. Unter einer Straßenlaterne, wo sie mich gut sehen konnte, rief ich, „Entschuldigung, Frau Lange?"

Sie drehte sich um und blieb stehen.

Als ich vor ihr stand, sagte sie, „Ach, Herr ...?"

„Schick", sagte ich.

„Ja, Herr Schick", mit hochgezogenen Schultern wegen der Kälte. „Sie sind so schnell raus, wir haben uns über Sie gewundert. Was war los?"

„Nichts Besonderes." Ich zeigte ihr meinen Ausweis. „Frau Lange, ich bin Polizist. Landeskriminalamt Mainz, derzeit Kriminalpolizei in Trier."

„Kriminal...?"

Ihre Schultern sackten nach unten.

Ich steckte meinen Ausweis wieder ein.

„Es haben sich seit meinem Besuch bei Ihrem Mann einige Fragen ergeben."

„Fragen?"

Ich sah ihr an, dass sie erschrocken war. Perplex. Ich kannte solche Reaktionen. Viele Menschen, die noch nie mit der Polizei zu tun hatten, reagierten so.

„Ich werde mich in Kürze bei Ihnen melden und Sie bitten, für ein paar Fragen ins Präsidium zu kommen. Ihr Mann ..." Ich winkte ab. Die ZS-Methode nannten wir das. Zweifel säen. „Wann passt es Ihnen grundsätzlich besser, vormittags oder nachmittags?"

„Eher vormittags ... Ich weiß nicht, ich ... Was ist mit Andreas?"

Ich hatte nicht viel Zeit. Tveit konnte jeden Moment aus der Tür kommen. Aber ich hatte meinen Zweck auch bereits erreicht. Sie würde ihren Mann fragen, was zum Henker die Kriminalpolizei von ihm wollte.

„Ich werde versuchen, es vormittags einzurichten", sagte ich, „dann können wir darüber sprechen. Noch einen schönen Abend", und ging zurück zum Auto.

Vom Auto aus sah ich Ulli weitergehen und dann in die Straße einbiegen, in der sie mit ihrem Mann wohnte.

Kurz danach kam Tveit aus der Tür. Das Haus war jetzt vollständig dunkel. Tveit ging um die Hausecke, wo ein Parkplatz sein musste, denn einen Augenblick später kam er in einem kastenförmigen Mercedes Geländewagen zurück.

Er fuhr langsam auf die Straße.

Ich folgte ihm.

Die Fahrt ging die Straße runter und rechts.

Denselben Weg, den zuvor Ulli und vor ihr Lange gegangen waren.

An der Kreuzung blieb ich stehen und schaltete das Licht aus. Ich konnte Langes Haus gut sehen. Ulli sah ich nicht mehr, sie musste bereits im Haus sein. Anders, als noch vorhin, waren alle Rollläden heruntergelassen.

An einem Baum im Vorgarten leuchteten elektrische Weihnachtskerzen.

Tveits Geländewagen hielt vor dem Haus, angestrahlt von einer Straßenlaterne und dem Licht des Weihnachtsbaums. Der Motor lief. Helle Rauchschwaden stiegen aus dem Auspuff in der kalten Luft nach oben.

Tveit stand so eine ganze Minute, ohne auszusteigen.

Dann fuhr er los, bis ans Ende der Straße. Dort wendete er und kam zurück.

Ich fuhr rückwärts hinter ein an der Straße geparktes Auto und wartete.

Tveit kam und bog ab, ohne zu halten.

Ich folgte ihm.

Tveit fuhr zum Ort hinaus, aber am anderen Ortsende. Nicht Richtung Trier, sondern Richtung Pampa. Nach vier Kilometern bog er ab auf eine andere Landstraße, die nach weiteren zwei Kilometern in einen Ort führte. In dem Ort bog er links ab, dann rechts und wieder rechts und in die Einfahrt eines hell beleuchteten Hauses. Groß, zwei Stockwerke hoch, Walmdach, Gauben, Doppelgarage. Licht hinter mehreren Fenstern, an allen Fensterrahmen Weihnachtsbeleuchtung. Das Grundstück mit einer Mauer aus Naturstein eingefriedet. An einem Baum, wie bei Lange, leuchteten Weihnachtskerzen.

Das Garagentor öffnete automatisch, Tveit fuhr hinein, parkte neben einem weiteren Mercedes, dieser ein Coupé, das Garagentor schloss.

Zwei teure Autos, ein großes und ebenfalls ohne Zweifel teures Haus. Tveit ging es nicht schlecht. Ich dachte an den Bodybuilder und die Medikamente, die er von Tveit bekam. Leistungssteigernde Mittel wurden von weiten Teilen der Gesellschaft nachgefragt, nicht nur von Sportlern. Schlafmittel auch, Beruhigungspillen, Schmerzmittel. Vielleicht hatte sich Tveit damit ein zweites Standbein aufgebaut. Eine gute zusätzliche Einkommensquelle.

Ich wartete noch einige Minuten im Dunkel zwischen zwei Laternen, aber nichts passierte.

Ich stieg aus und ging bis an die Mauer heran. Ich konnte in die hell erleuchtete Küche und in das Zimmer dahinter sehen. Die Küche mit einer Kochinsel aus Stahl, an der eine Frau stand und etwas tat. Gemüse schneiden oder Fertigpizza aus dem Karton befreien, je nachdem, welchem Ernährungsideal die Familie huldigte. Im Zimmer dahinter stand rechts ein großer Holztisch mit Stühlen und links ein Kachelofen. Das Wohnzimmer also mit Essecke. Am Tisch saßen zwei Mädchen. Die Töchter.

Tveit kam in die Küche und ging zu der Frau. Die Frau hörte auf mit dem, was sie tat, und sie umarmten sich. Aus dem Wohnzimmer kamen die beiden Mädchen. Zwillinge. Damals noch Babys, waren sie heute neun Jahre alt. Alle vier sprachen kurz, dann gingen die Mädchen zurück und setzten sich wieder an den Tisch.

Eine glückliche Familie.

Warum war Tveit zu Langes Haus gefahren? Was wollte Tveit bei Lange? Und warum, wenn er schon zu Langes Haus gefahren war, warum war er nicht ausgestiegen und hatte geklingelt?

„Eine glückliche Familie", sagte Eva. „Gab es nicht einmal eine Serie mit dem Titel? Im Fernsehen? Vor Ewigkeiten?"

Ich sah sie an und zuckte mit der Schulter.

Auf der Heimfahrt nach Trier hatte ich sie angerufen, sie hatte gleich Ja gesagt. Jetzt saßen wir bei Pit, Eva vor einem vollen Glas Rotwein, ihrem dritten, ich war zurück bei Mister G., meinem vierten.

Und jetzt bitte keine Belehrungen, von wegen Alkohol und so. Ich hatte gerade meinem Vergewaltiger dabei zugeschaut, wie er gemütlich nach Hause gewischt war, da konnte ich mir wohl einen Mister G. gönnen. Oder mehrere.

Dieses verdammte, dreckige Dreckschwein. Diese Drecksau. Der Dreck-

„Dir gehts nicht so gut, huh?"

Ich rieb meine Hand, bis die Haut brannte, „Wie kommst du darauf?", trank mein Glas leer und winkte Pit zum Nachfüllen.

Pit kam und schenkte nach und stellte die noch halbvolle Flasche vor mich.

„Aufs Haus."

„Echt?"

„Ja, echt. Im Krankenhaus hast du dir ja die andre abnehmen lassen."

„Du bisn Guter, Pit, weißt du das?"

„Weil ich nichts dazu sag, dass du dir ein Loch in den Leib säufst?"

„Ein ... Loch." Ich atmete aus. Der Whisky tat seinen Job, ich entspannte. „Wieso ein Loch?"

Pit lehnte sich auf seine Theke nahe an mein Gesicht. „Wenn sie dir die Leber rausholen, Charly, also in den nächsten ein, zwei Wochen, dann haste da ein Loch. Dann kannste nicht mehr trinken und nicht mehr essen und nicht mehr alleine aufs Schei... T'schuldigung, Frau Eva, auf die Toilette."

„Danke, Pit", sagte Eva und sah mich an. „Hab ich da richtig gehört? *Charly?*"

„Dann mach hier auch nochmal voll", sagte ich und schob Pit die Erdnussschale hin, „bevor ich zum Invaliden werde."

„Du bis echt ..." Pits Blick wanderte zur Tür. „Vielleicht kann ja ... N'Abend, Frau Kommissarin, vielleicht können Sie ja diesem Sturkopf etwas Vernunft einbläuen."

„Vernunft?", hörte ich die Melchisedech. „Dafür ist der Schick wirklich nicht bekannt. Kann ich auch so einen haben, bitte."

„Einen Roten? Sicher, Frau Kommissarin."

„Sie ist keine Kommissarin mehr", sagte ich. „Du sprichst mit der Staatsanwaltschaft, Pit. Du musst dich jetzt benehmen."

„Wie geht es, Herr Schick?"

„Danke. Ihnen?"

„Na ja. Hallo, Frau Doktor. Schön, Sie wieder zu sehen."

„Ich bin bereits zu betrunken für Frau Doktor und *Sie*. Ich bin die Eva."

„Tamara."

„Und das ist", Eva drehte sich zu mir, „*Charly*."

Ich guckte und sah Eva lächeln.

Neben ihr zog die Melchisedech ein erstauntes Gesicht.

„Herr Schick heißt Charly?"

Eva nickte.

„Warum haben Sie daraus so ein Geheimnis gemacht, Schick?"

„Habe ich nicht. Sie haben das nur angenommen." Ich sagte, „Ich dachte, Sie mögen ein gepflegtes Sie."

„Bei Frauen ist das anders."

„Aha. Dann trinken Sie jetzt mal ein Glas vom Mister G. Sie müssen aufholen, sonst wird die Unterhaltung kopflastig. Und das kann ich nicht vertragen. Nicht heute, nicht jetzt."

„Danke, ich fange mit Rotwein an."

Ich sah Pit einschenken.

Wir prosteten uns zu.

Melchisedech trank einen großen Schluck. Dann noch einen. Dann noch einen.

„Schenk nach, Pit", sagten Eva und ich zugleich.

Pit schenkte nach. Voll. Bis an den Rand. Er hatte Erfahrung und wusste, was sich hier anbahnte und ließ die Flasche stehen.

Wir prosteten uns zu und tranken große Schlucke und redeten über Trier und Weihnachten und Winter, alles Themen, die mir nicht so am Herzen lagen und sich gerade deshalb sehr gut als Trinkvorlage eigneten. Ich begann, die Melchisedech zu mögen. Echt zu mögen. Und das ist ungewöhnlich für mich.

Ich sagte, „Was machen Sie eigentlich hier, Melchisedech?"

„Ich langweile mir den Arsch ab in meinem Bürro."

„Ihren was?", sagte ich.

„In deinem wo?", sagte Eva.

„Bürro", sagte Melchisedech und trank ihr Glas leer und schenkte sich und Eva nach. „So sprechen die alle das aus. *Bürro*. Ich hab jahrelang davon geträumt, Staatsanwältin zu werden. Aber dann kommen Sie, Charly Schick, und zeigen mir Pampelmuse – also, was ich vorher gemacht hab, wie ich vorher meine Fälle bearbeitet hab, das war nur Pampelmuse zeigen Sie mir. Reine Pampelmuse. Sie kommen nach Trier und zeigen mir, wie man sich reinhängt und was man dann rausfinden kann, wenn man sich reinhängt. Sie haben mir eine ganz neue Welt eröffnet. Gezeigt. Die Welt der Ermittler. Die Welt der Verteidiger derer, die sich nicht mehr selbst verteidigen können, die Welt der Retter, der Robin Hoods, Sie haben mir gezeigt-"

„Hören Sie auf, Melchisedech, Sie vertragen ja noch weniger als Eva-"

„Nein, echt jetzt, Charly, lassen Sie mich das aussprechen! Ich will das aussprechen!"

Ich hob beide Hände.

„Danke. Sie haben mir wirklich und tatsächlich eine neue Welt ... Wissen Sie das, Eva, nein, du, Eva, weißt du das, er" – ihr Daumen auf drei Uhr – „hat mir wirklich eine neue Welt gezeigt. Ein ganz neues Leben. Erfahrungen. Wirklich. Ehrlich. Oh, Charly."

„Sagt mal, ihr beiden", sagte Eva und guckte erst nach links auf die Melchisedech, dann nach rechts auf mich, „was ist mit euch, vögelt ihr miteinander oder was?"

Melchisedech und ich guckten uns an Eva vorbei an und lachten und prosteten uns zu und tranken, und ich füllte mein Glas mit Mister G. und winkte Pit für mehr Rotwein, er brachte die Flasche und füllte Eva und Melchisedech ebenfalls die Gläser, und wir prosteten uns zu und tranken zu Dritt, Evas Gesicht aber immer noch skeptisch.

„Was ist so lustig? Wenn ihr beiden was miteinander habt, dann sagt mir das, bitteschön. Dann sitze ich nicht wie eine Doofe hier und trinke mit euch, während ihr-"

„Ich bin lesbisch, Eva. Meine Freundin heißt-"

„Babs", warf ich ein und spielte ein Lächeln, was mir leicht fiel, sehr leicht. „Die himmlische Babs. Eigentlich heißt sie Barbara, und sie trägt keinen BH, musst du wissen, und ihre beiden-"

„Hey, Charly", sagte Melchisedech.

„Hey, Schick", sagte Eva,

„Hey", sagte ich und sagte, „Wir fangen zu früh an zu saufen, Leute." Ich trank mein Glas leer und sie tranken ebenfalls und ich schenkte uns nach. „Wir haben am selben Abend Trinkvergnügen, Rausch *und* Kater. Um Mitternacht sind wir wieder stocknüchtern. Das ist Schrott."

„Trinkvergnügen? Was ist das denn für ein Wirt? Wort?" Eva schmiegte sich in meinen Arm. „Schick, was hältst du davon, wenn wir über Silvester nach Singapur fliegen? Nur so. Nur Silvester. Drei Tage. Ich hab gehört, dass soll eine tolle Stadt sein."

„Singapur ist langweilig", sagte ich, „glaubs mir, ich war da schon. Was hältst du von New York? Ich kenne den besten Coffeeshop in Manhattan. Breakfast all day. Und direkt gegenüber ein kleines, gemütliches Hotel."

Sie sah mich an. „Oh, Gott, Schick, ich will ein Kind von dir." Sie nahm mein Gesicht in ihre Hände und küsste mich mit feuchten und heißen Lippen, ihre Zunge tief in meinem Mund.

Sehr tief in meinem Mund, ich atmete langsam und kontrolliert durch die Nase. Ganz ruhig. Langsam ein, langsam aus.

„Hey, jetzt aber", hörte ich die Melchisedech, „seid ihr beiden nicht zu seriös dafür, in einer Kneipe rumzuknutschen, in der, also ... guckt euch doch mal um, sonst keiner rumknutscht, zum großen Teil natürlich ja auch, weil sie niemanden zum Knutschen haben meine Güte? So wie ich zum Beispiel meine Babs, die im Übrigen Babette heißt, Charly Schick, nicht Barbara."

„Lassen Sie ihn", hörte ich Pit, „lieber das, als meinen Gästen auf die Glocke hauen."

Langsam ein, langsam aus, aber die Sauerstoffaufnahme ließ trotzdem zu wünschen übrig, also deutete meine Zunge vorsichtig und doch bestimmt ihren Rückzug an. Eva verstand und entließ mich.

„Du und Babs", sagte Eva dann, „ihr könnt mitkommen."

„Wirklich?"

Ich atmete tief durch den Mund. „Getrennte Zimmer", sagte ich. „Ehrlich Babette?"

Pit kam mit einer neuen Flasche Mister G. links und einer neuen Rotwein rechts und schenkte nach. „Und was ist mit mir?"

„Oh, Pit", sagte Eva. „Zu welcher Seite des Ufers gehörst du denn?"

Mir schossen die Messdiener in den Kopf und ich lauschte auf seine Antwort.

„Fräulein Eva, wenn Sie und ich mal alleine wären, nur eine halbe Stunde – ah, zehn Minuten – dann würden Sie diese Frage nicht stellen. Nie wieder."

Eva warf Pit einen Handkuss zu.

Er sagte, „Sie natürlich auch, Frau Melchisedech, aber ich hab ja gerade gehört, also, da liefe ja wohl nichts."

„Aber wenn ich heterero wäre, Pit, nur mal für eine halbe Stunde heterero, du wärst meine erste Wahl. Sind wir eigentlich auch schon beim Du?"

„Hetero", sagte Pit.

„Genau." Melchisedech prostete Pit zu, „Erste Wahl", und trank und drehte sich zu mir, „Warum ich hier bin, Charly, nun, ich wollte wissen, wie es bei der Manu weitergegangen ist, ob Sie da bereits, also, haben Sie denn schon was herausgefunden, ganz sicher haben Sie, also, *was* haben Sie herausgefunden, wollte ich fragen, aber ..." Sie schloss ihre Augen. „Mann, ich vertrage wirklich nichts, echt ein Elend. Ich hab den ganzen Tag nichts gegessen und jetzt der Alkohol, der geht sowas von an mich ... Ich fürchte ganz stark, ich kann heute Abend auch nicht mehr, keine, also eine Unterhaltung über den Fall ..." Sie schüttelte den Kopf. „Ausgeschlossen. Aber wenn Sie mich ... Das will ich unbedingt gesagt haben, brauchen, Charly Schick, dann bin ich zu der Stelle. Sie rufen, Charly, ich komme. Charly", sie lächelte und prostete mir zu, „Charly, schöner Name. Charly. Ja. Prost, Charly, prost, du musst nur deine Finger von meiner Babs lassen, Charly, aber was rede ich da, du hast ja eine Eva, aber Eva, wenn Charly dich eines Tages verlässt und Babs mich verlässt, dann kann ich nur sagen, mit den Worten des großen Jürgen kann ich da nur sagen, *Ich war auch noch niemals in New York, ich war ...* Ja, vielleicht willst du dir das ja schon mal merken, ich meine, wer weiß schon, was die Zukunft bringt, Eva, und auf Männer zu stehen ist ja auch nicht in Main gesteißelt, ich kenn einige, die haben sich im Alter umorientiert, nicht dass du älter wärst, so mein ich das jetzt nicht, also, auf jeden Fall ... Ich würde gerne mal nach New York in kaputten Jeans, das wollte ich damit nur gesagt haben. Ja."

„In New York sind die Jeans noch intakt", sagte ich, „aber zerrissene Jeans in San Francisco."

„Udo Jürgens", sagte Eva. „Der is auch schon tot jetzt. Alle sterben, alle."

„Ja, genau der", sagte Melchisedech. „Eva, was für ein schöner Name, Eva ..."

Ich lag neben Eva auf der Matratze, nackt und bereits wieder viel zu nüchtern, um vor den geifernden Dämonen in eine gewaltfreie Traumwelt zu flüchten.

Zwei Dreckskerle, die mich vergewaltigen.

Einer von ihnen Andreas Andi Lange. Der, nur als Warnung an mich, einen Busfahrer missbraucht und zu töten versucht.

Nur so. Als Warnung.

Ich höre ihn lachen. Lachen lachen lachen zusammen mit seinem Dreckskumpan, Friedrichs, da war ich mir mittlerweile auch sicher. So sicher, wie ich sein konnte ohne Beweise. Ein Polizist.

Und sie lachen.

Ah, bloß nicht einschlafen, Schick, oder es wird schlimmer.

Ich stand auf und zog mich an und schrieb Eva eine Notiz, dass ich sie anrufen würde und ging los.

Die Stadt stand still und schwieg und leise rieselte der verdammte Schnee. Ich beeilte mich, nach Hause zu kommen. Also in meine Dachstube.

Nach Hause, was rede ich denn da.

Im Dunkeln zog ich die Schuhe aus und ließ sie stehen, wo sie waren und warf die Jacke darauf und sank in den Sessel unter meiner Gaube.

Wer hatte Glatze getötet? Und warum?

Wie wollte ich Lange überführen?

Und Friedrichs, den Polizisten, wie den?

Vom Himmel hoch fiel immer noch Schnee, ich öffnete das Fenster und hielt mein Gesicht in den Wind und versuchte, mit der Zunge Flocken zu fangen, aber ich scheiterte kläglich.

Warum war Tveit zu Lange gefahren? Ohne auszusteigen?

Ich trank ein Glas Wasser.

So, so you think you can tell,
Heaven from Hell,
Blue skies from pain ...

Okay, ihr seid Pink Floyd, aber ich hab eine pinke Kaffeemaschine, ist doch auch schon was ... Ja, ja, nur ein Witz oder was auch immer,

also,

also,

Gerechtigkeit und Trier ... Ja, also, wäre die Welt voller Ungerechtigkeit ... Nein, warte, die Welt *ist* voller Ungerechtigkeit, also ... Die Welt ist voller Ungerechtigkeit, aber in Trier ... In Trier kann verdammt nochmal niemand machen, was er will. Niemand kann hier vergewaltigen und morden und glauben, er kommt damit weg.

Niemand. Ja.

Auch ihr nicht, ihr Drecksäcke.

Lacht ruhig, lacht.

Wir werden sehen.

Ich verspreche es dir, Manu.

Und dir auch, Schick.

Soll das eigentlich so sein, dass man alleine in seinen eigenen blöden Geburtstag hinein feiert?

281

Feiert, hab ich *feiert* gesagt?
How I wish, how I wish you were here,
We're just two lost souls swimming in a fish bowl,
Year after year,
Running over the same old ground,
What have we found?
The same old fears,
Wish you were here ...

Schick, komm schon, bleib wach, nicht einschlafen, hörst du, nicht einschlafen.

28

Ich wurde vom Raunen meines Telefons geweckt. Das Display zeigte fast zehn.

Fast zehn am Tag Zwanzigtausend oder so seit meiner Geburt.

Noch ein paar Stunden, dann hatte ich es wieder hinter mir.

Ich drückte den grünen Knopf.

„Alles Gute zum Geburtstag." Eine vertraute Stimme. „Aber schlechte Nachrichten, Charly."

„Ich will keine schlechten Nachrichten hören, Matt, und keine Geburtstagswünsche."

Matthias Simon, Laborleiter beim LKA Mainz und wie gewohnt wach wie ein Raubtier auf Beutezug.

Wer kann da mithalten.

„Keine Übereinstimmung."

„Das ist ...", ich richtete mich auf und unterdrückte den aufsteigenden Hustenreiz durch langsames Atmen, „muss ein Irrtum sein. Bist du ... Wie sicher?"

„Nur einhundert Prozent, also nein, ich bin mir überhaupt nicht sicher." Er sagte, „Hör mal, alles in Ordnung mit dir?"

Wach wie ein Raubtier und manchmal ungeduldig mit allen, die sich nicht auf gleichem Niveau wie er mit Naturwissenschaften auskannten.

„Alles okay. Aber einhundert Prozent, was ...? Verstehe ich nicht."

„Keine Fremd-DNA. Faserspuren, ja, aber die Vergewaltigung ... Der Kerl hat ein Kondom benutzt."

„Oh."

„Na ja, oh. Ich sag mal, gut für das Opfer, wegen Krankheiten und so. Und natürlich gut für das Dreckschwein."

„Schlecht für uns."

„Tja. Wirklich alles in Ordnung mit dir? Probleme wegen Geburtstag, oder was?"

„Nein. Alles okay."

„Wir werden alle älter, Charly. Wenn du hier wärst, würde ich dir das bei einem Bier mal erklären."

„Holen wir nach, Matt."

„Das wollte ich hören." Matt sagte, „Du hast also nichts in der Hand gegen den, huh?"

„So ist es", sagte ich. „Nichts. Nichts."

„Dann hab ich noch was für dich. Keine Fremd-DNA am Opfer, also konnte ich mit deinem Sample nichts anfangen. Aber dein Briefumschlag – Wo hast du den her?"

„Wurde mir zugespielt. Was hast du gefunden?"

„Außer deinen Fingerabdrücken, noch drei weitere Sets Fingerabdrücke. Also drei verschiedene Personen. Kannst du damit was anfangen?"

„Mit zwei davon, ja. Meine Vermieterin hat den Umschlag entgegengenommen, also stammen Fingerabdrücke von ihr. Eine Bekannte hat ihn mir gebracht, also sind die zweiten Abdrücke von ihr."

„Und die dritten Fingerabdrücke", sagte Matt, „die stammen von deiner Flasche. Wer immer deine Flasche angefasst hat, hat auch diesen Brief angefasst."

Meine Stimme war belegt. „Wie sicher?"

Ich hörte Matt ausatmen.

„Schon gut. Also einhundert Prozent?"

Matt sagte, „Und das ist noch nicht alles."

„Ist es nicht." Ich wartete.

„Der USB-Stick aus dem Briefumschlag", sagte Matt. „Auch darauf haben wir einen Fingerabdruck gefunden. Also, deinen natürlich, aber außerdem noch einen weiteren. Ein Teilabdruck."

„Ein Teilabdruck. Genug für eine eindeutige Zuordnung?"

„Genug. Dieselbe Person, die deine Flasche angefasst hat."

„Eindeutig?"

„So eindeutig, darauf kannst du eine Anklage bauen, Charly. Wenn die Flasche dein Verdächtiger ist und der

Stick auch, dann hat dein Verdächtiger gleich zwei Fehler gemacht."

Polizisten wissen manchmal mehr über ein Verbrechen und einen Verbrecher, manchmal weniger. Schnell lernst du, deine Strategie deinem Wissensstand anzupassen. Weißt du mehr, dann hältst du dich bei einem Verhör zurück. Du tust, als wüsstest du nichts. Oder fast nichts. Weißt du wenig, dann tust du genau das Gegenteil. Du gibst vor, viel zu wissen, fast alles zu wissen, um deinen Gegenspieler zu verunsichern, aus der Reserve zu locken.

Aber etwas wissen ist das eine, es beweisen jedoch etwas ganz anderes. Und wir müssen beweisen. Wir brauchen Beweise. Beweise, die vor einem unabhängigen Gericht Bestand haben. Wir können hier nicht einfach zur Staatsanwaltschaft gehen und sagen, Ich bin sicher, der war es, und der Staatsanwalt sagt, Gut, wenn Sie sicher sind, dann klagen wir den natürlich an, und der Richter sagt, Klar doch, wenn Sie sagen, Sie sind sicher, dann verurteilen wir den mal.

So funktioniert das nicht bei uns.

Wofür wir dankbar sein sollten. Zutiefst dankbar. Hört sich kitschig an, aber ich meine das so. *Ich* jedenfalls bin zutiefst dankbar dafür, in einem solchen Land zu leben. Schließlich wollen wir keine Verhältnisse wie in der Türkei oder Russland oder Nordkorea oder China oder einem der anderen Länder der Welt, die Rechtsstaatlichkeit nur vorgaukeln, deren Justiz aber willkürlich und auf Zuruf der Mächtigen urteilt und Unschuldige für Jahrzehnte oder sogar für immer ins Gefängnis schickt.

Solche Verhältnisse will ich nicht. Solche Verhältnisse will niemand. Außer die natürlich, die davon profitieren.

Ich brauche also Beweise. Immer. Handfeste, unerschütterliche, ehrliche Beweise.

Und jetzt hatte ich einen Beweis.

Der Antrag war schnell geschrieben und noch schneller abgeschickt. Postwendend kam der Rückruf von Oberstaatsanwalt Zuckmayer. Ich erläuterte ihm die

285

Sachlage, Zuckmayer stimmte mir zu und beantragte, noch während ich am Telefon mit ihm war, beim zuständigen Ermittlungsrichter Haftbefehl und Durchsuchungsbeschluss gegen Andreas Lange wohnhaft in Pech.

„Sie brauchen jetzt Unterstützung, Schick."

„Wäre gut", sagte ich, „aber ich machs lieber alleine."

„Sie trauen Heidmann nicht."

„Wohl wahr."

„Kann ich verstehen. Ich schicke Ihnen Frau Melchisedech, was meinen Sie? Ich glaube, sie würde sich freuen."

„Aber Frau Melchisedech ist doch jetzt Staatsanwältin, sie-"

„Der Verwaltungsvorgang für die Versetzung ist eingeleitet, noch gehört sie aber zur Polizei. Der Transfer von einer Behörde zur anderen, das geht ja nicht so schnell. Also, was meinen Sie? Die Frau Melchisedech?"

„Das wäre wirklich sehr hilfreich."

„Gut, abgemacht. Sie ist in einer halben Stunde da. Dann Feuer frei, Schick, machen Sie den Sack zu bei diesem Lange", sagte Zuckmayer und legte auf.

Kein Wort, dass ich eigentlich nicht ermitteln durfte.

Ich stand auf und hustete langsam, vorsichtig, nach vorne gebeugt und mit Schmerzen im Rücken, aber mit einem guten Gefühl im Bauch.

Duschen und zu Fuß mit mehr Husten und hartem Herzschlag durch den frischen Schnee ins Präsidium, Kaffee anstellen, zwei Becher auf den Schreibtisch.

Die Maschine zischte und ratterte noch, da kam Melchisedech herein.

„Der Ermittlungsrichter hat unserem Antrag stattgegeben", sagte sie. „Wir können loslegen."

„Morgen, Melchisedech."

Sie lächelte. „Morgen, Schick."

„Zuckmayer hat Sie auf den neuesten Stand versetzt?"

„Video auf dem USB-Stick, Brief, alles, was Sie ihm gesagt haben. Ja."

„Gut. Haben Sie schon einmal jemanden festgenommen?"

Melchisedech setzte sich auf ihren Stuhl und guckte mich an. „Noch keinen blinden Serienvergewaltiger", sagte sie. „Haben Sie mich angefordert?"

„Zuckmayer hat Sie vorgeschlagen, und ich habe Ja gesagt. Warum auch nicht, Sie können gut mit dem Computer umgehen und mit dem Kopierer."

„Danke, Schick", sagte sie.

„Als wären Sie nie weg gewesen", sagte ich und schenkte uns Kaffee ein.

„Ja, so fühle ich mich auch. Fühlt sich gut an."

„Dann wird das heute eine Premiere."

„Sie wollen, dass ich ...?"

„Trauen Sie sich das nicht zu?"

„Sicher traue ich, ich dachte nur, weil Sie ... Ihr Fall. Ihr Erfolg. Echt, ich soll nach Pech fahren?"

„Ja. Ich habe noch etwas vor und brauche die Zeit. Außerdem, wir sind Partner, oder? Und bringen Sie seine Frau auch mit, zu einer Zeugenbefragung. Ich habe ihr das schon angekündigt."

Sie hob bereits den Hörer und drückte Tasten und sagte, „Ich bins, Tamara ... Ja, ich bin zurück, hör zu, ich brauche ein Team. Sofort. Es geht um einen Gewaltverbrecher, da kann ich nicht alleine hin." Sie legte die Hand auf die Muschel. „Danke, Partner."

Melchisedech war unterwegs. Bis sie mit Lange und Ulli zurückkam, hatte ich Zeit für den glücklichen Familienvater Doktor Tyr Tveit.

Tveit hatte mich belogen, da war ich mir sicher. Warum er gelogen hatte und worüber, wusste ich aber nicht. Also tat ich, was als Erstes zu tun war. Die bekannten Fakten überprüfen.

Doktor Tyr Tveit. Hat in einem Krankenhaus in Zürich, Schweiz, gearbeitet. Opfert jedes Jahr zwei Wochen für Ärzte ohne Grenzen.

Das sollte leicht genug zu verifizieren sein.

Ich öffnete den Browser auf meinem Rechner und fand die relevanten Nummern und begann zu telefonieren.

Einige Anrufe später hatte ich das Krankenhaus gefunden, in dem Tveit ehemals als Arzt beschäftigt war, das Züricher Universitätsspital, und dann auch bald Professor Doktor Friedel Weimer am Apparat. Weimer war Direktor Innere Medizin und ehemaliger Chef des Doktor Tyr Tveit, und er hatte Zeit.

Mit dem, was Weimer mir erzählte, hatte ich allerdings nicht gerechnet.

„Sie sind sich sicher, dass wir über dieselbe Person sprechen?", sagte ich.

„Tyr Tveit", sagte Weimer. „Der Name ist ungewöhnlich, finden Sie nicht? So ungewöhnlich, wir müssen über dieselbe Person sprechen. Und ich wiederhole, ich bin erschüttert, dass Tveit weiterhin praktiziert. Oder überhaupt praktiziert. Ich hatte unseren universitätsinternen Gremien empfohlen, *dringend* empfohlen, die Zeugnisse des Tveit zu überprüfen. Ich bin bei diesen Verfahren natürlich nicht involviert, niemand hier im Spital ist involviert, es wird als parteiisch angesehen, deswegen habe ich nach meiner Empfehlung auch nichts mehr von dem Fall Tveit gehört und auch nicht nachgefragt. Aber in aller Regel, wir wissen das ja schon, wir Mediziner hier, meine ich, wir wissen schon, dass die Verwaltung unseren Empfehlungen folgt. Deswegen bin ich wirklich erschüttert. Sie sagen also, er praktiziert bei Ihnen in Deutschland?"

„Ja."

„In einer Stadt? Große Stadt?"

„Auf dem Land. Er ist Facharzt für Allgemeinmedizin. Weiterbildungen in Ernährungsmedizin, Diabetologie und Rheumatologie."

Ich hörte Lachen.

„Der weiß doch nicht, wie man Rheumatologie schreibt."

„Bitte?"

„Fragen Sie ihn. Fragen Sie ihn, wie man Rheumatologie schreibt. Ich meine das im Ernst. Fragen Sie ihn." Weimer sagte, „Auf dem Land arbeitet der, nicht in einer Stadt, ja, das wundert mich nicht."

„Warum das?"

„Na ja, sehen Sie, Landärzte haben mit leichteren Fällen zu tun. Die Bevölkerung auf dem Land ist im Vergleich zur Stadt überdurchschnittlich alt. Achtzig Prozent von ihnen haben daher die üblichen Krankheitsbilder. Übergewicht, Hypertonie, Diabetes mellitus, Osteoporose, Allergien. Die Diagnosen sind relativ leicht. Trifft er auf etwas, was komplizierter ist, dann überweist er. Ja, das passt zu Tveit. Tveit, ich hätte nicht gedacht, diesen Namen noch einmal zu hören. Aber eines ist sicher, ich werde mich bei unserer Verwaltung erkundigen. Ich will wissen, was mit Tveit geschehen ist."

„Sie haben ihm also damals gekündigt?"

„Wegen Unfähigkeit. Ich habe ihm das auch genau so ins Gesicht gesagt. Zurück bekommen habe ich ein entrüstetes Stottern, wie ich es wagen könnte, ihm Unfähigkeit vorzuwerfen, der ich doch selbst eine Pneumonie nicht von einer Pleuropneumonie unterscheiden könnte. Was für eine Unverschämtheit von diesem Kerl."

„Pneumonie was?"

„Lungenentzündung. Einmal ohne, einmal mit zusätzlicher Entzündung des Rippenfells. Der sogenannten Pleura. Ja, ja, seine Fachbegriffe hatte der Tveit drauf, da hat er gelernt."

„Tveit ist dann gegangen?"

„Am selben Tag, er war ja noch in der Probezeit. Hat seine Kündigung auch nicht angefochten. Hätte ja auch nichts gebracht, wie gesagt, Probezeit. Wissen Sie, wir haben immer mal wieder Scharlatane, die sich in unsere Zunft hineinlügen, die sich hervorragend verstellen und die hervorragend bluffen können und sich für Ärzte ausgeben und eine Weile mit ihrem Betrug durchkommen, weil-"

„Sie halten Tveit also für einen Betrüger? Tatsächlich für einen Betrüger?"

„Das ist meine feste Meinung, Herr Kommissar. Vielleicht hat er mal eine Ausbildung zum Krankenpfleger gemacht oder zum Rettungsassistenten oder so etwas, aber Tveit hat niemals, dafür lege ich meine Hand ins

Feuer, niemals hat Tveit an einer Universität in der Schweiz oder in Deutschland oder irgendwo sonst in Westeuropa ein Medizinstudium abgeschlossen. Wissen Sie was, ich erkundige mich jetzt. Und dann rufe ich Sie zurück. Bis gleich."

Ich guckte mein Telefon an. Da war einer wirklich überzeugt davon, dass Tveit kein Arzt war. Einer, der es wissen musste. Selbst ein Arzt, Chefarzt. Nur, was bedeutete das für mich? Für Manu? Tveit hatte sie nie behandelt, hat er gesagt.

Obwohl, was durfte ich ihm jetzt noch glauben?

Ich nutzte die Zeit und telefonierte mit der deutschen Hauptgeschäftsstelle von Ärzte ohne Grenzen in Berlin. Und was erfuhr ich? Dass ein Doktor Tyr Tveit dort völlig unbekannt war.

Dann rief Weimer zurück.

„Unsere Verwaltung ... Ja, das ist wirklich unglaublich. Nun, nach der Kündigung, die Tveit, wie ich vermutete, nicht angefochten hat, hat unsere Verwaltung es wohl für besser gefunden, die Sache auf sich beruhen zu lassen. Meine Empfehlung, meine ich damit, Tveit zu überprüfen, das hat sie auf sich beruhen lassen. Tveit war weg, warum also Staub aufwirbeln, haben sich die Damen und Herren der Verwaltung wohl gedacht."

„Was halten Sie davon?"

„Ganz und gar nichts halte ich davon, was denken Sie? Wenn jemand wie Tveit nicht gestoppt wird, dann arbeitet er womöglich weiter als Arzt und kann großen Schaden anrichten. Sie sollten unbedingt überprüfen, ob Patienten von ihm zu Schaden gekommen sind. Mein Gott, ich mag mir das gar nicht vorstellen, und wir hätten das verhindern können."

„Wir werden das überprüfen, Herr Weimer. Allerdings werden dann womöglich auch auf Ihre Verwaltung Fragen zukommen."

„Verstehe. Und seine Approbation, wenn ein Arzt in Deutschland praktiziert, müssen die zuständigen Behörden ihm die Zulassung erteilen. Das sollten Sie auch überprüfen."

„Sagen Sie, die Bewerbungsunterlagen, die Tveit damals bei Ihnen eingereicht hat, haben Sie die noch?"

„Ich denke schon. Warum?"

„Es wäre für unsere Ermittlungen sehr hilfreich, wenn Sie mir die schicken könnten. Am besten per Mail."

„Nun, hier geht es um Datenschutz ... Aber wenn die Kriminalpolizei in Deutschland ... und es geht um einen Betrüger, dann glaube ich, sehe ich da kein Problem."

Ich gab Weimer meine Mailadresse, und er versprach, seiner Sekretärin gleich Bescheid zu geben. Es sollte nur wenige Minuten dauern.

Es dauerte fünf Minuten.

Tyr Tveit, dasselbe Geburtsdatum wie das in unserer Akte, Medizinstudium und Promotion an der Technisch-Naturwissenschaftlichen Universität Norwegens in Trondheim. Bevor er nach Zürich kam war er Assistenzarzt an einem Krankenhaus im norwegischen Bergen, Facharzt an der Berliner Charité und Oberarzt an einem Krankenhaus in Luxemburg. Dazu listete sein Lebenslauf mehrere Freiwilligeneinsätze für Ärzte ohne Grenzen in Südostasien auf, was, wie ich bereits wusste, gelogen war.

Auf dem Lebenslauf prangte das Konterfei des Tyr Tveit.

Keine Frage, dieselbe Person, die als Arzt in Pech praktizierte.

Ich hatte nicht die Zeit und nicht die Möglichkeiten wie sie, also schickte ich alles zusammen mit einer erklärenden Mail und einem Arbeitsauftrag an meine Kollegen. Sie sollten Tveits Lebenslauf überprüfen und, wenn möglich, etwas über seine Kindheit und Jugend herausfinden. Rückmeldung erbeten an mein Telefon, damit ich flexibler war.

Eine Kopie minus Arbeitsauftrag mailte ich an meine Chefin. Sie hatte es sich verdient, von mir auf dem Laufenden gehalten zu werden.

Melchisedech rief an, sie wäre mit Lange auf dem Weg zum Richter. Drei Stunden, schätzte sie, bis sie im Präsidium wären. Lange hätte sich nicht gewehrt, seine Frau Ulrike ebenfalls nicht, sie wäre seltsam still gewesen. Die drei wartenden Patienten hätten genau zugehört. Mittlerweile würde wohl jeder in Pech von der Festnahme wissen. Ulrike Lange wollte nachkommen, direkt zum Präsidium.

Kurz nach Melchisedech rief Eva an und lud mich zu Kaffee und Kuchen zu sich nach Hause ein. Da ich ohnehin Wartezeit überbrücken musste, bis Ulrike kam und Melchisedech mit Lange und meine Kollegen sich mit Informationen zu Tveit meldeten und ich darüber hinaus krankgeschrieben war, ging ich zu ihr.

Zu Kaffee und Kuchen. Fand ich komisch. Sehr altmodisch.

War aber nur ein Witz. Eva hatte keinen Kaffee gekocht, geschweige Kuchen gebacken, dafür landeten wir ohne Verzögerung auf der Matratze. Sie hatte einfach meine Hand genommen, meine angestammelte Frage „Was-" mit einem „Alles Gute zum Geburtstag, Schick" unterbrochen, mich in ihr Büro gezogen und so lange an meinem Hosenstall herumgefingert, bis es kein Zurück mehr gab.

Happy Birthday to me.

„Das meinst du also mit Kaffee?", sagte ich jetzt.

„Ab sofort ist das unser geheimes Zeichen", sagte sie. „Willst du noch 'nen Kaffee oder Ich hab noch Kaffee und Kuchen da oder Ich brauche jetzt einen Kaffee."

„Was ist", sagte ich, „wenn wir unterwegs sind und ich nicke auf ein Café und sage, Lass uns da reingehen, Kaffee trinken?"

Eva grinste. „Dann wollen wir hoffen, dass die Toiletten frei sind."

„Woher weißt du eigentlich, dass ich heute Geburtstag habe?"

Ihr Grinsen verschwand. „Was?"

„Woher du weißt, dass ich heute Geburtstag habe."

„Du hast heute ... ? Jetzt ... in Echt?"

Nach der Dusche gabs dann doch Kaffee, Eva hatte tatsächlich nicht von meinem Geburtstag gewusst, und noch während meiner ersten Tasse meldete mein Telefon den Eingang der von mir bereits sehnsüchtig erwarteten Nachricht aus Mainz.

Charly, der Otto hier. Erstmal, schön von dir zu hören und guten Geburtstag und so. Zweitmal, wir alle freuen uns, dass du wieder bei der Arbeit bist. Till hat schon erzählt, Matt auch. Die Arbeit braucht dich und du die Arbeit. Drittmal, wann kommst du endlich zurück aus dem Urlaub?

Otto hieß eigentlich Arne, kein Mensch wusste mehr, wie aus Arne Otto wurde, aber jedenfalls wurde es. Otto saß zwei Zimmer weiter auf meiner Etage, er war ein lustiger Kerl und einer der besten Spezis, die ich kannte. Ich stellte fest, ich vermisste ihn. Und die anderen. Alle. Jeden.

Also, zu diesem Tveit. Tyr Tveit, selbes Geburtsdatum, selber Geburtsort, Vater auch Arzt, Mutter Angestellte, hat an der Universität Trondheim Medizin studiert und mit Auszeichnung abgeschlossen, anschließend im Bereich Pneumologie über ein Thema der, pass auf, jetzt kommts: pulmonalen Hypertonie promoviert. Frag mich nicht, was das ist. Sein Doktorvater, also seine Doktormutter – Sagt man so, Doktormutter? Sie ist jedenfalls eine Frau, ich hab mit ihr telefoniert und sie war ganz begeistert von deinem Tveit, fachlich und menschlich, nur leider hätte sie seit mehr als zehn Jahren nichts mehr von ihm gehört. Nach Trondheim war Tveit Assistenzarzt an einem Krankenhaus in Bergen, von Bergen hab ich dann gehört, dass er an die Berliner Charité wechseln wollte, was mir von dort bestätigt wurde, Tveit war als Facharzt an der Charité bis er nach Luxemburg auf eine Oberarztstelle wechselte. In Luxemburg muss er ein Problem gehabt haben, denn Tveit hat seine Probezeit nicht beendet. Hat schriftlich gekündigt und ist von einem Tag auf den anderen nicht mehr zur Arbeit erschienen. Wohin er danach ist, wussten die nicht, warum er gegangen ist, wussten die auch nicht, sie hätten ihn jedenfalls gerne behalten. Jetzt

zu Pech in der ungemütlichen Eifel: Ein Tyr Tveit, selbes
Geburtsdatum, selber Geburtsort, hat sein Hochschul-
zeugnis der Medizin und seine Promotionsurkunde bei der
zuständigen Behörde in Rheinland-Pfalz anerkennen las-
sen und problemlos eine Approbation und Kassenzulas-
sung für eine Praxis in Pech bekommen, das war vor zehn
Jahren. So viel von mir, Charly.

Schon wieder eine Kündigung während einer Probezeit. Nur dieses Mal von Tveit ausgehend, nicht von seinem Arbeitgeber.

Das passte nicht auf eine medizinische Lichtgestalt,
die Tveit nach Aussage seiner Professorin war.

Es passte aber auf Tveit, den Scharlatan.

Eva guckte über ihre Tasse hinweg zu mir. „Du siehst
aus, als hätte dich ein Pferd getreten."

Problem war, Tveit konnte nicht beides sein.

„Schick?"

„Wie?"

„Du siehst aus-"

„Ja. Ich muss telefonieren."

Ich rief Weimer an, er war nicht da, rief aber kurz darauf zurück, und ich erklärte ihm, was wir herausgefunden hatten.

Weimer war erleichtert, dass Tveits Unterlagen echt
waren, also hatte seine Verwaltung keinen Fehler gemacht, zugleich aber blieb er dabei, dass Tveit keine Ahnung von Medizin hatte und ganz bestimmt keine Ahnung von Pneumologie und absolut ausgeschlossen mit
einer Doktorarbeit über pulmonale Hypertonie promoviert worden war oder jemals werden würde. Oder überhaupt jemals promoviert würde.

„Wie erklären Sie sich dann seine Unterlagen, Herr
Weimer? Das mit Auszeichnung abgeschlossene Medizinstudium an der Uni Trondheim? Und die Begeisterung
Ihrer Kollegin, die Tveit während seiner Promotion be-
treut hat?"

„Die Universität Trondheim ist eine angesehene Universität", sagte Weimer und war still. Dann sagte er, „Ich
kann es mir nicht erklären, Herr Schick."

„Könnten Sie sich irren in Tveits Beurteilung? Ich weiß, Ärzten fällt es manchmal nicht leicht, einen Fehler einzugestehen, aber ... Das hier wäre ja kein medizinischer Fehler."

Ich wartete.

„Herr Weimer?"

„Seit wann sind Sie bei der Polizei, Herr Schick? Zehn, zwanzig Jahre?"

„Eher dreißig."

„Hatten Sie schon einmal bei Ihrer Arbeit mit einem dilettantischen Kollegen zu tun? Mit einem Kollegen, der nichts zustande bringt? Einer, der nichts kann?"

Ich dachte an Heidmann und Glatze und an ein paar andere und sagte, „Ab und zu."

„Wie lange haben Sie gebraucht, deren Dilettantismus zu durchschauen? Eine Woche? Einen Monat?"

„Eine Stunde", sagte ich.

„Ich bin seit achtunddreißig Jahren Arzt. Ich habe Hunderte von Ärzten ausgebildet."

Ich wartete.

„Tyr Tveit ist ein Dilettant", sagte Weimer dann, seine Stimme deutlich und sehr ernst. „Eine medizinische Null. Und ich sage Ihnen, ich hatte noch nie ein Problem damit, einen Fehler einzugestehen."

Ich blieb still.

„Das Rätsel um Tveit ist kein medizinisches, Herr Kommissar, sondern ein kriminalistisches."

29

Tyr Tveit.

Was war da los? Gab es überhaupt ein Verbrechen bei Tveit? Hatte Tveit irgendetwas mit Lange oder Manu zu tun?

Das Rätsel um Tveit ist kein medizinisches, Herr Kommissar, sondern ein kriminalistisches.

„Es wird dunkel", sagte Eva.

Sie saß auf einem ihrer Kartons gegen die Wand gelehnt und blätterte in einem ihrer Ordner. Ich saß an ihrem Schreibtisch, vor mir der Lebenslauf des Tyr Tveit.

„Ich hätte gedacht, junge Leute wie du würden mehr mit elektronischen Hilfsmitteln arbeiten", sagte ich. „Tablets statt Ordner, meine ich."

„Ich bin nicht mehr jung", sagte sie. „Ich bin schon sechsunddreißig."

Ups. Erst sechsunddreißig?

„Und ich hab Hunger. Du?"

Vielleicht hatte sie das ernst gemeint, Ich will ein Kind von dir. Was dann?

„Schick?"

„Ja?"

„Ich habe Hunger."

„Gehört. Pizza?"

Dann würde ich in der Klemme stecken.

Wir einigten uns auf Pizza, zusammengeklappt für mich und mit Gemüse für sie, und bestellten.

Dann telefonierte ich mit Otto und bekam von ihm die Mailadresse von Tveits Doktormutter und schrieb noch die Mail, als Otto bereits zurückrief und sagte, „Sie sitzt am Schreibtisch und weiß Bescheid und wird dir direkt antworten."

Ich schickte die Mail ab und wartete.

Und wartete.

Dann kam die Antwort.

Sehr geehrter Herr Kommissar Schick, der Mann auf Ihrem Foto ist nicht Doktor Tyr Tveit.

Ihr *nicht* war doppelt unterstrichen.

Und weil Ihr Kollege meinte, ich sollte dazuschreiben, wie sicher ich mir meiner Antwort bin, weil Sie großen Wert darauf legten: Ich bin mir einhundert Prozent sicher.

Das Foto, das ich ihr geschickt hatte, war das von Tyr Tveit aus Pech.

Doktor Geschniegelt Tyr Tveit, der immer noch geschniegelt, aber nicht mehr Doktor und nicht mehr Tyr Tveit war.

„Dich hat schon wieder ein Pferd getreten, Schick", sagte Eva.

Ich antwortete nicht, sondern rief Otto an und schickte ihm, das Telefon zwischen Schulter und Wange eingeklemmt, zugleich per Mail das Foto von Tveit, der nicht Tveit war.

„Otto, zuerst den Kollegen in Norwegen. Dann zu Europol, Interpol und zum BKA."

„Tatsächlich? Bin ja froh, dass ich jemanden hab, der mir meinen Job erklärt."

„Tut mir leid. Ich bin in Trier, also ..."

„Du meinst, du musst denen alles erklären? Eins und eins ist zwei und so?"

Ich seufzte.

„Verstehe", sagte Otto.

„Danke."

„Aber du weißt schon, wenn sich dieser Typ, wie auch immer er heißt, nichts hat zuschulden kommen lassen, dann ist er in keinem Computer drin. Wenn er in keinem Computer drinne ist, dann wirds schwierig, ihn zu identifizieren. Und wir haben sowieso nur sein Foto für einen Abgleich. Mager genug."

„Nicht nur sein Foto. Wir haben Fingerabdrücke."

„Fingerabdrücke?"

„Ja."

„Warum sagst du das nicht gleich."

„Ich schick sie dir rüber."

„Gut."

„Ja."

Ich legte auf und sagte zu Eva, „Ich muss los."

„Los? Wohin?"

„Präsidium."

Sie ließ den Ordner sinken. „Schick. Ich hab mich auf einen Abend mit dir gefreut."

„Ich weiß. Aber gleich kommt Melchisedech mit Lange und seiner Frau."

„Was ist mit deiner Pizza?"

„Die hebst du mir auf."

„Damit solltest du nicht rechnen."

„Ich bin bald zurück. Ich liebe kalte Pizza."

„Du haust ab und sagst zu mir, du liebst ... *kalte Pizza?*"

„Was hat sie gesagt? Frau Tveit?"

„Nicht viel. Sie war erstaunt, das konnte ich ihr anhören. *Kriminal*polizei? Zweifel an seiner *Identität?*" Das Einsatzteam hatte Lange hinunter in den Keller und in den Vernehmungsraum gebracht, vor dem Melchisedech und ich jetzt standen. Ich hielt das Telefon, mit dem ich Corinna Tveit angerufen hatte, noch in der Hand und sagte, „Sie gab dann zu, ihr Mann würde nie Norwegisch sprechen, außer ab und zu ein paar Sätze, immer dieselben. Er würde auch nicht gerne über seine Kindheit in Norwegen reden und Familie hätte er auch nicht mehr. Er hätte erst richtig zu leben angefangen, als er sie kennen lernte, so würde er immer sagen, sein vorheriges Leben in Norwegen würde er am liebsten vergessen. Aber sie richtet ihm aus, dass ich angerufen habe."

„Was versprechen Sie sich davon, Schick? Von Ihrem Anruf?"

Lange sehen konnten wir nicht, es gab keinen durchsichtigen Spiegel und keine Kamera. Ulli saß in einem ähnlichen Zimmer nebenan. Am Ende des Ganges war der Archivraum, wo Glatze seine letzten Tage verbracht hatte.

„Ich will Tveit oder wie immer er heißt aufscheuchen", sagte ich. „Unter Druck setzen. Unter Druck machen Menschen Fehler."

„Aber er hat mit Manu nichts zu tun. Welchen Fehler soll er also machen?"

Wir waren übereingekommen, dass Lange und der zweite Mann Manu getötet haben mussten. Die ganz ähnlichen, ungewöhnlichen Tatwerkzeuge und Wunden sprachen für dieselben Täter, nicht für unterschiedliche.

Ich sagte, „Der Professor am Universitätsspital in Zürich-"

„Weimer?"

„Weimer. Der ist sich sicher, dass Tveit eine medizinische Null ist. Zugleich sind die Unterlagen von Tveit über sein erfolgreiches Medizinstudium echt. Tveit ist kein medizinisches, sondern ein kriminalistisches Problem, meinte Weimer."

„Und Tveits Professorin in Norwegen sagt, Der Mann auf dem Foto ist nicht Tveit."

„Kein Zweifel, die Person, die in Pech als Allgemeinmediziner Tyr Tveit praktiziert-"

„-ist nicht Tyr Tveit", sagte Melchisedech.

„Ist nicht Tyr Tveit, ganz genau."

„Was also haben wir hier, einen Fall von gestohlener Identität?"

„Nicht nur das. Es stellt sich die Frage, was mit dem Bestohlenen geschehen ist. Denn der wirkliche Doktor Tyr Tveit gibt ja nicht freiwillig seine Zeugnisse und Unterlagen und seinen Pass her, Nimm hin, Fremder, lebe ich halt ab jetzt als namenloser Bettler auf der Straße."

„Der richtige Tveit könnte weiter als Arzt praktizieren, ohne zu wissen, dass es irgendwo noch einen Arzt Tyr Tveit gibt. So läuft das bei den gestohlenen Identitäten ja auch. Die Bestohlenen wissen zunächst gar nicht, dass jemand ihre Identität benutzt."

„Aber irgendwann kommt es raus. Weil sie Rechnungen bezahlen sollen für Dinge, die sie gar nicht gekauft haben. Hier wäre es ähnlich. Irgendwann würden sich die Wege der beiden Tyr Tveits kreuzen. Irgendwann, irgendwo, auf einem Kongress zum Beispiel, würde jemand sagen, Das ist nicht Doktor Tyr Tveit, ich kenne Doktor Tyr Tveit, der sieht ganz anders aus. Nein, der wahre Tveit muss tot sein, damit der falsche Tyr Tveit seinen Platz einnehmen konnte. Die Gefahr einer Entdeckung wäre für den falschen Tveit einfach zu groß."

„Sie meinen, Tveit oder wie immer der Typ heißt, er hat den echten Tveit getötet? Um an seine Identität zu kommen und sich als Arzt auszugeben?"

„Welche andere Möglichkeit gibt es? Der echte Tveit stirbt eines natürlichen Todes, und jemand, der gerade eine neue Identität sucht und genug kriminelle Energie besitzt, ist rein zufällig in der Nähe und nutzt die Gunst der Stunde?"

Melchisedech zögerte und schüttelte dann den Kopf.

Ich sagte, „Deswegen möchte ich den falschen Tveit aufscheuchen. Mal sehen, was passiert. Deswegen habe ich vorhin Mainz seine Fingerabdrücke geschickt."

„Da hat die Nehbert damals einen Fehler gemacht, das nicht zu tun. Bei Manu."

„Sie hatte Tveit nicht in Verdacht." Sie hätte es trotzdem tun müssen. Routine. Aber ich wollte es nicht aussprechen. Ich wollte nicht, dass Nehbert schlecht dastand.

„Und wie wollen wir bei Lange vorgehen, Schick?"

„Lange wurde belehrt?"

Melchisedech nickte. „Sicher."

„Er will keinen Anwalt?"

„Bislang nicht. Er habe nichts getan, sagt er."

„Er habe nichts getan." Ich überlegte. „Wir werden ihn noch einmal belehren. Zur Sicherheit."

„Und dann? Wie wollen wir vorgehen?", fragte sie wieder.

Machst du weiter, machen wir weiter.

Andreas Lange und sein Kumpan wussten, dass ich es war, den sie vergewaltigt hatten. So, wie ich ihn bei der Behandlung auf der Liege erkannt hatte, hatte er mich erkannt.

Und doch glaubte er offensichtlich, er würde damit davonkommen. Kam ohne Anwalt, weil er *nichts getan* hätte.

Mein Herz meldete sich mit unangenehmen Schlägen. Ich legte zwei Finger an den Hals. Der Pulsschlag kam mir schnell vor, aber ich konnte mich irren. Ich lehnte mich gegen die Wand.

„Alles in Ordnung, Schick? Wieder das Herz?"

„Nein ... Ja, alles in Ordnung. Merken Sie sich das schon mal für gleich. Sie dürfen keine Kettenfragen stellen." Ich sagte, „Wie gehen wir vor. Also, wir fragen nach der Vergewaltigung auf dem Video. Er gesteht. Dann fragen wir nach dem Mittäter. Er nennt uns den Namen. Ich denke, Friedrichs. Und dann fragen wir nach Manu."

„Ach, einfach so."

„Nicht einfach so", sagte ich und stieß mich von der Wand ab. „Wir fangen mit Ulli an. Mal sehen, was sie zu sagen hat."

Ulrike Lange saß hinter dem Tisch und guckte hoch, als wir hereinkamen. Sie sah blass aus und ihr schien kalt zu sein, obwohl sie ihren dicken Wollmantel trug und der Raum gut geheizt war. Ich begrüßte sie mit einem freundlichen Lächeln und Handschlag, was beides nicht wirklich zu der Atmosphäre passte, der Raum bis auf den Tisch und drei Stühle und die Neonleuchte an der Decke kahl, die Wände weiß und ohne Fenster. Und ihr Mann der Vergewaltigung und des versuchten Mordes beschuldigt.

Wir setzten uns.

„Mit Frau Melchisedech haben Sie ja vorhin schon gesprochen", sagte ich.

Ulli nickte. Ihr Handschlag war weich und unsicher gewesen. So unsicher wie ihr Blick.

„Ich verstehe das alles nicht. Warum bin ich hier? Warum haben Sie ihn verhaftet? Was hat er getan?"

„Vorläufig festgenommen, Frau Lange, nicht verhaftet. Frau Lange-"

„Ulli, bitte."

Ich nickte Melchisedech zu und sie legte das Tonband auf den Tisch und stellte es an.

„Darf ich unser Gespräch aufzeichnen, Ulli?"

Sie guckte auf das kleine Gerät und nickte. „Ja."

„Sagen Sie, ist Ihnen kalt?"

Sie schüttelte den Kopf.

„Möchten Sie etwas Warmes zu trinken? Kaffee? Tee vielleicht?"

„Nein. Danke."

„Gut." Ich schob das Gerät zwischen uns und warf einen Blick darauf und sah, dass es aufzeichnete. Ich nannte das Datum und den Ort, die Namen der Anwesenden sowie unsere Dienstgrade und die Fallnummer und sagte, „Ich möchte Sie belehren, dass ich Sie hier als Zeugin befrage. In einem Ermittlungsverfahren gegen Ihren Mann, das in einer Anklageerhebung enden kann. Verstehen Sie das?"

„Anklageerhebung?"

„Ja. Als Ehefrau müssen Sie nicht gegen Ihren Mann aussagen. Das bedeutet, Sie müssen nicht mit uns sprechen. Sie können jetzt aufstehen und gehen, wenn Sie das möchten."

„Ich habe nichts zu verheimlichen."

„Sie können auch einen Anwalt hinzuziehen, wenn Sie das möchten. Steht Ihnen vollkommen frei."

„Was soll ich mit einem Anwalt? Ich habe nichts zu verheimlichen."

Ich guckte Melchisedech an, die im selben Moment ihren Kopf zu mir drehte.

„Einen Moment, bitte, Ulli", sagte ich und winkte Melchisedech mit mir nach draußen. Wir schlossen die Tür hinter uns.

Melchisedech sagte, „Hat Ulli gerade gesagt, *Ich* habe nichts zu verheimlichen?"

„Zwei Mal."

„Als hätte sie das betont. *Ich* habe nichts zu verheimlichen." Melchisedech sagte, „Diese Ulli weiß etwas."

„Oder sie vermutet etwas. Gehen wir rein."

„Andreas Lange", sagte ich, als wir wieder vor Ulli saßen. „Ihr Mann Andi. Seit wann-"

„Seine Patientinnen nennen ihn Andi. Ich nicht."

„Nie?"

„Schon lange nicht mehr."

„Wie nennen Sie ihn?"

„Gegenüber den Patienten nenne ich ihn Andreas. Wenn ich mit ihm sprechen muss, dann sage ich meist *Verschwinde*." Ulli atmete aus.

Melchisedech sagte, „Das hört sich verbittert an."

Ulli zog ein Gesicht. „Tatsächlich?"

„Seit wann kennen Sie Andreas Lange, Ulli?"

Sie sagte, „Was wollen Sie wissen, Herr Schick?"

„Wie Sie sich kennen gelernt haben. Wie Ihre Ehe so ist."

„Unsere *Ehe*." Sie erzählte, dass sie und Lange sich vor zwei Jahren bei ihrem Bruder Wolfgang kennen gelernt hätten, Wolfgang Friedrichs, auch Polizist hier, Sie kennen ihn ja. Vor einem Jahr hätten sie geheiratet.

„Was werfen Sie ihm eigentlich vor? Ich meine, Mord und Vergewaltigung, haben Sie gesagt", Ulli guckte Melchisedech an, „das erscheint mir ... absurd."

Sie hörte sich an, als wäre sie alles andere als sicher.

„*Versuchter* Mord", sagte ich, „und das ist keineswegs absurd. Ein Mann wurde in Wiesbaden in einer Tiefgarage überfallen. Er ist Busfahrer, fünfzig Jahre alt, verheiratet, Vater von drei Kindern. Zwei Kerle haben ihn vergewaltigt und anschließend-"

„Vergewaltigt?"

„-vergewaltigt und anschließend versucht, ihn zu erwürgen. Andreas Lange hat damit zu tun. Dafür haben wir Beweise. Fingerabdrücke."

Ulli nickte. Als hätte sie nicht nur verstanden, sondern als würde sie es auch für möglich halten.

Melchisedech und ich sahen uns an.

Ulli starrte auf den Tisch vor ihr. „Vergewaltigt und versucht zu ... Sie sagen, zwei Männer? Andreas und noch einer?"

„Ja."

Ullis Hände auf dem Tisch zitterten.

Ich sagte, „Als ich gestern auf der Straße mit Ihnen gesprochen und Ihnen meinen Ausweis gezeigt habe, da dachte ich, Sie wären erschrocken. Polizei und so, da erschrecken normale Menschen, auch wenn sie sich nichts haben zuschulden kommen lassen. Aber Sie waren gar nicht erschrocken. Sie wussten sofort, dass es um Andreas Lange ging."

Sie antwortete nicht.

„Ulli, was wissen Sie?"

Ihre Lippen bewegten sich, aber wir hörten kein Wort.

„Sie wissen, wer der zweite Mann ist, nicht wahr?"

Sie guckte, antwortete aber nicht.

„Seit wann wohnen Sie in Ihrem Haus in Pech?"

Jetzt sagte sie, „Seit unserer Heirat. Ein Jahr. Aber es ist nicht unser Haus, wir haben es nur gemietet. Und wir wohnen nicht mehr zusammen. Also, nicht wirklich. Ich wohne oben, er unten."

Melchisedech sagte, „Sie leben also praktisch ... getrennt?"

Ulli nickte.

„Nach einem Jahr Ehe?"

„Die Heirat war ein Fehler." Sie schlug beide Hände vors Gesicht. „Ein riesengroßer Fehler." Ihre Stimme war dumpf. „Ich wäre schon längst ausgezogen, aber ich habe die Anstellung in seiner Praxis." Sie hob den Kopf. „Und wenn ich ausziehe, verliere ich nicht nur meine Wohnung, sondern auch den Job."

„Lange würde Ihnen kündigen?"

Sie lachte. „Sofort."

„Warum war die Heirat ein Fehler?", sagte ich.

„Als wir uns kennen lernten, da war er sehr nett, der Andreas Lange. Höflich, witzig, gut gelaunt. Nach der Heirat hab ich schnell gemerkt, vieles ist nur gespielt. Innerlich ist er verbittert wegen seiner Blindheit, er fühlt sich hilflos und machtlos, deshalb arbeitet er auch immer daran, selbständig zu sein. In der Praxis und im Haus bewegt er sich genauso sicher wie ich, solange keine Möbel verrückt werden oder etwas im Weg steht. Wenn wir unterwegs waren und ich wollte ihn bei der Hand nehmen und führen, da ist er explodiert. Nach außen hin, zu seinen Patienten, ist er immer noch höflich, witzig und gut gelaunt, aber zuhause nicht mehr. Er ist schlecht gelaunt. Jähzornig. Viel unterwegs mit meinem Bruder, er kann ja nicht selbst fahren, also fährt mein Bruder immer. Vor einem halben Jahr ... Wir hatten eine Katze. Es war nicht wirklich unsere Katze, sie gehörte den Nachbarn, aber die Nachbarn kümmern sich nicht so und die Katze kam auch zu uns für Futter. Sie setzte sich draußen auf die Fensterbank der Küche und miaute. Es war Sommer, wir hatten das Fenster auf Kipp, Andreas hörte das Miauen, und ich wusste, es nervte ihn. Also ging ich raus und gab der Katze etwas zu futtern, damit sie still war." Sie atmete tief ein und aus. „Andreas kam mit, tastete mit der Hand an den Futternapf, packte die Katze am Kopf. Und warf sie gegen die Hauswand." Sie sagte, „Haben Sie schon mal ein Handballspiel gesehen, die Profis im Fernsehen? Wenn einer einen Sieben-Meter wirft?"

Wir nickten.

„Genau so hat er die Katze geworfen. Das arme Tier knallte gegen die Hauswand und fiel auf den Boden und war tot. Von wegen sieben Leben. An der Hauswand war ein Fleck aus Blut und ... Flüssigkeit. Der Fleck ist immer noch da, ich habe ihn nicht weggewischt. Am selben Abend bin ich aus unserem Schlafzimmer in ein anderes Zimmer gezogen. Eine Woche später haben wir uns das Haus aufgeteilt. Er wohnt seitdem unten, ich wohne oben. Wir haben zwei kleine Badezimmer, also geht das. Die Küche teilen wir uns. Jede Nacht schließe ich meine Schlafzimmertür ab und schiebe die Kommode davor. Danach habe ich das noch zwei Mal gesehen, wie er Katzen auf diese Art tötete. Aber pünktlich zum ersten Advent, so ein Typ ist das, pünktlich zum ersten Advent hat er die Kerzen draußen an den Baum gemacht." Sie sagte, „Ich habe ihn zur Rede gestellt, heute Mittag, nicht lange bevor Sie mit Ihren Leuten kamen", Ulli guckte zu Melchisedech, „was die Kriminalpolizei denn von ihm wollte."

305

Jetzt guckte sie mich an. „Ich schätze mal, das war Ihre Absicht, als Sie mit mir gesprochen haben."

„Was hat er gesagt?", fragte ich.

„Nichts. Wir reden nicht mehr viel miteinander, privat gar nicht mehr, also hat mich das auch nicht gewundert." Sie sagte, „Sie haben also Beweise."

„Es kann sein, dass er in den nächsten zehn Jahren nicht nach Hause kommt", sagte ich. „Vielleicht länger."

„Spielt für mich keine Rolle, ob er morgen wieder rauskommt oder in zehn Jahren. Ich dachte, er wäre nur ein cholerischer, brutaler Typ. Versuchter Mord und Vergewaltigung?" Sie schüttelte den Kopf. „Ich hab ... Mir reichts. Ich hätte viel früher gehen müssen. Ich übernachte heute bei einer Freundin, morgen räume ich meine Sachen aus und suche mir eine neue Wohnung und einen neuen Job und reiche die Scheidung ein. Das Trennungsjahr haben wir ja bereits zur Hälfte hinter uns."

„Lange ist also oft mit Ihrem Bruder unterwegs."

„Manchmal bis in den frühen Morgen. Und dann gehts unten in der Küche weiter. Trinken, Musik hören, grölen. Ihm sage ich schon nichts mehr, ich versuche es gar nicht erst. Aber von meinem Bruder ..." Sie winkte ab. „Ein bisschen mehr Verständnis würde ich mir von meinem Bruder wünschen, schließlich ist er Polizist. Die ganze Nacht durchmachen und betrunken zum Dienst, was soll das?"

„Ja, was soll das", sagte ich, was Melchisedech mit einem Räuspern quittierte.

„Aber er lacht nur, der Idiot. Die zwei passen zusammen. Aber sie sollen mich in Ruhe lassen."

Melchisedech sagte, „Was meinen Sie, wieso passen die zusammen?"

„Na, er schmeißt Katzen gegen Wände, und mein Bruder hat früher Frösche aufgeblasen. Passt doch, oder?"

„Frösche aufgeblasen?"

„Wolfgang wurde oft verprügelt. Früher, als Junge. Seine Wut hat er dann an anderen ausgelassen. Unter anderem an Fröschen. Und an Schwächeren. Einmal, da war er so acht oder zehn, da hat er einer Vierjährigen mit

306

der Faust ins Gesicht geschlagen. Die Polizei hätte ihn nie nehmen dürfen", sagte sie, „aber die nehmen ja auch jeden."

Ich sagte, „Ihr Bruder fährt Lange also immer. Auch zu Vorträgen?"

„Vorträgen?"

„Lange hat Vorträge gehalten, Arzt und Physiotherapeut Hand in Hand zum-"

„-zum Wohle der Patienten, gemeinsam mit dem Tveit, das meinen Sie. Ja. In Wittlich im Krankenhaus und in ... Mainz, glaube ich, bei so einem Ärztekongress?"

Ich nickte.

„Ja, da hat mein Bruder ihn gefahren, klar. Tveit und er hätten ja auch zusammen fahren können, aber die beiden sind nicht so auf einer Ebene, wenn Sie verstehen. Der Tveit ist ziemlich abgehoben, er, der Arzt, steht deutlich über dem Physiotherapeuten und so. Das hat Tveit Andreas auch spüren lassen. In letzter Zeit, so vor ein paar Wochen, da hat sich ihr Verhältnis noch mal verschlechtert. Irgendwas muss da passiert sein zwischen denen."

Ich nickte.

Friedrichs also war tatsächlich der zweite Kerl, nicht Tveit.

Ich schloss die Augen.

Friedrichs und Lange. Der eine hat früher Frösche aufgeblasen, der andere war wegen seiner Blindheit so frustriert und jähzornig, dass er Katzen gegen Hauswände warf.

Ulli hatte Recht. Die beiden passten wirklich zueinander. Und gemeinsam gaben sie ihren sadistischen Gewaltphantasien und ihrem Jähzorn ein Ventil, indem sie Männer ihre Macht spüren ließen. Sie überfielen, vergewaltigten und töteten.

Und angefangen haben sie vor acht Jahren bei einer jungen Frau. Manu. Wie dieser Leblanc vom BKA gemeint hat, jemand aus dem privaten Umfeld des Opfers und jemand am Anfang seiner Karriere als Serientäter.

Ich öffnete die Augen und sah Ulli und Melchisedech mich beobachten.

„Alles in Ordnung bei Ihnen, Herr Schick?“

„Ja, Ulli, ich habe nur nachge- ... Lange und ihr Bruder, Ulli, wann hat das bei den beiden angefangen? Ich meine, dass sie zusammen losgezogen sind? Vor acht Jahren oder schon früher?“

„Vor acht Jahren?“ Ulli schüttelte den Kopf. „Nicht vor acht Jahren, wie kommen Sie denn darauf, Herr Schick, die beiden haben sich doch erst vor drei Jahren kennen gelernt.“

30

Helmut Haller ging durch sein Sprechzimmer und schaltete die Geräte aus. Früher als sonst.

Aber nach dem Anruf von Cori war nichts mehr wie sonst.

Da war vorhin ein Mann am Telefon, ein Kommissar Schick von der Kriminalpolizei, Tyr ... Kriminalpolizei. Zweifel an deiner Identität. Schatz, ich verstehe das nicht.

Zweifel an deiner Identität.

Seine Frau hatte es kaum ausgesprochen, da war sein erster Gedanke gewesen, das wars.

Aus.

Vorbei.

Der Boden unter seinen Füßen sackte weg, das Dach über seinem Kopf flog davon. Die Fundamente seines Lebens brachen in sich zusammen.

Alles weg.

Und dann kam auch noch Nadja rein, Der Kommissar Schick will eine Aufstellung, wann genau Sie für Ärzte ohne Grenzen unterwegs waren in den vergangenen Jahren, er meinte, es wäre dringend?

Er hatte Nadja nur zugenickt, so lässig, wie es ihm möglich war. „Machen wir morgen, Sie können dann gehen." Er hatte es sogar geschafft zu lächeln.

Schick. Dieser Pisser.

Aber Nadja war nicht gegangen.

Ob er gehört hätte, was heute mit dem Andi Lange passiert war.

Und dann hatte Nadja ihm erzählt, dass Lange festgenommen worden war, drei Polizisten mit Pistolen und Handschellen und alles, und eine Polizistin dazu, und Ulli hätte danach die Praxis zugeschlossen und wäre seitdem, puff, verschwunden.

Nadja hatte gewartet und dann gefragt, ob sie noch etwas tun könnte. Er hatte den Kopf geschüttelt und Bis morgen gesagt.

Obwohl es morgen vermutlich keinen Allgemeinarzt Tyr Tveit mehr geben würde.

Haller schloss ab und ging das dunkle Treppenhaus hinunter und nach draußen und setzte sich in seinen Geländewagen, achtzigtausend Euro teuer und bar bezahlt.

Aber er fuhr nicht los.

Hatte er gerade das letzte Mal seine Praxis abgeschlossen?

Er musste nachdenken.

War wirklich alles vorbei, oder gab es noch eine Chance?

Denk nach, Mann. Es kann doch nicht wahr sein, dass innerhalb von nur vier Wochen dein Geheimnis aufgedeckt wird. Dein Leben, das du in den vergangenen zehn Jahren so sorgfältig aufgebaut hast. Das kann nicht sein.

Denk nach, verdammt.

Er hatte so oft damit gerechnet. In Zürich war es knapp. Dann mit dem vermaledeiten Weber und dieser Manu, das war auch knapp. Aber das war lange her, viele Jahre, so lange, dass er mittlerweile nicht mehr nur Doktor Tyr Tveit spielte sondern Doktor Tyr Tveit *war*. Aber dann, vor vier Wochen. Lange kam runter in sein Sprechzimmer und grinste ihm ins Gesicht, Du bist gar kein Arzt. Du bist nicht Tyr Tveit. Keine Ahnung, wer du bist, aber nicht Tyr Tveit und erst recht kein Arzt.

Er und dieser Friederich oder wie der hieß und der andere, Solberg, beide Polizisten, Geld wollten sie für ihr Schweigen.

Sein Geld.

Zum Glück hatte Lange die Tür hinter sich zugemacht, dass Nadja nichts hörte.

Nun, er hatte natürlich nicht bezahlt. Aber Solberg hatte seins bekommen, den anderen beiden zur Warnung. In einem auch den Pisser Schick ausschalten, das hatte nicht funktioniert. Seis drum. Lange und Friederich immerhin hatten die Warnung verstanden und sich seitdem nicht mehr gemeldet.

Jetzt hatten sie Lange festgenommen.

Denk nach, was bedeutet das für dich?

Eigentlich nichts, oder? Was immer Lange ausgefressen hat, es kann nichts mit dir zu tun haben. Kann nicht sein. Lange hat daher auch keinen Grund, über dich zu erzählen, dass du kein Arzt bist, nicht Tveit bist. Aber jeden Grund, nichts davon zu erzählen. Auf Erpressung steht schließlich Strafe.

Aber Lange hatte was von Beweisen gefaselt, sie hätten Beweise, dass er kein Arzt war.

Beweise. Beweise waren immer scheiße.

Wenn er die Beweise hatte, war er vor Lange und diesem Friederich endgültig sicher.

Dann blieb nur noch Schick.

Aber vorher musste er zu Cori. Sie beruhigen. Erklären, warum der Kommissar sich irrte. Hey, Cori, Liebes, guck mich an, *ich* kein Arzt?

Auf der Fahrt nach Hause rekapitulierte er seinen Notfallplan.

Sollte Cori ihm nicht glauben, dann war es eben so. Er könnte es akzeptieren. Er hatte eine gute Zeit gehabt. Fast zehn Jahre war er Arzt gewesen und neun Jahre mit Cori verheiratet, eine Frau, die nie und nimmer den Stuckateur Helmut Haller auch nur angeguckt hätte, und mit ihr zwei Kinder bekommen.

Eine gute Zeit.

Er lenkte in die Einfahrt und öffnete per Knopfdruck das Garagentor und fuhr hinein. Coris Wagen stand dort. Gutes Zeichen. Das Tor schloss hinter ihm mit einem leisen Surren.

Cori war in der Küche, wie immer, wenn er nach Hause kam, und seine zwei Mädels saßen im Esszimmer mit ihren Hausaufgaben und umarmten ihn mit Hallo Pa, Hallo Papsi und setzten sich wieder.

Alles so weit wie immer.

Vielleicht bestand tatsächlich Hoffnung.

Aber als er Cori umarmen wollte, blieb sie starr vor ihrer Pfanne stehen, frisches Gemüse und Hühnchen vom Hofladen am Ortsrand. Sie guckte nur flüchtig zu ihm hoch.

„Erklär mir, was er meinte, der Kommissar. Was soll das heißen, Zweifel an deiner Identität?"

Er spulte seine Antworten ab, wie er sich das zurecht gelegt hatte, und zeigte ihr sein überzeugendstes Lächeln – kein breites Lächeln, sondern leise, verschmitzt, als wüsste er mehr als alle anderen auf der Welt und definitiv mehr als sie.

Aber sie sagte nur, „Hm", und drehte ihm dann den Rücken zu.

Als sie zu Abend aßen, war es so still wie nie. Cori las sogar in der Zeitung, was sie beim Essen nie tat. Die Mädchen fragten dann, ob sie nach oben gehen dürften, und er nickte.

„Wenn du nicht Tyr Tveit bist", sagte Cori, als die Mädchen draußen waren, „wer bist du dann?"

„Hast du mir vorhin zugehört?"

„Ja, das habe ich. Aber ich habe auch nachgedacht, seit der Kommissar angerufen hat. Solange wir uns kennen, wir waren noch nie in Norwegen. Noch nie in deiner Heimat. Wenn ich in Norwegen geboren und aufgewachsen wäre, dann wäre ich mit meiner Familie längst einmal dort gewesen. Ich hätte meinen Kindern gezeigt, wo ihre Mama aufgewachsen ist. Ich-"

„Du weißt von meiner schlechten Kindheit da oben, und dass von meiner Familie niemand mehr lebt, weißt du auch. Was soll ich da? Ich habe mit Norwegen abgeschlossen und will niemals-"

„So sehr abgeschlossen, dass du niemals auch nur ein Wort Norwegisch sprechen willst, was für ein Blödsinn ist das denn?"

„Jeg kommer fra Norge."

„Ja, du kommst aus Norwegen, das kann sogar ich mittler-"

„Jeg er allmennpraktiserende lege."

„Ja, ja, deine Standardsätze, du kommst aus Norwegen und bist praktischer Arzt, ich kann die mittlerweile genau so gut wie du, seit zehn Jahren immer dieselben paar Sätze, ich kanns nicht mehr hören. Hier", sie schob ihm die Zeitung hin, „übersetze was. Irgendwas."

Er schob die Zeitung weg. „Ich habe dir ge-"

„Du sollst etwas übersetzen! Jetzt!"

Haller blieb still.

Sie warf ihm die Zeitung ins Gesicht.

Haller hob die Hände zum Schutz, die Zeitung fiel auf den Boden.

„Jeg elsker deg, Cori, jeg elsker deg."

31

Ich hatte Ulli gebeten, noch sitzen zu bleiben, während wir mit Lange sprachen. Vielleicht würde sich noch eine Frage ergeben, die sie beantworten könnte. Sie hatte zugesagt.

Mein Telefon vibrierte mit einer Nachricht. Otto. Wegen Tveit. Das konnte nur bedeuten, dass seine Fingerabdrücke im System waren. Und das wiederum konnte nur bedeuten, dass er bereits gesessen hatte.

Helmut Haller.

Ich zeigte Melchisedech die Nachricht.

„Tveit heißt eigentlich Helmut Haller, stammt aus Eckernförde und ist *Stuckateur*?"

„Heimkind, aufgewachsen in Eckernförde, Hauptschule abgebrochen, Lehre als Stuckateur. Während der Lehrzeit ist er eines Morgens zu seinen Eltern gefahren und hat sie totgeschlagen. Mit einer Eisenstange. Zu der Zeit war er alkoholabhängig und psychisch labil, was seine Strafe deutlich reduziert hat. Im Gefängnis hat er die Lehre beendet, hat danach einige Jahre in Eckernförde gearbeitet, dann Hamburg, dann Kiel. Anschließend zumindest kurz in Luxemburg. Danach gibt es keine weiteren Informationen über ihn." Ich sagte, „Helmut Haller. Gabs nicht mal einen Fußballspieler, der so hieß?"

„Wir müssen Haller herholen. Wir haben genug gegen ihn, Schick. Amtsanmaßung, Dokumentenfälschung. Er hat einen akademischen Titel geführt, was er nicht durfte."

„Körperverletzung", sagte ich. „Weil er als Arzt gearbeitet hat, ohne Arzt zu sein."

„Körperverletzung." Melchisedech nickte.

„Aber das interessiert mich nicht."

„Nicht? Körperverletzung und Dokumentenfälschung?"

„Mich interessiert nur Manu, Melchisedech. Manu ist unser Fall. Manu ist alles, was mich im Moment interessiert. Daher zuerst Lange. Danach kümmern wir uns um den Urkundenfälscher."

Wir gingen zu Lange hinein. Er schaute zu uns her. Ich winkte Langes Bewacher hinaus.

Wir setzten uns vor ihn.

Vor meinen Vergewaltiger.

Aber ich war nicht mehr Opfer.

Ich war Polizist.

Ich dachte zurück an die Straße, als ich aus Pits Kneipe lief, Eva hinter mir, *Warte Schick*, als ich in den Schnee fiel und starb.

Musste ich erst sterben, um wieder leben zu können? Oder war dieser Gedanke zu pathetisch?

Vielleicht. Weiß nicht.

Jedenfalls, hier saß ich. Als Polizist, nicht als Opfer.

Auf Melchisedechs Frage hin erklärte sich Lange einverstanden mit Tonaufnahmen und machte Angaben zu seiner Person. Danach stellte ich mich vor und belehrte ihn, dass er sich am Beginn eines gegen ihn gerichteten Ermittlungsverfahrens mit der Möglichkeit einer Anklageerhebung befand, erklärte, welche Taten ihm zu Last gelegt wurden und welche Strafvorschriften in Betracht kamen und dass er sich als Beschuldigter zur Sache nicht äußern musste und er jederzeit einen Verteidiger seiner Wahl hinzuziehen durfte.

„Haben Sie diese Belehrungen verstanden, Herr Lange?"

Anders als seiner Frau war es Lange wohl warm, denn er saß im T-Shirt da, ein Pullover lag neben ihm auf dem Stuhl. Sein Oberkörper immer noch so quadratisch wie seine Hände, mit denen er Katzen gegen Hauswände warf und Schraubenzieher in menschliche Körper stieß. Im Gesicht spielte ein leises, selbstbewusstes Grinsen.

„Der Herr Schick. Ich erkenne Ihre Stimme. Und Ihren Namen natürlich. Sie waren bei mir zur Behandlung und sind dann aufgesprungen und abgehauen. Was hatte es eigentlich damit auf sich?"

Lange schaute mir direkt in die Augen, absolut fokussiert. Ich wusste nicht, wie er das machte. Mein Herz schlug hart und schnell, aber regelmäßig.

„Rückenprobleme, aber dann ist mir ganz plötzlich ein Termin eingefallen." Ich sagte, „Bitte antworten Sie mit ja oder nein. Haben Sie diese Belehrungen verstanden?"

„Halten Sie mich für blöde, nur weil ich blind bin?"

„Ich halte Sie keineswegs für dumm, Lange, glauben Sie mir."

„Dann sind wir ja auf einer Wellenlänge. Als Sie bei mir waren, haben Sie sich allerdings nicht als Kommissar vorgestellt."

„War auch nicht notwendig, ich war ja zur Physiobehandlung bei Ihnen. Wie Sie sich erinnern, haben wir außer über meinen Rücken über nichts gesprochen."

Er nickte.

„Ich sehe, Sie nicken", sagte ich fürs Protokoll. Es war wichtig, dass wir uns hier absicherten. „Außerdem wollte ich eigentlich zu Doktor Tveit. Bitte antworten Sie mit ja oder nein."

„Ja, ich habe Ihre Belehrungen verstanden."

„Schön. Wie wollen Sie es dann halten, Herr Lange, wollen Sie sich einlassen?"

„Worauf einlassen?"

„Zur Sache aussagen."

„Zu welcher Sache eigentlich? Mir wurde gesagt, es gäbe ein Video über eine furchtbare Tat und einen USB-Stick, aber was", er lehnte sich zurück und verschränkte die Arme, „habe ich damit zu tun?"

„Sie wollen sich also einlassen? Aussagen?"

„Ich habe nichts zu verbergen. Genau wie Sie, oder?"

Er wartete, aber ich schwieg. Langes Auftreten bewies mir, dass er fest damit rechnete, von mir mit Samthandschuhen angefasst zu werden und straffrei davon zu kommen. Er glaubte, die besseren Karten in der Hand zu haben. Mich erpressen zu können mit dem Überfall auf mich. Er glaubte, ich würde ihn lieber laufen lassen als den Überfall und die Vergewaltigung vor all meinen Kollegen zuzugeben.

Noch vor vierzehn Tagen wäre er vermutlich damit durchgekommen. Noch vor vierzehn Tagen hätte ich ihn vermutlich laufen lassen und ihm dann irgendwann irgendwo aufgelauert um ihn ... Ich weiß nicht. Vermutlich.

Aber jetzt nicht mehr.

„Wenn ich also damit schneller wieder nach Hause komme", sagte er dann, „ich habe Patienten, die auf mich warten. Sie müssten mich allerdings nach Hause fahren. Ich kann schließlich nicht selbst fahren." Er grinste schon wieder.

Aber das würde sich gleich ändern.

„Wir sind kein Fahrdienst, Lange", sagte Melchisedech.

„Und Ihre Frau ist zwar auch hier", sagte ich, „aber die würde Sie ja kaum mitnehmen, nicht?"

„Meine ... Frau? Ulrike?"

„Haben Sie noch eine Frau?"

„Nein, natürlich-"

„Ulli hat gerade mit uns gesprochen", sagte ich.

„Ausführlich", sagte Melchisedech.

„Mit Ihnen gespro- ... Worüber hat sie denn mit Ihnen ... Was gibt es, was sie Ihnen sagen könnte?"

Ich lehnte mich vor. „Über Sie haben wir gesprochen, Lange. Über wen sonst?"

„Was hat-"

„Nicht viel Nettes, wie Sie sich wohl denken können. Ulli wohnt oben, Sie unten, Sie beide reden privat kaum noch ein Wort miteinander, was ich persönlich verstehen kann, also Ulli kann ich verstehen, ich würde auch nicht mehr privat mit jemandem reden, der Katzen gegen die Hauswand wirft, nur weil sie miauen."

Lange blieb still. Sein Blick war unsicher geworden, wenn man das von einem Blinden sagen kann, und auf seiner Stirn erschienen Schweißperlen.

„Möchten Sie ein Glas Wasser, Herr Lange", sagte Melchisedech, „Sie sehen blass aus."

Ich grinste. Melchisedech machte das gut.

„Was? Nein ... Nein, ich brauche kein beschissenes Wasser.“

„Kein Wasser, sehr gut“, sagte ich. „Dann können wir ja loslegen. Also, erzählen Sie mal, Lange, Sie und Ihr Kumpel – dessen Namen wir übrigens auch kennen, da kommen wir gleich zu – wie kamen Sie denn auf die Idee, nach Wiesbaden zu fahren und diesen Busfahrer zu vergewaltigen?“

„Nach ... *Was?*“

„Und danach haben Sie auch noch versucht, ihn zu töten. Ein versuchter Mord, kein versuchter Totschlag, Lange, denn Sie wollten damit eine andere Straftat vertuschen, die Vergewaltigung. Ein klares Mordmerkmal also. Dass er überlebt hat, reiner Zufall. Aber er hat überlebt. Und jetzt wartet er begierig darauf, seine Peiniger zu identifizieren.“

Lange blieb still. Seine Schultern sackten nach unten, seine Lippen bebten ohne ein Wort. Ähnlich wie bei Ulli.

„Ich habe mit all dem nichts zu tun“, sagte er schließlich.

Zum ersten Mal sah ich so etwas wie Unsicherheit in seinem Gesicht. Sein Blick war nicht mehr fokussiert, sondern wanderte wie suchend im Raum. Der Schweiß in seinem Gesicht war mehr geworden, auch sein Shirt zeigte jetzt dunkle Flecken.

Ich sagte, „Wie erklären Sie sich dann Ihre Fingerabdrücke auf dem Briefumschlag an mich? Und auf dem Stick?“

„Was? Das kann nicht sein. Unmöglich.“

„Das ist nicht unmöglich, Herr Lange“, sagte Melchisedech, „sondern bittere Realität. Bitter für Sie. Sie haben Fehler gemacht.“

Lange schlug mit beiden Fäusten auf den Tisch. „Sie lügen. Das ist nicht möglich. Sie lügen.“

„Wir lügen nicht, Lange. Das LKA hat Ihre Fingerabdrücke mit denen auf Briefumschlag und Stick verglichen. Das Ergebnis ist eindeutig.“ Ich sagte, „Aber der Busfahrer interessiert uns auch nur am Rande, der ist

Sache der Kollegen in Wiesbaden. Unser Fall ist Manuela Kaplan." Ich beugte mich halb über den Tisch, meine Stimme jetzt leise. „Sie haben Manu getötet, Lange. Vor acht Jahren. Auf dem Pfad am Waldrand. Vom Fenster Ihrer Praxis aus können Sie den Pfad fast sehen. Zwei Stiche-"

„Den Pfad sehen, Mann, ich bin *blind*."

Lange legte damit den Finger in die Wunde meiner Argumentation. Er konnte Manu nicht folgen, weil er sie nicht sah. Und Friedrichs war damals nicht sein Partner.

„Zwei Stiche, Lange, von vorne in die Brust", sagte ich trotzdem, „mit einem *Schraubenzieher*. Dreißig Zentimeter lang. Und weil sie da noch nicht tot war, haben Sie Manu zu Tode gewürgt. Mit einem in einer zylindrischen Helix gewundenen Spiralkabel." Ich lehnte mich zurück. „Aber ich habe Neuigkeiten für Sie. Auch in Deutschland gilt, Mord verjährt nicht."

„Manu? Was reden Sie da von Manu? Sie glauben ..." Lange atmete schwer, sein Oberkörper bewegte sich auf und ab. „Sie glauben, ich habe etwas mit Manus Tod ... zu tun? Sind Sie verrückt? Die Manu hat sich von mir behandeln lassen, der tue ich doch nichts an."

„Sie haben Manu getötet, Lange, Sie allein. Oder mit einem Partner. Später haben Sie sich dann einen anderen Gefährten gesucht, mit dem Sie seitdem rumziehen und auf dieselbe Art wie Manu Männer überfallen, vergewaltigen und töten. Aber die Manu haben Sie alleine getötet. Warum, Lange?"

„Ich habe mit Manu ... Sie hat sich von mir behandeln lassen. Sie war immer total nett zu mir, warum um alles in der Welt sollte ich ihr was antun?"

„Warum sollten Sie dem Busfahrer etwas antun?"

„Der Busfahrer war ein *Kerl*. Das reicht doch-" Lange schüttelte den Kopf. „Manu, Sie sind ja wirklich verrückt."

Melchisedech und ich guckten uns an. Lange schien wirklich fassungslos über meine Anschuldigung.

Konnte es ein, dass Lange ein Nachahmer war? Dass er die Art und Weise, wie Manu getötet worden war, nur übernommen hatte?

Ich fragte nach, provozierte ihn, unterstützt von Melchisedech, aber er blieb dabei. *Mit Manus Tod habe ich nichts zu tun.*

Ich sagte, „Wir unterbrechen hier Ihre Befragung, Lange. Jemand wird Sie in einen anderen Raum bringen und Ihnen etwas zu essen und zu trinken geben. Machen Sie es sich dort bequem. Denken Sie noch einmal gründlich über Manu nach. Wir reden später weiter."

Wir riefen die beiden Wachleute und wiesen sie an, Lange wegzubringen und ihn zu verköstigen und niemanden zu ihm zu lassen. Dann gingen wir zu Ulli, dankten für ihre Geduld, aber es hätten sich keine weiteren Fragen ergeben.

„Dann kann ich jetzt gehen?"

„Ja."

Wir gingen hinaus, Ulli vorneweg.

Vor der Tür stand Friedrichs.

„Was machs du hier? Was has du denen erzählt?"

Ulli ging wortlos an ihrem Bruder vorbei.

„Was hat sie Ihnen erzählt, Schick? Was machen Sie mit Andreas Lange? Warum is der hier? Auf welcher Grundlage? Warum hat der keinen Anwalt?"

Ich guckte Melchisedech an. „Sehen Sie, warum Kettenfragen nichts taugen? Ich weiß jetzt nicht, auf welche Frage ich antworten soll."

„Auf alle, du Arschloch. Der Franz war mein Freund, ich glaub immer noch, dass du das wars. Du has den Franz umgebracht, du Sau."

Ich drehte mich zu ihm und in der Bewegung packte ihn am Kragen und schob ihn hart gegen die Wand. Mein Unterarm drückte seinen Hals zu.

Er röchelte und zappelte.

Unsere Gesichter waren nur Zentimeter voneinander entfernt.

„Zu dir kommen wir gleich noch. Solange hältst du besser die Füße still." Ich schob ihn weg. Mein Telefon vibrierte. „Du verlässt nicht das Präsidium, hast du verstanden? Und du sprichst nicht mit Lange."

„Ich krieg dich noch", zischte Friedrichs und verschwand durch die Tür nach oben.

Ich drückte die grüne Taste.

„Wissen Sie, was Tyr bedeutet, Herr Kommissar?"

Doktor Tyr Tveit. Der nicht Tyr Tveit war und erst recht nicht Doktor.

Ich blieb still.

„Tyr ist der germanische Kriegsgott, Herr Schick. Wenn Sie also Krieg mit mir wollen, sind Sie an der richtigen Adresse."

„Ja", sagte ich, „der Kriegsgott heißt Tyr. Aber das bedeutet ja nichts. Denn Sie heißen ja gar nicht Tyr, richtig? Antworten Sie nicht, ich weiß, dass Sie nicht Tyr heißen."

Ich hörte ein Lachen.

„Sie glauben, Sie sind schlau, was? Aber ich bin es, der zehn Jahre als Arzt gearbeitet hat. Und niemand, niemand hat bemerkt, dass ich gar kein Arzt war. Was sagt das über unsere Ärzte aus? Was sagt das über unsere Polizei aus? Was sagt das über *mich* aus?"

„Professor Weimer in Zürich hat es bemerkt", sagte ich.

„Ach, der. Und was ist daraus geworden? Nichts. Selbst meine Frau, zehn Jahre lang hat sie nichts gemerkt und noch am Schluss, jetzt, ganz am Ende hat sie mich mit großen Augen angesehen und wollte mir unbedingt glauben, als ich ihr sagte, Jeg elsker deg, Cori."

Ich wartete. „Sind Sie noch da, Tveit oder wie immer Sie heißen? Wie heißen Sie eigentlich richtig? Ich vermute, Sie haben einen so alltäglichen Namen wie Müller oder Meier." Ich wartete. „Warum haben Sie damals die Manu getötet?"

Melchisedech sah mich an.

„Oh, jetzt wirds Zeit zu gehen, Schick. Ich hoffe, wir sehen uns irgendwann wieder. Vielleicht bin ich dann Polizist. Oder Richter, das würde mir auch gefallen. Vorsitzender Richter am Landesgericht, dann würde ich Sie anklagen. Ja, das würde mir gefallen."

„Richter klagen niemanden an, Sie Idiot, sondern sie urteilen. Das ist Sozialkunde, fünfte Klasse. Und Landesgerichte gibt es nicht, zumindest nicht in Deutschland, nur Landgerichte. Ja, Professor Weimer hatte wirklich Recht."

„Recht? Womit hatte dieser aufgeblasene Typ Recht, der glaubt, über allen zu stehen und doch selbst eine Pneumonie nicht von einer Pleuropneumonie unterscheiden kann?"

„Ich habe ihm erzählt, dass Sie praktischer Arzt sind und sich in Rheumatologie weitergebildet haben. Da hat er nur gelacht. Ich habe ihn gefragt, was so lustig wäre und er hat gemeint, Sie wüssten doch gar nicht, wie man Rheumatologie schreibt. Wenn ichs nicht glaube, sollte ich Sie fragen. Also, wie man schreibt man Rheumatologie?"

Ich wartete. Dann hörte ich ein Klacken, und die Leitung war still.

Wir waren zurück in unserem Büro.

Melchisedech setzte sich auf ihren Stuhl.

„Haller hat Manu getötet?"

Ich zuckte mit der Schulter. Dann wählte ich aus dem Kopf die Nummer von KHK Nehbert und fragte sie und sie gab mir die Antwort, die ich erwartet hatte.

„Die Kollegin Nehbert sagt, der Schraubenzieher und das Kabel wären damals kein Geheimnis gewesen. Jeder in Pech hätte davon gewusst, es hätte sogar in der Zeitung gestanden."

„Lange hat davon gehört und hat es übernommen. Bei seinen eigenen Taten."

„Lange ist ein Nachahmer."

„Und Tveit, also Haller, Haller hat Manu getötet?" Sie schüttelte den Kopf. „Wie wärs mit Kaffee?"

„Mach ich", sagte ich. Ich stand auf, holte Wasser und stellte die Kanne an.

„*Sie* machen *mir* Kaffee? Schon wieder?"

Die Maschine zischte und ratterte.

„Gewöhnen Sie sich nicht daran", sagte ich.

Ich schloss die Augen.

„Müde? Haben Sie wieder nicht geschlafen?"

Ich schüttelte den Kopf. „Was ich mich frage, Melchisedech, was hat Haller mit Lange zu tun. Ich meine, warum ist Haller zu Lange gefahren, ohne aber auszusteigen?"

„Meinen Sie, Haller könnte Glatze getötet haben?"

„Hab ich schon dran gedacht. Um mich zu warnen." Ich sagte, „Haller hat mich gefragt, ob wir uns schon einmal begegnet sind."

„Sind Sie?"

„Nein. Bin ich mir sicher."

„Na ja," sagte sie, „wenn er ein solcher Lügner ist, sein Leben und seine Karriere auf Lügen aufgebaut hat ... Das durchzuziehen, dazu gehört großes Selbstvertrauen und-"

„Das hat er."

„Aber er mag noch so selbstbewusst sein, er muss trotzdem auch eine ständige Angst vor Entdeckung haben. Hinter jeder neuen Begegnung vermutet so jemand eine Gefahr und fragt sich, Ist der mir schon einmal über den Weg gerannt, und wenn ja, weiß er etwas?"

Ich nickte. „Leuchtet ein. Wenn wir jetzt einmal annehmen ... Vor zehn Jahren war Tveit in Luxemburg im Krankenhaus Oberarzt."

„Wer jetzt, der echte oder der falsche Tveit?"

„Der echte. Im Krankenhaus in Luxemburg waren sie sehr zufrieden mit Tveit, also muss er gute Arbeit geleistet haben. Der falsche Tveit, also Haller, hat keine gute Arbeit geleistet, wie wir aus Zürich wissen. Mit dem wären sie nicht zufrieden gewesen."

„In Luxemburg wars also noch der richtige Tveit und alle waren mit ihm zufrieden. Kurz darauf fängt er in Zürich an und ist eine medizinische Null."

„Der falsche Tveit, also Haller, hat die Identität des richtigen Tveit angenommen. Und das ist im Krankenhaus in Luxemburg passiert. Er hat in Tveits Namen seinem Arbeitgeber gekündigt, was funktioniert hat, weil er es telefonisch machte. Nicht persönlich."

„Telefonisch. Und der neue falsche Tyr Tveit war geboren."

„Jetzt kommt noch Weber ins Spiel." Die Maschine hatte zu rattern aufgehört. Ich nahm zwei Becher aus der Schublade und goss ein. „Vielleicht hat Weber im selben Krankenhaus wie Tveit gearbeitet. Irgendwie sind auch sie sich über den Weg gelaufen, Weber und Tveit." Ich schob ihr den Becher rüber.

„Danke", sagte Melchisedech. „Kann nicht sein."

„Warum nicht?"

„Weil Weber zu der Zeit eingesessen hat. Schon vergessen? Weber hat zehn Jahre bekommen für die Sache in Trier. Erst kurz vor Manuela Kaplans Tod kam er raus. Als Haller zu Tveit wurde, war Weber im Gefängnis. Andernach."

„Oh. Ja. Richtig. Verdammt."

Wir tranken. Der Kaffee war heiß und stark und gut.

„Gut, lassen wir Weber mal weg. Die Krankenhäuser ..." Ich sah sie an und schnippte mit den Fingern.

„Ja? Ich hab nur überlegt, der ist clever, dieser falsche Tveit Haller."

„Ja. Die Krankenhäuser, Melchisedech, die Informationen auf Glatzes PC."

„Spiele, Rezepte, Kreuzfahrten-"

„Die über Krankenhäuser."

„Berlin und in der Schweiz. Was ist damit?"

„Nur generell über Krankenhäuser in Berlin und in der Schweiz oder ganz bestimmte?"

„Ich glaube, das war eines in Berlin und eins in der ..." Sie tippte. „Der hat das auf dem Desktop, aber da liegt so viel Müll rum, das war ... in einem Ordner ... Hier, Ordner TT. Das Züricher Universitätsspital und die Berliner Charité."

„Der Ordner hat die Bezeichnung TT?"

„Ja. Warum? Wofür steht TT?"

„Tyr Tveit, vielleicht. Tveit listet in seinem Lebenslauf die Berliner Charité als eine Station auf, und am Züricher Universitätsspital hat er ebenfalls gearbeitet, wie wir wissen."

„Warum hat Glatze dann, ich meine der tote Kollege Solberg ... Warum? Zufall?"

„Polizisten, Melchisedech, glauben nicht an Zufälle. Also, ich bin Polizist, Sie sind ... irgendwas in der Schwebe."

„Glatze war Busenfreund von Friedrichs", sagte sie.

„Und Friedrichs ist ganz eng mit Lange", sagte ich. „Sie ziehen zusammen rum und überfallen Männer. Von Lange könnte der Gedanke gekommen sein, dass mit Tveit etwas nicht stimmt. Dass er kein Arzt ist."

„Sie wollten Haller damit erpressen, meinen Sie?"

„Und Haller hat sich das nicht gefallen lassen. Er hat Glatze getötet. Und zugleich versucht, mich loszuwerden, indem er es so hat aussehen lassen, als wäre ich es gewesen. Wir müssen Friedrichs finden. Sofort. Und noch einmal mit Lange sprechen."

„Ich suche Friedrichs", sagte sie und wählte bereits.

„Ich geb denen unten Bescheid, dass sie Lange zurück in den Vernehmungsraum bringen sollen."

Aber eine Minute später sahen wir uns an.

„Friedrichs ist nirgendwo zu finden. Er ist nicht mehr hier im Haus und antwortet nicht auf seinen Mobiltelefonen, weder seinem privaten, noch seinem Diensthandy. Und zuhause ist er auch nicht."

„Sagt seine Frau?"

„Friedrichs ist nicht verheiratet. Nein, niemand meldet sich."

„Und Lange", sagte ich, „ist nicht mehr in U-Haft."

„Was?"

„Er wurde entlassen."

„Entlassen? Wer um alles in der Welt hat das angeordnet?"

„Friedrichs."

32

Helmut Haller saß in seinem Geländewagen in Sichtweite von Langes Haus und wartete.

Verdammter Lange. Verdammter Friederich und verdammter Solberg. Und verdammter Pisser Schick.

Der Ledersitz fühlte sich gut an, die Standheizung funktionierte einwandfrei. Annehmlichkeiten, auf die er auch in der Zukunft nicht verzichten wollte.

Die Rollläden waren heruntergelassen, im Vorgarten leuchtete ein Weihnachtsbaum.

Weihnachtsbaum. Jemand, der andere erpresst und jetzt selbst im Knast sitzt, hat einen Weihnachtsbaum. Du bist ein verdammter Heuchler, Lange, keinen Deut besser als ich.

Haller guckte auf die Uhr am Armaturenbrett. Zwanzig Minuten saß er jetzt hier, aber von Ulli keine Spur. Dann war sie vermutlich gleich, nachdem die Bullen Lange weggebracht haben, hierher zum Haus und saß jetzt drin und wartete auf Lange. Oder vielleicht war die Festnahme der letzte Tropfen gewesen und sie hatte ihre Sachen gepackt und war ausgezogen. Nadja hatte ja schon mehrmals angedeutet, dass es zwischen Ulli und Lange nicht mehr lief.

Was tun? Er konnte nicht noch länger hier rumsitzen und Zeit vergeuden. Schick war ihm auf den Fersen.

Einfach mal klingeln. Wenn Ulli da war und sie öffnete, dann würde ihm etwas einfallen. Wenn niemand öffnete ...

Haller ging zum Haus und drückte den Klingelknopf. Ein schweres Rattern war von drinnen zu hören, wie er es von alten Klingeln an alten Häusern kannte. Er hatte selbst einmal in einem solchen Haus gewohnt. Nicht Haus, *Häuschen*, achtzig Quadratmeter auf zwei Etagen und ohne Heizung, dafür mit undichten Fenstern und das Dach nicht isoliert. Kein Wunder, dass Lange bei so einem alten Klingeln auf den Gedanken kam, Doktor Tyr Tveit zu erpressen. Lange mussten jeden Tag die Augen aus dem Kopf fallen, wenn er den Mercedes sah.

Nein, er konnte ja nicht ... Haller grinste.

Aber Lange wusste natürlich von dem teuren Geländewagen und seinem Haus und allem. Neid, purer Neid.

Er klingelte noch einmal.

Niemand öffnete. Kein Geräusch von drinnen.

Haller guckte sich um. Es war dunkel und es schneite, niemand war auf der Straße. Kein Licht in den Fenstern der Häuser nebenan, die Bewohner entweder nicht zuhause oder die Läden geschlossen.

Er holte aus seinem Kofferraum das Brecheisen, das er eigens dafür mitgebracht hatte. Er ging durch den Vorgarten nach hinten. Der Schnee unter seinen Schuhen knirschte. Es war stockdunkel. Er leuchtete mit der Lampe seines Telefons. Eine kleine Terrasse voller Schnee, zwei Fenster und eine Terrassentür.

An Fenstern und Tür waren die Läden oben.

Es dauerte keine Minute, dann hatte er die Tür aufgesprengt.

Im Haus war es still und kühl. Nicht so kalt wie draußen, aber auch bei weitem nicht warm.

Keine Heizung, dachte er.

Er fing an zu suchen. Er wusste gar nicht genau, wonach er suchte. Beweise, hatte Lange gesagt. Papiere also.

Er öffnete Schubladen und Schränke, aber es war so dunkel, die Taschenlampe reichte nicht aus. Kurzerhand schaltete er das Licht ein.

Ja, besser.

Er stand im Wohnzimmer, wie er jetzt sah, aber irgendwie war es auch ein Schlafzimmer, denn es stand ein Bett darin. Ein Einzelbett.

Als er unten fertig war, ging er nach oben.

Oben fand er ein Schlafzimmer mit einem Doppelbett, das aber nur für eine Person bezogen war.

Die Langes schliefen also in getrennten Zimmern. Interessant.

Er suchte weiter, fand aber nichts, was ihm bedeutsam erschien. Im Badezimmer benutzte er gerade die Toilette, als er unten ein Geräusch hörte. Jemand schloss die Tür auf und kam herein.

Zwei Männerstimmen.

Haller lauschte.

Lange und Friederich?

Wie konnte das denn sein? Hatten sie Lange schon wieder freigelassen?

Er lauschte noch einmal.

Ja, der Lange und der Friederich. Plapperten wie die Waschweiber.

Aber auch gut. Sehr gut sogar. Er konnte eine fette Rechnung begleichen.

„Bei dir brennt Licht."

„Echt? Wo?"

„Hier im Flur und gradaus im Wohnzimmer."

„Dann hat Ulli also schon wieder angelassen?" Lange klappte seinen Stock zusammen. „Dieses ... Die hat mich schon ein Vermögen gekostet damit, dieses *bescheuerte* Luder."

„Hey, red nicht so von ihr, die is immer noch meine Schwester."

„Die ist trotzdem ein bescheuertes Luder."

„Ich mein, dass die dich ein Vermögen gekostet hat. Drei blöde Lampen, Mann, und du stells dich an wegen der paar Cent. Kalt haste hier auch immer, wie kann man in so einer kalten Bude hausen? Schütt mal Öl in die Öfen und lass das brennen."

„Du bist Beamter, du musst nichts tun für dein Geld. Du hast keinen Dunst wie das ist bei uns in der freien Wirtschaft."

„Wenn ich mir den Tveit angucke mit seiner Luxuskarosse und die Frau hat auch so eine und dem sein Haus dazu, dann habe ich schon eine Ahnung, wie das so is *bei euch* in der freien Wirtschaft. Außerdem, der schustert dir doch die Hälfte deiner Kundschaft zu, so schlecht kanns dir also garnit gehen."

„Ich hab Durst. Hol mal ein Bier im Kühlschrank."

„Kein Bier jetzt. Wir stecken mitten in der Bredouille. Setz dich hin, wir haben Dinge zu besprechen."

„Du mich auch." Lange tastete und ließ sich auf seine Couch fallen. Die Couch war alt und durchgesessen und er sackte tief ein. „Hier, seit zwei Jahren will ich ne neue Couch kaufen, aber wovon?"

„Meine Güte, kanns du jetz mal aufhören?"

„Ja, ja. Also, was jetzt, Herr Polizist? Wie sieht meine Situation aus?"

„*Unsere* Situation, Andi, ich steck mittendrin. Aber ich denk, wir kommen da raus. Schick hat nicht viel in der Hand gegen dich. Die Fingerabdrücke, was bedeuten die schon?"

„Die bedeuten, dass ich eine Verbindung zu einer Vergewaltigung mit versuchtem Mord hab, das bedeuten die. Ich hab da nicht aufgepasst, verdammte Scheiße."

„Aber der Richter hat ner Durchsuchung nicht zugestimmt, also alles halb so wild. Wenn der von dem Beweis wirklich überzeugt gewesen wär, hätte der nen Durchsuchungsbeschluss unterschrieben. Also, wo sind die DVDs?"

„Im Keller."

„Ich hätt allein kommen sollen, ohne dich da rauszuholen. Das sieht nicht gut aus für uns, wir stehen blöd da. Der Zuckmayer wird uns direkt verdächtigen, dass wir was vertuschen wollten, der Schick sowieso."

„Du hättest die nie gefunden", sagte Lange. „Und ich sag, wir hättens auch drauf ankommen lassen können, deine Spezialkollegen hätten die auch nicht gefunden."

„Du has keine Ahnung, wie so eine Durchsuchung abläuft. Die drehen jeden Stein um, die reißen den Fußboden auf, wenns sein muss. Wo also sind die DVDs?"

„Im *Keller*."

„Wieso hast du die eigentlich in deinem Haus? Wie oft hab ich dir gesagt-"

„Weil ich die bei mir haben will, deshalb. Das sind meine Schätze."

„Du bis *blind*, Mann. Du kanns die ja noch nichtmal angucken."

„Und trotzdem. Das sind meine."

„Aber sowas bewahrt man nicht im eigenen *Haus* auf, du musst das woanders ... Vergrabs im Garten deiner Nachbarn oder so, wenns dann einen Durchsuchungsbeschluss gegen dich gibt, biste fein raus. Da kann dir nix passieren."

„Dann graben die nebenan-"

„Dürfen die nicht. Ein Zentimeter über die Grenze reicht."

„Aber dann sind sie nicht mehr bei mir. Ich kann nicht rüber graben gehen, denk doch mal nach. Wieso hat dieser Kerl eigentlich überlebt, dieser Busfahrer? Ich hab lange genug gezogen, da bin ich sicher."

„Keine Ahnung, offensichtlich haste aber nit", sagte Friedrichs. „Wir haben Fehler gemacht. Deine Fingerabdrücke, dass der Typ hier überlebt hat, der Busfahrer. Dass Schick damals überlebt hat. Alles Fehler." Friedrichs schwieg.

„Was?"

„Nichts. Ich dachte, ich hätte oben was gehört. Der Schick, unglaublich. Vom LKA, und wir treffen den sogar wieder und der erkennt dich. Wie groß ist die Wahrscheinlichkeit?"

„Der hat Glück gehabt", sagte Lange, „einfach Glück, weil damals dieses Pärchen angelatscht kam. Sonst wäre der weg. Vielleicht haben wir ja jetzt noch Gelegenheit, ich würde das gerne beenden."

„Ja, ich auch. Aber dieses Mal würde ich ihn richtig aufschlitzen. Und ihm vorher in die Fresse pissen. Der liegt vor mir auf dem Boden und ich piss dem in die Fresse. Dann schlitz ich den auf." Friedrichs grinste. „Ich will unbedingt mal einen aufschlitzen, ich weiß auch nicht, warum, aber ich will das unbedingt machen."

„Du musst bedenken, das gibt viel Blut. Das ist für uns dann auch gefährlich, wenn wir durch Zufall einen raussuchen, der ne Krankheit hat, HIV, Hepatitis, da spritzt dir was von dem seinem Blut ins Gesicht und zack."

„Ja, und wenn doch mal Kollegen von mir in der Nähe wären, da hast du auch besser kein Blut vom Opfer an dir. Trotzdem", Friedrichs schubste Lange an, „du nicht? Du willst das doch auch. Wir brauchen auch mal Abwechslung."

„Hör auf mich zu schubsen. Jetzt brauchen wir erst mal eine Lösung hier. Also, was machen wir? Der Schick wird nicht so einfach klein bei geben."

„Der macht mir im Moment am wenigsten Sorgen", sagte Friedrichs. „Dem sein Fall is die Manu, darauf is der voll konzentriert, und was haben wir mit der Manu zu tun. Nix. Also, ich hab die Staatsanwaltschaft informiert, aber nicht-"

„Was hast du? Warum das denn?"

„Weil ich sonst direkt meinen Job hätte abgeben können, was denkst du? Aber nicht den Zuckmayer, der isn Arsch, der hat meinen Chef versucht fertig zu machen, der Arsch. Aber der Zuckmayer wird das früher oder später spitz bekommen, dass du jetzt wieder frei bist, bis dahin sollten wir also wieder zurück sein. Dann denk ich wird auch kein großes Ding draus gemacht. Wir holen jetzt die DVDs, vergraben die im Wald und fahren zurück. Dann holste dir als erstes nen Anwalt. Ohne Anwalt dahingehen, ich hab gedacht ich hör nicht richtig, was haste dir denn dabei gedacht?"

„Ich habe gedacht, der Schick wird sich nicht trauen. Der will doch nicht, dass irgendjemand erfährt, was ihm passiert ist. Keiner will das."

„Hast du dich getäuscht. Also, du hols dir jetz nen Anwalt und sags, die Fingerabdrücke, keine Ahnung woher die kommen, du bis blind, irgendjemand muss dir den Umschlag und den Stick hingelegt haben, auf den Schreibtisch, und da muss du das angefasst haben, ohne zu wissen, was das is. Ganz einfach. Aber lass mein Schwester da raus, hörste?"

Lange nickte.

„Gut. Dann steht der Schick wie ein Idiot da. Und wenns dann doch noch ne Hausdurchsuchung gibt, tja, Pech, nix da in Pech."

„Und nach einer Weile ..."

„Wenn Gras drüber gewachsen is, im Frühjahr oder so ..."

„Ziehen wir wieder los."

„Das denke ich eher nicht."

Friedrichs und Lange guckten zur Tür.

„Wer ist das?", sagte Lange. „Ist das der Tveit?"

„Das is er", sagte Friedrichs. „Wie er leibt und lebt."

„Der Tveit, der gar nicht Tveit ist", sagte Lange. „Was machst du in meinem Haus?"

„Mich umgucken. Eine echte Bruchbude, Lange. Du hast es im Leben nicht weit gebracht."

„Kommt noch. Du schuldest uns Geld."

„Sehr witzig."

„Wie heißt du eigentlich?"

„Du bist wirklich witzig", sagte Haller. „Habt ihr nicht verstanden, was mit jemandem passiert, der mich erpressen will?"

Lange und Friedrichs waren still.

„Aber ich gebe zu ... Dass mit dir was nicht stimmt, Lange, das habe ich mir seit einer Weile schon gedacht, nicht erst, seit ihr mich erpresst. Aber dass ihr Kerle überfallt und ... *vergewaltigt*? Seid ihr schwul oder was?"

„Wir sind nicht schwul", sagte Lange.

„Ich dachte, für Kerle wie euch gibts Bars genug. Da braucht ihr nur hinfahren, ein Bier und ab in die Kiste."

„Wir *sind nicht schwul*", sagte Friedrichs. „Wir-"

„Aber ihr seht schwul aus, ihr beiden Bengels. Du besonders, Friederich. Wer von euch beiden ist denn die Frau? Ich wette du, Friederich. Nennst deinen Mann *Ändi*."

„Du schuldest uns Geld", sagte Lange. „Sonst erreicht morgen eine anonyme Mail die Staatsanwaltschaft. Oder die Ärztekammer."

„Oder beide", sagte Friedrichs. „Bist du deshalb hier, weil du bezahlen willst? Wenn du das machst, dann garantieren wir dir-"

„Garantie", Haller lachte kurz. „Es gibt keine Garantie im Leben, das solltet ihr wissen. Nicht für mich, nicht für euch. Und jetzt", sagte Haller und machte zwei Schritte vor, „wo sind die Beweise, die ihr gegen mich habt? Unten im Keller bei euren DVDs?"

Lange stand auf. Leicht, geschmeidig, kraftvoll. Friedrichs machte es ihm nach.

„Hat der eine Waffe?"

„Nein", sagte Friedrichs.

Lange grinste.

33

Der Sturm klatschte gegen meine Windschutzscheibe.

Eine kilometerlange Schneewand aus dem Süden würde auf eine Kaltfront mit arktischer Luft aus dem Norden treffen und sich heute Nacht über Rheinland-Pfalz in dem schwersten Schneesturm seit Jahren entladen mit Windgeschwindigkeiten im dreistelligen Bereich und bis zu zwanzig Grad minus, hatte die Stimme im Radio vorausgesagt.

Und genau so war es passiert.

Wo waren die guten, alten Zeiten geblieben, als die Vorhersagen der Wetterfrösche noch genauso oft richtig waren wie deine Lottozahlen?

In Trier fuhren Räumfahrzeuge, aber bereits hinter der Brücke den Berg hoch war Stille. Kein Mensch, kein Auto, erst recht kein verdammtes Räumfahrzeug. Hier gab es zu viel Schnee und zu viele Kilometer Landstraßen und zu wenige Bewohner. Die Stadt war wichtig, das Land nicht so.

Ich hatte es bis Pech geschafft, Allradantrieb und Winterreifen und meiner Sturheit sei Dank. Der Wagen hatte ein paar Dellen mehr. Einmal ein Begrenzungspfosten, der zugeschneit war, und bei der Einfahrt ins Dorf bin ich gegen das Ortsschild gerutscht. Pech. Zweimal hatte es den Wagen angehoben in Schneeverwehungen. Einmal gab es dabei an der Beifahrertür einen Schlag. Ein Baumstamm vielleicht oder ein Stein. Zurück nach Trier würde ich es heute Nacht nicht mehr schaffen, das war mal klar.

Der Toyota schaukelte in Windböen und rutschte im Schnee, während ich jetzt im zweiten Gang die Hauptstraße durch Pech tuckerte. Kein Mensch auf der Straße. Kein Auto unterwegs. Alle, ausnahmslos alle Häuser mit heruntergelassenen Rollläden. Die Laternen rechts und links gaben ihr Bestes, aber nur wenig Licht erreichte die

Straße, das meiste wurde von den Schneeflocken aufgesaugt.

Vor der Apotheke blieb ich halten. Auch hier Rollläden und Dunkelheit auf allen Etagen.

Ich fuhr weiter und um die Straßenecke zu Langes Haus. Der Weihnachtsbaum war dunkel. Das Haus war dunkel. Die Schneedecke in der Straße dicht und unberührt.

Ich machte kehrt und fuhr aus Pech hinaus und weiter die dunkle Landstraße hinunter. Von rechts über die Felder trieb der Wind den Schnee vor sich her und türmte ihn links neben der Fahrbahn zu einer Wand. Als ich hinter Haller, also Tveit, hergefahren bin, haben wir weniger als zehn Minuten für die Strecke bis zu seinem Haus gebraucht. Jetzt dauerte die Fahrt eine halbe Stunde.

Sämtliche Rollläden waren hochgezogen, aber die meisten Zimmer waren dunkel. Nur in der oberen Etage brannte Licht. Zwei Fenster waren hell. Eines rechts, eines ganz links.

Die Weihnachtsbeleuchtung draußen am Baum war ausgeschaltet.

Nachdem Friedrichs und Lange verschwunden waren, hatten wir sie sowie Tveit beziehungsweise Haller zur Fahndung ausgeschrieben. Daraufhin waren Streifen zu Friedrichs Wohnung in Trier, zu Langes Haus in Pech und hierher zu Hallers Haus gefahren.

Sie hatten geklingelt und geklopft, aber nirgendwo jemanden angetroffen. Auch hier nicht, trotz des Lichts in den beiden Zimmern. Sie waren daraufhin wieder abgezogen.

Das war vor vier Stunden.

Jetzt war es kurz vor Mitternacht.

Ich wählte Melchisedechs Nummer. „Irgendetwas?"

„Nichts. Alles ruhig hier."

So wie ich vor Hallers, saß sie im Auto vor Friedrichs Haus.

„Habt ihr was in seiner Wohnung gefunden?"

„Waren eben drin, zwei Kollegen und ich. Friedrichs war nicht da. Auf die Schnelle haben wir nichts gefunden, wir suchen nachher gründlicher. Ich wollte erst mal wieder raus, falls er kommt. Er hatte im Übrigen die Staatsanwaltschaft informiert."

„Worüber informiert?"

„Dass er und Lange nur kurz unterwegs sind und dann wiederkommen." Sie lachte.

„Kurz unterwegs sind. Was wollte der damit erreichen?"

„Seinen Kopf retten. Hat nicht geklappt."

Ich sagte, „Ihre beiden Kollegen sind noch vor Ort?"

„Sitzen ein Stück die Straße runter. Die Durchsuchungsbeschlüsse für Langes Haus und das Haus von Haller sind jetzt auch da. Wir können also auch bei denen rein und nicht nur klingeln."

Ich schwieg.

„Sie sollten aber nicht alleine in eines der Häuser gehen, Schick."

„Ich stehe vor Hallers Haus", sagte ich. „Immer noch Licht in der oberen Etage. Ich gucke mir das mal an."

„Schick, nein, nicht alleine. Noch ein, zwei Stunden höchstens, dann kommt Verstärkung. Oder ich komme selbst hoch und bringe die beiden anderen mit. Gehen Sie nicht alleine rein."

„Hier ist alles zugeschneit, Melchisedech. Der Schnee liegt auf der Straße einen Meter hoch und wächst weiter, mit Verwehungen überall. Ohne Allrad läuft hier nichts, und selbst mit wirds jede Minute wahrscheinlicher, irgendwo stecken zu bleiben. Und ich kann keine zwei Stunden auf Verstärkung warten." Ich sagte, „Ich melde mich."

„Das gefällt mir nicht, Schick", sagte Melchisedech. „Haller hat Manu getötet. Er hat Glatze getötet, einen *Polizisten.* Als junger Kerl hat er seine *Eltern* erschlagen und irgendwann zwischendurch auch den echten Tveit und womöglich Weber. Und Sie sind krank. Sie husten und keuchen und haben ständig Herzanfälle. Wenn Sie eine Treppe hochgehen, bricht Ihnen der kalte Schweiß aus und sie fangen an zu zittern. Wie wollen Sie mit zitternder Hand schießen?"

„Ich melde mich."

„Oh, Schick." Ich hörte sie ausatmen. „Dann passen Sie auf sich auf. Ich möchte Sie nicht verlieren. Sie kochen verdammt guten Kaffee."

Ich nickte. „Halten Sie auch die Augen offen, Melchisedech. Jetzt bei Friedrichs und überhaupt im Leben."

„Schick, was soll das-"

Ich legte auf.

Dann rief ich Anna an, erreichte aber nur die Sprachbox. Kein Wunder, um die Uhrzeit lag meine Anna natürlich längst im Bett und schlief. Ich seufzte. Nein, die Zeiten waren vorbei. Vermutlich war sie auf einer Party. Ich sagte ihr, sie sollte vorsichtig nach Hause fahren und wenn sie getrunken hätte, dann sollte sie gar nicht mehr fahren sondern ein Taxi nehmen und keinesfalls mit einem ihrer Freunde fahren, die hätten dann ja auch alle getrunken oder irgendwas geraucht oder so. Dann sagte ich ihr noch, wenn ihr Freund es wert wäre, wirklich wert wäre und sie ein Kribbeln spürte, jedes Mal, wenn sie ihn sah, wenn sie ihn anguckte und Schmetterlinge im Bauch hätte, dann, und nur dann ... Ich schüttelte den Kopf. „Du wirst das Richtige tun, Anna, ganz sicher."

Ich drückte die rote Taste.

Aber ich behielt das Telefon weiter in der Hand.

Nach einer Minute fing ich an zu tippen. Meiner Frau. Ein paar Worte nur. Ich entschuldigte mich bei ihr, dass ich nicht früher erkannt hatte, wie wenig wir zusammen passten. Und wir deshalb Jahre vergeudet hätten. *Machs besser ab jetzt.*

Ich behielt das Telefon immer noch in der Hand. Ich dachte an Eva. Ich überlegte, ob ich sie anrufen sollte, ließ es aber und schrieb ihr stattdessen, *Danke für deine Hilfe und für alles andere auch.* Ich fügte ein Smiley mit drei Herzen ein, überlegte und löschte es wieder. *Hoffentlich hat die Pizza geschmeckt.*

Dann warf ich das Telefon auf den Beifahrersitz.

Eine Minute nach Mitternacht. Mein Geburtstag war vorüber.

Was tust du hier, Schick? Du kannst keine zehn Schritte machen ohne Atemnot. Willst du es tatsächlich mit diesem Kerl aufnehmen? Einem kalten Mörder, der mindestens fünf Menschen umgebracht hat, nur weil es ihm so passte? Der raffiniert genug war für eine zehn Jahre dauernde Existenz als Arzt, ohne von der Materie die geringste Ahnung zu haben?

Dein Herz ist stehen geblieben. Mehrmals. Es rumpelt, es rast, du hast ein Syndrom. Lebensbedrohlich wie ein Herzinfarkt, hat Schmollmund gesagt.

Der Kerl ist jünger als du und fitter und hat kein bescheuertes Herz. Und er würde nicht zögern, dich zu töten.

Draußen rauschte der Wind. Schnee auf den Autoscheiben verdunkelte bereits das Innere. Ich ließ das Seitenfenster herunter und guckte. Schnee flog herein und legte sich auf den Beifahrersitz. Ich ließ das Fenster wieder hoch. Meine Hand tastete nach der Taschenlampe in meiner Jackentasche.

Willst du wirklich *da* rausgehen?

Manu.

Als ich ausstieg, stockte mir der Atem. Die Luft war eisig. Ein Windstoß trieb mir Schnee in den Mund.

Ich zog die Kappe tief ins Gesicht, drückte die Taschenlampe an und bahnte mir den Weg die Einfahrt hoch.

Keine Reifenspuren im Schnee.

Aber das bedeutete nichts. Fünf Minuten, dann wären frische Spuren vollständig verdeckt.

Ich versuchte, das Garagentor zu öffnen. Vergeblich. Ich ging zur Haustür und drückte dagegen, aber sie war verschlossen.

Ich ging einmal ums Haus herum, langsam und mit Pausen, weil es mir schwer fiel im hohen Schnee und gegen den Wind, und leuchtete in jedes Fenster. Küche. Esszimmer, wo die Zwillinge gesessen haben. Wohnzimmer mit Flügeltüren zur Terrasse und zum Garten. Ein weiteres Zimmer mit einem Schrank und einem Bügelbrett und einem Staubsauger.

Kein Haller. Keine Frau Tveit. Keine Mädchen.

Ich stand wieder vor der Haustür.

Klingeln oder nicht?

War Haller drin, würde ich ihn warnen. Jemand wie er würde sich nicht einfach so festnehmen lassen.

Aber würde Haller tatsächlich noch hier sein? Er musste wissen, dass wir nach ihm fahndeten.

Andererseits könnte er denken, dass das Wetter ihn heute Nacht vor einer Festnahme bewahren würde.

Ich nahm meine Waffe aus dem Holster am Gürtel und überprüfte sie und steckte sie wieder ein.

Ich ging ums Haus zurück zum Wohnzimmer. Ich zog und drückte an den Türen. Die Türen waren stabil. Sie bewegten sich nicht.

Ich zog meine Waffe und fasste sie am Lauf und schlug den Griff gegen die linke Tür, direkt neben dem Schloss.

Ein Mal. Zwei Mal. Drei Mal und die Scheibe ging zu Bruch.

Der Wind pfiff so stark, dass ich das Geräusch nicht hörte. Ich schnappte nach Luft.

Ich steckte die Waffe zurück und öffnete mit der Hand von innen die Tür und ging hinein und schloss die Tür wieder und blieb stehen.

Kein Geräusch.

Niemand kam herein.

Alles blieb dunkel.

Alles war still.

Ich fand die beiden Mädchen in einem der beleuchteten Zimmer. Ein Kinderzimmer.

Sie lagen nebeneinander auf dem Boden.

In dem schmalen Brustkorb des einen klaffte ein großes Loch.

Im Gesicht des anderen Mädchens fehlte ein Auge.

Vorsichtig drehte ich den Kopf. Die Kugel war hinten ausgetreten und hatte den Schädel auseinandergerissen.

Wenn ich die Wärme im Zimmer bedachte, schätzte ich aufgrund der äußeren Anzeichen, dass die Mädchen seit zwei bis drei Stunden tot waren.

Ihre Mutter fand ich im Schlafzimmer. Der zweite Raum mit Licht. Auf dem Bett. Arme und Beine weit von sich gestreckt, als hätte sie sich im Überschwang von Gefühlen freudig mit dem Rücken auf die Matratze fallen lassen.

Ich zählte drei Löcher. Zwei in der Brust, eines im Kopf.

Eine professionelle Hinrichtung.

Das Bett war ein Himmelbett mit einem Baldachin aus weißem Tuch. Auf das Tuch gedruckt waren die beiden verträumten Engel der Sixtina.

Ich durchsuchte das Haus vom Speicher bis hinunter in den letzten Kellerraum und in die Garage.

Meine Hoffnung, dass Haller sich selbst gerichtet haben könnte und irgendwo lag, erfüllte sich nicht.

Als ich wieder im Auto saß, rief ich im Polizeipräsidium an und gab der diensthabenden Beamtin meine Beobachtungen durch und erwähnte, dass Hallers Geländewagen fehlte. Sie sagte, sie würden so schnell wie möglich kommen, aber momentan wäre es unmöglich, alle Ausfahrtsstraßen rund um Trier wären zugeschneit und unpassierbar, es wäre der schlimmste Schneesturm seit Menschengedenken.

Es hätte keine Eile, sagte ich.

Ich fuhr los, langsam und doch schlingernd. Im Ort bereits lag der Schnee höher als zuvor.

Am letzten Haus blieb ich halten. Ich wollte zurück zu Langes Haus, meinem Gefühl folgen, dass dort etwas zu erfahren war. Aber was ich im Kegel der Scheinwerfer sah, war gespenstisch. Die Landschaft vor mir war ein einziges Schneemeer geworden, im eisigen Wind erstarrt. Unmöglich zu erkennen, was Landstraße war und was Feld. Sie waren eins geworden.

Es gab keine Chance, nach Pech oder sonst irgendwohin zu fahren.

Ich fuhr zurück und stellte den Toyota in die Garage und schloss das Tor und ging nach hinten zur Terrasse und der eingeschlagenen Tür und zurück ins Haus.

Alles war, wie ich es verlassen hatte.

Zwei Mädchen und ihre Mutter. Tot, weil es jemandem so gefiel.

Ich wollte nicht, dass sie im Dunkeln lagen, deswegen hatte ich vorhin das Licht eingeschaltet gelassen und setzte mich jetzt den Zwillingen gegenüber auf den Boden und lehnte mich gegen die Wand.

Mein Rücken schmerzte.

Meine Augen schmerzten mehr.

Ich sollte mich nicht in dem Zimmer aufhalten, die Kriminaltechniker würden mich später verfluchen. Aber ich wusste, wer der Täter war, und was sollte ich machen? Mich ins Wohnzimmer setzen und Fernsehen gucken?

Die Mädchen gaben Geräusche von sich.

Gase, die sich nach Eintritt des Todes immer noch bildeten.

Mein Telefon vibrierte.

„Was soll das heißen, Schick, *Danke für deine Hilfe und für alles andere auch und hoffentlich hat die Pizza geschmeckt*. Erklär mir das mal."

Ich schloss die Augen.

Wie eng manchmal Tod und Leben und Banalität und Katastrophe zusammen lagen.

„Hey, Schick, rede mit mir."

Ich stand auf und ging hinaus und zog die Tür hinter mir zu.

„Schick, bist du dran? Willst du mit mir Schluss machen oder was?"

Ich erklärte ihr, wo ich war und was ich gesehen hatte.

Eva war still.

Ich sagte ihr, ich würde mich morgen melden.

Sie sagte, Pass auf dich auf.

Ich ging zurück und setzte mich wieder auf den Boden.

Haller hatte seine Familie getötet. Erschossen. Ein Schuss für jede seiner Töchter. Mehr brauchte es nicht bei Kindern. Seine Frau war älter, erwachsen, daher drei Schüsse. Zwei schnelle Schüsse in den Oberkörper machten sie unschädlich und der Schuss in den Kopf als Sicherheit.

Absolut professionell.

Ein weiter Weg vom Totschlagen der Eltern mit einer Eisenstange und dem Erstechen und Erwürgen von Manuela Kaplan.

Mörder kommen nicht an den Ort ihrer Tat zurück. Wer etwas anderes behauptet, hat keine Ahnung.

Aber Ausnahmen gibt es. Ich kannte selbst ein paar.

Auch Haller konnte eine solche Ausnahme sein. Aus zwei Gründen. Haller hatte nicht irgendwen irgendwo umgebracht, sondern seine Töchter und seine Frau in seinem eigenen Haus. Niemand wusste davon. Bislang würde er es noch als seine private Angelegenheit betrachten.

Und: Das Wetter. Haller mochte gedacht haben, er könnte nach seiner Tat verschwinden. Aber vor zwei oder drei Stunden, zur Zeit der Tat, war der Sturm bereits hier, waren die Straßen bereits zugeschneit. Und weiter in die Eifel hinein war es noch schlimmer als in Richtung Trier, von wo ich gekommen war. Und Haller würde nicht nach Trier fahren, wo die Polizei wartete.

Vielleicht hat er versucht, in die Weite der Eifel zu entkommen oder die Autobahn Richtung Koblenz oder Saarbrücken zu erreichen, aber dann schnell erkannt, das hat keinen Sinn. Dann gab es für ihn nur noch zwei Möglichkeiten: Im Auto übernachten. Was bei dem Wetter lebensgefährlich war.

Oder zurückkommen. In sein Haus, zu seiner Familie, zu seiner privaten Angelegenheit.

Ich schloss die Augen.

Du wirst zurückkommen, Haller. Und dann gehörst du mir.

Als ich die Augen wieder öffnete, lag ich auf der Seite mit dem Kopf auf meinem Arm. Mein Telefon vibrierte. Das hatte mich geweckt. Die Uhr auf dem Display zeigte zwanzig nach vier. Ich hatte fast zwei Stunden geschlafen. Draußen schien der Sturm zugenommen zu haben. Das Haus klapperte und knackste im Wind. Dach und Fenster und irgendwelche losen Teile.

Ich richtete mich auf und drückte die grüne Taste.

„Habe ich mir doch gedacht, dass Sie wach sind."

„Wer kann bei diesem Sturm schlafen, Haller."

Haller sagte, „Sie wissen, wie ich heiße."

Ich hob meinen Kopf und guckte auf die Mädchen. Der Blutfleck auf dem pinkfarbenen Shirt des einen groß und mittlerweile schwarz. Die Blutkruste im Gesicht des anderen Mädchens kleiner, aber ebenfalls schwarz. Rechts das Bett. Darauf Puppen und Plüschtiere, mit denen niemals wieder ein Kind spielen würde. Links ein Schreibtisch und an der Wand darüber ein Poster von einem Jungen. Der Junge lacht. Weiße, perfekte Zähne. Vermutlich ein Internetstar.

Menschen, die eines gewaltsamen Todes gestorben sind, sehen selten friedlich aus. Auch hier gilt, wer etwas anderes behauptet, hat keine Ahnung. Ich habe viele Getötete gesehen. Die meisten von ihnen sahen aus wie die Zwillinge. Aus dem Leben gerissen. Verstümmelt. Erniedrigt und geschändet.

„Wundert mich nicht", sagte Haller, „Sie haben natürlich nachgeforscht. Was haben Sie noch über mich herausgefunden?"

Ich schloss die Augen. Ich dachte an Anna.

„Alles", sagte ich.

„Das bezweifle ich. Aber Sie haben Recht mit dem Wetter. Furchtbar. Können Sie sich erinnern ... Wann hatten wir zuletzt einen solchen Winter? So viel Schnee zu Weihnachten?"

„Wir haben Weihnachten?"

„Sicher, Herr Kommissar, heute ist der Vierundzwanzigste. Heiligabend. Vom Himmel hoch da komm ich her

343

und Stille Nacht heilige Nacht und all das. Gehen Sie heute Abend zur Mette? Christmette?"

„Gehen Sie?"

„Ich weiß nicht. Möglich."

„Wenn Sie gehen, dann gehe ich auch. Es ist ein Ros' entsprungen, wir könnten uns in der Kirche treffen und gemeinsam feierliche Lieder singen. Wir würden den Tenor verstärken, jeder Kirchenchor braucht Verstärkung im Tenor. Wo sind Sie?"

„Feierliche Lieder?", sagte Haller. „Ist Ihnen etwa nach feiern zumute, Herr Kommissar?"

Ich atmete aus. „Ihnen etwa nicht? Weihnachten, das Fest der Familie, Oh Tannenbaum, Ihr Kinderlein kommet. Da feiern Sie doch bestimmt, Sie und Ihre Frau und Ihre beiden Töchter. Wie alt sind Ihre Zwillinge jetzt? Neun? Zehn?"

Einen Moment lang war Stille.

„Ich frage nur", sagte Haller, „nach feiern zumute, weil Sie ja unlängst einen Holzstab in Ihrem Arsch stecken hatten. Also, da wäre mir nicht nach feiern zumute. Wie fühlt sich das eigentlich an? Als Mann, meine ich, wenn man so einen Stab im Hintern hat, wie fühlt sich das an?" Haller sagte, „Herr Kommissar, noch dran? Sie wundern sich bestimmt, woher ich das weiß. Ja, ich hatte ein Gespräch mit den Herren Lange und Friederich. Friederich? Oder Friederichs?"

„Friedrichs", sagte ich. „Ohne zusätzliches e."

„Oh, Friedrichs. Da habe ich ihn falsch angesprochen. Egal. Jedenfalls, die haben mir davon erzählt. Ein klassisches Geständnis. Wie sie Sie überfallen haben und mit dem Holzstab und so, ein Kondom hatten sie darüber gestülpt. Und andere auch. Einen Busfahrer zuletzt, ja. Sie mussten immer einen Holzstab benutzen, weil sie wohl keinen hochgekriegt haben. Wir sind nicht schwul, haben sie ständig gesagt, wir sind nicht schwul, wir sind nicht schwul. Als ob es peinlich wäre, schwul zu sein oder eine Krankheit. Klassisches Geständnis der beiden. Ich könnte Ihnen als Zeuge dienen. Bekomme ich dann ... wie nennt sich das? Als Kronzeuge einen Nachlass auf meine Strafe oder so?"

„Nein."

„Ja, ist auch egal. Die beiden haben ihre Strafe schon bekommen. Sie brauchen sich da keine Gedanken mehr machen, Herr Kommissar, Lange und Friederich haben es hinter sich. Friedrichs."

„Was meinen Sie, haben es hinter sich?"

„Fahren Sie nach Pech, oder vielleicht sind Sie ja schon da. Gucken Sie halt nach."

Vielleicht sind Sie ja schon da.

Haller wusste also nicht, wo ich war.

Und Lange und Friedrichs waren *tot*?

Im Hintergrund hörte ich ein Rauschen. Ich konnte es nicht hundertprozentig zuordnen, aber es hörte sich an, als würde Haller Auto fahren, während er mit mir sprach.

„Jedenfalls, warum die beiden das gemacht haben, offensichtlich jahrelang, das ist mir schleierhaft geblieben. Sie wären beide früher, seit ihrer Jugend oder so wären sie drangsaliert worden und wollten sich rächen. An Typen im Allgemeinen. Ich habe sie gefragt, warum sie sich dann nicht an genau den Typen von früher gerächt hätten, statt irgendwelche wahllos zu vergewaltigen und umzubringen, so hätte ich das gemacht. Aber die beiden sind wohl nicht auf den Gedanken gekommen. Spricht man da eigentlich noch von Vergewaltigung, wenn mit einem Gegenstand wie einem Stück Holz und nicht mit ... Sie wissen schon was? Ich meine, nach dem Gesetz?"

„Ja." Ich sagte, „Obwohl es für das Opfer schon ein Unterschied ist."

„Oh. Sie hören sich erleichtert an."

„Erleichtert nicht gerade, aber ... Doch. Vielleicht. Ein wenig."

„Schön, dass ich dazu beitragen konnte."

„Es wird Sie nicht retten, Haller."

„Ich muss nicht von Ihnen gerettet werden. Ich rette mich selbst. Das habe ich immer getan."

„Sie sind bei mir eingebrochen, Haller. Weil Sie mir den Mord an Glatze anhängen wollten."

„An wem?"

„Glatze."

„Habe ich das richtig ... *Glatze*?"

„Andere nennen ihn Solberg."

„Oh. Der."

„Woher wussten Sie, wo ich wohne?"

„Leicht, Herr Schick. Ich war im Präsidium. Ich wollte mit Ihnen sprechen und Sie von meiner Spur abbringen. Ein letzter, verzweifelter Versuch, ich räume es ein. Man hat mir gesagt, Sie wären krank, Sie lägen im Krankenhaus. Man hat mir zwar nicht gesagt, in welchem Krankenhaus, aber ein paar Anrufe, Bitte verbinden Sie mich mit Kommissar Schick, und ich habs herausgefunden. Dann nur noch hin, weißer Kittel an und ich hatte Zutritt zu den Krankenakten. Takotsubo-Syndrom stand unter Ihrem Namen und Ihrer Adresse. Ihr Vorname stand nicht dabei, was mich verwirrt hat."

„Dann haben Sie Glatze erschlagen und bei der Polizei angerufen und mich beschuldigt."

„Ja, hat leider nicht so geklappt. War aber einen Versuch wert."

„Takotsubo, wissen Sie, was das bedeutet?"

„Selbstverständlich weiß ich das. Broken Heart nennen wir das auch."

„Wir?"

„Wir Ärzte."

„Schlechte Nachricht, Haller, Sie sind kein Arzt. Und wie behandelt man das?"

„Ich bin Allgemeinarzt, Herr Schick. Nach zehn Jahren Praxis kann mir das niemand mehr nehmen. Ich würde jede Prüfung bestehen. Aber Takotsubo, mit einer solchen Diagnose müsste ich Sie natürlich zum Kardiologen überweisen."

„Dann erklären Sie mir mal, Haller, warum haben Sie Manu mit Schraubenzieher und dann noch mit einem Kabel attackiert? Doppelt genäht hält besser oder wie?"

Haller war still, dann, „Sie wollen wohl alles erklärt haben."

„Ich will verstehen."

„Ja, das will ich auch. Das will jeder, der was im Kopf hat. Wir geben uns nicht eher zufrieden, als bis wir *verstehen*."

Ich sagte, „Also?"

„Lange und Friedrichs haben das kopiert. Schraubenzieher und Kabel. Warum auch immer. Bei mir war es blöder Zufall. Ich hatte eine Kiste mit Elektromüll auf dem Beifahrersitz stehen, fuhr ich seit Tagen mit mir rum, und drinnen auch einen Schraubenzieher. Vor mir läuft die Kaplan, ich fingere nach dem Schraubenzieher und zieh das Kabel mit raus. Ich benutz zuerst das Kabel, war mir aber nicht sicher obs reichte, und benutz dann eben noch den Schraubenzieher. Blödes Teil. Viel zu groß. Unhandlich. Das Kabel war viel besser. Und Lange und Friedrichs kopieren das und fühlen sich toll. Soll die einer verstehen."

Die Nehbert und ich hatten uns so viele Gedanken um diese beiden ungewöhnlichen Tatwerkzeuge gemacht. Schraubenzieher und Kabel musste der Täter mit sich führen, was, so dachten wir, auf Absicht schließen ließ, nicht auf eine spontane Tat. Wir haben falsch gedacht. Schraubenzieher und Kabel waren ein *blöder Zufall*.

Ich sagte, „Sie sind in Luxemburg auf Doktor Tyr Tveit getroffen. Sie haben dort als Stuckateur gearbeitet. Was macht man als Stuckateur eigentlich genau?"

Haller schwieg.

„Wo haben Sie Tveit getroffen? In seinem Haus? Seiner Wohnung?"

„Im Krankenhaus, in dem er gearbeitet hat. Sie sind neugierig."

„Immer. Wir wollen *verstehen*." Ich sagte, „Und da dachten Sie sich einfach so, Sie nehmen seinen Platz ein?"

„Nicht einfach so, Herr Schick. Da war gar nichts einfach. Es war schwierig, sehr schwierig. Aber ich habe es hinbekommen."

„Lassen Sie mich teilhaben. Wie haben Sie es hinbekommen?"

„Nun, also, wir haben in einer Kolonne gearbeitet. Stuckateure, Maler, Anstreicher, Maurer, Fliesenleger. Meine Güte. Ein anderes Leben. Was habe ich seitdem alles erreicht."

Haller war still.

Ich ebenso.

Ich konnte nicht anders, ich musste Haller insgeheim zustimmen. Vom Stuckateur zum Facharzt für Allgemeinmedizin innerhalb weniger Wochen. Haller kannte seine Begriffe, hatte Professor Weimer gesagt. Da war es für Haller noch zu früh, einen Fachmann wie den Professor konnte er mit ein paar auswendig gelernten Fachbegriffen nicht täuschen. Aber danach in der Eifel, eine eigene Praxis aufbauen und Patienten betreuen und nebenbei mit dem Verabreichen verbotener Medikamente an Bodybuilder noch weiter gutes Geld verdienen, so viel Geld, dass es für teure Autos und ein teures Haus reichte, eine Familie gründen mit zwei Töchtern. Und jeden Tag, jeden einzelnen Tag und jede einzelne Nacht dieser zehn Jahre mit Entdeckung rechnen müssen, jeden Menschen zu belügen, ständig, immer, auch die eigene Frau und die eigenen Kinder – das alles erforderte ein ganz unglaubliches Nervenkostüm.

Es war schwierig, sehr schwierig. Ja, ich stimmte ihm zu. Aus Haller hätte tatsächlich etwas werden können.

„Wollen Sie jetzt wissen, Herr Kommissar?"

„Ja, will ich."

„Also. Ein Kollege war bei Tveit in Behandlung, eine hartnäckige Schleimbeutelentzündung am Ellbogen. Er hat mir von Tveit erzählt. Die beiden haben miteinander geplaudert. Da habe ich erfahren, dass Tveit alleine lebt, keine Eltern mehr hat, kaum jemanden in Luxemburg kennt. Tveit lebte nur für seine Arbeit. So wie ich dafür lebte, meinen Traum zu erfüllen."

„Sie wollten immer schon Arzt werden?"

„Ich wollte immer schon den vermaledeiten Stuckateur Haller hinter mir lassen. Ja. Nicht lange darauf habe ich selbst Schleimbeutelentzündungen behandelt. Tveit wäre stolz auf mich gewesen."

„Was haben Sie mit ihm gemacht?"

Haller war still. „Was denken Sie?"

„Sie haben ihn getötet."

„Er hat ein ordentliches Begräbnis bekommen."

„Begräbnis. Sie meinen Grab."

„Nein, Herr Schick, ich meine Begräbnis. Ich bin kein Barbar. Auf dem Hauptfriedhof in Luxemburg. Zusammen mit einer älteren Dame, die am Nachmittag bestattet wurde. Das Grab war frisch, ich habe es nachts noch einmal ausgehoben und den Kollegen Tveit dazugelegt."

Ich sagte, „Sie sind ein Monster, Haller."

Haller schien darüber nachzudenken, denn er war still. Im Hintergrund rauschte es weiter. Eindeutig jetzt, Haller fuhr, während er mit mir sprach. In diesem Schneesturm. Bei Nacht. Nachdem er seine Familie getötet hatte. Dazu Lange und Friedrichs. Fünf Personen. Und trotzdem war seine Stimme absolut ruhig.

„Ja", sagte er nach einer Weile, „normale Menschen wie Sie könnten mich als Monster bezeichnen. Das würde ich sogar verstehen. Aber wenn Sie ehrgeizig sind, ich meine, wirklich ehrgeizig ... Wenn Sie etwas Großes erreichen wollen, so wie ich, etwas Großes, Schick, würden Sie dann nicht auch alles dafür tun? Auch das, andere ... nun ja, töten. Für Ihr Ziel. Jeder Mensch mit viel Ehrgeiz, mit *wirklich* viel Ehrgeiz, tut doch alles, um sein Ziel zu erreichen. Der Zweck heiligt jedes Mittel und sei es noch so beschissen."

„Den Maler und Lackierer Günter Weber, wo haben Sie den begraben?"

Haller zögerte. „Wen?"

„Hören Sie auf, Haller. Günter Weber, Maler und Lackierer. Sie kennen sich. Persönlich. Weber wusste, dass Sie kein Arzt sind. Und plötzlich war Weber in Pech, bei Lange oben, er sollte dort ein Zimmer streichen. Er hat Sie erkannt. Haller, der Stuckateur. Ich hätte gerne Webers Gesicht gesehen, als er sah, wer sich da als Doktor ausgab. Sein alter Kollege Haller. Vom Stuckateur zum

Arzt Doktor Tyr Tveit. Der wird sich vor Lachen die Schenkel geklopft haben. Sie hingegen fanden das gar nicht lustig." Ich sagte, „Woher kannten Sie Weber?"

„Weber", sagte Haller. „Dieser Knastbruder."

„Sie kannten ihn aus dem Gefängnis?"

„Gefängnisse müssen renoviert werden. Wie alle anderen Gebäude auch. Dafür nehmen sie Firmen von weiter weg, damit nicht zufällig Arbeiter auf einen Bekannten treffen, was zu jede Menge Verwicklungen führen kann. Ich habe für eine Firma in Luxemburg gearbeitet. Wir haben mehrere Wochen in Andernach renoviert, es war mein letzter Job als Stuckateur, mein allerletzter. Ich hatte mit Weber Kontakt, weil ich auf seinem Trakt gearbeitet habe. Wir haben miteinander gesprochen, fast jeden Tag. Weber. Was war der dumm. Einfältig, uninspiriert. Hat mit seinen Überfällen auf Juweliere geprahlt. Idiot. Er war gerade aus dem Knast entlassen worden, als er nach Pech kam zum Lange. Wir sind uns im Treppenhaus über den Weg gelaufen, ich schloss gerade meine Praxis ab. Ich hatte meinen Arztkittel an mit meinem Namensschild. Der Idiot hat das gesehen und gelacht. *Gelacht.* Ich musste handeln. Das werden Sie verstehen."

Haller war still. Er erwartete wohl eine Antwort von mir, aber er bekam keine.

„Jedenfalls, hätte ich diesen letzten Job nicht gemacht, im Gefängnis renovieren, meine ich, tja, dann würden Weber und Manu heute noch leben. Das Leben kann so zufällig sein."

„Nennen Sie sie nicht Manu, Haller. Sie haben kein Recht." Ich sagte, „Weber hat Sie gesehen. Und Sie haben ihn getötet. Weil Sie Entdeckung befürchteten. Wo haben Sie ihn begraben?"

Haller antwortete nicht.

„Sie haben Weber umgebracht. Manuela Kaplan hat es gesehen. Manuela Kaplan ist weggelaufen. Sie laufen ihr hinterher und töten sie und laufen zurück. Deswegen waren Sie kurzatmig, als die Frau Jung am Telefon war."

„Manuela war eine gute Läuferin, viel besser als ich. Ich bin ihr nachgefahren, sonst hätte ich sie nie eingeholt. Aber ich musste mich trotzdem noch ganz schön anstrengen."

„Zurück, setzen Sie sich in Ihr Auto und fahren hinaus zu Manu, ohne die Frau Jung zu fragen, wohin genau Sie kommen müssen, Sie wissen es ja. Dann betatschen Sie die Manu vorne, hinten, drehen sie um, damit Sie so Ihre DNA an Manu verteilen. Hinterher kann dann niemand mehr feststellen, wann Sie Manu angefasst haben. Damit sind Sie aus dem Schneider." Ich sagte, „Verdammt clever, Haller."

„Selbstverständlich bin ich clever. Sie überleben nicht so lange wie ich, wenn Sie nicht verdammt clever sind." Haller sagte, „Wie clever sind Sie, Kommissar?"

Im Hintergrund hatte das Rauschen aufgehört. Haller musste stehen geblieben sein.

Zugleich kam es mir vor, als hätte ich draußen vor dem Fenster ein Geräusch gehört, das nicht zum Sturm passte.

„Mein Leben jedenfalls ist meins", sagte Haller, während ich aufstand und ins Nachbarzimmer ging. „Ich lebe es, wie ich das möchte. Genau wie Sie Ihres leben, Kommissar. Oder? Oder leben Sie etwa das Leben eines anderen?"

Es war das zweite Kinderzimmer und völlig dunkel. Ich schaute nach draußen.

Schneeflocken tanzten unkontrolliert vor dem Fenster.

Und tatsächlich. In der Einfahrt stand Hallers Geländewagen.

Ich konnte es nicht sehen, aber ich war mir sicher, dass in diesem Augenblick Haller per Knopfdruck das Garagentor hoch ließ. Jetzt musste er erkennen-

„Sie sind ..."

Hallers Stimme war nur ein Hauchen. Aber er fasste sich im Augenblick.

„Sie sind bei mir im Haus. Die ganze Zeit ... während wir gesprochen haben, sind Sie die ganze Zeit in meinem Haus."

Ein Nervenkostüm aus Stahl.

Der Wagen stand in der Einfahrt. Aus dem Auspuff quollen dicke Rauchschwaden in die kalte Luft.

„Jemand muss die Totenwache halten", sagte ich. „Warum, Haller. Warum töten Sie zwei unschuldige Mädchen. Warum töten Sie Ihre Frau."

„Verbrannte Erde, so nennt man diese Taktik im Krieg", sagte Haller. „Und Sie befinden sich mit mir im Krieg. Ich habe Ihnen gesagt, wenn Sie Krieg wollen, sind Sie bei mir an der richtigen Adresse."

Der Mercedes schoss rückwärts die Einfahrt hinab und auf die Straße. Eigentlich müsste er rutschen, dachte ich, so schnell wie er war, in die Mauer des Grundstücks gegenüber hinein. Aber der Wagen blieb in der Spur und blieb vor der Mauer halten, was ich nicht verstand. Bis ich es doch verstand. Hallers Wagen hatte etwas, was meiner nicht hatte. Ich sah es an den Reifen glitzern. Schneeketten.

Der Mercedes schoss nach vorne und war einen Augenblick später in Schnee und Dunkelheit verschwunden.

Ich sprang die Treppe hinunter und hinaus in die Garage und in den Toyota und rückwärts die Einfahrt hinab.

Schwer atmend landete ich in der Mauer.

Ich schaltete in den ersten Gang, dann sofort in den zweiten und in den dritten. Der Wagen schlingerte mit durchdrehenden Reifen.

Als ich am Ortsrand ankam, sah ich den Mercedes wieder. Weit draußen hüpften die Rückleuchten auf und ab. Haller war in die Eiswüste hinaus gefahren.

Stunden zuvor hatte ich es nicht gewagt. Seitdem hatte es ununterbrochen geschneit.

Ich folgte ihm.

34

Der Toyota schoss hinaus in die Dunkelheit. Das Schlingern wandelte sich in ein Hüpfen wie vor mir die Rückleuchten von Hallers Mercedes.

Die Räder drehten im Eis durch, ich schaltete hoch, um mehr Grip zu bekommen und schaltete wieder einen Gang zurück, weil der Wagen drastisch langsamer wurde und stecken zu bleiben drohte.

Plötzlich sah ich Hallers Rückleuchten nach oben schnellen, während der Toyota so stark hüpfte, dass mein Gurt einrastete und mir den Hals schnürte.

Dann waren die Rückleuchten nicht mehr zu sehen.

Mit sechzig Stundenkilometern sprang der Toyota in die Richtung, in der ich die Rückleuchten gerade noch gesehen hatte, dann, völlig unvermittelt, war der Geländewagen still, wie auf einer flachen Fahrbahn so still und regungslos, und gerade, als mir klar wurde, dass der Wagen abgehoben hatte, knallte ich bereits wieder aufs Eis so hart, dass es mir den Atem nahm und beide Airbags explodierten. Der eine mir mitten ins Gesicht.

Der Toyota sank tief in die Federn und stieg noch einmal hoch und knallte erneut aufs Eis und blieb stecken.

Es dauerte Minuten, bis ich meinen Atem wieder hatte. Mein Herz schlug hart und schnell, in meinem Kopf brummte und zischte es, Nase und Mund fühlten sich an, als hätten sie einen Faustschlag erhalten. Der Schmerz in meinem Rücken war so stark, dass ich befürchtete, die Wirbelsäule gebrochen zu haben. Erst als ich darüber nachdachte, dass ich dann wahrscheinlich gar nichts mehr spüren würde und ich nach und nach meine Muskeln im Körper anspannte und meine Finger bewegte und Beine und Arme und den Kopf rechts und links drehte, ja, alles in Ordnung, wurde mein Herzschlag etwas ruhiger.

Vor mir, gar nicht weit, sah ich wieder die Rückleuchten des Mercedes.

Gerne hätte ich jetzt eine Pumpgun und ein Nachtsichtgerät zur Verfügung, aber nein, es war ja ein Dienstwagen der Trierer. Keine Pumpgun. Kein Nachtsichtgerät. Im Kofferraum lag ein Warndreieck.

Wenigstens hatte ich noch meine Taschenlampe.

Ich wollte aussteigen, aber die Tür ließ sich nicht öffnen. Ich drückte und drückte, aber der Wagen steckte zu tief im Schnee.

Ich ließ die Scheibe herunter und zwängte mich hinaus. Mein Rücken ließ mich spüren, was er davon hielt.

Draußen fiel ich in den Schnee. Der Schnee war hart gefroren. Es war stockdunkel. Der Wind trieb mir mit einer Wucht harte Flocken ins Gesicht, dass ich glaubte, meine Haut würde zerreißen.

Ich schaltete die Taschenlampe ein. Hallers Wagen war vor mir. Geradeaus. Hundert Meter, schätzte ich, hundertfünfzig. Zweihundert höchstens. Sollte auch im Schneesturm nicht unmöglich sein, geradeaus zweihundert Meter zu gehen, oder?

Ich ging los.

Zwanzig Schritte, und meine Lunge brannte von der kalten Luft. Bei jedem Schritt sackte ich bis zu den Knien ein. Ich musste an Alaska denken. Das hier war einfach nicht meine Welt.

Fünfzig Schritte, und ich zitterte. Am ganzen Körper. Vor Kälte und vor Anstrengung. Mir wurde bewusst, dass ich mit meiner Jacke und der Kappe und der Jeans und den Schuhen für all das nicht ausgerüstet war. Bei weitem nicht. Billige Massenware, hatte Fogel über meine Schuhe gesagt, nicht geeignet für dieses Wetter. Er hatte Recht. Ich spürte es bei jedem Schritt. Maßschuhe würden mir hier allerdings auch nichts nutzen. Ich lachte.

Dazu mein Herz. Es pumpte und pumpte und doch bekam ich kaum Luft. Meine Beine waren schwer, weil sie nicht genug Sauerstoff bekamen. Meine Arme waren schwer, meine Hände kribbelten, in meinen Ohren rauschte und klingelte es.

Hundert Schritte.

Ich war sehr langsam geworden. Schritt – Atemzug – Schritt.

Ich zog meine Waffe und fingerte zitternd nach dem Sicherungsbügel und schob ihn zur Seite.

Hundertzwanzig Schritte.

Ich stand neben dem Mercedes und stützte mich auf den Knien ab und atmete schnell und kurz.

Hallers Mercedes lag auf dem Dach. Als seine Rückleuchten oben in der Luft waren, musste sich der Mercedes gerade überschlagen haben.

Der Innenraum war dunkel. Das Seitenfenster der Fahrertür war unten. Ich hielt die Taschenlampe links und die Pistole rechts und kniff das Wasser aus den Augen und leuchtete hinein.

Leer. Niemand. Aber ich hörte Musik. Das Radio. Ein Schlager. *Deine Spuren im Sand, die ich gestern noch fand.*

Haller war, genau wie ich, aus dem Fenster geklettert. Vermutlich konnte er die Musik nicht ertragen.

Seine Spur führte vom Wagen weg.

Ich leuchtete in die Dunkelheit.

Haller würde mich wegen meiner Lampe schon von weitem kommen sehen. Er musste nur im Dunkeln stehen bleiben und warten, mit der Waffe in der Hand. Bis ich nahe genug war. Und abdrücken.

Mir blieb nichts als zu hoffen, dass sein erster Schuss daneben ging. Und ich es dann besser machte.

Ich ging los.

Schritt. Atmen. Schritt.

Kein Schuss.

Mir war kalt. So kalt.

Mein Herz pumpte. Meine Lunge brannte. In meinen Beinen war Beton. In meinen Armen auch. Genau wie in der Straße vor Pits Kneipe. Nur dass Eva dabei war, die mich gerettet hat.

Hier war niemand.

Dunkelheit. Leere. Sturm, der mir Schnee ins Gesicht trieb und dabei heulte wie ein Rudel Wölfe. Eisgefrorener Schnee, in den meine Schritte sackten. Jetzt bis zum Oberschenkel.

Keine Luft mehr.

Hämmern im Kopf. Rauschen. Flackern in den Augen.

Ausruhen, nur einen kurzen Moment ... ausruhen. Hinlegen.

Gott, der Schnee. So kalt.

Was denkst du da ... Gott. Du glaubst nicht ... an Gott, also hör auf ... mit Gott.

Pit ein Priester?

Ich lachte.

Die Kirche so leer. Bis auf die Alten. Die haben ... sonst niemanden mehr.

Bleib ... wach. Wach.

Wann gehörst du ... zu denen? Gehst du dann auch ... Kirche? Oder ... Kneipe? Pit?

Kommt Anna ... Kommt Anna ... Besuch? Mit ... Kindern?

Mach ... deine Augen auf.

Du schläfst ... ein, du stirbst.

Steh ... auf.

Jetzt. Genug ... Fauler ... Sack.

Gut.

Jetzt ... zurück. Auto.

Geh.

Rechts.

Links.

Atmen.

Rechts.

Links.

Atmen.

35

Ich öffnete meine Augen.

Oh. Schmollmund.

Rot. Süß. So zuckersüß.

„Der Herr Schick kann wieder lächeln. Was bin ich froh."

Oh nein ... Bart? Bart.

„Hören Sie mich, Herr Kommissar? Verstehen Sie mich?"

„Ah ... med?"

„Natürlich Ahmed, Herr Kommissar. Was bin ich froh. Sie leben. Wie viele Finger halte ich hoch?"

„Was?"

„Ich rufe die Frau Doktor. Bleiben Sie ganz ruhig liegen, bin gleich wieder da."

Melchisedech hatte mich gefunden. Ich war zurück und in Hallers Wagen gekrochen, was mir das Leben rettete. Erinnern konnte ich mich daran nicht mehr. Am Morgen war der Sturm vorbei gewesen. Kein Wind mehr, kein Schnee, stattdessen klarer Himmel und Sonnenschein. Die Straßen waren trotzdem unpassierbar. Melchisedech hatte dann, nachdem sie mich nicht mehr erreichen konnte, das GPS-Signal des Toyota geortet und einen Hubschrauber angefordert. Sie waren auf dem Feld gelandet. Das Radio hätte gespielt. Schlager.

Haller hatten sie auch gefunden. Zweihundert Meter vom Mercedes. Zugedeckt vom Schnee. Erfroren.

Später war die Melchisedech mit einem Team nach Pech gefahren. Zu Langes Haus. Haller hatte Lange und Friedrichs erschlagen. Mit einem Baseballschläger. Das Wohnzimmer hätte ausgesehen wie ein Schlachtfeld. Alles wäre voller Blut gewesen. Am Baseballschläger hätten sie Hallers Fingerabdrücke gefunden. Es wäre vermutlich derselbe Baseballschläger, mit dem Haller Glatze erschlagen hatte, aber das würden sie noch genauer untersuchen.

Als ich KHK Nehbert anrief und ihr von Haller erzählte, sagte sie, sie hätte es immer schon gewusst.
Wir lachten beide.
„Gute Arbeit, Kollege", sagte sie dann.
„Dank Ihrer Vorarbeit, Kollegin."
„Blödsinn." Ihre Stimme war tief und leise. „Aber danke für den Versuch."
Es war das letzte Mal, dass ich mit ihr sprach.

Am Tag meiner Entlassung steckte Dok Schmollmund ihren hübschen Kopf zur Tür herein und lächelte mich an. „Schauen Sie mal, wen ich hier mitgebracht habe."
Die Frau, die Schmollmund ins Zimmer schob, war kurzgewachsen, rundlich und grau.
„Ja, das bist du wirklich, der kleine ... Charly, jetzt fällt mir auch dein Name wieder ein, Charly, sobald ich dich sehe, der kleine Charly, genau wie früher siehst du aus, nur älter, viel älter." Die Frau beugte sich zu mir und nahm mein Gesicht in ihre Hände. „Komm her, Jung" und drückte mir feuchte Schmatzer auf beide Wangen und dann, ehe ich es verhindern konnte, auch mitten auf den Mund.
Sie strahlte mich an. „Der kleine Charly Schick, herrje is das lange her."
Ich strahlte ebenso zurück und sagte, „Wirklich lange her, Sie sind die Hedwig, gell? So lange her." Ich erinnerte mich an den Namen, den Dok Schmollmund mir genannt hatte, Hedwig Hübschen. Aber an die Frau, die unsere Nachbarin war, hatte ich auch jetzt, da ich sie sah, keinerlei Erinnerung. Keine. Null.
„Jetz aber ... *Sie*, das war früher, als du klein wars, da has du Sie gesagt, du wars ja auch wohlerzogen, aber jetze bin ich nit mehr Sie sondern Du."
Du fing dann an zu erzählen, von früher, von mir, wie ich mit den anderen draußen Fußball gespielt hätte und Rollschuh gefahren wäre, „Rollschuhhockey habt ihr ge-

spielt, der kleine Charly und die andern, der Leo Schmitz, der Günter und der Dietmar, die oben gewohnt haben, halber Weg nach Mariahof, ein Sommer lang war das eure Lieblingssache im Karree vor dem Deko", und erzählte dann von anderen, die ich nicht kannte oder an die ich mich nicht erinnerte.

Ich erzählte ihr dann, dass die Geschichte mit dem Leo Schmitz, der im Deko was Süßes geklaut hatte, bei mir zuhause mit kräftigen Ohrfeigen geendet hatte und dass der Leo damals schon ein notorischer Klauer war, der dann später sein halbes Erwachsenenleben im Gefängnis verbrachte und vor ein paar Jahren gestorben war, betrunken in der Nacht auf die Straße gelaufen und ein Auto und zack, Ende.

Das brachte die Hedwig kurz zum Schweigen.

„Zwei Verrückte im selben Haus, ohne dass die voneinander wissen", sagte Eva auf dem Beifahrersitz neben mir. „Wie groß ist die Wahrscheinlichkeit?"

Wir waren auf dem Weg zum Flughafen. Ich hatte meiner Chefin geschrieben, was mir damals tatsächlich passiert war. Dass ich vergewaltigt wurde. Ich hatte ergänzt, dass ich nicht schwanger war und daher auch nicht in Mutterschutz gehen sondern jetzt zurückkommen würde. Wegen meines Rückens bräuchte ich allerdings einen neuen Bürostuhl.

Eva war gut drauf und summte ständig dieses Lied, Ich war noch niemals in New York. Wenn sie mal nicht summte, versuchte sie mich davon zu überzeugen, wie hässlich Mainz und wie schön Trier war. Sie wollte keine Fernbeziehung.

Ich war mir da nicht so sicher. Mit Trier, meine ich. Na ja, auch mit der Fernbeziehung. Es hielt die Liebe frisch, wenn man sich kein Badezimmer teilte.

„Nahe null", sagte ich. „Aber so ist das mit Statistiken. Du erwischst immer die Ausnahme."

„Wie geht es weiter mit Lange und Haller und Friedrichs?"

359

„Gar nicht. Die drei sind tot. Daher gibts keine Anklage. Die Fälle sind abgeschlossen und werden zu den Akten gelegt. ZdA."

Sie schwieg.

„Was?"

„Wie fühlst du dich damit?"

„Gut", sagte ich. „Warum auch nicht, ich habe die Fälle gelöst."

„Aber es ging nicht vor Gericht."

„Egal. Manu hat Gerechtigkeit erfahren. Das ist das Wichtigste."

„Und du? Hast du auch Gerechtigkeit erfahren?"

Das kommt davon, wenn man mit einer Psychologin befreundet ist. Dir werden tiefgründige Fragen gestellt, auf die ebenso tiefgründige Antworten erwartet werden, gleichgültig ob du vielleicht jemand bist, der manche Dinge gerne unter den Teppich kehrt, wo sie verdammt nochmal auch hingehören.

Ich drehte am Radio. „Musik oder Nachrichten?"

„Eine Antwort, Schick."

„Hm?"

Mein Telefon vibrierte.

„Da muss ich mal ran."

„Nein, nein, so kommst du mir nicht-"

Die Mobilnummer kam mir schrecklich bekannt vor, aber ich drückte trotzdem ohne zu zögern die grüne Taste.

„Herr Minister."

„Schick, sind Sie das?"

Ich schaltete laut.

„Na ja, Sie haben meine Nummer gewählt."

„Ja, ja. Unser Held. Acht Jahre alter Fall und zack, gelöst. Gratulation. Gratulation."

Um ihn nicht auf den Gedanken zu bringen, dass ich stolz wäre auf meine Arbeit, schwieg ich. Ich war fest entschlossen, mich nicht schon wieder auszeichnen zu lassen.

„Schick, ich habe etwas mit Ihnen vor."

„Tut mir leid, Herr Minister, muss ich ablehnen."

„Was?"

„Das letzte Mal, als Sie mich ausgezeichnet haben, wurde ich zum Running Gag. Für die Zukunft muss ich das unbedingt vermeiden."

„Auszeichnen? Ich will Sie nicht auszeichnen. Sie haben nur Ihren Job gemacht."

„Danke, Herr Minister."

„Aber das Besondere ist, Sie haben Ihren Job in Trier gemacht. Ein Sauhaufen, das Präsidium in Trier, ich sags Ihnen. Aber das wissen Sie ja jetzt selbst."

Mein Blutdruck stieg.

Ich fing an zu schwitzen.

Die Richtung, die das Gespräch nahm, gefiel mir nicht. Ich musste schnell etwas sagen, aber mir fiel nur ein, „Gut, dass das Wetter sich wieder beruhigt hat, finden Sie nicht? Der ganze Schnee, das war ja-"

„Ich könnte jemanden wie Sie in Trier gebrauchen, Schick. Sehr gut gebrauchen. Normalerweise kümmere ich mich um so etwas nicht, ich habe anderes zu tun, aber Trier, ja, ein spezieller Fall, spezieller Fall."

Meine Augen begannen, am Straßenrand nach einem Baum zu suchen, gegen den ich fahren konnte. Groß und kräftig musste er sein, mit einem Stamm, aus dem man eine Rittertafel zimmern konnte. Eine Eiche wäre gut. Eva müsste ich vorher aussteigen lassen.

„Ich möchte, dass Sie die Kripo übernehmen, Schick."

„Wir sind auf dem Weg zum Flughafen."

„In Trier."

„Wir haben schon die Hälfte des Weges hinter uns."

„Dann fahren Sie die nächste Ausfahrt raus und drehen Sie. Sie werden in Trier erwartet."

„Wir werden am Flughafen erwartet. Und wenn wir zurückkommen, gehe ich nach Mainz. Ich bekomme einen neuen Bürostuhl für meinen Rücken."

„Abgelehnt. Trier, Schick, ich brauche Sie dort. Sie müssen die auf Spur bringen. Da sind gute Leute, echt gute Leute, aber die Führung hat nicht gestimmt die letzten Jahre. Haben Sie schon eine Ausfahrt genommen?"

„Hier gibt es keine."

„Die nächste Ausfahrt nehmen Sie und dann zurück."

„Und wenn ich Nein sage?"

„Können Sie nicht. Sie sind Beamter. Sie müssen dahin gehen, wo Ihr Dienstherr Sie hinschickt. Ich schicke Sie nach Trier."

„Wissen Sie, wie ich über Trier denke?"

„Nein. Ist mir auch egal."

„Hören Sie zu, wäre das Leben ein Fußballspiel, Trier wäre die rote Karte."

„Oh, Sie sind Fan der 05er? Ich gebe Ihnen mal Freikarten für ein Heimspiel. Viplounge."

Wie kam der jetzt auf Fan der 05er?

„Nein, Herr Minister, Sie verstehen nicht-"

„Doch, doch, die Freikarten gehören Ihnen. Und noch welche für die Roten Teufel dazu."

„Welche Teufel?" Wovon redete der?

„Lautern. Ebenfalls Viplounge. Die Vereine schmeißen uns ja zu mit solchen Karten."

Ich sah Eva eine Bewegung machen und guckte zu ihr hinüber. Ihre beiden Daumen zeigten nach oben. Im Gesicht hatte sie ein breites Grinsen.

Ich flüsterte, „Habt ihr euch abgesprochen?"

Der Minister sagte, „Was?"

Sie flüsterte zurück, „Woher soll *ich* einen Minister kennen?"

Zu Beginn meiner Zeit in Trier – es kam mir länger vor, aber gerade einmal drei Wochen war es her – empfanden die Stadt und ich so etwas wie, sagen wir, Hasshass füreinander. Also, ich hasste Trier, Trier hasste mich zurück. Wäre die Welt ein Arsch, Trier wäre das ... und so weiter.

Trotzdem habe ich damals gedacht, Mal sehen, wie es sich entwickelt.

Ich gebe zu, ich habe das seinerzeit nur so dahin gesagt. Ich wollte eben nicht als unverbesserlicher Trierhasser gelten, sondern als jemand, der für Veränderungen aufgeschlossen ist und seine Meinungen immer wieder kritisch hinterfragt und so. Ist natürlich Unfug. Weder hinterfrage ich meine mir mühsam gebildeten Meinungen, noch möchte ich Veränderung in meinem Leben. Ich vermeide Veränderung.

Wirklich geglaubt, dass sich an unserem Verhältnis etwas ändern könnte, habe ich also nicht. Gibs zu, Trier, du doch auch nicht.

Und doch.

Pit und ich haben uns in den Armen gelegen bei unserem letzten Whisky butterig, und ich musste schwören, mindestens einmal pro Monat auf ein gepflegtes Glas und ein Gespräch über Gott und die Welt zurückzukommen. Was ich gerne tun würde. Ahmed hatte ich versprochen, seinem Youtubekanal ständig Daumen nach oben zu geben, wie Eva mir gerade. Dazu könnte ich ab und an Babs sehen, was sich wirklich lohnte, und ich könnte so tun, als hätte ich einen Herzanfall und zu Dok Schmollmund in die Klinik fahren, was sich auch lohnte.

Außerdem würde es bald wieder wärmer werden, und Trier im Sommer is ganz besonders schön, hatte Hedwig gesagt und, Komm doch zurück nach Trier, hier gehörste doch hin, Jung, was willste denn woanders? Sie hatte mich noch zum Kaffee eingeladen, sie würde Zimtwaffeln backen.

Ich liebe Zimtwaffeln.

Ja, und dann war da noch Eva.

Nur von Melchisedech hatte ich nichts mehr gehört.

Ich nahm tief Luft.

Heidmann hatte mir tatsächlich Handschellen angelegt. Eva hatte zugeguckt. Heidmann würde das noch bereuen, er wusste es nur noch nicht.

„Ich komme nur", sagte ich, „wenn Heidmann entlassen wird."

„Geht nicht. Heidmann ist Beamter wie Sie, den kann ich nicht entlassen."

„Dann soll Heidmann versetzt werden, in den Keller."

„Keller?"

„Bedauerlicherweise ist da eine Stelle frei geworden. Aber genau das Richtige für Heidmann. Akten sortieren."

„Ja, mal sehen. Keller. Vielleicht. Ja. Gute Idee. Der Heidmann ist ja ... eine Null. Habe ich gehört. Aber ich kann mich da nicht reinhängen, also nicht offiziell. Das sind Personalfragen, da habe ich nichts mit zu tun. Die verdammte Presse zerreißt mich, wenn das jemand erfährt. Aber ich krieg das hin. Abgemacht, also."

„Verdammte Presse, Herr Minister, puh. Artikel Fünf Grundgesetz, Sie dürfen nicht so über die Presse reden, ehrlich. Mit all den Nazis heutzutage und den Populisten in unseren Parlamenten, da brauchen wir mehr denn je eine starke, freie Presse. Oder sehen Sie das anders?"

„Was soll dieses Gesülze, Schick? Wollen Sie mich zum Narren halten?"

„Nein, Herr Minister, ganz und gar nicht."

„Also, haben Sie gedreht?"

Ich sah die Ausfahrt, fuhr aber weiter.

„Wir sind auf dem Weg nach New York. In vier Tagen bin ich zurück. Ich möchte in Trier auch einen neuen Bürostuhl."

Ich hörte ihn lachen.

„Habe ich was Lustiges gesagt?"

„Nein, Schick, also ja, Sie bekommen selbstverständlich keinen neuen Bürostuhl, wir müssen die Kosten im Auge behalten. Aber, weshalb ich lache ... Die Frau Melchisedech hat mit mir gesprochen. Sie hat mich angerufen, wegen Ihnen. Ich habe ihr gesagt, Sie würden niemals nach Trier gehen. Also, fest. Würden Sie nicht tun. Sie hat gemeint, ich sollte es versuchen. Unbedingt. Ich sollte Ihnen die Pistole auf die Brust setzen. Sie könnte einen Chef wie Sie sehr gut gebrauchen, weil ..." Er sagte, „Stimmt es, dass Sie so guten Kaffee kochen?"